ロアンへ
そしてあらゆる時代の魔女たちへ

作家のなかには、自作を読んでもらう前に聴いてほしい楽曲をリストにして提供する人がときどきいる。このアイデアは独創的だし面白いと思う。というのも、ぼく自身、書きはじめる前はいつもその物語の雰囲気に合う音楽を聴いて、集中する助けにしているからだ。ただし、もしよければ、ここではそのアイデアをもう一歩進めよう。つまり、これからぼくが挙げる楽曲は、この小説全体の雰囲気に合致するというより、特定の場所や登場人物に合っているということだ。言ってみれば、演劇の台本が第一幕を始める前に登場人物の血縁関係やプロフィールを示すようなものになる。このリストを聴くかどうかは、皆さんの自由だが（聴く場合はもちろん合法的な方法で）、たとえば最初の一曲でも試しに聴いてみてほしい。そして、その経験が、この小説を読むなかでいつか役に立ち得ると知ってもらえたなら喜ばしい。

モンモール山とふたつの丘　アグネス・オベル『Camera's Rolling』
モンモール村　アーリー・デイ・マイナーズ『In These Hills』
アルベール・ド・ティオンヴィル
　ニック・ケイヴ&ザ・バッド・シーズ『Hollywood』
エレオノール　シガー・ロス『Von』（ライブ版）
赤毛の女　アーリー・デイ・マイナーズ『Autumn Wake』
セレーヌ　シガー・ロス『Samskeyti』（ライブ版）
ジュリアン　マックス・リヒター作曲『The Departure』
　ラン・ランによるピアノ演奏（ドイツ・グラモフォン）

人生とは経験の集大成である。
ただし、経験とは無情なものだが。
ダヴィッド・マレ

悔恨ほどつらい罰はない。
セネカ

本書は文春文庫のために訳し下ろされたものです。

ＤＴＰ制作　言語社

# 目次

主な登場人物

ジュリアン・ペロー……モンモール警察署の新任警察署長
サラ……同署の警察官
フランク……同右　ふとっちょフランキー
リュシー……同署の受付係
フィリップ……前任の署長　事故死を遂げる
シビル……ブログ〈モンモール通信〉の筆者
モリー……村の宿屋兼食堂の女主人
ロジェ……モリーの夫　料理人
リュカ……シビルの同級生
ジャン＝ルイ……羊飼い　二年前に羊を殺害後、頓死
ヴァンサン……羊飼い見習いの青年
ロイック・デュモン……スクールバスの運転手
モーリス・ロンドナール……ダヴィッド・マレという作家に執着する老人
アルベール・ド・ティオンヴィル……モンモール村の村長　製薬会社のオーナー
エレオノール……村長の次女
セレーヌ……同　長女
赤毛の女……モリーの店で目撃された謎の女
カミーユ……新聞記者
エリーズ……モンモール村の事件の真相を知る女

# 魔女の檻

# 道中にて（1）

「あの、どこに行くんですか？」

カミーユは、運転席のエリーズに向かって尋ねた。

地下駐車場を出てから、エリーズはひたすら車を運転するばかりで、ほとんど言葉を発していなかった。その顔には極度の疲労が刻まれ、まるでたちの悪い病気のように顔色を青白くさせている。そもそも行き先どころか、カミーユはこのエリーズという女性の素性《すじよう》を何ひとつ知らなかった。一週間前にスクープをちらつかせるメールが送られてきて、新米記者の自分はその話に乗ってみることにしたのだ。

「送ったメールでも伝えたように」エリーズが道から目を離さずに答えた。「あなたには、モンモール村で起きたあの事件の真相を教えるつもりなの。あの恐ろしい事件の真相を……。でも、どんな事実でもそうだけど、信じてもらうには証拠を見せないといけない。特に、わたしの話は証拠がないと信じられないでしょうから。きっと、あなたはわたしを頭のおかしな人間かペテン師だと思うはずよ。だから、今はその証拠を見せるための場所に向かっているの」

「けど、街の外に出るなんて聞いてませんでした」窓の外を流れる景色を見つめながら、カミーユは言った。

「そうね。それは事前に伝えるべきだった」エリーズがこちらに顔を向け、かすかに笑った。

「でも、目的地に着けばわかってもらえると思う。心配しないで。決して罠とかそういうものではないから。怖がることは何もないの」

怖がる？　その言葉に、カミーユは窓の外を見るのをやめて考えた。もしかして自分はおびえた顔でもしているんだろうか？　それとも声が不安そうだから怖がって見えるとか？　いいえ、そんなはずはない。わたしは怖がってなんかない。ただこの人の話に興味を引かれているだけで……あとは初めて会う人の隣にいるから、落ち着かないだけだ。

それでも、カミーユはついサンバイザーを下げて、バニティーミラーをのぞきこんだ。自分は記者らしい堂々とした顔つきをしているだろうか。子どもっぽい衝動のまま、鏡で顔を確かめる。見たところ、弱々しいところは出ていなかった。いつもどおりアーモンド形の目は自信をたたえ、焦茶色の瞳はまっすぐ前を見据えている。顔色だって悪くないし、唇も震えたりしていない。つまり、落ち着かない気持ちは自分の内側にとどまっているということだ。

車は中心街の大通りをはずれ、まもなく郊外へと入っていった。ショーウインドウの明るい光に照らされていた街路は、いつしか暗く人気《ひとけ》のない界隈《かいわい》に代わっていた。ほの暗い街灯だけがあたりを照らしている。やがて、その街灯さえも姿を消して、周囲にはひたすら農地が広がりはじめた。空に浮かぶ満月だけがずっとあとをついてくる。カミーユは、一週間前にエリーズから届いたメールのことを考えた。メールは仕事用のアカウントに届いたもので、こんなことが書かれていた。

新人記者のあなたに極秘の情報を提供します。おそらく、あなたが初めて放つスクープになるでしょう。ここまで読んだだけでは、たちの悪いいたずらと思うかもしれません。でも、違います。これは真面目な話です。そうですね、信じてもらうために、少しだけ内容を教えましょう。いわば食指を動かしてもらうためのオードブルです。

二年前にモンモール村で起きた事件——大勢の村民が謎めいた死を遂げたあの事件のことは、きっと聞いたことがあるでしょう。いったい村で何があったのか。当時は多くのメディアがその謎を解明しようとしたものでした。集団幻覚か、国の陰謀か、あるいは魔術か、というふうに。もちろん知ってのとおり、メディアは何も突きとめられませんでした。村民は固く口を閉ざし、さらに村長の雇った弁護士チームにも取材を阻まれたからです。でも、わたしは事件の真相を知っています。あの村で実際に何が起きていたのか、それを明かすことができるのです。そして、この情報をあなたに提供するにあたり、見返りを求めるつもりはありません。わたしの話を信じるか無視するか、決めるのはあなたです。ただしいったん足を踏み入れたら、真実の道から逃げることはできないと心得ていてください。

来週の月曜日、夜八時に、サン＝テグジュペリ通りの公営地下駐車場でお待ちしています。地下二階に来て、黒のフォルクスワーゲン・ポロを探してください。

そんなメールに、初めはためらいを覚えていた。だが、読めば読むほど、知りたいという気持ちが大きく膨らみ、翌日には心を決めていた。自分には失うものなど何もない、最悪でも一時間を無駄にする程度だし、うまくいけば記者として名をあげることができる、と……。そうして今、見ず知らずの情報提供者、エリーズの車に乗っているのだ。と、エリーズが口を開いた。

「たとえばの話だけど」淡々と言う。「わたしが『昨日の夜、眠っていると、屋根裏から床のきしむ嫌な音がして目が覚めた』って言ったら、信じるでしょう？」

「もちろんです」

「じゃあ、もし『その音は屋根裏にいる幽霊が立てたものだ』って打ち明けたら？　信じるのはだいぶ難しくなるんじゃない？」

「その場合は、確かにそうですね」カミーユは答えた。

「今のわたしたちの状況も、ちょうどそれと同じなの。わたしの話を信じてもらうには、実際に幽霊を見せるしかない。たとえわたしが言葉を尽くして、幽霊がどんなふうに百年来の床板をきしませるのか、目を閉じたとたん、どんな音が聞こえてくるのかを伝えても、あなたはきっと信じないでしょうから」

「でも、そもそもわたしは幽霊を信じていないんです」カミーユはきっぱりと言った。

けれども、その言葉が本心なのか、自分でもよくわからなかった。だいたい幽霊がいるかどうかなんて、これまで考えたこともなかったのだ。

「本当に幽霊はいないと思う？」エリーズが続けた。「たぶん、それは幽霊を見たことがないからよ。でも、結論を出すのはあとでいい。まずは、到着まで二時間ほどかかるから、そのあいだにあの事件の全容を最初からたどってもらいましょう。座席の下を探してみて。事件ファイルが置いてあるから」

言われたとおり、カミーユは座席の下を探してみた。身をかがめ、そこにあったものを引っ張りだす。出てきたのは、オレンジ色の厚紙でできた紙挟みだった。カミーユはその紙挟みを膝に乗せ、なかから厚い紙の束を取りだした。これが事件ファイルらしい。事件ファイルは大きなホチキスで留められ、なかのページには文字がびっしりタイプされていた。いちばん上の白紙のページをめくってみると、最初の言葉が現れた。

〈第一幕 ひつじの絵をかいて！〉

そのままページをめくって、カミーユは初めのほうを読みはじめた。横からエリーズの声が聞こえてくる。

「その事件ファイルは、二百ページちょっとある。わたしが運転しているあいだ、あなたにはそれを読んでおいてほしいの。ただし、何か訊きたいことが出てきても質問はしないこと。目的地に着けば、答えは全部わかるから。ちゃんと証拠も見せてあげる。そしてそのあと、もう一度あなたに尋ねるつもりよ。『やっぱり幽霊はいないと思う？』って」

# 第一幕　ひつじの絵をかいて！

## 事実　その1

アスピリンは、すでに百年以上前から、現在の合成薬剤の形で存在する。さらに、天然由来の薬としては、かれこれ三千五百年以上前から使用されていたと思われる。というのも、世界最古の医学書のひとつ、古代エジプトの〈エーベルス・パピルス〉（紀元前一五五〇年頃に書かれた）には、柳の樹皮が鎮痛薬として記されているからだ（アスピリンの成分であるアセチルサリチル酸のもとは、柳の樹皮から抽出できる）。古代エジプトのみならず、のちには古代ギリシャでも、医師のヒポクラテス（紀元前四六〇年頃―紀元前三七五年頃）が煎《せん》じ薬として柳の樹皮を用いていた。このように、アスピリンは、アスピリンの形になる遥か前から脈々と使用され、勧められてきたのである。ちなみに、痛みとは、刺激を受けてつくられたホルモンが末梢神経に痛みを伝達し、末梢神経から脳へ電気信号が送られることで生じている。アスピリンが痛みに効くのは、痛みを伝えるそのホルモンがつくられにくくなるからである。

最後にもうひとつ。柳は痛みどめや熱冷ましの材料であるだけでなく、魔術に関わる木としても知られている。魔女が持つほうきには、柄《え》と穂をつなぐ部分の材料に、柳の木が使われていたからである。

# 1　モンモール　二〇一九年十二月十二日

ヴァンサンは空を見あげた。雪のかけらがひらひらと顔に落ちてくる。空には乳白色の雲が広がり、あたり一帯にひっそりと雪をちりばめていた。もうしばらくして夜がふける頃には、きっと吹雪になるのだろう。そうなれば冬特有の突風が吹き荒れ、このモンモール村の家々もその周囲の土地も、固い綿毛のような雪に覆われてしまう。

あまり時間がないな。遅くともあと二、三時間で、羊たちをみんな小屋に戻さないと。そう思って、ヴァンサンは相方のジャン＝ルイを目で探した。地面からは白い霧が立ちのぼり、大地と空の境界をあいまいにしている。その霧の向こうに目を凝らすと、幽霊のような人影がぼんやりと見えてきた。ジャン＝ルイだ。柵からそう遠くないところにいる。ということは、ジャン＝ルイはとっくに羊たちを小屋へ追いたてはじめていたのだろう。自分も早く合流しないと。ヴァンサンは寒さに肩を丸めながら、歩きだした。

見習いの羊飼いとして、ジャン＝ルイのもとで働きだしてもう二年だった。この仕事はそう簡単ではないけれど（特に自分のような二十歳そこそこの若者にとっては難しい）、羊飼いになったおかげで、親には買ってもらえなかったものを自分で買えるようになっていた。車も買えたし、酒も買えた（モリーの店で出るような安酒じゃなくて、ちゃんとした酒だ）。何よりよかったのは、同じ年頃の女の子の興味を引けることだった。この村の女の子たちは、隣町のクラブまで車で連れていってくれる相手をいつも探しているからだ。といっても、本当に振り向いてほしいのは、シビルひとりだけだったが……。毎朝、作業着に着がえながら、ヴァンサンはいつも心に誓っていた。いつの日か、もっとお金を貯めてシビルを振り向かせよう。そうして、自分もシビルが持っているのと同じ本を買って、シビルの好きな作家の話をたくさんするんだ。素敵なディナーを楽しみながら、カミュやサルトルやサン＝テグジュペリについて語りあったりして……。

シビルへの片思いのことは、ジャン＝ルイにもときどき話していた。五十二歳のジャン＝ルイはだいぶ年上だが、「関係ないよ」とこちらがはぐらかそうとしても、うまく話を聞きだして、「その夢をあきらめるな」と励ましてくれるのだ。しかも粗野な見かけによらず、「大切にしているものは決して手放すな」とも言ってくれた。まるで庇護者のように温かな笑みを浮かべながら、こう言い添えてくれることもよくあった。「たぶん、その女の子だってじきにわかってくれるさ。おまえが本当はどういう人間かって。まあそうなると、おれはひとりで羊を追うことになるんだろうが」最後の言葉だけは言われるたびに、心がちくりと痛んでいた……。

ジャン＝ルイは、村人の多くから不作法《ぶさほう》で人と打ち解けない人間だと思われていた。確かにぶっきらぼうだし、酒に気を引かれすぎるきらいがあるのは否《いな》めない（モリーの店でよく安酒を飲んでいた）。でも、決して悪い人間ではなかった。そのことをヴァンサンは心の奥でわかっていた。だから、ジャン＝ルイの悪口が聞こえてくるたびに、こう繰り返していた。「人のなかには、単に他人への口のきき方を知らないだけってタイプもいるんだ。『あいつは不作法だ』って気を悪くする人が出てくるのは、それが原因ってこともある。特に、羊飼いがどういう仕事かわかってないと、気分を害しやすいんだ」と……。

　吹きつける風が少しずつ強まっていた。右手を額にかざし、ヴァンサンは再び目を凝らして、ジャン＝ルイのいるほうを見た。凍《い》てつきそうな寒さのなか、ジャン＝ルイは手にした柳の杖を空中で踊らせて、羊たちに指示を出している。まるでオーケストラの指揮者が音楽家たちに指示を出すかのようだ。ジャン＝ルイの短くて正確な指示の声が、離れた自分のところまで届いてくる。そんなジャン＝ルイの姿に、ヴァンサンも杖を振りあげて、まだ放牧地に残っている数頭を小屋のほうへ追いたてはじめた。

「子羊が三頭、足らんぞ！」

　しばらくして、ジャン＝ルイの大声が響いてきた。激しさを増す風音に負けないよう、声を張りあげている。

　三頭か。日が暮れる前に必ず見つけてやらなくては。でないと、狼に食われるか、寒さにやられて死んでしまう。ヴァンサンはあたりを見まわした。この放牧地はそれほど広いわけではない。だが、あちこちに樹木や茂みがあるうえ、草も生い茂っていて、羊を隠してしまう場所は無数にあった。

「あっちを探してくる！」

　南のほうを指さしながら、ヴァンサンは叫んだ。放牧地の南側は、モンモール山のふもとにあたり、切り立った岩壁になっている。その岩壁へ向かって、ヴァンサンは湿った地面を何歩か進んだ。だが、ふと立ちどまって、山の頂上へと目を向けた。いったい誰がこのモンモール山を山と呼ぶことにしたのかはわからない。でも、目の前にそびえるのは山というより、巨大な岩のようだった。今は山腹に低い雲がかかっているせいで視界をさえぎられ、頂上はよく見えないが、それでも高さが百三十七メートルしかないのは知っていた。山にしてはだいぶ低いほうだろう。

ヴァンサンは子羊を探そうと、再び慎重に歩いていった。どんな小さな動きも見逃さないようにしなくては。だが、モンモール山の切り立った岩壁まであと数歩というところで、はっとして足をとめた。自分が今、どこにいるのかに気づいたのだ。右側に鉄柵が巡らされ、越えてはいけない境界が示されている。鉄柵の向こうは昔の墓地だった。もう何世紀も誰も近づいていない不吉な場所だ。とっさに、ヴァンサンは山に垂れこめる雲を見あげ、もう一度山頂のほうへ目を向けた。子どもの頃に母親から聞いた話では、その昔、あの山頂から罪人が――魔女だと断罪された女たちが――突き落とされていたという。そのせいで、村には呪いがかけられたとも聞いていた。それはモンモール村の人々に代々語り継がれている話で、母親もまた自分の父親から聞いたそうだ。

いや、今は子羊を探さないと。ヴァンサンはその話を頭から追い払おうとした。だが、あまりうまくいかなかった。そしてほとんど無意識のうちに、手を伸ばしながら、モンモール山の岩壁へ近づいていった。濡れて光る岩壁へ……。あのごつごつした岩肌に触って、モンモール山を撫でてやる。そうすれば、この山や村が呪われているなんて迷信に立ち向かえる。そう強く思いながら……。

　あと数センチだ。昔の墓地の鉄柵を横目に、じりじりと前進しながら、ヴァンサンは自分を励ました。この世には魔女なんて存在しない。存在したことだってない。あんなのは子どもを怖がらせたいだけの作り話だ。その子どもたちだって大きくなれば、山の頂上へ続く道を見つけて、登ってみようとするだろう。そう、ぼくがそうしたように。で、頂上に着いたら、このちっぽけな山から村を見おろすんだ。そうして酒を飲みながら、あんなのは子どもじみた迷信だって鼻で笑うんだ……。

　もう少しで指先が山の岩肌に触れそうだった。だがそのとき、ジャン＝ルイの力強い声がして、ヴァンサンは我に返った。

「ヴァンサン、三頭とも見つけたぞ！　こっちで羊を囲うのを手伝ってくれ！」

　いったい自分は何をしようとしていたのか？　まだ頭がぼんやりしていて、理解するのに数秒かかった。ヴァンサンは足元を見つめ、それから急いでその場を立ち去った。昔の墓地のあるこのあたりは、数百年前の骸骨が、地面のほんの数センチ下で眠っていたりするからだ。というのも、山頂から突き落とされた罪人は、骨が折れたまま放置されたりしたらしいのだ。墓穴に埋葬されることもなく……。これも村人なら誰もが知る話だった。

「くそ、あんな場所で何をやってたんだ」山から離れながら、ヴァンサンは思わず口にした。

「まるで身体が勝手に近づいていくみたいだった。引き寄せられでもしたように……」

　その後、駆け足でジャン＝ルイのそばまで行くと、ヴァンサンは心底ほっとした。あの山が見えていても、今はひとりきりじゃない。だが、その気持ちは隠しておいた。心の動揺も出さないように気をつけた。それでもジャン＝ルイにこう訊かれた。

「さえない顔だな、どうした？　幽霊でも見たか？」

「まさか。ちょっと頭が痛いだけだよ。たぶん寒さのせいで」

「だからいつも言ってるだろ。ちゃんと着込んどけ」そう言いながら、ジャン＝ルイは最後まで動こうとしない羊を杖で叩いている。

「そういえばさ、このあたりの言い伝えって聞いたことはある？」ヴァンサンは尋ねてみた。

「モンモール村にまつわる話とか、あの山とか、まわりの森のことなんだけど」

さっき山のそばで感じた薄気味悪い感覚がどうしても頭から抜けず、まだ動揺していた。あれからモンモール山にはずっと背を向けたままだ。海を泳ぐ人間が巨大な波から逃げようとでもするように……。

「言い伝えか？　もちろん知ってるさ。モリーの店で一杯やってりゃ、毎晩聞こえてくるからな」ジャン＝ルイが陽気に答えた。「だが知ってのとおり、おれはおまえと違ってこの土地の人間じゃない。だから、ああいうくだらない話はまともに聞いちゃいないんだ。それより、そろそろ小屋を閉めるぞ。ここで待ってろ」

そう言うと、ジャン＝ルイはかばんの上に身をかがめた。そのとき、激しい突風が巻きおこった。風はすさまじい咆哮《ほうこう》をあげながら周囲の森を抜け、身体に打ちつけてきたかと思うと、山の岩壁へとぶつかった。

「くそ、なんて風だ！　殺す気かよ」ヴァンサンは声をあげた。「早く一杯やりに行こう。最初の一杯はぼくがおごるからさ。身体を温めないと。あれ、どうしたの、ジャン＝ルイ？」

ジャン＝ルイはぴたりと動きをとめていた。かばんに手を突っこんだまま、微動だにしていない。たぶん、そうやってまたからかっているのだろう。機嫌がよかったり、酔っ払っていたりすると、ジャン＝ルイはときどきこういうことをする。動けなくなったふりをするのだ。いつも年寄り扱いしてからかうので、その仕返しにちがいない。

「ほら、このままじゃ凍えるよ。冗談はもういいから」

そう声をかけると、ジャン＝ルイがゆっくりとこちらを向いた。パントマイムのような妙な動き方だった。あいかわらず黙っている。なんだよ、いい加減やめてくれよ。そう思って、ヴァンサンはジャン＝ルイの肩をげんこつで小突こうとした。だが、ジャン＝ルイの様子に気づいて、すぐさまやめた。瞳孔が点のように小さくなり、頬に涙が伝っていたのだ。何よりぎょっとしたのは、ジャン＝ルイが目の前にいる自分ではなく、うしろにそびえるモンモール山を見つめていることだった。まるであの山に――花崗岩《かこうがん》と石灰岩でできたあの岩山に――魅入られたような目つきで……。

「ジャン＝ルイ、どうしたんだよ。あのさ……泣いてるの？」

ヴァンサンは、これまで大男のジャン＝ルイが寒さや風に震えたり、不平を言うところなど見たことがなかった。何があっても、ジャン＝ルイがひるむことなど一度もなかった。自分にとって、ジャン＝ルイは疲れ知らずのたくましい筋肉の持ち主で、岩のように屈強で頑健な人だった。あんな山なんかより、ずっと力強い人だった。それなのに突然泣きだすなんて、いったい何が起きているのか？　しかも、ジャン＝ルイは泣きながら狩猟ナイフを取りだしている。

「いいか、おまえはここにいろ。わかったな？」

「あ、ああ。でも……」

「あれが始まったんだ」ジャン＝ルイがほとんど聞き取れないような声でつぶやいた。「おれは自分が誰で、何をしたのかわかったんだ。もう手遅れだ。柳がそう言うんだ」

「何の話を……」

「おまえ、あいつらが見えないのか?」ジャン＝ルイが叫んだ。

目つきがおかしくなっていた。その常軌を逸した目で、ジャン＝ルイはほんの数メートル先の一点を見つめている。何もない地面を……。

「あいつらって、誰? ぼくには何も見えないよ」ヴァンサンはあたりを見まわした。

「おれの妻と子どもたちがいるんだ。ほら、あそこに」

そうつぶやくと、一瞬、ジャン＝ルイは悲しみに満ちた笑みを浮かべた。それからすぐに背を向けて、羊小屋へ向かっていった。うっすらと積もった雪に、ジャン＝ルイが足跡をつけていく。その姿を、ヴァンサンは目で追うことしかできなかった。ジャン＝ルイのわけのわからない言葉に呆然とし、握られた狩猟ナイフの刃の厚みにおびえて、立ちすくんでいた。

ジャン＝ルイが羊小屋に消えてまもなく、羊たちの不安げな鳴き声が聞こえてきた。それはやがて苦痛の声になり、断末魔の声に変わっていった。ヴァンサンは寒さのなかでずっと立ちつくしていた。身じろぎひとつできなかった。目の前で起きていることが理解できなかった。

数分後、ジャン＝ルイが羊小屋から現れた。全身血まみれだった。まだ温かい血が湯気を立てていた。それを見てようやく、ヴァンサンは勢いよく駆けだした。モリーの店に向かって必死に走りつづけた。山の不気味な静けさと、死にゆく羊たちの声から逃れるために……。

## モンモール通信　シビルのブログ

わたしの村を紹介しましょう。

ここモンモール村は、たとえていえば、厚い壁に囲まれた中世の城塞のようなところです。村は自然の厚い壁——尖った岩山とその左右にある大小の丘——に囲まれていて、住民はそのなかに囚われたようにして暮らしています。でも、それを悲観することはありません。みんな黙々と仕事に励み、感謝の念を抱きながら、地平線から空へと突きでた岩山を眺めています。まるでその岩山が巨大な石碑で、生きる者に死者の重みを思い出させるかのように……。

　実際、村の岩山は死者を連想させるものなのです。というのも、そもそもモンモールというこの村の名称は、〈死者の山《モンターニュ・デ・モール》〉が縮まったものですから。昔はきっと別の名前だったのでしょう。でも、歴史の本にも人の記憶にも、かつての名前は残っていません。では、どうしてモンモールという名前が定着したのか。そこには魔女狩りという歴史が深く関わっています。

　十六世紀後半から十七世紀半ばにかけて、フランスではサンセールやエクス＝アン＝プロヴアンス、それからルーダンでも無実の人が悪魔憑《つ》きだと断罪され、処刑されました。その約半世紀後、十七世紀末から十八世紀初めにかけて、この村も集団ヒステリーに陥って、魔女狩りに翻弄された時代がありました。

始まりは一六九六年、村人たちがある噂を耳にしはじめたことでした。「村に住むルイーズという名の母親とその四人の娘たちなら、熱でもどんな痛みでも治してくれる」というものです。そのために必要なのは、床に裸で横たわり、清めの儀式らしきものを受けることだけでした。初めに奇妙な呪文が唱えられ、それからどろりとした液体――シロヤナギの樹皮をもとにつくった調合薬――を飲まなければなりませんが、そうすると熱や痛みが引いたのです。その話を聞いても、初めのうち、村人は誰も気に留めていないようでした。ところが、フランス各地で似たような出来事が起きていることを、村長が知ったあたりから、「ルイーズは魔術を使っている」という噂が広まりだしました。

　さらに一六九八年には、セイラムという異国の村の魔女の話まで聞こえてきます（アメリカで起きた一六九二－九三年のセイラム魔女裁判）。そのせいで、「魔術の蔓延はもはやフランスの一部地域に限った話ではない、他の国々にも広がっている」という考えは揺るぎないものになりました。悪はすぐそこにあり、栄えようとしているのだと。

　こうして、村長は悪の根源を断つために、ルイーズと四人の娘たちを処刑することに決めました。見せかけだけの裁判が開かれ、ルイーズ母娘はひたすら責めたてられました。悪魔にささやかれて呪文を唱えたこと、魔女集会《サバト》の夜に性的な放蕩《ほうとう》にふけったこと、人心を堕落させたこと、さらには村人の記憶を失わせたことも罪状に加えられました。実際、ルイーズのところへ行った人たちは、どんな症状があったにせよ――熱でも頭痛でもその他の痛みでも――ルイーズと接したときの記憶がほとんどないと証言したのです。

　やがて判決が下され、ルイーズと四人の娘たちは、岩山の頂上まで引きたてられていきました。神が地上に人を住まわせた日からずっと、村を見おろしているあの岩山まで……。そして山の頂上から、突き落とされました。ルイーズ母娘の身体は、凍てつく地面にぶつかって、ぐしゃりと音を立てたといいます。骨の砕けるその音は、山の岩肌を伝い、山頂まで不気味に響いてきたそうです。処刑の見物に熱狂していた群衆は、皆その不気味な音を聞くことになりました。

その後、村人の多くは「あの音を聞いた瞬間、魔女の呪いがかかったのだ」と思うようになりました。ルイーズたち魔女は自分の骨が砕ける音を聞かせることで、村の男たちの心を麻痺させたのだと……。というのも、その処刑からあと、村の男たちは村のほとんどの女のことを「こいつも悪魔の手先じゃないか」と疑いはじめたのです。その結果、ルイーズたちに続いて、村では多くの魔女たちが――少なくとも、隣人や恋人、ときには夫によって魔女と目された女たちが――山頂から次々と突き落とされていきました。

こうして、村の岩山は〈死者の山《モンターニュ・デ・モール》〉となりました。それが時とともに〈モンモール〉と呼ばれるようになり、今の村の名前になったのです。

魔女狩りというこの集団ヒステリーは、十八世紀初めまで続きました。人々の狂乱によって、魔女が処刑しつくされるまで……。その頃には、最後まで残っていた村人も、村を捨てて出ていきました。

以上がモンモール村の歴史的な側面です。次に、地理的な情報もお伝えしておきましょう。モンモール村は、半ば孤立した場所にある集落です。袋小路のような場所とも言えるでしょう。村の南側にはモンモール山がそびえて行く手をふさぎ、山の左右には豊かな森の茂る大きな丘と小さな丘が連なっています。そんな山と丘に囲まれ、閉じこめられるようにして、村の集落があります。この村へ入る道はひとつしかありません。北から入る県道一八二〇号線だけです。村の北側には大きな山々がありますが、県道一八二〇号線はその山間《やまあい》を気まぐれなヘビのようにうねりながら、最後にトンネルを通って村へ入ってくるのです。

この村が〈モンモール〉と呼ばれるようになったその起源。それにまつわる暗い伝説や迷信は、村人のあいだで代々語り継がれてきました。子は親から、その親もまた自分の親から聞いたというふうに……。ただそれをどう受けとめるかは、人によって違います。常に心に留めていて、何かと口に出す村人もいる一方、そんなものは馬鹿げていると考えて、自分からは決して口にせず、聞くのを厭《いと》う村人もいるのです。

きっと伝説や迷信を厭うそんな村人たちの気持ちから、〈そんなのは雪のかけらでしかない〉というこの村独特の表現も生まれたのでしょう。このモンモール村では、そこまで気にするほどの重みはないと伝えたいとき、〈そんなのは雪のかけらでしかない〉と言うのです。

そう、これまで払われた幾多の犠牲も、魔女とみなされた女性たちも、モンモール山の真下にある何百年も前の昔の墓地も、今となっては多くの人にとって、雪のかけらでしかありません（昔の墓地が山の真下につくられたのは、落下したその場所に死者を葬るのが現実的だったからです）。悲しい過去はありましたが、今のモンモール山は大げさに「山」とは呼ばれていても、実質はただの巨大な岩でしかないのです。左右に連なる大きな丘と小さな丘の森から霧が立てば、その霧を閉じこめて村に湿気をにじませ、沈む夕陽は山の陰に隠してしまう――それだけの山なのです。

これがわたしの村、モンモールです。わたしはここで生まれました。

この村のことは、自分の身体をつくる大切な一部のように愛しています。だから、村を離れようなんて絶対に思いません。ということで、もしこのブログをくだらないと思う人がいたら残念ですが、わたしはこれからこのブログに村の年代記を書くことにしました。中世の城塞のようなモンモールという村――その歴史が決して消えることのないように、敬意を表すつもりです。

そのほかのことは雪のかけらでしかありません。

追伸
いえ、ひとつ大事なことを。もうすぐ村にちょっとした出来事が起こります！
三日後、モンモール村の警察署に、逝去された前署長の後任として、新しい署長さんが赴任されてくるのです。きっと、村の皆さんに温かく迎えてもらえることでしょう。

# 2　モンモール　二〇二一年十一月十日

朝の七時十五分。ジュリアンはすでに宿の食堂のテーブルについていた。

そこへ宿の女主人のモリーが足を引きずりながら、コーヒーを運んできた。床をこするスリッパが、いやいや歩くロバのひづめのような耳ざわりな音を立てている。ジュリアンが挨拶《あいさつ》しても、モリーは咳払いで短く答えるだけだった。そして暖炉に薪をくべると、そのまま食堂を出ていった。もともと火はよく燃えていたのに、わざわざ薪を足したということは、当分戻ってこないつもりだろう。きっと泊まり客は自分だけにちがいない。食堂にひとり残されて、ジュリアンは思った。カウンターに目をやると、汚れたグラスが大量に放置されている。どうやら昨晩洗うのが億劫《おっくう》だったようだ。

ここモンモール村に来たのは昨日のことだった。この村の警察署長として赴任してきたのだが、引越し業者がまだ新居に荷物を運び終えていなかったので、昨日は村の宿に泊まったのだ。宿選びは難しくなかった。ここには一軒しか宿がなかったからだ。宿と食堂を兼ねたこの〈モリーの店〉しか……。まあ、少なくともコーヒーは飲める味だ。カップを口へ運びながら、ジユリアンは苦笑いを浮かべた。目の前の壁には、額に入った写真が飾られている。昨日も見ていた写真が——。

昨日この宿に着いたとき、フロントにいたのはモリーの夫のロジェだった（フロントといっても、今グラスであふれているカウンターのことだが）。

「ひょっとして新しい警察署長さんで？」驚いた顔をしながらも、ロジェは愛想よくそう尋ねた。

「そうです。でも、仕事は明日からですよ」

どうしてそんなことを言ったのかわからない。きっと村まで五時間も運転したせいで、疲れていたのだろう。

「うちには一泊で？」

「ええ、満室でなければぜひ」

ロジェの問いかけにそう言って笑ってみせたが、向こうはこちらの冗談には答えず、食堂のほうに目をやっていた。仕事柄、あちこちに目を配るのがくせになっているのだろう。といっても、昨日の午後、食堂にいたのは女性客ひとりだけだった。赤毛の女性がティーカップの上に身をかがめ、まるで大切な秘密をささやきでもするように、背を丸めながら紅茶を飲んでいたのだ。あとは年老いた猫が一匹、暖炉のそばで寝ていたくらいで、ほかには誰もいなかった。

「いえね、客は夜に来るんです。みんな、仕事が終わると飲みにくるんですよ」ロジェはグラスを拭きながら、言いわけのように口にした。「あんまりうるさくないといいんですがね。なかには時間がわからなくなるまで飲む客もいるもんで」

「一晩ですし、なんとかなりますよ」

その後、ロジェは「うちのやつが部屋へ案内する」と妻のモリーを探しにいった。食堂の壁に飾られた写真は、そのあいだに見ていたのだ。そのほとんどは祝いの席を写したものだった。カメラに向かって男女がグラスを持ちあげたり、めでたい雰囲気のなか、酔って顔を赤らめた人々がにこやかに笑ったりしている写真だ。だが、そんな陽気な写真とは明らかに種類の違うものが、少し離れたところに一枚あった。それは古い墓地の写真だった。いくつか並ぶ十字架は時を経て古び、もはやまっすぐ立っていなかった。きちんと打ちこまれなかったのか、地面のほうへ傾いていた。天上の楽園へ向かうのではなく、地獄へ沈んでいこうとでもするように……。あたりには背の高い雑草が生え、墓地を囲む錆びた鉄柵沿いに伸びていた。

「素敵な写真だろ？」

女の疲れたしゃがれ声がうしろから聞こえてきたのは、その墓地の写真を見ているときだった。

「素敵かどうかはなんとも。でもまあ、牧歌的ですね」

「あたしゃ、モリー。亭主と一緒にこの宿をやってましてね。じゃあ、部屋へ案内しますよ」

そう言うと、モリーはでっぷりとした身体を動かし、スリッパを履いた足を引きずりながら、食堂の奥へ向かっていった。奥には階段があり、自分もモリーのあとをついて、その階段を上っていった。モリーの汗のすえた臭いをできるだけ無視しながら……。モリーが足を乗せるたび、階段の板はみしみしと苦しげに鳴っていた。

そうして二階に着くと、モリーから有無を言わせぬ口調で告げられた。

「部屋は、前の署長さんが村に着いてすぐ泊まったところと同じです。別に呪いをかけようってわけじゃないんですがね。あいにく用意できるのはこの部屋だけで」

「別にいいですよ。迷信深くはないですから」

そう冗談めかして答えたものの、前の署長と同じベッドで眠るのかと思うと、少々落ち着かないのは否めなかった。というのも、前の署長は着任からわずか八カ月ほどで死んだと以前の上司に聞いていたからだ。

「まあ、モンモールに住むんなら、ちっとは迷信深くなってもいいと思いますがね」

そう言って、モリーは廊下のいちばん手前にある部屋の鍵を開けた。二階の廊下は薄暗かった。奥へと伸びる床板の先は暗がりに沈み、さながら終わりのない通路だった。壁の漆喰《しっくい》は剝がれかけ、天井の古びたシャンデリアはもはや灯ることがないらしく、絞首台のロープのようにぶら下がっていた。

それから、モリーは部屋のドアを開け、なかを見せてこう言った。

「うちはヒルトンじゃないんでね」鍵を渡しながら、こうも言った。「けど、一泊するぶんには文句はないと思いますよ。朝食は七時からです。もし夕食もお望みなら、ロジェのほうに日替わり定食を頼んでくれますかね。あっちが食堂担当なんで。あたしゃ、客室の世話と朝昼の給仕をする係でね」

見せられた部屋を、自分はあきらめの目で眺めていた。そして、スリッパを引きずるモリーの足音が階段に消えると、部屋のドアを閉め、ため息をついた。「確かに、ここはヒルトンじゃない」とモリーの言葉の真似をして……。すえたようなモリーの臭いがまだあたりに残っていた。その後は窓を開けて換気をしてから、もう一度一階へおりていった。車の荷台に積んだままのスーツケースを取りにいくためだ。カウンターの前を通ると、来たときにいた赤毛の女性はもう姿を消していた。食堂に残っていたのは、テーブルの上のティーカップと暖炉の前で眠る猫だけだった。

一晩の辛抱《しんぼう》だ。自分にそう言い聞かせながら、昨日はコートの襟を立て、外の凍てつくような風に向かっていった。この場所に一晩耐えればいいだけだ、と……。

「コーヒーのお代わりはどうだい?」

いきなりモリーの声がして、ジュリアンは飛びあがりそうなほど驚いた。近づいてくる音がまったく聞こえなかったのだ。だが、そんなことはありえないはずだった。モリーは歩くたびにスリッパを引きずり、耳ざわりな音を立てるのだから。とっさに、ジュリアンはモリーの足元に顔を向けた。あいかわらず薄汚れたスリッパを履いている。それなら、いったい何に気を取られて、足音に気づけなかったのだろう。あと、すえたような臭いにも……。少し考えてみたが、答えは見つけられなかった。

「いや、ありがとう。もう結構」

「まずかったかい?」

「えーと……いえ、とてもおいしかったですよ。ただ、そろそろ署に行かないと。初日は大事ですからね」

「そりゃそうだ。そういや、警察署に行くならちょうどいい。おたくのふとっちょフランキーに伝えてやってくれませんかね。うちは銀行じゃないんだから、さっさとつけを払いにこいって」

「ふとっちょフランキー？　ああ、署員ですね。伝えておきますよ」

「署長さんもこれからは仕事が終わったら、ビールでも飲みにきてくださいよ。うちの酒場には迷信深い連中が集まるし、いろんな声が聞けるってもんだ」

「残念だけど、モリー、ここに一泊しただけじゃ、迷信深い人間にはなれなかったようです」

立ちあがりながら、ジュリアンは言った。「でも、心づかいをありがとう」

そうして、二度とここには泊まらないと思いながら宿の外へ出ようとしたとき、モリーがうしろでまた言うのが聞こえた。

**でも、ときには声を聞かなきゃいけないこともあるんですよ。その言葉のなかに救いがあるかもしれないから。**

ジュリアンは思わず振り返って、モリーを見た。モリーはさっきコーヒーを勧めたときと同じ場所に立っていた。微動だにせずこちらを見つめている。脂でてかった顔も動いていないが、振り向かれて意外だったのか、眉間にしわを寄せていた。

「何かお忘れ物でも？」そう尋ねる口調に、初めてわずかな礼儀正しさがにじんでいる。

「いや、『声を聞かなきゃいけない』って、どういうことかと」

「え？」

「たった今、そう言ったでしょう？　私がうしろを向いてすぐ」

「すみませんがね、あたしゃ何も言ってませんよ。それより、ふとっちょフランキーに必ず伝えといてくれますかね。『つけを払え、でなきゃ次にあんたが酒を飲むときは隣町まで行くはめになる』って」

そう言い捨てて、モリーはカウンターのほうへ行ってしまった。

外に出ると、ジュリアンは新鮮な空気を大きく吸いこんだ。まったく、モリーは頭がおかしいにちがいない。話しかけられたのは確かなのだ。それなのにどうして……。いや、今夜はもう新居だ。早く荷ほどきをして、この宿のことはさっさと忘れよう。そう思うと、ジュリアンはボルボのステーションワゴンの運転席へ身を滑らせた。

そして警察署へ向かう前に、車で村を流してみた。

村の主な道路なら昨日の午後も走っていたが、日の出前のこの時間、村は昼間とはまた別の魅力を見せていた。街灯が温かな黄色い光で家々を包み、薄れゆく夜の闇と、最後にもう少しだけ闘っていた。そんな村を見ていると、ジュリアンは昨日受けた印象がまた心に響くのを感じた。確かにモンモールという村は辺鄙《へんぴ》な場所にあるが、まったく廃《すた》れてなどいないのだ。人里離れた村と聞いて思い浮かべるイメージとはほど遠かった。アスファルトで舗装された道路は劣化もなく、かなりよい状態を保っているし、建物の外観も美しく調和がとれていた。しかも、ほとんどの建物が二階建て以上で、煙突も何本か立つ豪華なつくりだ。そこからは、村全体の外観に気を配ろうとする住民の意志らしきものが見えていた。花壇には色鮮やかな花が咲き、広場は掃除が行きとどいている。店のショーウインドウは華やかに彩られ、治安対策の無粋なシャッターなどおろしていない。駐車場には、車が地面のラインに沿って整然と並んでいる。通りもまぶしいほどの清潔さで、じっと見ていると、まるでスイスの高級リゾート村を丸ごと移してきたかのようだ。

そのうえ、地面の上の数センチほどを霧がゆったりと漂い、あたりにくまなく広がっているので、この村の独特な雰囲気をいっそう際立たせていた。ほとんど夢の世界だった。いや、もちろん眠ってなどいないが。自分は確かにこのモンモールという村にいるのだ。村を囲む岩山と大小の丘を、今この目で眺めている。左右の丘から白い霧がおりてきて、木々のあいだを縫いながら丘の斜面を滑るさまも、その霧が盆地の村へ流れこみ、舗道を湿らせている様子も、ちゃんと見ているのだ。

ジュリアンは運転を続け、村の中央広場のまわりを一周した。中央広場は四角い形で、真ん中に錬鉄製の大きなあずまやが建っている。それから、今度は宿の写真で見た昔の墓地へ行くことにして、進路を変えた。標識もＧＰＳも必要なかった。村の南にそびえる岩山を目印にすれば見えてくるだろうからだ。車はそこでとめればいい。宿の写真には、地面へ傾《かし》ぐ十字架のすぐうしろに、あの岩山も写っていた。まるで山が堅牢な墓石で、死者たちを見守ってでもいるように……。

やがて十分ほどすると、白い霧と薄れゆく闇を裂くようにして、岩山が冷然とその全貌を現した。車から百メートルほどの距離しかない。夜明けの月の下、岩山は霧に濡れた岩肌を光らせながら、おごそかにそびえ立っていた。その形は巨大なナイフの刃のようで、天へと鋭く伸びている。ただし、先端は尖っていない。どうやら頂上は平らな高台になっているらしく、金属の手すりが巡らされているのが見えた。あの上からなら、さぞ見事な景色を望めるのだろう。

フロントガラスへ身を乗りだして、ジュリアンは心を躍らせた。きっと道さえ見つければ頂上へ行けるはずだ。そう、宿のモリーに案内を頼んでもいいだろう。延々と続く山道の階段を、モリーが悪臭のする息を切らせてのぼる姿を想像すると、思わずにやりとしてしまう。

それから、ジュリアンはエンジンを切って、車の外へ出た。十一月の空気は凍えそうなほど冷たくて、集落にいるとき以上に湿っぽく感じられた。おそらく、あの岩山が寒さと湿気を閉じこめているのだろう。そう思いながら、山に背を向け、集落のほうを振り返ってみる。遠くに見える家々が、ひとつまたひとつと明かりを灯しはじめていた。集落を囲む大小の丘の森からは、あいかわらず霧がゆっくりとにじみでていた。

再び山のほうを向くと、ジュリアンは昔の墓地へと歩を進めた。背の低い錆びた鉄柵が、いにしえの亡骸《なきがら》たちを囲っている。といっても、傾いて立つ十字架の数から見て、きちんと埋葬された死者の数は、十を超えてはいないようだ。あたりに茂る高い草が、朝露に濡れる葉で靴を撫でていく。

なぜこの墓地を訪ねたいと思ったのか。自分でもよくわからなかった。ただ、ここを訪ねておかないと、村の一員になれないような気がしたのだ。赴任前、村に関する情報は当然インターネットで探っていたが、見つかったのはいくつかの写真だけだった。だが、昨夜モリーの夫ロジェのお手製だという煮込み料理を食べたあと（料理は独特な香りがした）、部屋で再度検索すると、〈モンモール通信〉というブログが見つかった。村の女性が始めたばかりのブログらしいが、おかげで宿の写真で見たこの墓地のいわれについて、多少知ることができていた。この墓地には魔女として処刑された女たちが眠っていると……。

もちろん、あの暗黒の時代——反啓蒙主義と妄信に満ちたあの時代に繰り返された魔女狩りが、人の狂気を象徴するものなのはわかっていた。だが、もしこのモンモール村を本当に理解したいなら、ある意味、村の暗い歴史に身を投じることも必要だろうと思われた。だからこそ、寒さに芯まで凍えながらも、自分は今こうしてかつての狂信が起こした悲劇の場所を見ているのだ。そんなことを思いつつ、ジュリアンは霜のおりた鉄柵に触れてみた。

「きっと、ここが村でいちばん古い史跡だろう。で、その次に古いのが、モリーの宿ってところか。さて、仕事に行くとしよう。署の設備がここの木の十字架よりは近代的だといいんだが」

そうつぶやきながら、ジュリアンは車へ戻った。エンジンをかけ、まず車内を温める。そして数分後、すっかり冷えがとれたところで、警察署へ向かっていった。

同じ頃——。

宿のモリーはまだ寝ている夫のロジェを叩き起こしていた。「さっさと起きて、昨日の洗い物の山を片づけろ！」と、怪鳥ハルピュイアのようにがなりたてながら。乱暴に揺するせいで、劣化したスプリングが悲鳴をあげ、マットレスがぎしぎし音を立てていた。

ふとっちょフランキーこと、警察官のフランクは署の更衣室に置かれた鏡の前に立ち、制服を整えていた。今日は新しい署長が初めてやってくる日だから、仕事のあと、一杯飲みに誘ってみよう、と思いながら。だが、すぐに思い出して青ざめた。そういえば、モリーのところのつけを払っていなかった……。

同じ頃、スクールバスの運転手のロイックは、バスのエンジンをかけ、村の職員に手を振りながら車庫を出ていった。毎朝、モンモール村の子どもたちを隣町の中学校まで送るのが、ロイックの仕事だった。

そこから通りをいくつか隔てたところでは――薄暗いアパルトマンのなか、羊飼いだったヴァンサンがひとり天井を見つめて泣いていた。もう悪夢を見なくてすむように、目はずっと開けていた。この二年、ヴァンサンは同じ悪夢にうなされていた。羊飼いの相方だったジャン＝ルイが、羊の血にまみれた顔で近づいてくる夢だ。ナイフの刃を振りあげ、「もう手遅れだ」と繰り返しながら……。

村の若者リュカは、いらいらとマリファナの先に火をつけていた。〈モンモール通信〉というブログを見つけたからだ。そのブログを書いたシビルは、かつての同級生だった。

同じ頃――。

モンモール村は目を覚まそうとしていた。生まれたばかりの朝の光が山の岩肌を優しく撫で、村人はそれぞれの家から空を眺めていた。そろそろ雪が降って冬本番を迎えそうだと思いながら。

# 3

昔の墓地をあとにして十分後、ジュリアンは警察署に到着して驚いた。誰よりも早く来たつもりだったが、署にはすでに明かりがついていたのだ。ホールに入ると、受付カウンターにはもう職員の女性が座っている。そちらへ向かうと、女性が元気な声で言った。

「おはようございます、署長！」

「おはよう……リュシー。確かリュシーだったね？」昨日もこのホールには顔を出していた。

「はい、そうです」

「早いんだね。てっきり、私が一番乗りかと思っていたよ。今度きみより先に署の電気をつけたいときは、ここに泊まることにしよう」

「わたし、毎朝七時四十五分には出勤しているんです」リュシーが言った。「風が吹いても、雪が降っても、日差しの強い夏の日も、必ずその時間には来ています。まあ、夏は涼しい部屋でもう少し寝ていたいなんて思いますけど。そうそう、フランクとサラも来ていますよ。でも、あのふたりは署長の心証をよくするためですね。いつもはもっと遅いんです」そう言って、ウインクしてみせる。

「そうか、ありがとう。じゃあ、さっそくふたりに会ってこよう」

「ご一緒しましょうか？　昨日はこのホールにいらしただけで、なかはご覧になっていません。よろしければ……」

「いや」ジュリアンは答えた。「申し出はありがたいが、ひとりで大丈夫だ。ここで電話番を頼む」

「でも、電話なんてめったに鳴りませんから……」

「とにかく頼んだよ、リュシー！」

ジュリアンは廊下から声をかけた。リュシーの言葉が終わらないうちに、もう廊下を進んでいたのだ。

署の廊下は、モンモール村の通りと同じ雰囲気だった。清潔で広々としていて、しかも現代的だ。その廊下を歩いていくと、執務室はすぐ見つかった。だが、なかに入って、ジュリアンは目を疑った。そこは田舎の警察署というよりも、政府の危機対策本部と呼ぶのがふさわしいような場所だったからだ。部屋には最新型のパソコンが並び、大型のモニターも設置されていた。その大型モニターは複数の画面に分割され、映像をいくつも映しだしている。どうやら村の各所に設置された防犯カメラの映像らしかった。高機能のプリンタは、もちろん署員それぞれのパソコンと無線でつながっているのだろう。キャスター付きの肘掛け椅子も、座り心地がよさそうだった。

さらに、執務室の奥にはガラス張りの休憩室もあった。新しく部下になるふたり——フランクとサラ――は、その休憩室にいた。真ん中に置かれたテーブルには、クロワッサンとコーヒーが並んでいる。まさか、こんなところだったとは……。ジュリアンは心でつぶやくと、豪華で現代的な設備に啞然としながら、今一度執務室を眺めた。そうして、フランクとサラのいる休憩室へ向かった。

「ああ、署長ですね！　フランクです。ようこそモンモールへ！」こちらに気づいて、フランクが声をあげた。「コーヒーはどうですか？」

「ぜひ、いただくよ」フランクと握手をしながら、ジュリアンは答えた。

フランクは多少肉づきがいいが、〈ふとっちょフランキー〉という宿のモリーの言葉から想像していたほど、太ってはいなかった。

「署長、初めまして。サラです。よろしくお願いします」

「こちらこそ」

赴任前にもらった資料によると、サラは三十三歳だった。背丈は平均くらいだが、握手をして、ジュリアンは驚いた。握る力がほぼ男性並みで、フランクのふわりとした握手とは対照的だったのだ。覇気の感じられる力強い握手だった。おそらく向上心のある女性なのだろう。サラを見ながら、ジュリアンは考えた。揺るぎないまなざし。うしろでひとつにまとめた髪。鍛えられた体形。荒っぽい仕事のときはおおいに頼りになりそうだ。一方のふとっちょフランキー――いや、フランクのほうは、おどおどした目つきと憎めない体形もあいまって、警察官というよりは、ちょっと太めの思春期の青年のようだった。この部屋で自分は何をしているのかと思案しているような……。

「あら、わたしも入れてくださいよ」

そう言って休憩室に入ってきたのは、受付のリュシーだった。満面の笑みを浮べている。サラ、フランク、リュシー、そして署長の自分。これでモンモール警察署の四人全員がそろったわけだ。このなかでは、五十代のリュシーがいちばん年長だった。リュシーは背が高く、ほっそりしていて、チェーン付きの眼鏡をかけ、今日はコットンのズボンと淡いピンクのブラウスを身につけている。この署で唯一の事務職員で、村役場に雇われてかれこれ三年ここで働いているという。

「これをどうぞ」ジュリアンは、カップに注いだコーヒーをリュシーに渡して言った。「でも、あまり長く受付を離れないでほしいんだ。初仕事を逃すのは残念だから」

「心配いりませんよ、署長」フランクがクロワッサンを食べながら答えた。「リュシーはいいものをつけてますからね」

その言葉に、ジュリアンは初め、廊下の先の部屋にいても受付の電話の音が聞こえるほど、強力な補聴器でもつけているのかと考えた。だが、リュシーが顔を横に向け、人差し指で自分の耳元をさしたとき、そうではないと気がついた。

「ブルートゥース接続のマイクつきイヤホンです」リュシーが誇らしげに説明した。「これがあるので、トイレにも罪悪感なく行けるんです」

「いや……参ったな。いろいろな警察署で働いてきたが、こんなに立派な設備は初めて見たよ。最新型のパソコンにあの大型モニター、それにこの休憩室。これはつまり、ここまで設備に金をかけなきゃいけないほど、このモンモール村には犯罪が多いということだろうか?」

「いえ、そうじゃないんです、署長」サラが言った。「はっきりいって、この村じゃたいしたことは起こりません。少々活気が足りないくらいで。署の設備はみんな、村長のプレゼントなんです」

「村長？」

「そう、村長です。というか、この村の所有者でもありますが。でもまあ、モンモール村の土地がすべて村長のものというのはご存じですよね。村長はとても気前のいい方なんです。署長がこの村へ赴任されたのも、村長のあと押しがあったそうです」

「そうだったのか。いや、実をいうと何も知らなかった」

「とにかく、村長はこの村の住民が理想的な環境のなかで安心して暮らせるように、できるかぎりのことをしてくださっているんです。そのためなら、惜しみなくお金を出してくれていて。この警察署だけじゃありません。村民全員のためにも出費してくれているんですよ。小学校も図書館も公園も病院もつくってくれましたし、モンモール山の頂上まで登る道も整備してくれました。それに無料のＷｉＦｉも……。村長はこの村の庇護者なんです」

村の庇護者？　ジュリアンは困惑した。確かにこれといった理由もなく、署にこれほどの設備を提供しているのだ。ここの村長はたいした庇護者なのだろう。だが、気持ちは警戒したままだった。どうにも完璧すぎるからだ。ここには警察官なら誰もが夢見る環境が整いすぎている。静かな空間。仕事に必要なあらゆる手段。しかも給料は二十五パーセントもアップして、住む家まで用意されている。

「ぜひ村長にお会いしたいものだ」ジュリアンは言った。

「村長は、大きな丘の上にあるお屋敷にお住まいです。霧がかかっていなければ見えますよ。でも、そのうちに会えますからご心配なく。ここにもよく顔を出しにいらっしゃるんです。といっても、それはこの村におられるときの話ですけど。かなりお忙しいスケジュールのようですから」

「村長のお名前は？」

「ティオンヴィルさんです」フランクが答えた。「アルベール・ド・ティオンヴィルさんっていいます。魅力的な人ですよ」

「ということで、署長」サラがテーブルの上のコーヒーカップを片づけながら、待ちきれない様子で言った。「何から始めましょうか？」

「素晴らしい質問だ。では、まず進行中の案件を教えてくれないか。手始めとしては上々だろう」

「よし、仕事開始だ！　ぼく、資料室へ行ってきます」フランクが言った。「五分で戻ってきますから、みんなで執務室の会議机に集まりましょう。椅子の座り心地も最高なんですよ」

リュシーは受付へ戻っていき、サラも休憩室を出て、椅子を三脚、危機対策本部ばりの立派な机のほうへ移動させはじめた。ひとり休憩室に残されて、ジュリアンは両腕をぶらぶらさせながら、新たな職場を眺めていた。まさかこんな場所で働く日が来るとは……。まったく、思いもよらないことだった。

五分後、ジュリアンは快適な椅子に座り、サラとフランクとともにつややかな木製の会議机を囲んでいた。目の前には、ファイルが四つ置かれているだけだ。それを黙って見つめたあと、ジュリアンはおもむろに口を開いた。

「これだけか？」

「はい、署長。これで全部です」

「つまり、今この署では四つしか事件を抱えていないと？」

「そのとおりです」サラが答えた。

「これは冗談なんだろうか？」

「さっきもお伝えしたように、ここはとても静かな村なんです。みんな顔見知りですし、事件はめったに起こりません」

「そうか。とにかく、どんな事件か見てみよう」

ジュリアンは最初のファイルを開いてみた。だが数秒後には概要を理解し、閉じていた。ほかの三つの内容も一分とかからず把握できた。

「なるほど」ため息をついて言う。「最初に見たのがいちばん古い事件だな。二年前、羊飼いの男性が羊たちの喉をかき切って殺した直後、自身も心停止を起こして死亡したというわけか。その男性、ジャン＝ルイの死亡は病院の医師が証明し、ジャン＝ルイが以前から心臓病の治療を受けていたとも証言している」

「ぼく、ジャン＝ルイと知り合いでした」フランクが口を挟んだ。「ジャン＝ルイはぶっきらぼうで、あんまり人と打ち解けない人だったんです。人間よりも羊と長く一緒にいるとこうなるのかなって感じの人でしたよ。ときどき一緒に飲みましたけど、口数の少ない人でした。いかつい体格で、酒を飲むと怒りっぽくなってたな。それもあって、話しかけようとする人はほとんどいませんでした」

「なるほど」ジュリアンは話を続けた。「ふたつめは、村役場の職員による、宿兼食堂の〈モリーの店〉の告訴だな。その訴えによると、〈モリーの店〉は毎晩遅くまで食堂を開けて、未成年の若者にまで酒を販売している。さらに――特に夏の夜に顕著だそうだが――その若者たちがモンモール山の頂上に行って酒を飲み、空になった酒瓶を投げ捨てるので、困っているというわけだ。ということで、その職員は『ガラス瓶の破片を拾うのに多大な時間を費やさなくてはならないが、これは食堂を経営するモリーとロジェがやるべきことだ』と主張している」

「この件については、山の頂上に防犯カメラを設置しようと考えたんです。でも、村長が反対されて。あの場所は自然のままにしておくべきとのことでした」

「わかった。三つめは、きっとこのなかでいちばん重大だと思うが」ジュリアンはつい皮肉を口にした。「自分の好きな作家〈ダヴィッド・マレ〉の本が図書館に置かれていないという、村の老人の訴えか。司書がそもそもそんな作家は存在しないようだと説明しても納得できず、警察になんとかしてほしいと求めている」

「存在しないって幽霊みたいですよね。もしや**ゴースト**ライターとか？」フランクが言った。自分の駄洒落に満足そうだ。

「えーと、最後は」ジュリアンは取り合わずに続けた。「これもなかなか興味深い。ロイック・デュモンというスクールバスの運転手が、夜になると自宅の窓の下から物音が聞こえてくると訴えている。ロイック・デュモンは『毎日バスで送迎している子どもたちの仕業だ』と主張するが、それを証明することはできていない」

「この件については、通りに設置した防犯カメラで確認したんですが、疑わしいものは見つかりませんでした」サラが言った。「夜間、ロイックの家の窓辺に、人のいる気配はなかったんです。もしかしたら、森から吹いてくる風の仕業じゃないかと思うのですが」

「これは冗談なんだろうか？」椅子の上で姿勢を正し、サラとフランクを見つめながら、ジュリアンは再度尋ねた。

「いえ」フランクが答えた。「ロイックは、本当に子どもの声が聞こえるって言ってますよ」

「いや、その件じゃなくて、もっと全般的なことなんだが。真面目な話、進行中の案件はこれだけなのか？　もっと何か、たとえば乱闘とか窃盗とか密売とか、そういった事件はないのか？」

「ええ、ないんです、署長。ここはモンモールですから。何度も言いますが、この村はとても……」

「ああ、とても静かなんだね。ありがとう、サラ。わかってはいたんだが」ジュリアンはふっと笑った。「なにせ、ついこの前までいた街じゃ、二十人ほどの同僚と働いていたが、全部の事件を片づけるなんて絶対に無理だったんだ。仕事とは果てしなく続くものだった。ところが、この村ときたらあまりに平和で」

「そうですね。この村では、わたしたちは通りをパトロールして、村の人たちと天気の話をするくらいです。不穏な事件に追い立てられるなんてことは、まずありません」少々残念そうに、サラが言った。

「あの、もう少しクロワッサンを食べませんか?」フランクが立ちあがりながら声をかけた。

「それかコーヒーは?」

「いや、結構」ジュリアンは言った。

「わたしもいらない」

フランクが口笛を吹きながら、休憩室のほうへ向かっていく。

「ところで、この署の独特なあり方を、前の署長はどう考えていたんだろう?」ふと思いついて、ジュリアンはサラに尋ねてみた。

だが、すぐによくない質問だったと理解した。突然、サラの目が曇ったのだ。どうやら、閉めたままにしておくべきだった扉を、意図せずこじ開けてしまったらしい。サラは動揺を隠そうとしていたが、隠しきれていなかった。そして、フランクが休憩室に入ったのを見届けてから、話を始めた。

「そうですね。署長と同じように、フィリップも……いえ、前の署長もこの署の状況に驚いてました。でも、何日か過ごすうちに理解したようでした。モンモールはただ単に……特殊な場所だって」

「きみは前署長と、なんというか、とても親密な仲だったんだね?」

サラはただうなずいた。そこに言葉はいらなかった。サラが前署長のフィリップを今も想っていることは、何も言われなくてもよくわかった。その沈黙に、死んだ恋人を想う深い悲しみがあふれていた。

「すまない、サラ。つらいことを聞いて」

「いえ、わたしのほうこそ、すみません。あの日、フィリップは研修でモンモール村を出たんですが、その途中、道が凍っていたせいで車がスリップして、谷底へ転落してしまって……。それなのに、わたしたち、あの日は喧嘩していたんです」

サラが話すのを、ジュリアンはさえぎることなく聞いていた。ほんの数分前まであれほど強い女性に見えていたのに、今はクリスタルガラスのようにもろそうだった。

「くだらない喧嘩でした。原因はピアノで……。実は、フィリップはずっと不眠に悩んでいたんです。きっと環境が変わったせいですね。署長と同じで、都会から来た人でしたから。でも初めのうちは、単に通りの喧騒が恋しいだけだろうと思ってました。都会の通りは人だらけで騒がしいのに、ここはとても静かですから。それまでの生活から、脳が夜の騒がしさに慣れていて、そのせいで眠れなくなったんだろう、そう思ってました。ここは静かすぎて苦しいんだろうって」

「確かに、そういうことは起こり得る」ジュリアンは小さな笑みでうなずいた。

「でもそのうちに、夜中にピアノの音が聞こえるって言いはじめたんです。最初、わたしは気にしてませんでした。でも、日がたつにつれて、フィリップの調子が悪くなって。フィリップはわたしに何度も訴えていました。『夜中に誰かがピアノを弾いて、自分を起こそうとしている。その誰かは、自分が目を開けたとたん、ピアノを弾くのをやめる』って。事故があったあの日も、それが原因で喧嘩になったんです。今思うと、フィリップは抑鬱状態だったんですね。でも、わたしが手を差し伸べる前に、死んでしまった……」

「サラ、もっと話をしたほうがいいんじゃないか。遠慮しないで話してくれ。聞き役になろう」ジュリアンは言った。

「ありがとうございます。でも、今は仕事をしなくては。空き瓶の投げ捨て事件、実在しない作家事件、見えない子どもの立てる騒音事件、それに羊殺しの羊飼いの死亡事件。わたしたちには片づけないといけない事件がありますから」

「わかった。ところでその羊飼いの件だが、どうして未解決扱いなんだろう？」思い出して、ジュリアンは尋ねた。「なんだかんだで、ジャン＝ルイは心停止を起こして死亡した。医者もそう証明したんなら、死因に不審な点はないだろう？」

「ジャン＝ルイと一緒にいた青年の証言があるからです」サラが説明した。「その青年はヴァンサンといって、羊飼いの見習いだったんですが、『ジャン＝ルイが死んだのは心臓病のせいじゃない、何かおかしなことが起こったせいだ』って言いつづけていて。羊たちを殺す前に、ジャン＝ルイは妙な言葉を口走っていたらしいんです」

「なるほど。その青年の住所はファイルに載っていたね」

「はい、署長」

「では、これからそのヴァンサンという青年を訪ねてみよう。この事件は署の棚を大きく占めているようだし、ぜひとも解決しようじゃないか」ジュリアンは冗談めかして言い、こう続けた。「きみも一緒に来てくれないか？」

いつもなら、こういう場合はひとりで行っていた。証人に質問をしにいくだけなら、ふたりもいらないからだ。だが、今はサラを悲しみから引きあげてやりたかった。前署長とのことを思い出して沈むサラを……。

「もちろんです。では、フランクに伝えてきます。車は必要ないですよ。ここから通りをいくつか行ってすぐですから」

# 4

「この村の村長のことを、もう少し教えてくれないか?」

外に出ると、ジュリアンはサラに尋ねてみた。

羊飼いの見習いだった青年を訪ねるため、村の大通りを歩いているところだった。大通りの右手には四角い中央広場があって、村人がちらほら歩いている。広場の真ん中にあるあずまやには、村の職員が梯子《はしご》をかけて花飾りを取りつけていた。通りを行くと、すれ違う村人たちが目で挨拶をしてくれた。誰ひとり立ちどまって苦情を訴えることも、誰かの悪事を言いつけることもない。皆、穏やかさを保ったロボットのように道を歩きつづけている。

「村長のことですか?」サラが答えて言った。「確か、村長は二十年ほど前にこの村の土地を買ったと思います。当時ここに住んでいたのはほんの数世帯でしたが、土地の買い上げと聞いて、初めは収用されるのかと思ったそうです。高速道路の建設とか油井の掘削のような計画でもあるんだろうと。でも、違いました。そもそもこの村に石油なんてありませんし。村長のテイオンヴィルさんは、ふたりのお嬢さんを育てるために、最良の環境を用意したかっただけでした。きっと、大金持ちの気まぐれだったんでしょう。でも、それはただの気まぐれではありませんでした。村長はこの村へ来るとすぐ、病院を建ててくれましたし、ほかにも莫大なお金をかけて、村に必要な施設を整えてくれたんです。あと、刑務所も改修されました」

「刑務所？」

「ええ、ごく小規模なもので、独房をいくつか備えただけですが。この地方の刑務所が過密状態だったので、それを緩和するために昔の刑務所を改修して使えるようにしたんです」

「その刑務所はどこにあるんだろう？」ジュリアンは尋ねた。

村を車で流したとき、それらしい建物を見た覚えはなかった。

「今はもうありません。話によると、ある嵐の晩、刑務所の発電機に雷が落ちたのが原因で、そばにあった燃料のガスボンベが爆発したそうです。なんでも、そこは現代的な刑務所を目指していたらしくて、受刑者は決められた日課もなく、昼間は刑務所内を自由に移動できていたそうです。大きな家のなかのように。ええ、うちの署みたいにハイテク設備をそろえていたわけじゃなくて、現代的だったのはあくまで考え方のほうだけだったんです。もちろん、収監する受刑者は厳しく選別されたようですが。とにかくそういう刑務所でしたから、建物も昔ながらのものを改修して使っていたようです。漆喰を塗った石の壁と木の梁でできた建物を……。ただ、そのせいできっと火の回りが早かったんですね。当時、受刑者は九人いたそうですが、生存者はひとりもいませんでした」

「ひどいな。全員焼死したのか？」

「ええ、全員死亡しました。でも、もっと痛ましい話もあるんです」

「そうなのか？」

「村長がこの村へ来たのは、ふたりのお嬢さんのためというのはさっきお話ししましたね。実は、下のお嬢さんのエレオノールは重い病気を患っていたそうです。それで、病院は絶対に必要だということで、村長は村にまず病院をつくられたんです」

「重い病気というのは？」

「よくわかりません。わたしが知っているのは、ある晩、村長がおやすみを言いにエレオノールの部屋へ行くと、部屋はからっぽだったという話で。すぐに使用人たちと手分けして屋敷中を探したそうですが、エレオノールはどこにも見つかりませんでした。そしてその数時間後、モンモール山のふもとで発見されました。変わり果てた姿になって……。遺体の状態からして、山の頂上から転落したのはまちがいないそうです。まだ十二歳だったのに」

「なんてことだ。村長も気の毒に」

「そうなんです。奥さまはお産で亡くされていますし」

「まったく、痛ましい話だな」

「ええ。どうして村にあれだけの防犯カメラが設置されているのか、これでおわかりになったと思います。村長は、我が子が危険にさらされていないかと、村民が不安を覚えるような事態を二度と起こさないと誓ったのです。本当に悲しい話です」そこまで話したところで、サラが足をとめた。「着きました。ヴァンサンはここに住んでます」

目の前にあったのは、三階建ての建物だった。

ジュリアンは建物の入り口にあるインターホンを押して、応答を待った。そのあいだも、サラから聞いた話が頭で繰り返されていた。どうしてこんな小さな村の警察署に、多額の金をかけてまで最新鋭の警備システムが導入されたのか。さっきまでは直接村長に会って、話を聞きたいと思っていた。だがその謎が解けた今、会いたい気持ちはしぼんでいた。やりすぎに思える防犯カメラやコンピュータの導入は、娘を亡くし、打ちひしがれた村長の心の誓いから生まれたのだ。

「出てきませんね」応答しないインターホンを前に、サラが言った。

「仕事に出ているとか？」

「いえ、知るかぎりでは、今ヴァンサンは仕事をしていません」

「それなら、ほかの部屋で試してみるか」ジュリアンは続けざまにいくつかインターホンを押してみた。

数秒後、ノイズ音とともにスピーカーから声がした。

「はい？」

「こんにちは。モンモール警察の者です。この建物に入りたいのですが、入り口のオートロックを開けてもらえませんか？」

すぐにカチッという音がして、建物入り口の錠が開いた。

「なんと」ジュリアンは驚いた。「この方法で開けてもらえたのは初めてだ」

「ここはモンモールですから」サラが肩をすくめる。

建物に入ると、階段で三階までのぼり、ファイルに記されていた部屋番号の扉の前に立った。

扉を叩く前に、ジュリアンはサラに確認した。ヴァンサンという青年は情緒不安定になりやすい人間と思っていたほうがいいのか、もしそうなら警察が来て抵抗する可能性も考慮しておくべきか、と。サラの答えはこうだった。

「いえ、ヴァンサンは天使ですよ。いつだって穏やかな口調で話す人です。モリーの店で会うことがありますけど、ビールを二杯以上飲んでいるのは見たことがありません」

「よかった」ジュリアンは小声で言って、扉を叩こうとした。

だが、サラにとめられた。

「あの、開いているようです」そう言って、扉とドア枠のあいだの小さな隙間を目線で知らせてくる。

そこで、ジュリアンは扉をそっと押すと、頭が入るくらいまで隙間を広げ、なかをのぞきながら声をかけた。

「ヴァンサン、こちらはモンモール警察のジュリアン・ペローです。なかにいますか？　入ってもいいですか？」

返事はなかった。

「ヴァンサン？　サラです」サラも声をかけた。

やはり沈黙しか返ってこない。

「ここは静かなモンモールだと願いたいが」腰にさげたシグ・ザウエルのホルスターのロックをはずしながら、ジュリアンは言った。「あまりいい兆候ではなさそうだ」

いつでも拳銃を抜けるよう、ひとまず手は腰に置き、慎重な動きで室内へ入っていく。

「今、なかに入りました」そう発しながら、ジュリアンは廊下を進んだ。「お聞きしたいことがあります」

入ってまず現れたのは台所だった。化粧板でできたテーブルの上に、ボウルとシリアルの袋が置かれている。台所を過ぎ、サラが廊下の右のドアを開けると、そこは寝室だった。ベッドは乱れたままで、床には衣服が脱ぎ散らかされている。衣服は色とりどりで、重なると何かの派手な衣装のようだった。サラがベッドへ近づき、マットレスに触れて、感触は冷たいと報告する。浴室をのぞいても、やはり誰もいなかった。

「奥の部屋へ行こう」

ジュリアンは小声で言って、廊下の突きあたりにあるガラスのドアへ向かった。そのドアの先に、もうひとつ部屋があるようなのだ。ドアノブを握りながら、ジュリアンは思った。どうも嫌な感じがする。この家は何もかもが静かすぎる。いや、それを言うならこの村全体があまりに静かすぎる……。

ドアの向こうはリビングだった。やはり誰もいない。すりきれたソファが真ん中に置かれ、部屋のスペースを二つに分けていた。ソファの前には、ひどく大きなテレビが据えられ、ゲーム機が置いてあった。床にはソーダの空き瓶が転がり、ポテトチップスの袋や出来合いの料理の容器も放置されている。リビング全体に、料理のスパイスと体臭の混ざったようなにおいがこもっていた。だが、何かがおかしいと感覚に訴えてくるものは、ここに残るにおいではなかった。別のにおいが空気中に混じっているのだ。それはもっと金属的で、決定的とも言えるにおいだった。

「あとはそこだけですね」サラがリビング脇のドアを指して言った。「残っているのは、あの部屋だけです」

ジュリアンはその部屋のドアへ向かっていった。

署長のジュリアンが最後のドアの前へ向かっていく。その背後に控えながら、サラもまたいつでも拳銃を抜けるよう、腰にさげたホルスターのロックを解除した。これまではシグ・ザウエルを構えるような事態など一度もなかった。さっき署長がホルスターのロックをはずしたときも、本当に拳銃を抜くつもりだろうかと内心いぶかっていた。だが、もはやそんなことは言っていられない。どう考えても、この状況はおかしかった。

そのとき、ある言葉が頭に浮かんだ。

もう手遅れだ……。

どうして突然この言葉を思い出したのかはわからない。ただ、これが誰の言葉かは覚えていた。死んだ羊飼いジャン＝ルイの言葉だ。ジャン＝ルイの死亡に関して調べていたとき、相方だったヴァンサンからジャン＝ルイが死ぬ間際にそう言っていたと、何度も聞かされたのだ。あの当時はずいぶんと支離滅裂な言葉に感じられ、おそらく動転していたせいでそんな言葉を発したのだろうと思っていた。それでも何かの役に立つかもしれないと考えて調書に記しておいたのだ。

いや、今はそんなことを考えている場合じゃない。サラは、ジャン＝ルイの言葉を頭から追いやり、前に立つジュリアンの動きに集中した。ジュリアンは、警戒する猟犬さながらに背を丸め、ゆっくりと最後のドアを開けていた。書斎のようだ。だが、なかに入ってまもなく、その動きがぴたりととまり、丸めていた背が伸びた。ということは、この部屋にもヴァンサンはいなかったのだろう。そう思って、サラは急いでジュリアンに続こうとした。だが、その前にジュリアンが振り向いてこう告げた。

「救急車を呼んでくれ。大至急だ」顔が青ざめている。

「何があったんですか？」

「救急車だ、サラ。救急車を呼んでくれ」

ヴァンサンはパソコンの前に座ったまま、ぴくりとも動かなかった。喉がざっくりと切れ、おびただしい量の血が流れ出ている。狩猟用の長いナイフが机の上に落ちていた。ジュリアンはパソコン画面のほうに目をやった。見覚えのあるサイトが開かれている。昨晩見つけて読んだブログだ。そのタイトルがまるで墓碑銘のようにパソコン画面に浮かんでいた。〈モンモール通信　シビルのブログ〉と……。

## モンモール通信　シビルのブログ

モンモール村について語るなら、この村の村長であり庇護者でもあるアルベール・ド・ティオンヴィルさんの紹介は欠かせないでしょう。ティオンヴィルさんがたいそうな資産家であることは、秘密でもなんでもありません。その莫大な資産がどれほどのものか正確なところはわかりませんが、世界有数の製薬グループを有する方ですから、業界でよく知られていることはわかっています。

というわけで、ティオンヴィルさんは普段はよく外国へ出ていて、この村で過ごすことはほとんどありません。それでも村へ戻ったときには、必ずご自身で通りを歩いて村の様子をご覧になります。そもそも、ティオンヴィルさんには出席しないといけない行事がいろいろあるのです。新しい学校の開校式にも、十二月のイルミネーションの点灯式にも、必ず出席されていますし、教会の大時計の修理が予定どおり進んでいるかどうかの確認にも立ち会ってくれています。村の夏祭りにも参加して、村民と一緒に祭りを楽しんだりもされます。

けれども、年に一日だけ、たとえ村にいてもティオンヴィルさんが決して姿を見せない日があります。それは村人なら誰もが知る日付――十二月二日です。この日は、ティオンヴィルさんが喪に服す悲しい日だからです。ティオンヴィルさんの愛娘エレオノールは、ある年の十二月二日、モンモール山のふもとで遺体となって発見されました。そのため、毎年この日になると、村民は皆、家の鎧戸《よろいど》を閉めて哀悼の気持ちを示します。そして、ティオンヴィルさんは大きな丘の上にあるお屋敷から出ることなく、早すぎる死を迎えた愛娘を悼むのです。でも、そうした苦しみや哀惜の念に苛《さいな》まれてもなお、ティオンヴィルさんはこの村を大切に思い、わたしたちに穏やかで快適な日々をもたらしつづけてくれています。何の見返りも求めず、ただただ村民どうしが仲良くすることだけを望んで……。

わたしたち村民はこれからもこの過去の悲劇を重く受けとめていくでしょう。それは、ティオンヴィルさんが村の歴史を大切に考えてくださるのと同じです。

たとえば以前、村民のなかから「魔女たちが眠る昔の墓地はどこかへ移すか、いっそつぶしてしまってはどうだろう」という案が出たことがありました。でもそのとき、ティオンヴィルさんは「墓地はあのまま残すべきだ」ときっぱり言って、村民がささやきつづける呪いの伝説や迷信を一蹴しました。かつて魔女として処刑された女性たちは人々の無知による犠牲者でしかない、その女性たちが治療に使った煎じ薬は、現在のわたしたちがよく知るアスピリンのもとにすぎない、と説明してくれたのです。あれはただシロヤナギの樹皮の抽出物に芳香性のハーブを加えた薬でしかなく、魔術でもなんでもない、と。そのお話は、村民の心に訴えかける力強いものでした。

そう、この話からもわかるように、ティオンヴィルさんは大きな力を持つだけでなく、高い見識を備えた人物でもあるのです。莫大な資産もさることながら、その開かれた精神も相当な高みに達しているといえるでしょう。

わたしはそれこそがこのモンモール村の真の魔法だと思っています。
そのほかのことは雪のかけらでしかありません。

## 5

「サラ、大丈夫か？」ジュリアンはサラに声をかけた。

もう夕方の五時だった。

ヴァンサンの遺体を発見してこのかた、ひと息つく間もなかったのだ。緊急通報をしたあと、救急車はすぐに来てくれた。だが救急隊員によると、残念なことに死亡してすでに数時間がたつとのことで、結局、ヴァンサンの遺体はサイレンを消した救急車で病院へ運ばれていった。その後、ジュリアンはヴァンサンの書斎に残り、サラと手分けして長いあいだ部屋を調べつづけた。乾いた血にまみれた狩猟用ナイフ。そのナイフは証拠物件として封印したが、血まみれの柄《え》に付く指紋は、ヴァンサン本人のものにちがいないと踏んでいた。ただし遺書はなかった。自殺の理由を伝えるようなメッセージも……。なぜヴァンサンは死んだのか。その謎は明かされることなく、沈黙に閉ざされていた。

そうして部屋を調べ終わり、今はサラとふたりでヴァンサンが運ばれた病院へやってきていた。病院は規模こそ小さいが、その設備は近隣の街にある大半のものよりずっと立派だった。

「ヴァンサンには、連絡しないといけない身内はいるんだろうか？」

ジュリアンはサラに尋ねてみた。

ヴァンサンの身内？　ジュリアンに訊かれて、サラは少し考えた。そういえば、相方だったジャン＝ルイのほかに、ヴァンサンが誰かといるのは見たことがなかった。きっとヴァンサンにとってはジャン＝ルイだけが心のよりどころだったのだろう。そう悲しく思いながら、サラは答えた。

「身内はいなかったと思いますが、明日でも近所の人に尋ねてきます。ひょっとしたら、心当たりのある人がいるかもしれませんので」

「わかった。ところで、さっきはよくがんばったな。つまりその、現場でのことだが……」

「ありがとうございます。実は、捜査で遺体を見るのは初めてだったんです。フィリップが事故を起こしたときは、現場に行っていないので。そのあとも、どうしても遺体安置所《モルグ》へは行けなくて……。負傷したフィリップの顔を見てしまったら、それ以外の顔を二度と思い出せなくなりそうだったんです。好きだったあの笑顔が消えてしまって、青白い顔色と傷だらけの姿だけが記憶に残りそうで」

「賢明な判断だったと思う」ジュリアンが気づかうように言った。「サラ、もし時間が必要なら少し……」

「いえ、大丈夫です」サラはその言葉をさえぎった。「わたし、タフなんです。それより署長は一度署へ戻ったほうがいいのでは？　検死報告はわたしが聞いておきますから。わたしのことはどうぞご心配なく」

　サラと別れ、ジュリアンは警察署へ戻った。入り口のドアを入っていくと、受付のリュシーがすぐさま立ちあがってカウンターを離れ、駆け寄ってきた。動揺しているらしく、ゆっくりと手をさすっている。まるでリュシーしか感じとれない冷たい風が、署内に吹きだしたかのようだ。

「署長？」

「ああ、リュシー」

「あの……なんて悲しいことでしょう。かわいそうなヴァンサン……」

「知り合いだったのか？」

「ヴァンサンのことは、村中の人が知っていました。真面目ないい青年だったんです、本当に」

「それなら、モンモール村に身内がいるか知らないか？」

「すみません、それはわからなくて」

「いいんだ。ありがとう、リュシー」

「お待ちください。あの、お客さまがお待ちです」

「私に来客？　誰だろう？」

「村長のティオンヴィルさんです」

　それを聞いて、ジュリアンは急いで廊下を進み、執務室へ入っていった。見ると、奥の休憩室に、背中を向けて立つ男性がいて、フランクと話をしている。あの男性が村長のティオンヴィル氏だろう。相手をするフランクは、顔を赤くして表情をこわばらせていた。どうやら気まずいらしい。そういえば今朝の雑談中も、村長の名を口にするフランクとサラの様子には、どこかうっとりとした調子とともに、恐れのようなものも混じっていた。確かに、圧倒的な権力と財力を持つ人物を前にすると、たいていの人にはそういう反応が現れる。おそらく、フランクとサラの場合もその反応が出たのだろう。ただ、今朝のふたりの態度からはそれ以外のものも感じられた。村長について、まだ語られていないことがありそうな可能性だ。もしかしたら、言わないほうがいいと判断した事実があるのかもしれない。

そのとき、フランクがこちらに気づいて、顔をぱっと明るくすると、ティオンヴィル氏に二言三言何か伝えた。その言葉に、氏が振り向いて近づいてきた。

「署長！　お会いできて嬉しいことだ」

ティオンヴィル氏はそばまで来ると、そう言って右手を差しだした。左手は木の杖を持ち、身体を支えている。そこまでのわずか数秒で、ジュリアンはなぜティオンヴィル氏を前にすると気まずい思いになるのかを理解した。氏の青灰色の目はまるで獲物を狙うネコ科の猛獣のように、ひたとこちらを見つめるのだ。加えて、長身で姿勢もよく、顎あたりでそろえられたシルバーグレーの髪と、茶色いシルクのスーツもあいまって、十九世紀イギリスの上流社会から来た紳士のようでもあった。

ジュリアンは差しだされた手を握った。ティオンヴィル氏の握手は、力こそ強くも弱くもなかったが、毅然としていた。その手を放さないまま、氏は自己紹介をした（言われなくてもわかっていたが）。

「ようこそ、モンモールへ。私はアルベール・ド・ティオンヴィル、この魅力あふれる村の村長です」それからこう言い添えて、いたずらっぽく笑った。「この署がお気に召しているといいのだが」

「村長、初めまして。ジュリアン・ペローです。確かに、ここには目をみはるものがありますね」

「村民の安全は、私にとって大変重要なものですからな。そのほかのことは、雪のかけらでしかない」

　雪のかけらでしかない？　その言葉をどこで聞いたのか、ジュリアンはすぐ思い出した。〈モンモール通信〉というブログで読んだ言葉だ。そして、〈モンモール通信〉はヴァンサンが死ぬ前に読んでいたブログでもあった……。

「村長、初日から、悪い知らせをお伝えせねばなりません」

「どういうことかね？」ティオンヴィル氏が尋ねた。

「本日、元羊飼いの青年が自宅で死亡しているのが見つかりました。名前はヴァンサンです」

　だがそう告げても、ティオンヴィル氏の顔から何かを読みとるのは難しかった。氏の顔には年相応の細かいしわが刻まれていて、ある意味優美でさえあったが、村民が死亡したと聞いても、そのしわはまったく動かなかったのだ。表情が変わらないので、驚いたのか関心がないのか、あるいは話が通じていないのか、よくわからない。それでも、目に好奇の光が小さく宿ったところを見ると、話は聞こえていたようだった。

「死亡というと？　何があったのかね？」

「今のところ、自殺と思われます」

「今のところ？」

「ええ、どんな手がかりも見逃すつもりはありませんので。場合によっては、自殺以外の可能性も出てくるかと」

「よろしい。そういうところを見込んで、私はきみを抜擢《ばってき》したのだ。警察官として、きみは何ひとつ見逃さない。素晴らしい美点だ！」

「では伺いますが、村長はヴァンサンをご存じでしたか？」ジュリアンは尋ねた。

するとティオンヴィル氏は今度はフランクに向かって声をかけた。フランクはそばにいたが、心持ちうしろへ引っこんでいる。

「なんと！ 聞いたかね、フランク。目の前の相手が誰であろうとお構いなく、ひたすら職務に邁進《まいしん》する人間がここにいる。いいじゃないか！」それから向きなおって話を続けた。「もちろん、ヴァンサンのことは知っていた。村にあまりいないとはいえ、私はここの住民を全員知っているからな。あの子は謙虚で、働き者で、優しい青年だった。ヴァンサンがいなくなったとは、モンモールにとってなんと大きな損失か……。それはそうと、今日会いにきたのは、その話をするためでも、ただ挨拶をしたかったからでもない。きみに頼みたいことがあるのだ」

「頼みたいことですか？」

「ああ。しかし、そういう話をウイスキーもやらずにするなんて、もってのほかだ。というわけで、明日の夜八時、私の家に来てほしい。ちなみに、これは命令だよ」最後にそう付け加えると、ティオンヴィル氏は哄笑《こうしょう》した。顔のしわが動き、笑い声が部屋に大きく響きわたった。

「承知しました、村長」ジュリアンは気圧《けお》され気味に答えた。「では、明日ご自宅へ伺います」

「ああ、待っているよ」ティオンヴィル氏は廊下へ向かいかけた。だが、数歩進んだところでこう言い添えた。「先ほど、きみの新居の前で、引越し業者のトラックを見かけた。それで、積み荷の段ボール箱はすべて居間へ運ぶよう指示させてもらったが、それでよかったかね？」

「恐れ入ります。でも、そこまでしていただくのは……」

「いやいや、こんなのはなんでもない。きみはもう仲間だからな。では、このモンモール村をくれぐれも頼んだよ」

そして、ティオンヴィル氏は杖を片手に、足を引きずりながら部屋を出ていった。

ティオンヴィル氏の長身がドアの向こうへ消えてまもなく、そばにいたフランクが大きく息をついた。まるでそれまで息をとめていたかのようだ。

「なかなかの人物でしょう？」

だが、そうフランクに言われても、ジュリアンはすぐには反応できずにいた。ティオンヴィル氏に圧倒され、動くことも話すこともできなかったのだ。たとえるなら、相手のパンチひとつでふらふらになったボクサーが、何が起きたかわからないままロープへ追いつめられたようなものだった。今ならなぜティオンヴィル氏のことを話すフランクとサラが、あれほどぎこちなく見えたのかもよくわかる。氏との会話中は、自分も大人と話す子どもになった気がしていた。相手を圧倒する威厳や、射抜くような強い視線、毅然と放たれる力強い言葉。そうしたものによって、ティオンヴィル氏はきっと常にこちらを支配していたのだろう。権力者というのは、どんなときでも話の主導権を握るすべを知っているにちがいない。おそらくそれが相手を魅了するのに一役買い、権力者へ歯向かう気持ちをくじかせるのだ。そんなことをひとしきり考えてから、ジュリアンはようやくフランクに答えて言った。

「ああ、なかなかの人物だな。敵には回したくないよ」気づくと、喉がからからだった。

「そういえば、前の署長もこの署に来てすぐ屋敷へ呼ばれてましたよ。ウイスキーを飲みながら話をしようって」

「それで無事に帰ってこれたのか？」

ジュリアンはそう軽口を叩いてから、すぐに自分の軽率さを後悔した。前署長のフィリップは自動車事故で死亡したのだ。事故の衝撃であちこちの骨が折れ、大破した車に挟まれた姿がちらちらと頭に浮かんでくる。

「はい、前の署長もちょっと動揺してましたけど。でも、生きて帰ってきましたよ」

こちらの間《ま》の悪い言葉を、フランクはわざとからかってくれたらしい。今はその軽い調子がありがたかった。ジュリアンはほっとして笑った。

「ところで」フランクが言った。「サラから救急の要請が入ったときに、ぼくもリュシーから聞きました。悲しいです。ヴァンサンはいい人だったし、好きだったのにな」

「まったくだ。なあ、フランク？」

「はい」

「どうも一杯やりたい気分なんだが。これから新居に行って荷物の様子を見てくるから、そのあと一緒にどうだろう」

フランクの顔が輝いた。

「それならいい場所を知ってますよ！　というか、モンモールで酒を飲むなら一軒しかないんですけど」

「モリーの店だな。わかった、じゃあ、夜八時にそこでいいか？」

「もちろんです！　サラも誘っておきますよ」

「あと、フランク、金を引き出しておいたほうがいいぞ。どうもモリーはつけを嫌うようだ」

そう言うと、ジュリアンは署をあとにして外へ出た。しばらくその場にたたずんで新鮮な空気を吸いながら、モンモール村を眺めてみる。村は、村民のひとりがこの世を去ったことなど知らないように静かだった。それから、ジュリアンは空を見た。まだ消え残る夕焼けの上に、夜の闇が少しずつ広がっていた。

同じ頃――。

スクールバスの運転手のロイックは、一日の仕事を終えてバスを車庫に戻しながら、祈っていた。今夜は窓の下に、あの子どもらが来ませんように。あの話し声に苦しめられませんように、と。

宿のモリーは、店に来た最初の女の客に、夫のロジェが早くも言い寄っているのを、冷たい目でにらんでいた。

〈モンモール通信〉のシビルは、ヴァンサンの死を悲しんでいた。ヴァンサンは幼なじみで、小学生の頃はいつだって一緒にいた。それなのに「いつかふたりだけでディナーをしたい」と言われたとき、断ってしまったことが悔やまれた。

屋敷へ戻る途中のティオンヴィル氏は、運転手に告げていた。モンモール山のふもとにある昔の墓地へ寄ってくれ、と。魔女たちの眠るあの墓地へ……。

村の若者リュカは、同級生だったシビルの〈モンモール通信〉のことを考え、いらいらしながら居間を歩きまわっていた。シビルのやつ、あのブログでいつか昔のおれの秘密をばらす気にちがいない。そう思いこんでいた。その前に片をつけてやると……。

同じ頃、サラは自分のアパルトマンへ戻り、そばに拳銃を置いたまま、ひとりソファに座っていた。あの声を頭から追い払いたかった。少し前から頭のなかで、幽霊のような声が「大丈夫か」と問いつづけるのだ。

**大丈夫か、サラ？　大丈夫、サラ？　大丈夫？……**

# 6

昨日村に来てから初めて、ジュリアンは新居に足を踏み入れた。

家は、村の中心部や四角い中心広場から歩いて五分のところにあった。これまでは不動産屋の写真でしか見たことがなかったが、実物を前にして、ジュリアンはその大きさに驚いた。外観からして金持ちふうで、石造りの正面《ファサード》は豪勢に二階分を使っている。ファサードのいちばん上――マンサード屋根のすぐ下――に半円形の窓がついているから、きっと屋根裏部屋もあるだろう。村で用意するとは聞いていたが、さっきの話からしてティオンヴィル氏がじきじきに用意したにちがいない。

車を通りにとめたあと、ジュリアンは反対側の歩道から新居を少し眺めてみた。それから、門をくぐって前庭へ入った。ひょっとして、ティオンヴィル氏はこっちが独身だと知らなかったんだろうか？　この広さなら夫婦と子ども、それに犬と猫も余裕で住めそうじゃないか。そんなことを思いながら、家の敷地をひとまわりする。裏手にはよく手入れされた芝生が広がっていた。遠目にモンモール山も見えている。山は薄暗がりのなかに消えかけて、夜のマントをまといつつあった。

そろそろ、なかに入って荷物の様子を見にいくか。

ジュリアンは正面玄関へ戻ることにして、小道に敷かれた砂利をきしませながら、玄関ポーチまで歩いていった。そうして石のステップをのぼり、木製のぶ厚い扉に鍵を差しこんだ。

扉を開けてなかに入ると、ワックスをかけたばかりのフローリングのにおいが迎えてくれた。玄関ホールのコートハンガーにコートをかけ、部屋を順に見てまわる。

一階でまず目に入ったのは、何もかもがそろった広い台所だった。見ていると、自分が出来合いのものしか食べないことが申し訳なく思えてくる。「サブリナ、きみならこの台所があるだけで、この家を好きになっただろうな」。料理好きだった元恋人を思い浮かべ、ジュリアンはついつぶやいた。次にドアを開けると、床が楽しげに鳴って、クラシックな雰囲気の浴室が現れた。なかには脚つきのバスタブが置いてあり、洗濯室もついている。必要なものはやはりすべてそろっていた。

続いて、テラコッタタイルの張られたおしゃれな階段をのぼり、ジュリアンは二階へ向かった。二階にはドアがいくつも並んでいた。どんな部屋が出てくるのだろう。わくわくしながらひとつずつドアを開けていく。まるでクリスマスプレゼントを開ける子どもだった。そうやってひととおり見た結果、二階には寝室がふたつと書斎、それにトイレと二個目の浴室もあるのがわかった。ふたつの寝室にはそれぞれにベッドとタンスが備えられ、書斎には書棚が据えられて、栗色のどっしりとした革のクラブチェアも置いてある。あまりに立派な家を用意され、ジュリアンは驚きを禁じえなかった。ついこのあいだまで郊外の手狭なアパルトマンで暮らしていたのに、急にこんな広い家に住むのは分不相応な気さえした。

階段をおりて再び一階へ戻ると、ジュリアンは最後にメインの部屋――居間へ入った。そして、またしてもその広さに驚いた。広い居間の真ん中には、引っ越し荷物の段ボール箱が十個、鎮座している。持ってきたものはそれだけだった。それ以外は――家具も元恋人のサブリナがネットで買った不用品も――みんな売り払ってきたからだ。いらないものは、数時間ほどで全部売れた。近所の建物のホールに張り紙をしておけば、興味を持つ人が現れ、引きとってもらえたのだ。

ジュリアンは、重厚感あふれるソファに腰をおろし、改めて自分の段ボール箱を眺めてみた（ソファは、革張りに鋲《びょう》飾りの美しいチェスターフィールドだった）。広い新居に置かれていると、段ボール箱たちはどうにも所在なげで、滑稽かつ無用なものに思えてくる。まったくすごい家だな。満ち足りた気分で、ジュリアンは息をついた。それから腕時計を見て気がついた。なんと、かれこれ一時間もこの家を探検していたようだ。どうもモンモールでは時間の流れ方まで違うらしい。ジュリアンは小さく笑って、立ちあがった。そうして、ふたつあるスーツケースのひとつを取りにいった。よし、どっちの寝室を使うか決めたら、シャワーでも浴びて、出かけるとするか。初日から思いがけないことの連続だったが、フランクたちと一杯やれば、気力も復活するだろう。


それから四十分後、ジュリアンは〈モリーの店〉のドアを押した。

ドアを開けるとすぐに熱気とざわめきが押しよせてきた。食堂は人でごったがえしていて、一瞬場所をまちがえたのかと思ったほどだ。数十人はいるだろうか。テーブルは満席で、カウンターにも飲み物を注文しようと人が群がっている。ほかにもビール片手に立ったまましゃべっている人もいた。カウンターの向こうでは、店を切り盛りするロジェが顔を赤くしながら、次々入る飲み物の注文をさばいている。と、ざわざわした話し声に混じって、ジュリアンは自分の名が呼ばれるのを聞いた。ロジェから目を離して、声のほうへ注意を向けると、フランクとサラが手を振ってこっちだと伝えている。ジュリアンは常連客のあいだをなんとか抜けて、ふたりのいるテーブルまでたどり着いた。

「驚いたな。毎晩、こんな感じなのか？」

「そうですよ」周囲の音に負けじと、フランクが大声で答えた。「なんたって、村に一軒しかない酒場ですから」

「それで、新居はどうでした？」今度はサラが尋ねる。

「なんというか、とにかくここの村長は本当に気前がいいようだ」

「さっき署に来られていたと聞きましたが」

「ああ、なんとも不思議な時間だった」ジュリアンは正直に言った。

だが、それ以上何を言えばいいのかわからなかった。実をいうと、署を出たあとも、村長と話した印象を何度も思い返していたが、やはりあの感情を言葉にするのは難しかった。

「署長、飲み物は何がいいですか？　頼んできますよ。ついでにつけも払ってこないと」フランクが笑顔で席を立った。

「ありがとう。ビールを頼む」

フランクがカウンターへ向かって、人が大勢いるなかを歩いていく。途中、知り合いとおぼしき人の肩を叩いては、立ちどまって何か言葉を交わしていた。その数は相当なものだった。

「フランクはここにいるみんなと知り合いなんです。常連なので」サラが言った。

「少々通いすぎってことはないか？」ジュリアンは気になって尋ねた。

今朝モリーがつけの話をしたとき、〈ふとっちょフランキー〉とあだ名で呼んでいたのを思い出したのだ。フランクはあだ名で呼ばれるほど入り浸っているのだろうか。

「ええ、まあ。ただモンモールにいると、日が暮れてからやることを見つけるのはなかなかに大変で。だから、こうやってできるかぎり退屈と闘おうとする人もいるんです」

「なるほど。ところで、サラ、大丈夫か？」

テーブルについたときから、ジュリアンはサラの目が赤くなっているのが気がかりだった。目の前にいるのは、今朝初めて会ったときの快活で覇気のあるサラとは別人なのだ。どこかで――きっとヴァンサンの血まみれの部屋で――サラは覇気をなくしてしまったにちがいない。あの場所で、サラの覇気は粉々に砕け、身につけるには重すぎる飾りのように床に落ちてしまったのだろう。

だが、大丈夫かと声をかけても、サラは一瞬目を見開いて、驚いたように額にしわを寄せるだけだった。心なしか、さっきより目の充血がひどくなっている。返事がないのは、周囲の音がうるさくて、声が届かなかったからだろう。そう思って、ジュリアンはもっと大きな声で言ってみた。

「大丈夫か？」

「はい」ようやくサラが弱々しい声で答えた。「あの、ヴァンサンのことですが、自殺でまちがいないと病院の監察医が言っていました。傷の角度や深さから見て、自殺の線が妥当だと。わたし……まだヴァンサンのあの姿が頭から離れなくて。血溜まりのなかで、頭をのけぞらせていたあの姿が……。どうしてヴァンサンがあんなことをしたのかわからない。でも、それだけです。ほかには何もありません」

「そうか。ヴァンサンに関しては、明日また詳しく調べてみよう。私はもう一度部屋を見てくるよ。きみのほうは、ヴァンサンが金に困っていなかったか、銀行に聞いてみてくれ。あと、この村にシビルという女性がいるだろう？ 〈モンモール通信〉というブログを書いている女性だが。そのシビルにも署へ来てもらいたい。どうもヴァンサンとシビルは知り合いだったように思うんだ」

「どうしてそう思われるんですか？」

「いや、特に根拠はないんだが。ただの勘だよ」

ジュリアンはそう答えるにとどめておいた。サラにはまだ黙っていたが、ヴァンサンが自殺した原因は失恋かもしれないと考えていたのだ。というのも、今日の午後、サラが動揺を鎮めるためヴァンサンの部屋を数分ほど出ていたあいだに、インターネットの閲覧履歴を調べたところ、興味深いことがわかったからだ。まず、ヴァンサンはシビルの書いたブログ〈モンモール通信〉をずいぶん頻繁に訪れていた。まだふたつしか記事のないブログにしてはやけに多かった。さらに、もうひとつ何度も訪れていたのが、シビルのフェイスブックだったのだ。そこから失恋の可能性を考えたわけだが、もう少し様子がわかるまで、ジュリアンはさしあたり自分の胸にしまっておくことにした。それに、今日のような一日を過ごしたあとは、いったん仕事を忘れてゆっくりしたかった。サラの沈んだ気持ちもまぎらわせてやりたかった。

「わかりました」サラが答えて言った。「では明日の午前中、シビルに署に来てくれるよう伝えます」


その後、夜は楽しい雰囲気で過ぎていった。

カウンターの端に置かれたジュークボックスから、八〇年代のスタンダードナンバーが流れだすと、踊る客が少しずつ現れ、しまいにはたくさんの人が控えめに踊りはじめていた。

「なあ、これからは仕事のとき以外、署長ってのはやめにしないか」

フランクが戻って三人そろったところで、ジュリアンは提案した。

「やった！」フランクが嬉しそうに叫んだ。指に刺さった棘が抜けでもしたような勢いだ。

「署長……じゃなくて、えっとボス、大賛成です！　かしこまった相手とビールを飲むなんてのは、不届千万《ふとどきせんばん》ですからね」

「へえ、そうなのか」妙に古めかしい言葉に驚きながら、ジュリアンは答えた。

「そうなんです！　そういうのはけしからんことなんです。だって、ビールは仲間と飲むものだから。堅苦しい言葉づかいなんてものは、高級コニャックとか、エリート好みの酒瓶の底に沈ませておけばいいんですよ。どっちみち、この店にそんな高級酒はないんですけどね。あの〈ぐんにゃりモリー〉がいい酒を出すわけないから。とにかく、ボスに乾杯だ！　ぼくら三人と仲間の絆にも乾杯！」

「乾杯！　ところで〈ぐんにゃりモリー〉って何なんだ？」

「ああ、モリーのあだ名ですよ。亭主のロジェがつけたんです。なんでもモリーはベッドじゃぐんにゃりで使い物にならないそうで。ジュークボックスの音も聞こえないくらい爆睡するんだって、ロジェがカウンターの客に自分で言ってました」

そうやって仲間と楽しく過ごしているうちに、ようやくサラも心を苦しめていたヴァンサンの姿を払拭できたらしい。フランクが少し離れたテーブルにいる女性三人組の気を引こうとしたときには、不器用なやり方だと大声でからかえるほどになっていた。

「サラ、ほんとだってば。あの子、ぼくにウインクしたんだ。ほら、真ん中にいる子だよ」

「夢でも見たんじゃない。そんなの、目にほこりが入っただけでしょ」

「あのさ、ぼくをダンスに誘ってよ！」

「え？」唐突な申し出に、サラはビールを吹きそうになっている。「何それ、却下」

「いいから、一緒に踊ろうって」それでもフランクは譲らない。「踊りながら、あの子たちに近づくからさ。で、そばまで行ったら、ぼくはきみからすぐさま離れる。『きみはダンスが下手すぎる。足を踏まれてばかりで、あざができた』って叫んでね。そこからは、ぼくの魅力が炸裂する。ぼくはあの子へ手を差しだして、一緒に踊ろうって誘うんだ」フランクは椅子から立ちあがると、サラのほうへ身を乗りだし、実演してみせた。「こうやって目を見つめながら言うんだよ。『きみこそぼくの運命の相手だ。これまでの運命の過ちを正さないか？』ってね」

「何それ、本気？」噴きだすのをこらえながら、サラが言った。

「おれもちょっと言っていいか」楽しげな雰囲気につられて、ジュリアンも口を挟んだ。「三人の女性だろ？　もしおれなら警戒するぞ。とりわけこの村じゃ警戒する。その昔、モンモールで起きたことを考えたらな」

「あ、そうか！　三人ってことは魔女かもしれない！」フランクが再び椅子に腰をおろして、愉快そうに言った。「シェイクスピアの『マクベス』ですよね。三人の魔女がマクベスの未来を予言するっていう」

「いつまた三人、会うことに？　雷、稲妻、雨のなか？／どさくさ騒ぎがおさまって、戦《いくさ》に勝って負けたとき（『マクベス』小田島雄志訳、白水Uブックス、一九八三年）」サラが『マクベス』冒頭の魔女たちのセリフをすらすらと暗唱してから、続けた。「わたしたち、『マクベス』ふうに言うと、われら三人集うのは、文学を知る魔法のおかげ、ですね。ああもう、この村って本当に取り憑かれてるみたいで嫌になっちゃう」

なんと、これは……。ジュリアンはフランクとサラを驚きの目で見た。前の署で『マクベス』を読んでいたのは、自分ひとりだけだった。それなのに、まさかこの小さな村の署員がふたりとも『マクベス』に通じているとは。予想外としか言いようがない。そして、その事実に触れた瞬間、温かな雰囲気あふれる店内で、ジュリアンは認めざるを得なかった。このモンモール村にはたくさんの驚きが隠れている、と。

店内は談笑の声と音楽に満ち、喜びであふれていた。ここにいる誰もが共にいられる喜びを感じていることは、ほとんど手で触れられそうなほど、ありありと伝わってくる。そのなかにいると、ジュリアンも自分の胸の奥に心地よいぬくもりが広がるのを感じた。たとえるならそれは――少々大げさかもしれないが――大切な人が全員そろった部屋にいる幸福感のようなものだった。自分は正しい場所にいると思えるときの安らぎや満足感。それが胸のぬくもりとなっているのだ。

ジュリアンは食堂全体を見わたした。都会の警察にばかりいたせいで、反射的にそうする癖がついていたのだ。ただし、モンモール村へ来るまでは、それは安全確認のための動きだったが、ここでは目に映る人や物を安心して眺められた。不審な動きをする人間や、危険を予感させるものに警戒することなく……。ジュリアンは、写真の飾られた壁から暖炉へと視線を動かし、最後にカウンターに目をやった。そして、そのままカウンターの端を見やったとき、赤毛の女がいることに気がついた。赤毛の女は横を向いた姿でひとりたたずんでいた。肩の下まである赤い髪が豊かに波打っている。その優美な髪に隠れて顔は見えないが、すぐにわかった。あれは昨日自分が宿へ来たとき、ここで紅茶を飲んでいた人だ、と。

それからしばらく、ジュリアンは赤毛の女から目を離せずにいた。どうしてこれほど気にかかるのかと自分でもいぶかりながら……。赤毛の女は木のカウンターに肘をつき、ほとんど動いていなかった。ときどき腕を動かして、優雅にグラスを口へ運ぶくらいだ。そのうちに、なぜだかわからないが、突然ジュリアンは寒気《さむけ》を覚えた。ついさっきまであれほど心地よいぬくもりに浸っていたというのに、今は冷たい感覚に襲われ、身を震わせていた。といっても、周囲は何ひとつ変わっていなかった。暖炉の火はあいかわらずぱちぱちと燃え、ドアも窓も閉められたままだ。まるで目に見えない湿った風が、自分めがけて呪われた森から吹いてきたかのようだった。その風が服の生地を通り抜け、皮膚を舐めている気がしていた。

いきなり頭に入りこんだ森の風のイメージは、すぐには頭を離れなかった。ジュリアンはなんとかそれを追い払うと、二杯目のビールを頼むことにした。ビールを飲めば、また身体も温まってくるだろうと思ったのだ。サラとフランクのほうを見ると、ふたりは何の変化も感じていないようだった。こちらの態度も店内の温度も、変わったとは思っていないらしい。

それから十分ほどして、ジュリアンはふたりとともに店を出た。店主のロジェに挨拶をして外へ出る前に（ロジェは疲れた顔をして、アルコールのにおいを毛穴中から発散させていた）、もちろん赤毛の女を目で探した。けれども、ついさっきまで赤毛の女のいた場所には、空《から》のグラスがあるだけだった。

そして、ジュリアンは納得した。なぜかはわからないが、赤毛の女は消えていて当然なのだ。これ以外の展開はありえないのだ、と。

## モンモール通信　シビルのブログ

モンモールは今、喪の悲しみに打たれています。

このブログを読んでいる多くの村民のみなさんと同じく、わたしもある男性の死を知ったばかりです。その人——ヴァンサンは大好きだった幼なじみで、小中高とずっと同級生でした。信頼できる人であり、かけがえのない友でした。ヴァンサンはこの村を愛していて、この村の人たちを大切に思っていました。モンモール山のふもとで羊の番をするときは、何時間でも倦《う》むことなく羊を世話できる人でした。そんなヴァンサンがどうしてあんなことになったのか。それはいまだにわかりません。

今はヴァンサンのことばかり考えています。

心にナイフが刺さったような気持ちです。

今朝はヴァンサンにこのブログを捧げます。だから、これから紹介するのはヴァンサンがどこよりも好きだった場所——もしかしたら放牧場以上に愛着があったかもしれない場所——村の図書館です。

モンモール図書館は村の大通りに面していて、四角い中央広場から建物を何軒か隔てた先にありましす。村長のティオンヴィルさんが、村へ来てすぐにつくってくれました。ティオンヴィルさんはたくさんの計画をお持ちですが、図書館はおそらく真っ先に実現させたもののひとつでしょう。この村の礎《いしずえ》とも言えそうです。

昔の小学校が改装されて図書館に生まれ変わるまで、工事には数カ月かかりましたが、できあがったのは待った甲斐のある素晴らしいものでした。開館すると、たちまち村の人たちは図書館へ押しよせ、それまで知らなかった世界を発見していきました。ウィリアム・シェイクスピア、アントワーヌ・ド・サン゠テグジュペリ、ブラム・ストーカー、ヴォルテールの世界を……。

図書館の司書は、アンヌ゠ルイーズ・ネッケルという女性です。村民への影響力という点からすると、なかなかの力を持つ人物と言えるでしょう。というのも、アンヌ゠ルイーズは相手の身ぶりや話し方や言葉づかいから、どの本がその人にぴったり合うかを見抜けるのです。アンヌ゠ルイーズによると、たくさんの本を所蔵するだけでは、来訪者を満足させられないということです。反対に、蔵書数は限られていても、選びぬかれた本――最初にページをめくるときには予想もしていなかったのに、思いがけず求めていた真実に出会えるような本――を提供してこそ、完璧な図書館なのだそうです。アンヌ゠ルイーズの考えでは、そんな宝の小箱のような選りすぐりの本が百冊あれば、古代最大のアレクサンドリア図書館の巻物全部を合わせたよりも、得られるものはずっと多いということです。

ヴァンサンもわたしも、すぐに図書館の常連になりました。中学校からの帰り道、スクールバスをおりると、ふたりでよく図書館へ向かったものです。わたしたちは書棚の前に立ち、目についた本を選んでは、窓際の席に座っていました。目の前のガラス窓からは、村の南側で眠るモンモール山が一望できました。

今日のわたしは、そんなことばかり考えています。

あの窓辺の席にふたりで座っていた日々のこと。本を脇に置いて、山の頂上にかかる雲を眺めていたこと。悠然とした空に浮かぶ雲。その雲に向かって、いろいろな絵を描いてほしいとお願いしたこと。

怪物の絵を描いて！

魔女の絵を描いて！

ひつじの絵を……

# 7

シビルは〈モンモール通信〉の最後の言葉を打ち終え、ブログを更新した。

心はまだ悲しみと後悔のふちをさまよっていた。取り返しのつかないことを言ってしまったと。ヴァンサンに愛を告白されたあと、どうして自分はあんなに冷たく、よそよそしい言葉をかけてしまったんだろう。もっと違った態度をとれたはずだったのに。そう、ちゃんと説明すればよかったのだ。ヴァンサンに感じている友情はそれ以上の感情にはなりえない、これまで築いた友情を台なしにはしたくない、と。だがそうする代わりに、自分はひたすらヴァンサンを避けてしまった。電話がかかってきても出なかった。そうやって、ヴァンサンをひとりで苦しませていた。そういう自分もまた、幼なじみと無邪気な時間を共有できなくなったことに苦しんでいた。

そして……そして昨日、救急車のサイレンがモンモールの静けさを切り裂いたのだ。

玄関のドアが叩かれている音に、シビルは我に返った。とっさに携帯の画面に目をやって、ブログの執筆中に着信があったかどうかを確認する。ブログを書くときはいつも、邪魔されないよう思いつくかぎりのことをしているのだ。携帯はマナーモードにして画面をテーブルに伏せていたし、玄関のドアには〈外出中。三時間後に戻ります〉という張り紙をしていた。

見ると、携帯には不在着信が四件入っていた。表示された番号はどれも同じで、心当たりはなかったが、メッセージが残されている。誰だろう。シビルは留守電のアイコンをタップして聞いてみた。〈もしもし、シビル？　警察署のサラです。今日の午後、署のほうへ来てもらえたらと思って電話しました。例の悲しい件のことで……って言えばわかってもらえると思うんだけど、いくつか聞きたいことがあって。伝言を聞いたら、この番号に電話をください。もし電話がなければ、これからその近所に行くので、ちょっと寄らせてもらうかもしれません。あんなことがあったあとだし、あなたが元気か確かめたいから〉

伝言は一時間ほど前に入っていた。サラとは数年前からの知り合いだった。それほど近しい友人ではないが、モリーの店で会えばときどき一緒にお酒を飲んでいた。サラは、誰に聞いても感じのいい人だと言われていた。このモンモール村で生まれ育ち、都会の警察で研修時代を過ごしたあとは、自身のルーツに立ち返るべく、すぐ村へ戻ってきたのだそうだ。以来ずっとこの村の警察で働いているという。噂では、事故で死亡した前署長と付き合っていたらしかった。ある冬の晩、スリップ事故で車ごと谷底へ転落した前署長と……。

そんなことを考えていると、ドアを二度、さっきより強く叩く音がして、シビルは現実に引き戻された。

きっとサラだ。シビルは思った。ドアの張り紙を無視するような人間は、警察以外にいないだろう。

立ちあがりながら、シビルは目のまわりを素早く揉んだ。さんざん泣いたせいで、目はきっと真っ赤にちがいない。痛くてつらかった。いや、つらいのは目だけじゃない。どれだけパソコン画面に集中してブログを書こうが、気分もつらいままだった。書いた言葉を読み返しては自分を呪い、それでもその言葉を消せず……。たぶん今できるのは目薬をさすこと、そして自分を責めすぎないことだけだろう。もっと早くヴァンサンの気持ちをわかってあげればよかったと、自分を責めすぎないようにしないと……。

玄関のドアノブに手をかけたちょうどそのとき、またドアを二度強く叩く音がした。シビルは少しだけドアを開けてみた。と、いきなり、がっしりとした腕がぬっと現れ、ドアを乱暴に押し開けた。ドアが壁にぶつかるほど乱暴に……。

「おまえ、おれの秘密をばらすつもりだろう！　わかってるんだからな！」

目の前にいたのは、かつての同級生のリュカだった。こぶしを握りしめ、憎しみに満ちた目でこちらをにらんでいる。リュカはドアをひと蹴りで閉めてしまうと、ずかずかと廊下を進んできた。シビルはあとずさることしかできなかった。リュカに漂う暴力の気配に呆然として……。

「前にちゃんと警告しただろう。もう手遅れだ」

「何を……何を言っているの？」シビルはなんとか口にした。恐怖で鼓動が激しくなり、全身の筋肉が硬直していた。

「あの声が聞こえたんだ。声はもう手遅れだって言った。で、おれがどんな人間で、今何ができるかささやいた」

ヴァンサンと同じく、リュカのことも子どもの頃から知っているが、こんな状態のリュカを見るのは初めてだった。昔から粗暴なところはあったし、マリファナを常習していることも知っていた。だが、一日中マリファナを吸うだけで、ここまでおかしくなりはしないだろう。目の前のリュカは、まるで何かに取り憑かれているようなのだ。

「あのことなら、誰にも話してない」シビルは言った。「約束したとお……」

けれども、最後まで言えなかった。頬にこぶしが飛んできて、ぼろ人形さながらに床へ飛ばされたのだ。左耳の鼓膜の奥でキーンと苦悶の音が鳴り、あまりの痛みに目を閉じる。だが、リュカは容赦なく髪をつかんで無理やり立たせ、今度はみぞおちにこぶしを放った。シビルは身体をふたつに折りながら、苦痛にうめいた。息ができなかった。

「おまえを信用したことなんか一度もない。あのとき、目を見た瞬間わかったんだ。おまえはいつかおれの秘密をばらすって。で、あの夜……そう、あの夜、声が聞こえて何もかもはっきりしたんだ。おれはおまえを殺さなくちゃならない。森にそう言われたから」

「お願い……やめ……」

シビルは必死に声をあげた。

そんなシビルの言葉など意にも介さず、リュカは再びシビルの髪を引っつかんだ。床に倒れたシビルを容赦なく立ちあがらせる。これほどいい気分になれたのは初めてだった。久々にありのままの自分になれた気がした。本当の意味で心と身体が自由になったと思えた。

思えば、自分はいつだって世間のはみだし者だった。そもそも世間に属する気などなかったが。さえない袋小路のような場所にあるこの村。自分はこのモンモール村の一員になる気などさらさらなかった。田舎くさい村民たちと距離を置き、行事にもいっさい参加しなかった。村のカレンダーには、魔術書に書かれた呪いよろしく年間行事が記されているが、どれもこれも無視してきた。そんなふうに自分が世間のはみだし者でいることも、まったく気にならなかった。

　自分が好きなのは、モンモール山の頂上から空《から》の酒瓶を投げること、そして皇帝のように山頂に立ち、村と村人を見おろしてやることだった。ときどき――切り立った崖の端に座って足をぶらぶらさせながら、マリファナを吸っているときには――こう思うこともあった。ビールやウォッカの空き瓶じゃなく、もっと別のものを投げ落とせたら、さぞうっとりできるだろう、と。たとえば猫や子羊なんかを……。そこからすると、なんだかんだで、昔の連中は楽しみ方を心得ていたにちがいなかった。なにせ山頂から女を放り投げていたのだから。ただし、投げられた魔女のあばずれたちは、死ぬ間際、村に呪いを放ったわけだが。このモンモールがフランスでいちばん退屈な村になるという呪いを……。

　とにかく、自分も生きた動物を山頂から投げてみたかった。とはいえ、猫や子羊を抱えて険しい山道を登ることを考えると、その欲望はくじかれた。だから、これまでは空き瓶を投げるだけでよしとして、村の職員があと始末に難儀するのを楽しむだけで満足していた。落ちる瞬間の瓶が、ヒュッと鋭い音を鳴らすのを楽しむだけでよしとしていた。

　だが、あるときを境に自分のなかで何かが変わった。

　それは耳にささやく声に気づいたときだった。その声は、まともな人間は寝ている時間に聞こえてきた。悩める魂たちだけが目覚め、ふたつの世界のはざまで悶えている時間に……。

「おれはおまえを殺す。だが、その前に少し楽しませろ」

リュカは目の前のシビルに冷ややかに告げ、シビルをソファへ突き倒した。

ソファの上に倒されながら、シビルはリュカがガラスのローテーブルを蹴り飛ばしたのを見た。「邪魔だ」と声を荒らげながら……。その衝撃でガラスの天板が割れ、二日前に図書館で借りた『星の王子さま』が床に落ちた。写真立てに入れて飾っていた、今は亡き母の写真も……。

「いや、やめて……」シビルは必死に声を出した。息が苦しかった。炎を吸っている気がした。

「やめないね」リュカがにやつきながら、ベルトのバックルをはずしている。「おれはやりたいことをやれるからな。自分が誰で、何をしたのかわかってるんだ」

「やめて!」シビルはもう一度言った。

だが、すぐさま強烈なびんたが飛んできた。視界がぼやけ、音が遠のいた。これは本当に自分の身に起きていることなのか。現実感が薄れていく。このままではいけない。そう思っても、意識は遠ざかろうとしていた。リュカのいかつい手がズボンを脱がそうとしているのが、わずかに感じられる。声を出そうとしても、その力さえ尽きていた。身体はコンクリートブロックのように重く、動くことができなかった……。

ぐったりとしたシビルを前に、リュカは言った。

「ふん、ヴァンサンの馬鹿はこれを手に入れられなかったわけか。じゃ、これからおれがたっぷり……」

だが、今度はリュカが最後まで言わせてもらえない番だった。突然、金属質の冷たいものが後頭部に突きつけられたのだ。それが何なのか、リュカは即座に理解して、反射的に両手をあげた。テレビの連続ドラマで見たとおりに。

一方、シビルのほうは、力尽きてもはや目を開けることもできなかった。だが、遠のく意識のなかで、聞き覚えのある女性の声がこう怒鳴るのが聞こえていた。

「動くな！　今度シビルに触ったら、おまえの頭を吹っとばす！　このゲス野郎！」

それは、モリーの店でときどき聞いた声だった。

## 事実　その2

疾患のなかには、いまだ根本的な治療法のないものも多数存在する。

たとえば、ハンチントン病、アルツハイマー病、パーキンソン病、筋萎縮性側索硬化症などの神経変性疾患もそうである。神経変性疾患は中枢神経系の難病で、神経変性とは脳や脊髄の神経細胞が徐々に死んでしまう現象をいう。どの部分の神経細胞が失われていくかによって、認知障害、運動障害、筋力の低下などの症状が現れるが、今のところ原因はわかっておらず、その進行をとめることはできない。

# 8

ジュリアンは困惑しながら、鉄格子の向こうのリュカを見た。リュカはスチール製の長椅子でぐったりしたまま、うつろな目で虚空《こくう》を見つめている。連行されてきたときは気絶していたが、ようやく脳の神経細胞《ニューロン》が活発に動きだし、気絶から目覚めようとしているらしい。サラとフランクも、留置場に入ったリュカを前に戸惑っているようだ。

ふたりの報告によると、リュカはシビルをレイプしようとし、シビルの家を訪ねたサラがそれを間一髪で阻止したとのことだった。その後、サラが署へ連絡して応援を頼んだところ、そのときいたのがフランクだけだったので、フランクは廊下を疾走、サラから聞いた住所へ急行したという（受付のリュシーは、フランクがあんなにきびきび動くなんて前代未聞だとひそかに思ったそうだ）。そうして、フランクが現場に到着してみると、リュカは気絶して床に伸び、手首はプラスチック製ネックレスを何本も使って厳重に縛られていたとのことだった。

「それにしても、どうやって取り押さえたんだ？」ジュリアンはサラに尋ねた。

いくら鍛えていたとしても、サラは細身だ。リュカのような大柄な男を押さえこめたのはどうしてか、知りたかった。

「テーザー銃を使ったんです」サラは簡潔に答えたが、自分でも少々誇らしく思っているのが伝わってくる。

「それと、やつの眉から血が出ているが、あれはどうした？」

「あれは……階段から落ちたんです」今度は目を伏せながら、答えている。

と、いきなりリュカのわめく声がした。

「嘘つけ！　階段なんかなかったぞ！」

どうやら意識がはっきりしたらしい。リュカは両手で肩を抱くようにして、身体をさすっていた。まるで冬の寒風が留置場の厚い壁をすりぬけ、吹きつけているかのように。

「うるさい！」サラが怒鳴り、こぶしを握った。

リュカはにらむような目つきをしたが、そこにはおびえも浮かんでいた。主人からいつ殴られるかと、犬がびくびくしているようなものだった。

「やれやれ、あれはきみが……」フランクがサラのほうを見て、ため息をついた。「とにかく、これからはきみを怒らせたら大変だって覚えておこう」

「だって、こいつはシビルをレイプしようとしてたのよ。代わりにタマを撃ってやってもよかったんだから！」

「それで、シビルの様子は？」ジュリアンは尋ねた。

「はい、署長」サラが向きなおって言葉を改めた。「ショックを受けているようでしたが、気丈にしてました。顔の傷は救急隊員が応急処置をしましたが、ちゃんと検査したほうがいいとのことで、その後、病院へ搬送されています」

「きみのおかげで最悪は回避できたな、サラ。そこは不幸中の幸いだった。ところで、シビルから何か話を聞いているか？」

「いいえ、特には。ただ、意識を取り戻したとき、どうしてリュカがあんなことをしたのかわからない、と繰り返していました。昔から乱暴なところはあったけれど、あんな姿を見たのは初めてとのことで」

「シビルはリュカと知り合いなのか？」

「ええ、ふたりは年が同じですから、昔同じクラスにいたと思います。モンモールの小学校には、一学年につき一クラスしかないので。児童の数が少ないときは、ふたつの学年を合わせて一クラスにすることもあるんです」

「シビルの最新のブログによると、シビルと自殺したヴァンサンは同級生だった。となると、リュカとヴァンサンも知り合いだったことになるな」ジュリアンは言った。

「ほぼまちがいなく、そうですね」

「あの、これからどうするんですか？」フランクが尋ねた。サラだけでなくフランクにとっても、署の留置場に容疑者を勾留するのは初めてのことらしい。

「リュカはもう少し独房に放っておこう。その後、取調べを始める。あと、シビルのほうは退院できたところで、話を聞きにいこうと思う」

留置場から執務室へ戻ると、ジュリアンはサラとフランクの三人で会議机を囲んだ。さすがに今は誰も、コーヒーを淹《い》れようともクロワッサンを食べようとも言いださない。ヴァンサンが自殺した翌日、今度はシビルの家で事件が起きたのだ。三人ともまだ頭が追いついていなかった。

「リュカに前科は？」ジュリアンは尋ねた。

「ありません」サラが答えた。「けんか騒ぎなら、モリーの店で何度か起こしかけてますけど、仲裁されればすぐおとなしくなってました。ほかには何もありません。確かに、リュカは酒癖が悪いと思います。でも、これまでは酔った勢いで脅し文句を吐くだけでした。それが、どうしてあんなことをしたのか……」

「やつの目を見たか？　それと、手の動きも。やつはずっと肩をさすったり、手をこすったりしていた。あれはドラッグの禁断症状だと思う」ジュリアンは言った。

「あ、それは考えなかった！　ということは、まずは検査を受けさせたほうがよかったですか？」フランクが心配そうに尋ねた。

「もう遅いな。だが、あとでおれが白状させるから問題ない」ジュリアンはフランクを安心させた。

「いやあ、それにしても、たった二日でこんなに仕事をしてるなんて。こんなの、ボスが来る前は……じゃなくて、今まではありませんでしたよ。こりゃ、ど派手な登場ってやつですね」

「まあな」ジュリアンは苦笑いをした。「明日の三日目は、平和に過ぎることを願おう。ところで、今夜は誰かが署に残らないといけないな。リュカを釈放するわけにはいかないし、ここにひとり残すわけにもいかないだろう。おれは今夜八時に村長と約束があるから、まずはふたりのうちどちらかが夜勤を引き受けてくれないか。よかったら途中で交代しよう。村長のところから戻ったら、おれが代わってもいいぞ」

「ぼくがやります」フランクが名乗り出た。「サラは今日一日、大変だったし、ちょっと休んだほうがいい。それに、今夜はモリーの店に行く予定がなくて、ほかにすることもないから」

「ありがとう、フランク」サラが言った。

「お安い御用だよ。それから、ボスも交代に来てくれなくて大丈夫です。よし、これで明日の朝はリュシーに大きな顔ができるぞ。リュシーより先に署にいるんだから。リュシーの驚く顔が目に浮かぶよ！」

「わかった、フランク。頼んだぞ。きみとリュカには食事を届けてもらうよう手配しておこう。コーヒーと固くなったクロワッサンだけじゃ足りないだろうからな」

「そういえば、署長、ヴァンサンのところで何か見つかりましたか？」サラが尋ねた。

実をいうと、今日はひとりでヴァンサンの部屋を捜索していたのだ。今朝は受付のリュシーに挨拶したあと、すぐに署を出て自殺したヴァンサンの家へ向かっていた（昨日聞いていたとおり、リュシーはかなり早い時間からひとりで署の受付にいた）。そうして、身の回りのもののなかに自殺の原因がないか調べたのだが、すべては昨日と同じだった。静寂も、死のにおいも、血まみれの部屋も……。隣町の業者はまだ清掃にきておらず、血の一部はカーペットが吸っていた。

「いや、今日も何も見つからなかった」ジュリアンは答えて言った。「タンスにも薬棚にもパソコンにも、自殺につながりそうなものは何もなかったよ。ＣＤや読んでいる本も見てみたが、不安や絶望を感じさせるものはどこにもなかった。どうもヴァンサンはシンプルな生活を送るシンプルな青年だったようだな」

「真のモンモール人だ」フランクがため息をつくと、悲しげに言った。「なんだか、今のは墓碑銘みたいでしたね」

そのとき、サラがためらいがちに口にした。

「あの、リュカの件なんですが、手がかりになるかもしれないことがあるんです。ただの偶然だろうとは思いますけど……。実はシビルの部屋にいたとき、リュカが急に立ちあがってぶつぶつ言いはじめて。そのままずっと妙なことを口走っていたんです。テーザー銃で電気ショックを与える前のことです」

「リュカは何て言っていたんだ？」

「その前に、署長、昨日は今この署で扱っている事件のファイルを四つ、見ていただきましたよね？」

「ああ」

「あのうちのひとつ、羊飼いのジャン＝ルイの件は覚えておられますか？　羊たちをナイフで殺したあと、死亡した男性の件です」

「もちろんだ。続けてくれ」ジュリアンは先を促した。

「あの事件の直後、わたし、相方だったヴァンサンに事情聴取をしたんです。あのとき、ヴァンサンは何度もこう言っていました。『ジャン＝ルイはおかしくなっていた。わけのわからないことばかり口走って、まるで幽霊に話しかけているみたいだった』って」

「それがリュカとどう関係するんだい？」この話はどこへ向かうのかという顔で、フランクが尋ねた。

「ちょっと待っててください」

サラが立ちあがって、昨日見たファイルを取りにいき、会議机へ戻ってきた。そうして再び椅子に座ると、インデックスを頼りにファイルを開き、何かを探しはじめた。

「このなかにヴァンサンの証言があるんです。あのときは、話をタイプしながら、きっとヴァンサンは動転して、こんなおかしなことを言っているんだと思ってました。それでも、ヴァンサンから聞いたジャン＝ルイの言葉はここにそのまま記してあります。証言としてちゃんと残したかったので……。ありました、これです」

そう言うと、サラは無言でヴァンサンの証言に目を通しはじめた。ややあって、再び頭をあげ、こちらを見る。その顔は青ざめていた。

「なんなの、これ。まったく同じって……。さっきリュカから聞いた言葉と、ジャン＝ルイの言葉は……同じです」

「同じ？　どういうことだ？」

ジュリアンも驚いて尋ねた。

驚くジュリアンとフランクを前に、サラは手をさっとあげ、まずは聞いてほしいと促した。そして、二年前に記したジャン＝ルイの言葉を読みあげた。いや、本当は文字など追わなくても、この言葉ならそらで言えた。リュカがそう言っていた姿が、まだ記憶に鮮明に残っていたから……。

あれが始まったんだ。おれは自分が誰で、何をしたのかわかったんだ。もう手遅れだ。柳がそう言うんだ。

# 9

リュカとジャン＝ルイが同じ言葉を発していたと、サラから聞いた二時間後――。

受付のリュシーからの内線で、ジュリアンはシビルが無事退院したと知った。さらに、連絡してきた医師が手短にシビルの検査結果を説明するとのことで、そのまま電話をつないでもらった。

「外傷による脳の損傷はありません。脳震盪《のうしんとう》も起こしていませんでした」電話の向こうで医師が言った。「ただ、かなり強い力で殴打されていますので、あのままだと殺されていたかもしれません。警察が救出できたのは、不幸中の幸いでした」

「検査のとき、シビルは何か話していましたか？」ジュリアンは尋ねた。

「率直にいって、たいしたことは聞いていません。動揺が激しくて、尋ねたことの全部には答えられませんでしたので。顔のあざは時間とともに消えるでしょうが、精神的には相当打撃を受けているはずです」

「では、退院時に誰か迎えにこられたのですか？」

「いえ。実はシビルには身内がいないんです。八年前に、母親を亡くしていて。隣町で銀行強盗があったんですが、母親はそのとき流れ弾に当たって死亡したんです。まったく、ひどい話ですよ。父親のほうは誰も見たことがありません。シビル本人も父親を知らないそうです」

「気の毒に」ジュリアンはため息をついた。「でしたら、これから私が様子を見にいこうと思うんですが」

「ぜひそうしてあげてください」医師が賛成した。「シビルのことは何年も前から知っていますが、穏やかで控えめで、とても感じのいい子です。リュカが何に取り憑かれたのかは知りませんが、あいつ、シビルを本気で痛めつけるつもりだったようですよ」

こうして医師との電話を終えると、ジュリアンはシビルの自宅を訪ねることにした。そして署を出る前に、フランクにいくつか指示を出しておいた。まず、リュカがおかしな動きをしないか監視すること。それからなるべく話をさせて、眠らせないようにすることだ。

「眠れないと、消耗するからな。明日の朝の取調べで、反抗しにくくなるだろう。まあ、明日は少々厳しい取調べになりそうだが」

厳しい取調べ？　その言葉に、フランクは不安になってボスを見た。ボスの言う厳しい取調べとは、どういう意味なのだろう。ドラマで何度も見たシーンが頭をよぎる。モリーの店で飲んだあと、そこまで酔っていなければ、いつも夜遅くまでドラマを観ているのだ。ドラマのなかの特別捜査官は、容疑者を打ちのめしたり、理解を示すと見せかけた次の瞬間、極悪人も顔負けの容赦のなさを発揮したりする。そんな場面を見ていると、「本当のところ、昔も今も人は何も変わっていない」と思うことがときどきあった。モンモールの魔女たちも、ああいう責め苦にあっていたにちがいない、と。爪を剝がされ、痛めつけられ、髪を剃られ、魂を焼かれ──そうして自分は魔女だと言わされたのだ。もちろん、リュカが厳しい取調べを受けることと、昔からの迷信は何の関係もない。だが、どんな場合でも、暴力は狂気と紙一重なのだ。

そんなことを思いながら、フランクはジュリアンを見送った。


署を出ると、ジュリアンは上着のポケットに手を突っこんで、村の通りを歩いていった。頭上には、乳白色の空が広がっていた。そこから射す光もぼんやりと白っぽくて、あたりの風景まで色を薄く見せている。そのなかで、遠くに見えるモンモール山はやはり堂々たる姿でそびえていた。まるで女王のように……。ただしその王国のなかで、若者は数年来の知り合いだった女性をレイプしようとし、スクールバスの運転手は姿の見えない子どもの声を聞いていた。あるいは、熱心すぎる読書家が、ありもしない本について司書が置こうとしないと訴えていた。

十分後、ジュリアンはシビルの家の前に立った。ドアをそっとノックして、「モンモール署のジュリアン・ペローです」と言い添える。まもなくドアが開き、シビルが現れた。かすかに笑みを浮かべている。だがその姿は痛々しく、顔の左側──こめかみから頰の上半分にかけて──に、大きな青あざができていた。さらに、眉弓《びきゆう》も腫れあがり、その下の目のまわりにもあざがある。じきに黒ずんできそうだった。

「なかへどうぞ」

シビルにそう言われ、ジュリアンはリビングに入った。見ると、枠だけになったローテーブルの残骸が、難破船さながら壁に立てかけられていた。部屋の隅には、天板だったとおぼしき大きなガラスの破片が集められている。

「ご様子を伺いにきました。退院されたと聞いたので」

そう言いながら、シビルが弱々しく動く姿を見て、ジュリアンは考えた。証言をとるのはまた今度にしよう。まだ相当ショックを受けているようだ。

「コーヒーか紅茶はいかがですか?」

「いえ、お構いなく」

見ると、シビルは戸棚から小さなほうきとプラスチック製のちりとりを出して、細かなガラスの破片を掃除しようとしている。

「私がやりますよ。それじゃ怪我をしてしまう」

ジュリアンは、シビルの手からほうきとちりとりを取りあげた。そうして、ガラスの破片を集めると、キッチンスペース近くに赤いゴミ箱を見つけて捨てた。ついでにそこから家の様子もざっと見る。リビングの右には廊下があって、カラフルな色のドアが三つ並んでいた。つまり、部屋はほかに三つあるらしい。どのドアも少し開いている。リビングのインテリアはさっぱりとしたもので、壁には絵がひとつだけ飾られていた。おそらく、ダフィット・テニールス(子)(一六一〇―九〇年、フランドル派の画家)の描いた『魔術の場面』の複製画だろう。モンモール村について調べていたとき、たまたまインターネットでこの絵を見かけたのだ。絵画以外には、本棚に写真がいくつか置かれているだけだった。ほかに飾りらしいものは何もない。キッチンスペースと反対側の壁際には机が置かれ、その上にパソコンがのっていた。きっと、あのパソコンで〈モンモール通信〉を書いているのだろう。

そのとき、シビルがぽつんとつぶやいた。

「わたし、どうしてもわからないんです」

シビルはソファに座っていた。数時間前にレイプされそうになったソファに……。ジュリアンは、シビルが考えを整理できるよう、しばらく何も言わずに話を聞くことにした。部屋にひとつだけある窓から光が射して、シビルの金色の髪を優しく撫でている。あんな目に遭い、ひどい怪我を負っていても、負けたくないと思っていることは見てとれた。窓の外に見えるモンモール山のように、シビルはまっすぐな姿勢で座り、決して涙を見せずにいた。ただし、目はうつろで宙をぼんやりと見ているが……。ジュリアンは黙ってドア近くの椅子に座ると、続きを聞いた。

「リュカがあんな……あんなことをするなんて、思いもしませんでした。確かに、子どもの頃から気難しい人でしたけど。子どもっぽくて不器用で、そのせいで問題を引き寄せてしまうようなところがあったんです。なんていうか、道理を教えてもらえずに育った子どもみたいでした。でも、あんなことができる人ではないはずなんです。だから、きっとどこかの時点で、自分が何をしているのか気がつくはずだって思ってました。引き返せなくなる前に……。ただ、あのときのリュカは別人のようにも見えて……」

「以前に、リュカともめたことはありましたか？」

そう尋ねると、シビルがためらいを見せ、少ししてからこう答えた。

「ええ、一度だけ。今回のことは、たぶんそれが理由なんだと思います。でも、あんなふうに襲われるほどの理由になるとは思えなくて」そう言ってから、シビルは悲しげな笑みを浮かべてつぶやいた。「いえ、モンモール村の女たちだってそうでした。噂だけを理由に、山頂から突き落とされたんですから」

そして、シビルは以前にリュカと何があったかを説明した。

「四年前、まだ高校生だったときのことです。授業が終わって、わたしはスクールバスが待つ駐車場へ向かいました。村には中学校と高校がなくて、運転手のロイックが毎日送迎してくれていたので。あの日はなぜかいつもの道を通らずに、校舎の裏手にある小さな道を歩いていました。その途中、リュカが別の男子生徒といるところを見かけたんです。時間にすれば数秒だったと思うんですけど、リュカはポケットから小さな袋を出して相手に渡していました。受けとった生徒のほうは、リュカにお金を渡していて……。まずい、あれはドラッグだと思って、引き返そうとしたんですが、ちょうどそのとき、リュカがこっちを見てわたしに気づいたんです。わたしは怖くなって、走りだしました。でも、遅すぎました。リュカはすぐ追いついてきて、リュックサックの肩ひもを引っ張ったんです。わたしが地面に倒れると、今度は馬乗りになって、わたしを押さえつけながらこう言いました。『いいか、今見たことは誰にも言うな。もししゃべったら、おまえを始末するからな。死んだ母親のところへ送りこんでやる。わかったな？』。わたしは恐ろしくて動けませんでした。そして、絶対に誰にも言わないって約束したんです」

「つまり、リュカが今日きみのところへ来たのはその出来事のせいだと？」

「ほかに思い当たる理由がないんです。といっても、このことは誰にも話していなかったんですが。わたしにはどうでもよかったから。リュカがあの出来事のあとも、高校の裏でドラッグを売りつづけていたかどうかなんて、どうでもよかったんです。リュカの吐く息も憎しみも二度と感じたくなかった。あんなに顔に近いところで二度と……」

「その四年前の出来事が理由だったとして、リュカはなぜ今になってきみを襲ったんだろう？」

「わたしがブログを始めたのを見て、不安になったんだろうと思います。たぶんですが、ブログに全部書かれると思ったのでは……。インターネットの世界では、秘密を暴く人がたくさんいますから。そのうち自分の悪事もわたしがブログで明かすにちがいないって、思いこんだのかもしれません。わかりませんが。でも、そうだとしても、あの反応はひどすぎる……」

「まったくです。ところで、そばにいてくれる人はいますか？」

「そのうち誰か来てくれるんじゃないかと思います」シビルが自信なげに答えた。

それを聞いて、ジュリアンはシビルには身内がいないという医師の話を思い出した。母親を八年前に亡くし、父親のことは何も知らないのだ。それなら、自分がもう少しそばにいたほうがいいんじゃないだろうか。ジュリアンはさらに考えた。たとえば、ガラスの天板を失ったローテーブルを処分してやるとか、壁から数センチほど位置のずれたソファを元の位置に戻す手伝いをするとかして、もうしばらくここにいてはどうだろうか（ソファはもともと壁にぴったり寄せてあったようだが、おそらくリュカのせいでずれていた）。あるいは、「都会の警察にいたとき、きみのような女性を大勢見てきた。こんなときはひとりでいないほうがいい」と、はっきり言ったほうがいいだろうか。虐待されて心身に傷を負った女性、レイプ被害に遭った女性、監禁されていた女性。加害者が捕まったあと、そうした女性たちがひとりになって最初に考えることは、いつだって決してよいものではなかったのだ。そうやってあれこれ迷った末、結局、ジュリアンはこう口にした。

「明日の晩、夕食を一緒にどうですか？」

「え？　夕食ですか？」

「こんなときは、ひとりで立ち向かわないほうがいいんです。だから明日の晩、モリーの店で一緒に夕食をとりましょう。そうだ、食べながら、この村のことを教えてください。この村のことを熟知されているようだから」

「ブログを読んでくれたんですか？」シビルが驚いた顔になり、それから初めて心からの笑みを見せた。

「ええ、この村へ来てすぐ読みましたよ」

「ありがとうございます。でも、夕食のご招待は……」

「私のためだと思って来てください。お願いします。この村の慣例や風習をみんな知っておく必要があるんです。いえ、もちろん、違う話をしたっていいんですが」

「わかりました」シビルが言った。ためらいつつも、嬉しそうな様子が見え隠れしている。

「よかった。じゃあ、明日の夜七時半にモリーの店でいいですか？」

「はい、必ず行きます」シビルが答えた。

その返事の確かさに、ジュリアンは安心した。これまで何人もの被害女性が、自分をひどい目に遭わせた加害者から永遠に逃れようとして、手首を切ったり首を吊ったりしたのを見てきたのだ。その正確な数はもう覚えていないほどに……。

「最後にひとつ訊いていいですか？」

「ええ、署長さん」

「ジュリアンと呼んでください」

「あ、はい、ジュリアン」

「リュカは何か言っていませんでしたか？　その……そばへ向かってきたときに」

「ええ、妙なことを言っていました。実はそれもあったので、リュカを心から憎めずにいるんです」シビルが打ち明けた。「あのときのリュカは、リュカじゃなくなっていた気がします。支離滅裂で、わけのわからないことを口にしていましたから。『声が聞こえた』とか、『森に言われた』とか。なんだか取り憑かれているみたいだった。まるで……まるで呪いをかけられた人のように。本当に、いつものリュカとは別人でした」

ジュリアンは額にしわを寄せて考えた。今シビルから聞いたことは、サラから聞いた話と一致する。リュカはやはり異常な言葉を発していたのだ。ただし、それが何のせいなのかは今のところわからなかった。もしかしたら羊飼いのジャン＝ルイと同様、精神が錯乱したのだろうか？　ヴァンサンの証言によれば、ジャン＝ルイは羊たちを殺す直前、錯乱していたとのことだが……。

最後の質問も終わったので、ジュリアンはいとまを告げるために立ちあがり、シビルに礼を言った。シビルは座ったまま、窓の外のモンモール山を見つめていた。

ドアの外へ出る前に、ジュリアンは振り返って、今度こそ最後の質問をした。

「次回のモンモール通信のテーマは、どういうものなんですか？」

「まだわかりませんけど。でも、ジュリアン、あなたのことを書くかも」

# 10

シビルの家を出ると、ジュリアンは自宅へ戻ることにした。夕方六時。ティオンヴィル氏と約束した夜八時まで、まだ二時間あった。これならシャワーを浴びて、服を着替える時間も十分ある。明日のリュカの取調べに備えることもできそうだ。

リュカか。ジュリアンは通りを歩きながら考えた。シビルの話からして、犯行の動機に疑いの余地はないだろう。おそらく、リュカはシビルを脅して怖がらせ、秘密をばらすなと警告するつもりだったのだ。ところが、どこかの時点でおかしくなり、自分の秘密が暴かれるという怒りと不安で歯止めがきかなくなったにちがいない。ただし、奇妙な言葉については、なぜあんなことを言ったのか、わからないままだった。きっと精神科医なら何度も面談を重ねて、答えを見つけるのだろう。だが、自分は警察官だ。これで仕事はほぼ終わったようなものだった。犯人は逮捕され、すでに勾留されている。検察へ送る書類は、今夜フランクが整えるだろうから、あとはそこにシビルの証言と明日の取調べの記録を足せばいいだけだ。たとえリュカが加害者という仮面の下に、不安定な精神を隠していたとしても、自分たち警察にとって、それは重要なことではない。大切なのは、リュカの行為がきちんと罰せられることなのだ。

日が暮れて、夜が空を覆いはじめていた。通りには街灯がともり、石畳の歩道に淡い光の円をいくつも描いている。気温もだいぶ下がっていた。もう少ししたら雪が降り、家々の屋根に積もるのだろう。村のパン屋の前を通ると、店内の明るい照明が窓からあふれ、通りの一部を黄色く輝かせていた。それを見ながら、ジュリアンは考えた。村長のティオンヴィル氏には、望むものすべてを手に入れる力がある。そんな男がおれに何を頼むつもりなのか？　おれは何かの役に立てるのか？

少しして家に着くと、ジュリアンはすぐさま浴室へ向かい、熱いシャワーをたっぷり浴びた。二十分後、二階の寝室で服を着ているとき、モリーの店に夕食を注文しないといけないことを思い出した。もし今夜の食事が、固くなったクロワッサンとコーヒーだけになったとしたら、フランクは一生許してくれないだろう。ジュリアンはモリーの店に電話をして、ふたり分の夕食を署に届けてほしいと頼み、それから一階へおりていった。そうして台所へ行くと、冷蔵庫からビールの瓶を出した。案の定というべきか、ティオンヴィル氏はビールを調達する気づかいも忘れていなかったのだ。冷蔵庫の棚には、ほかにもさまざまな酒や食料品が並んでいた。ただし、食料品の大半は週末に捨てることになりそうだったが。やはり、ティオンヴィル氏はこちらが独身だと知らなかったらしい。家族を引き連れたりしてはいないのだ、と。だが、それを差し引いても、ティオンヴィル氏が歓迎の仕方を心得ているのは認めざるを得なかった。実際に対面したときの、あの奇妙な感覚を覚えていなければ、とても感じのいい人だと思えたことだろう。

いや、こんなときまで疑り深い警官になるのはやめておこう。ジュリアンは自分に言い聞かせ、ビールを一口ぐっと飲んだ。ティオンヴィル氏の態度は不遜《ふそん》でこちらを見下しているように思えたが、たぶん気のせいだったのだろう。もしくは、単に大金持ちらしい態度だったということだ。それとも、本当はドラキュラ伯爵だったりするんだろうか。豪華なチェスターフィールド・ソファに腰かけながら、自分の突飛な思いつきに、ジュリアンはつい吹きだした。それから、手にしたビール瓶を掲げて言った。「あなたがどんな人であれ、ティオンヴィル氏、あなたに乾杯だ！」

一時間後、ティオンヴィル氏の屋敷へ向かうため、ジュリアンは車を発進させた。ナビゲーションの指示に従って、家の敷地を出たところで左に曲がり、中央広場へ向かう。それから広場の周囲に沿って少し走り、大通りへ出ると、そこからはモンモール山へ向かって進んでいった。大きな丘の上にあるというティオンヴィル氏の屋敷は、山から数百メートルの距離にあるそうなのだ。途中、モリーの店の前を通りかかると、駐車場はすでに半分埋まっていた。昨夜カウンターにいた赤毛の女は、今夜も来ているだろうか。ジュリアンはふと思った。昨日はひとりで来ていたようだし、隣の酔っ払いたちが声をかける様子もなかったから、きっと観光客か一時滞在の客だったのだろう。それにしても、あれほど優雅な女性に誰も声をかけないとは、なんとも現実味のないことだった……。

しばらくすると、ヘッドライトの向こうに古い十字架が見えてきた。昔の墓地か、と思った矢先、突然女の声がした。右へ曲がって大きな丘の道を登れ、というナビゲーションの指示だった。ジュリアンは暗い小道へ入っていった。道の両側は柳の森だ。ナビゲーションの画面を見ると、道をそのまま行った突きあたりに、目的地の赤い丸が示されていた。ジュリアンはナビゲーションを消して、運転に集中した。道はアスファルトで舗装されているとはいえ、幅が二メートルほどしかないのだ。しかも鬱蒼《うっそう》と茂る暗い森のあいだをうねっている。ヘッドライトが当たるたび、柳の樹皮が白く光り、雪のかけらのように見えていた。

そのままゆっくりと運転して数分後、目の前に重々しい鉄の門が現れた。ティオンヴィル氏の屋敷に着いたのだ。門はこちらを威嚇するように行く手をさえぎり、その両側に立つ柱には防犯カメラが取りつけられている。柳の枝が小さく吹いた風に揺れ、壁に映した影絵のように、車の上で踊っていた。

ジュリアンはためらった。

クラクションを鳴らして、到着したと知らせるべきか。それとも、車からおりてインターホンを探すべきか。だが、どちらかを選ぶより先に、金属のこすれる音がして門が開いた。ジュリアンはギアを一速に入れ、砂利道を慎重に進んでいった。外灯に照らされ、目の前にはとてつもなく広い庭が見えている。やがて暗がりのなかから、屋敷が徐々にその姿を現した。壮大な歴史映画にでも出てきそうな立派な建物だった。あたりの木々の梢を見おろすように建っている。ゆるやかに傾斜した高い屋根が星空を穿《うが》ち、地面には巨大な影が落ちていた。正面の両脇には小さな塔までついている。屋敷は三階建てだったが、明かりがついているのは一階に並ぶ高い窓だけだった。二階と三階は暗がりに沈み、隅のほうは闇と溶けあっている。こんな屋敷に住んでいるなんて屋敷だ。あまりに壮麗で、ジュリアンは目が離せなかった。

とは、ティオンヴィル氏はやはりドラキュラ伯爵にちがいない。

玄関ポーチの前に車をとめると、建物正面の扉がすぐさま開き、スーツの男が小走りで来て運転席のドアを開けた。

「ようこそいらっしゃいました。お車はこのままで結構です。わたくしは執事のブリュノと申します。お目にかかれて光栄です」

「ええと、ありがとう、ブリュノ。こちらこそ初めまして」ジュリアンも車からおりて挨拶した。

どうぞこちらへと言いながら、ブリュノは少々急ぎ足で歩きだした。

「旦那さまは一階のお部屋でお待ちです」

ジュリアンは、ブリュノのあとについて玄関広間へ入っていった。すぐに心地よいぬくもりが身を包む。そのぬくもりを感じながら、ブリュノに上着を脱がせてもらっていると、十メートルほど先に木製の大階段があるのが目に留まった。大階段は曲線を描きながら、上へ向かって力強く堂々とのびていた。ただし、途中の踊り場からは二手に分かれ、三十段ほどのもう少し細い階段になっている。ふたつの階段が別々の方向へのびるさまは、まるで相手の突然の出現に互いに驚き、それぞれが相手を避けようとして、別方向へ建物をのぼっているかのようだ。あの階段をつくるだけでも、どれだけの人手がかかり木材が必要だったのか。もはや想像する気にもなれなかった。

上着を預け終えると、再びブリュノに促され、ジュリアンはあとをついて歩いていった。そして、天井の高さにも目をみはった（もちろんその後、内装の豪華さや壁板の質の高さ、客間の暖炉の大きさにも驚くことになるのだが。特に暖炉は、玄関広間にいても薪のはぜる音が聞こえてきて、鶏の骨でも焼いているのかと思うほど景気がよかった)。ジュリアンは首に無理をさせながら、天井を見あげた。石膏の白い天井に、金色の線で装飾が施されている。いったい、どれくらいの高さがあるのだろう。玄関広間を進みながら、ジュリアンは考えた。前を歩くブリュノは身長が百八十センチほどありそうだが、たとえそのブリュノが自分の肩の上に立ったとしても、天井に触れるにはまだ数センチ足りなそうだ。

「こちらです。お入りください」

ブリュノにうやうやしく手で示され、ジュリアンは大きくてがっしりとした木の扉をくぐり抜けた。扉の先は、広々とした客間だった。ティオンヴィル氏は暖炉を背にして立っている。今日も杖をついていた。

「ようこそ、ジュリアン!」

ティオンヴィル氏はそう言うと、空いているほうの手をあげて、近くへ来いと合図した。

「あれから調子は? 私の村の在住者は皆変わりないかね?」

「おかげさまで、私のほうはなんとかやっています」

答えながら、ジュリアンは在住者という言い方に引っかかった。それでも「村民のことを在住者と呼ぶのは変わっていますね」と指摘するのはこらえておいた。いきなり座をしらけさせてはいけない。細かいことに目くじらを立てるのはやめておこう。そう思ったのだ。そして、リュカがシビルを襲った件を報告しようとした。

「ただ、村のほうで……」

するとティオンヴィル氏はそれを制して、こう言った。

「ああ、聞いている。しかし、まずは座ろう。暖炉の火を楽しもうじゃないか」

そうして、豪勢な革のソファを指さした。新居にあるチェスターフィールド・ソファとよく似たものだ。

「何を飲むかね？」

「そうですね。村長と同じものを」

ソファに座って答えたものの、ジュリアンは内心願った。どうかティオンヴィル氏が薬草入りの酒を好みませんように。ジェンシアン（リンドウ科の薬草）のリキュールみたいな時代遅れの食前酒を出しませんように、と。だが、その心配はいらなかった。

「ブリュノ、ウイスキーをふたつ頼む。マッカランM、クリスタルのデキャンタに入ったものだ。氷はいらん」

ティオンヴィル氏はブリュノにそう告げたからだ。そのあいだ、ジュリアンは客間にかかる絵をそっと見た。壁には、大きな絵画がいくつもかかっていた。どれも土色が基調の暗い絵だった。その背景のほとんどは森や、不穏な空にそびえる山や、薄闇に沈む家で、前景には焚き火があかあかと燃えている。そして、その不気味な炎のまわりで、悪魔のような目つきの女たちが肩もあらわに踊っていた。そんな女たちを、唖然としながら遠巻きに見る人々も描かれている。農民やしなびた身体つきの老人、親の腕のなかに隠れた子ども、十字を切る神父。どの目も女たちに魅了され、同時におびえを宿していた。

「さて」ブリュノが部屋を出ていくと、ティオンヴィル氏は再びこちらへ向きなおった。「よく来てくれた。まずは、先ほどきみが言いかけていた話だが、村の若者がシビルに、なんというかちょっとした問題を起こしたそうだね」

「そうなんです。というか、ちょっとした問題では済まない深刻な事件でしたが」ジュリアンはそう言って続けた。「加害者の若者は現行犯で逮捕して、現在は署の留置場に勾留中です。あとは取調べをして供述をとれば、明日にはうちの署での仕事は終わるでしょう」

「そうか、さすがだな。まあ、きみがこのモンモール村にうってつけの人物なのはわかっていたが。ところで、新居は気に入ってもらえたかね？」

「もちろんです。あんなに大きな家だったとは予想外でした。よくしていただいていると言うだけじゃ、足りないくらいです。前に住んでいた家とは大違いで。それに、ビールのご用意まで、ありがとうございます」

「いやいや、たいしたことじゃない。それより、大きな家が何を望んでいるか、知っているかね？」

「いえ、なんでしょうか」

「子どもでいっぱいにしてもらうことだよ！」楽しげにそう言うと、ティオンヴィル氏は大昔からの友人のようにウインクした。「まあ、今のは冗談だ。老人の無遠慮な言葉など聞かんでいいぞ」

そのとき、ブリュノが静かに現れ、黒檀《こくたん》のローテーブルにウイスキーのグラスをふたつ置いた。テーブルには、最初から木製の大きな箱ものせてあった。どうも葉巻ケースらしい。用事を済ますと、ブリュノは来たとき同様静かに離れ、重い扉をそっと閉めて出ていった。それを見ながら、ジュリアンは宿の女主人モリーのことを思い出した。モリーはいつでもスリッパを引きずり、耳ざわりな音を立てていた。今もやはり床を引っかきながら歩いているのだろう。それこそ溝でも掘りそうな音を立てて……。

「では、きみのために、そしてきみのモンモール着任に乾杯しよう！」ティオンヴィル氏がグラスをあげた。

ジュリアンもそれに応えてグラスをあげ、ウイスキーを一口飲んだ。それから、ティオンヴィル氏の様子をうかがった。氏は、昨日初めて会ったときより、相手を圧倒する迫力にいくらか欠けていた。一見機嫌がよさそうだが、目の下に黒い隈ができ、顔色も少々青白いのだ。きっと気がかりでもあるのだろう。ビジネスの世界に身を置く氏には、休むひまもないにちがいない。だが、にじみ出る疲れには、単なる仕事上の懸念とは別のものもありそうだった。ひょっとして病気だろうか。

とはいえ、確かにやつれた顔や髪を乱した姿には弱々しさを感じるものの、その青灰色の目は昨日と同じく、ほぼずっとこちらを見据えていた。薄い唇からも、すぐさま言葉が飛びだしてくる。要するに、見た目を信用してはいけないということだ。

「あの、私に何か頼みたいことがあるのでは？」

「なるほど、きみは率直な男だったな。実に好ましい。そのとおり、私はきみに頼みたいことがあると言った。そもそも、ここへ来てもらったのもそのためだ」

「どんなことでしょうか？」

「ジュリアン、きみは魔女の存在を信じるかね？」

ティオンヴィル氏の問いかけに、ジュリアンは意表を突かれた。氏が何世紀も前の迷信を信じているとは思えなかったのだ。むしろ、氏が信じるのは迷信とは対極にあるもの――現実だけだろう。シビルのブログにも「迷信を一蹴した」と書かれていたはずだ。今だって、ティオンヴィル氏は表向き陽気な態度をとっているが、その内側には冷たくてよそよそしいものが感じられた。きっとビジネスの場では、容赦なく振る舞うことだろう。でなければ、成功できるわけがない。氏は企業をいくつも抱えるグループのトップなのだ。もし「魔女はほうきに乗って空を飛ぶ」などと信じてふらふらしていたら、世界的な化粧品のブランド名に、自身の名を冠することなどできないだろう。ジュリアンはグラスに口をつけながら考えた。そう、ティオンヴィル氏は自分をからかっているのだ。またしても駆け引きをして、こっちを試しているにちがいない。そこで、こう口にした。

「いえ、魔女はいないと思います。この村に魔女にまつわる話があることは知っていますが、そんなのはただの迷信でしょう。もちろん、モンモール村の歴史は尊重していますし、迷信にもそれなりの意味はあると思いますが」

「いや、ジュリアン、きみはまちがっている」ティオンヴィル氏がぴしゃりと言った。「魔女は存在していた。そして、今でも存在している。確かに、この時代の魔女は、キャラクター的なものとしてマーケティングの対象になったり、本の登場人物になったりしているが。映画やテレビの連続ドラマにも登場するようになっているな。まあ、そのたびに魔女の内実や意味は少しずつ失われてきたわけだが」

「そうおっしゃられても、やはり魔女はいないと思うのですが」

「では、魔女とは何か知っているかね？」

いつしかティオンヴィル氏はこちらから目をそらしていた。今は手にしたグラスを見つめている。そのすきに、ジュリアンは氏の姿を盗み見た。骨張っていて弱々しげな横顔。皮膚には老人性のしみがいくつもある。昨日、署で会ったときは堂々として尊大にさえ見えていたが、今のティオンヴィル氏にはどこかもろさが感じられた。

「魔女とは」ジュリアンは、氏をじっと見たまま口にした。「自分に特別な力があると思っている人のことでしょうか」

「いや、魔女とは何よりもまず、女性のことだ。きみもその年齢ならわかるだろうが、どんな女性にも特別な力はあるものだ。しかし、かつて女性たちは子をなすという役割以外、あまり重んじられていなかった。教会は女性を重要視せず、夫も社会も女性を軽んじた。だが、女たちのなかには、人や社会に対して、男より強い力を及ぼせる者も存在したのだ。その力の源は、美しさであることもあれば、利発さや豊かな感受性であることもあった。あるいは、自然の力を利用して病《やまい》を治癒できたとか、狭量な人の心にも不思議と響く言葉を使えたということもあった。ところが、男たちはそんな女たちの力が気になりながらも、女が男より優れているとは到底認められずにいた。そこで、力のある女たちをおとしめるべく、漠然と咎《とが》める言葉を使いだした。それが魔女だ。こうして、女性がもともと持っていた能力は、呪いとされるようになり、一度は美しく咲いた花々は、しおれてしまった。自分からしおれていったか、もしくは無理矢理枯れさせられた」

「とても詩的なイメージですね」ジュリアンは言った。

だが、それには答えず、ティオンヴィル氏はこう続けた。

「私の下の娘エレオノールは、脳の難病を患っていた。神経変性疾患の一種だったが、どういう病状だったか聞いているかね？」

その言葉を聞きながら、ジュリアンはふいに嫌な熱っぽさに襲われた。確かにこの部屋に入ったときから、多少居心地の悪さは感じていた。それが今、熱い波に背中を舐められているような、不快な感覚に変わったのだ。いったい、この不快感はどこから来るのか。一瞬――ほんの一瞬だけ、ジュリアンは振り返って確かめようとした。だが結局、やめておいた。いきなり熱っぽさを感じたのは、きっとウイスキーのせいだろう。それと、暖炉で激しく踊る炎のせいだ。そう思うことにして……。

「いえ、お嬢さんのご病状は聞いていませんが」

「簡単にいうと、娘は脳内の電気信号の伝達に異常をきたしていたのだよ。脳にニューロンと呼ばれる神経細胞があることは、きみも知っていると思う」ティオンヴィル氏が説明した。「我々が思考したり、知覚したり、身体を動かしたりできるのは、脳内でニューロンがネットワークを形成し、そこに電気信号を流して情報を伝達しているからだ。たとえば、指に棘《とげ》が刺されば、痛いと感じるだろう。このとき、痛みの電気信号はまず指先から身体の神経を通って、脳に達する。脳まで来ると、今度はニューロンのネットワークが活躍し、脳の痛みをつかさどる部分へと電気信号を伝達する。そのおかげで、我々は指先にどんな種類の痛みをどれくらい感じているのか、理解することができるのだ。ところが娘の場合、脳内でニューロンの伝達する電気信号が、しかるべき部分を超えて、本来結びつかないはずの部分にまで広がっていた。

そのせいで小さな棘が刺さっただけで、あの子は一時的に目が見えなくなったりした。言葉をしゃべれなくなって、ひたすらもごもごしていたこともある。まるで口に熱い炭でも入れられたかのように……。ときには、電気信号が過剰に発生したせいで、痙攣《けいれん》を起こすこともあった。だが何よりつらかったのは、時とともに、病気が悪化することだった。部分的だった脳の炎症がほかの部分も浸食していき、もはや棘が刺さるといった刺激がなくても、あの子の電気信号は暴走するようになったのだ。脳内で何かしら電気信号が発生したことがきっかけで――たとえば何かを見たり考えたり、あるいは筋肉を動かしたりしただけで――あの子の頭には嵐が起きた。一日のなかでいつ、いきなり目が見えなくなったり、立っていられなくなるかわからなかった。突然口がきけなくなったこともあれば、反対に大きな声で叫びだしたこともあった。あの子は『蜂の群れが耳のなかでぶんぶん飛びまわっている。蜂の針に刺されて頭に毒が回ってしまう』とわめいていたのだよ」

「まだ小さいお嬢さんがそんなつらい経験をされたとは。お気の毒なことです。まったく忌まわしい病気だ」ジュリアンは心からそう言った。

だがそれはそれとして、ティオンヴィル氏の話がどこへ向かおうとしているのかがつかめなかった。そのとき、サラから聞いた話を思い出した。村長の次女エレオノールは、十二歳のとき山頂から転落し、モンモール山のふもとで遺体となって発見されたと……。

そうか、ティオンヴィル氏は病気じゃない。ジュリアンは理解した。弱々しく見えるのは、娘を亡くした心の傷《トラウマ》に苛まれているのだ。

「もし娘が別の時代に生まれていたら」琥珀《こはく》色のウイスキーを見つめながら、ティオンヴィル氏が言葉を継いだ。「きっと魔女とみなされ、村の広場で生きたまま焼かれていただろう。あの子の病気を誰も説明できなかっただろうからな。おとなしく座っていた少女が、いきなり床を転がって口から泡を吹いたり、さっきまで普通に話せていたのに、突然わけのわからないなり声を出したりするのだ。〈悪魔憑き〉としか思えなかったにちがいない。だが今は、科学の力によって奇跡を起こすことができる。その筆頭は、意味不明に思える行動の裏には病気が隠れていると突きとめたこと、それによって誤った理解を払拭できたことだろう。アルツハイマー病しかり、てんかんしかり、言語障害しかり……。おわかりかね、その意味でいえば、魔女は今も存在するのだよ。消えたのは、人の蒙昧《もうまい》な心のほうなのだ。科学の発見によって知が啓《ひら》き、新たな言葉を獲得できたおかげだ。しかし、おそらく聞いただろうが、娘のエレオノールはモンモールの山のふもとで発見された。悲しい姿となって……」

話を聞いているうちに、不快な感覚はますます強くなっていた。うまく説明できないが、この部屋の空気には何か恐ろしいもの——ほとんど感じとれないほどの脅威——が潜んでいる気がするのだ。夜の闇に潜む不気味な影のように……。そこで、ジュリアンはウイスキーを一口飲むと、早く本題へ入ってもらうことにした。もしティオンヴィル氏が気を悪くしても仕方ない。今は何よりこの屋敷の外に出て、新鮮な空気を胸いっぱいに吸いたかった。

「村長、私に何を頼みたいんですか?」

ティオンヴィル氏が手元のグラスから目を離し、再びこちらをじっと見た。口角がわずかにあがり、ぎこちない笑みが浮かんでいる。

「その箱を開けてくれ」ティオンヴィル氏は葉巻ケースを指して言った。「なかに手紙が入っているから、どれでも好きなものを読むといい」

　ジュリアンは言われたとおり箱を開け、入っていたものを読みはじめた。そのあいだも、氏は話を続けていた。

「娘のエレオノールの亡骸は、昔の墓地からそう遠くない場所で発見された。その事実と、今きみが読んでいるものを合わせて考えるに、このモンモール村には、きみが迷信とみなすものをいまだ信じる者がいるのだろう。この村の誰かが、我々のなかに魔女がいると本気で思い、愛しい娘を……まだ十二歳だった可愛いエレオノールを魔女のひとりだと信じたのだ。それが理由で、その人間はあの子をベッドから連れ去って、モンモール山の頂上まで運んでいった。かつて魔女たちが処刑された場所へ……。そして、あの子を突き落としたのだ」

　そういうことだったのか。ティオンヴィル氏の話を聞き、手にした手紙に目を通して、ジュリアンは理解した。ティオンヴィル氏の次女エレオノールは、世間で信じられているように転落事故で死んだのではない。殺されたのだ。

　手紙の内容は信じがたいものだった。いや、手紙などという穏やかなものではない。これは犯行声明だ。「おまえの娘を殺した」と書かれているのだから……。まったく、自分はどれだけ見込み違いをしていたのか。これを見るまで、ティオンヴィル氏は冷淡で計算高く、感情のない傲慢な人間だと思っていた。それはやはり見た目だけを信用していたからだろう。相手を圧倒する目つき、ほとんど威嚇するようなあの目つきや、強姦未遂を「ちょっとした問題」と言ってしまうぞんざいなところから、氏の人となりを決めつけていたのだ。

「そういうわけで、ジュリアン、頼みというのはほかでもない。エレオノールを殺した犯人を突きとめてほしいのだ。十年前、この村の誰かが、娘を山から突き落とすというおぞましい狂気にとらわれた。それが誰だったのか、私は知りたい。引き受けてもらえないだろうか」

ジュリアンはティオンヴィル氏に向きなおった。氏はつらそうにこちらの視線を受けとめていた。亡くなったエレオノールの話をするために、想像以上の努力を要したのかもしれない。と、その青灰色の目に涙があふれ、右の頰を伝いはじめた。ティオンヴィル氏は涙を隠さずじっとそこに座っていた。顔を背けることも、手でぬぐうこともなく……。

外では、この冬初めての雪が降りだしていた。ひらひらと舞う雪のかけらは、ぼんやりと行先に迷いながら、モンモール村の家々の屋根に消えていった。

おまえの娘を殺した。この村を救うためだった。
その落ちゆく姿に映ったものは
広がる天と、凍る地獄。聞こえたものは
柳の諍《いさか》いあう声と、大地の呼吸する音だった。
悪魔が顔をしかめる姿も見えていた。
あらゆる時代の魔女たちの、嘆きの声も聞こえていた。

# 第二幕　ひつじのえをかいて！

# 道中にて（2）

暗がりのなか、運転席のドアがばたんと閉まる音がして、カミーユは車がとまっていることに気がついた。手にした事件ファイルからしぶしぶ顔をあげ、横の運転席に目を向ける。誰もいなかった。運転していたエリーズはどこへ行ったのか。カミーユは身体をひねってうしろを探した。見ると、エリーズは外の給油機の前に立っていた。ガソリンを入れようとしているようだ。どうやら知らないうちにサービスエリアに来ていたらしい。

「信じられない」シートベルトをはずしながら、カミーユはつぶやいた。「車がとまったことに気づかなかったなんて」

それから自分も車をおりた。もちろん、事件ファイルをどこまで読んだか、ページはちゃんと覚えておく。外へ出るとすぐ、エリーズに声をかけられた。

「もしトイレに行きたかったら、ここで済ませておいて」エリーズは給油機のパネルから目を離さないまま、言葉を続けた。「この先は到着するまでサービスエリアはもうないの」

「車をとめて、だいぶたつんですか？」カミーユは尋ねた。

「サービスエリアにとめたのは、五分ほど前よ。ついさっき、ガソリンを入れに車をこっちへ動かしたけど。でもどうしてそんなことを？　ああ、そうなのね。あなた、事件ファイルに没頭していて、何も気づかなかったのね？」

「ええ、まあ」カミーユは口ごもった。少し恥ずかしかった。そのせいでつい、助手席の外に立ったまま、こう口にした。「あの村で……モンモール村で何が起きたんですか？」

だが、そう尋ねる自分の声はやけに緊張していて、か細くて、単なる質問というより懇願のようだった。しかも言葉の調子には、こちらが苦しく思っていることや、さらには恐ろしさを感じていることまで、ほんの少しだが現れていた。カミーユは後悔した。あんなふうに、エリーズの問いかけをはぐらかすべきじゃなかった。そのうえ、あの事件ファイルの内容に動揺していることや、先を知りたくてうずうずしていることまで、さらしてしまった……。

「あの村で起きたことは、あなたも知っているはずよ。どの新聞も、事件についてこぞって書いていたもの」エリーズがそっけなく答えた。

「でも、記事にはただ、十人近い死者が出たとしか書かれてませんでした。氏名は伏せられていたんです」

「じゃあ、今いちばん知りたいことは何？　ジュリアンやシビルやサラや、それ以外の人たちが無事だったかを知りたいの？」

「いえ、いちばん知りたいのは、どうしてわたしにすべてを明かしてくれるのか、ってことです」カミーユは言った。

さっきより落ち着いた声を出すつもりだった。それなのに、どうしても気持ちのたかぶりが出てしまう。

エリーズが給油機から目を離して、こちらを向いた。その顔には強い疲労がにじんで見えた。ガソリンスタンドの蛍光灯が青白い光を放つせいで、顔色をいっそう青白く見せている。この人はいつから眠っていないのだろう。カミーユは思い、突然、甘やかされた子どものように振る舞ったことを後悔した。目的地に着けば全部わかると言われていたのに、それを待てず、何もかもを聞きだそうとしたなんて。

「どうしてあなたなのか」エリーズは何秒かためらい、一瞬暗い目でこちらを見てから、答えた。「それは、あなたがまだ若い記者だからよ。あなたはまだシステムに毒されていない。だからどんなに途方もない話でも、吹きだしたり呆れたりせず、聞くことができる。それに、これからキャリアを築かないといけないから、リスクを冒すことも恐れない。あなた、新聞社で自分が透明人間みたいに思えたりしていない？　まわりの記者は、あなたを若くてきれいで世間知らずのお嬢さんだと思って、見下しているんじゃない？　でも、あの事件の真相を書けば、そういう馬鹿な人たちはみんな、あなたを羨《うらや》むことになる。ひょっとしたら、あなたのことを魔女なんじゃないか、なんて思うでしょうね。でないと、あの事件の真相をここまで突きとめられるはずがないって……。それはそうと、もうじき給油が終わりそうよ」

エリーズが給油機のパネルを確認しながら、続けた。

「トイレに行くなら急いで行って。時間が迫っているの」

どうしてそんなに時間を気にするのだろう。カミーユは訊きたくなったが、ひとまずやめて、サービスエリアの建物へ向かい、建物内のトイレに入った。そうしてトイレの個室に落ち着くと、今度は事件のことを考えはじめ、モンモール村へと心を飛ばした。まずはジュリアンと同様、ティオンヴィル氏について早すぎる判断を下したことを反省する。初めのうち、ティオンヴィル氏のことは気まぐれでいけ好かない人物で、傲慢さに満ちていると思っていたが、それはまちがいだった。自分は見かけだけで判断し、表面のニスを削ってその下に隠れているものを見ようとしていなかったのだ。

このあと、あの村で何が起きるのだろう。カミーユはいくつもの可能性を考えた。同時に疑問も次々と浮かんでくる。ジュリアンは、ティオンヴィル氏の次女エレオノールを殺した犯人を見つけるだろうか。リュカは自分の罪を悔やむだろうか。シビルは、リュカに襲われた次の日、モリーの店に行ってジュリアンと会うのだろうか。そのモリーの店には、赤毛の女も来ているだろうか。そして、魔女は本当に存在するのだろうか。そんな疑問と、以前に読んだ事件の記事とを結びつけてみようとして、カミーユは思案を続けた。

もちろん、モンモール村で大勢の死者が出たということの事件には、ジャーナリズムの勉強を終える頃から強く興味を引かれていた。同時に、事件周辺の不可解な事実も気になっていた。というのも、事件の第一発見者は、道に迷った猟師とされていたが、どうして猟師がたまたまモンモール村へ迷いこみ、事件を発見するに至ったのかは、まったく説明されていなかったのだ。また、人が大勢死んだというのに、捜査機関が真相究明を急ぐ様子もどこにもなかった。さらに、事件は村人もメディアを拒絶して、秘密を抱えたまま重い沈黙に閉じこもっていた。その直二カ月ほど新聞の一面をにぎわしたあと、ぱたりと取りあげられなくなってしまった。その直前まで連続殺人だの、軍事実験だの、何世紀も前の呪いだのと大騒ぎしていたのに、みんないきなり記憶喪失にでもなったかのようだった……。

突然、カミーユは寒さを覚えてはっとした。

「しまった！　早く車に戻らないと！」ズボンをあげながら、思わず叫ぶ。

そうして急いでトイレを出ると、サービスエリアの建物内を駆けだした。売店の棚に並ぶ土産物を床に落としそうになりながら。

トイレであんなに長居をするなんて。簡易食堂の横を走りながら、カミーユは不安になった。きっと車は行ってしまった。わたしは置き去りにされたんだ。あれこれ質問しすぎたから……。だが、建物の出口に差しかかったとき、エリーズがレジに並んでいるのが見えた。手にペットボトルの水を持ち、男性のうしろで会計を待っている。そばへ行くと、エリーズが言った。

「自動精算機に問題があったの。ここでガソリン代を払わないといけないから、外で待っていて。そう長くはかからないと思う」

カミーユはほっとしながら、言われたとおり外へ出た。そばにあった低い石垣にもたれて、さっきまでの不安を追いやり、気持ちを整える。

夜の空気は冷たかった。空は雲で覆われていて、じきに雪が降りそうだ。でも、そんなことはどうでもよかった。もうすぐ事件ファイルの続きを読めるのだ。風が吹こうが、雨が降ろうが、嵐がすべてを壊そうが、あの事件ファイルを持って、車の助手席に座っていれば安心できる。ジュリアンやサラやふとっちょフランキーと一緒にいれば、安心だった。

どうかあの三人に何事もありませんように。それからシビルにも。カミーユは思わずそう願った。かわいそうなシビル……。そこへ、支払いを済ませたエリーズが出てきて、言った。

「じゃあ、行きましょう。この先はもう少しスピードを上げることになりそうね。そうだ、これをどうぞ。このペットボトル、あなた用に買った水だから」

「ありがとうございます。それと、さっきはすみませんでした。詮索しすぎだったかもしれません。まあ、だから記者なんですけど。でもこのあとは、読み終わるまで何も質問しないってお約束します」

「賢明な判断ね」運転席のドアを開けながら、エリーズが言った。「いずれにせよ、モンモール村に着けば、何もかもがはっきりするから」

# 1

独房で夕食をとるリュカを、フランクは目の端で見張った。

リュカは長椅子に座って、トレーの上に身をかがめ、一口ずつ慎重に食べている。あれじゃまるで毒を怖がっているみたいだ。フランクは思った。次の一口を食べたら死ぬとでも思っているんだろうか。

夜勤に入り、署内に自分とリュカのふたりしかいなくなってから、リュカは物音ひとつ立てていなかった。鉄格子越しに食事を届けたときに、ぼそっと「どうも」と言ったくらいだ。

食事は、迷ったあげく、リュカの前でとることにした。はじめは、リュカにひとりで食事をさせ、自分は執務室に戻って食べるつもりだった。だが、一度は執務室の椅子に座ってみたものの、独房にいるリュカを思うと、どうしても食べはじめることができなかった。どんな人間だって、食事はひとりでするものじゃない。そう思ったからだ。そこで、再びリュカのそばへ戻ることにして、独房前のスチール製の長椅子に座り、一緒に食事をとっていた。

ちなみに、食事はモリーの店から届いたもので、それはつまり亭主のロジェが調理したということだった。それを思うと、フランクはつい願わずにはいられなかった。どうかロジェが爪垢のついたあの指で、この料理の味見をしていませんように、と。でも、やっぱり指で舐めたんだろうな、と半ばあきらめてもいたが。というのも、ロジェには、腕のいい料理人という素晴らしい長所とともに、どうしようもない短所もあるからだ。その短所というのが、できた料理をスプーンではなく指を使って味見するという困った癖で、しかも爪には若い頃から溜めたような垢まで詰まっていた。一方で、ロジェはいつも何時間もかけて、夜に出すメニューを調理していた。実はその理由は、村人の舌を満足させたいからというより、なるべく妻のモリーと顔を合わせたくないからだったが……。モリーは、教会の扉を前にした吸血鬼さながら、調理場には近づかないのだ。でも、たとえそうだとしても、ロジェの料理の腕は確かだったし、調理中のロジェは楽しそうだった――。

調理中に指を舐めるロジェの姿は頭からきっぱり閉めだすことにして、フランクは食事を口にした。リュカのそばで食事をすることに関しては、自分のなかの正義感にこう言い聞かせておいた。だって、リュカが喉に肉を詰まらせて死にかけるなんてことも、ないとは言いきれないんだ、と。

もちろん、リュカのやったことには憤りを覚えていた。でも、もともと自分はどんな相手にも共感を覚えてしまうタイプなのだ。その性格は村中の人に知られていた。だから、警察官になったときは多くの人に驚かれた。そもそも、小さい頃から人に怒りを見せたことなどまずなかった。中学生になると、学校の外で乱暴な上級生たちによく殴られたものだった。特にこれといったわけもなく……。単に顔が丸くてボクシングのパンチングボールに似ていたから、力試しに殴ってみたくなっただけかもしれなかったから。それに、騒がれる心配もなかったから。というのも、あの頃の自分は本当にパンチングボールのようだったからだ。怒ることもなく、あきらめの気持ちで、黙ってこぶしをやりすごしていた。たまたま大人が通りかかって、上級生たちを追い払ってくれたあと、被害を警察へ届けるか、せめて校長に話したほうがいいと助言されたこともあった。けれども自分はそんなときも、鼻から伝う血をぬぐい、肩をすくめるだけにしておいた。仲間どうしでふざけていただけだからと言いながら……。

もちろん、警察官になってからは、さすがに誰も殴りかかるような真似はしなくなった。ここ二日間は事件続きとはいえ、少なくともこの前までのモンモール村は平和で穏やかで、自分の性格にぴったりの場所だった。なにしろ警察の仕事中でさえ、大声を出したり力に訴えたりする必要がないのだ。そんなふうに穏やかに仕事ができるのも、この村にいるおかげだった。それと、殴られていたあの日々を黙って耐えたご褒美かもしれない。そんなことを、ときどき思ったりもしていた——。

「結構、うまかった」

独房のなかのリュカが食事を終えて、ようやく言葉らしい言葉を口にした。

フランクはうなずくだけでそれに応え(食事はとっくに終えていた)、リュカの姿をまじまじと見た。この子はぼくと正反対だ。リュカの顔から目を離せないまま、フランクは思った。顔は細くて骨ばっているし、怒りが全身を満たしている。リュカの何もかもに、ぼくはぎょっとしてしまう。それなのに、どうしてだろう。鏡を見ている気がするのは……。リュカを見ていると、まるでもうひとりの自分を——何かが違えばこうなっていたかもしれない自分を——

前にしている気がするのだ。

「あんた、なんでここで食べたんだ？」食べ終わったトレーを床に置いて、リュカが尋ねた。

「食事はひとりでするものじゃないからさ」フランクは答えた。

「同情かよ」

「いや、違う。ひとりで食事をするっていうのがどういうものか、知ってるからだ。自分が毎晩そうだからね。あれは楽しいものじゃない。それだけだよ」

まあ、毎晩ひとりってわけじゃないけどな。フランクはつい付け足しそうになった。モリーの店へ行って食事をする晩もあるからだ。人に会いたくて……。村の誰かが同じテーブルにやってきて、孤独を分かちあうこともあった。そういえば、赤毛の女の人が同じテーブルにいた晩もあったな。街へ行く途中、村に立ち寄ってみたとのことで、モリーの宿に一晩だけ泊まっていた人だった。フランクは思い出した。笑っていても、あの人の笑顔にはどこか悲しいものがあった。激しい孤独が、あの目から喜びを奪っていた。口元は笑っていても、あの人の目は泣いていた。食事のあいだ、あの人はほとんど話をしなかった。そして「よい晩を」と言い残したあと、宿の二階へ消えてしまった。あれ以来、あの赤毛の人を見かけたことは一度もなかった……。

「あいつの具合は？」

リュカの言葉で、フランクは我に返った。

「あいつ？」

「シビルだよ」

やれやれ、なんて勘違いだ。一瞬、あの赤毛の人――少しずつ思い出が薄れていくあの女性のことを訊かれたのかと思ってしまった。フランクは自分の勘違いに呆れながら、リュカに答えた。

「シビルなら、署長が大丈夫そうだと言っていた」

「悪かったって伝えてくれよ」

「謝るのが少々遅すぎるな。そう思わないか？」

「まあな」リュカがうつむきながら、つぶやいた。

「どうしてあんなことをしたんだ？」フランクは事件について尋ねてみた。「女性に対して、いや、誰に対しても、あんなことはしちゃいけないだろう？」

「わからない」リュカが口ごもった。「なんていうか、あれは……いや、話したら、あんたもきっと頭がおかしいって言うさ」

これは話したがっているな。フランクはリュカの気持ちを感じとった。いずれにせよ、自白したくなったのなら、その機会は逃さないほうがいいだろう。それにしても、一緒に食事をしただけで信頼を勝ちとって、自白まで持っていけるとは。つい頬がゆるんでしまう。それに、もしここで供述がとれて、リュカが明日ボスとサラに尋問されずにすむのなら、たぶんそのほうがいいはずだ。あのふたりが、自分みたいにリュカに優しく接するとは限らないから……。

そう考えると、フランクは立ちあがって、鉄格子に近寄った。

「いいから話してみろ」リュカに声をかける。「きみがなぜあんなことをしたのか、理解したいんだ。どんなことでもちゃんと聞こう」

リュカは少しためらってから、話しはじめた。

「あんた、声が聞こえたことってあるか？」

「声？」

「ああ、声が話しかけてこないか？　ていうか、声がこの言葉に従えって命令してこないか？」

「いや、どうだろう」本当に考えているふうに見せるため、フランクは早く答えすぎないよう気をつけた。

「おれにはさ、聞こえるんだよ。何週間も前から聞こえてる。シビルを襲えって命令したのも、その声なんだ」

リュカが自分をからかっているかどうかは、わからなかった。だが、膝を抱えて椅子に座り、にらむような目をまっすぐこちらへ向けるリュカの姿は、年齢より十歳ほど幼く見えた。まだ子どもなんだ。リュカを見ながら、フランクは思った。社会生活の基本を誰にも教えてもらえないまま、早く大きくなりすぎた子どもなんだ。この子は途方に暮れている。まるで昔のぼくが殴られて帰ってきたときみたいに……。ぼくと同じで、どうして暴力だったのか、その答えを探している。リュカの場合は他人の暴力ではなくて、自分自身の暴力について答えを探しているわけだけど……。

「その声は、どこから聞こえてくるんだ？」フランクは尋ねてみた。

「そこらじゅうから聞こえてくる。けど、気づいたんだ。大きな丘と小さな丘に近づいたとき、特に大きく聞こえるって。だから、あれは柳のしゃべる声だ。まちがいない。ほら、どっちの丘の森にもやたらと柳が生えてるだろう？　この村をぐるっと囲んでさ」

柳がしゃべる？　フランクは、サラが帰宅する前に話していたことを思い出した。ヴァンサンの証言によると、ジャン＝ルイも死ぬ前に謎の言葉を発していた。リュカと同じように、やっぱり柳がどうこう言っていたはずだ。

「それで、その柳たちは、ほかにも何か言っていたか？」フランクは尋ねた。独房の鉄格子を両手で強く握りながら……。

なぜだろう。いつしか自分とリュカの役割が逆になった気がしていた。自分のほうが、独房に囚われているように思えて仕方ないのだ。向こう側に座るリュカは自分の分身で、本当は自由なのに離れていくのをためらっている――そんな気がしていた。

「そう、ほかにも言ってた」リュカが答えた。そして、目に涙を浮かべながら続けた。「もう手遅れだって、柳は言ってたんだ。『おまえたちはみんな、おしまいだ。じきに人が大勢死ぬ』って」

# 2

ジュリアンは、犯人から送られたという別の手紙を開いて読んだ。

次いで、葉巻ケースを膝にのせ、なかにあるそのほかの手紙もすべて読んだ。

ティオンヴィル氏の屋敷の客間はしんとしていた。ときおり、暖炉で燃える薪がぱちぱちとはぜるだけだった。ティオンヴィル氏も黙ってこちらを見守っている。何を言ってくれるかと期待する様子で……。

手紙はどれも似通っていた。「おまえの娘を殺した」と書かれたあと、漠然とした文章が数行並ぶだけだった。ときにはもっと短いものもある。ただし、どれも調子は同じだった。ジュリアンは、手紙の入った葉巻ケースをローテーブルの上に戻すと、ウイスキーを口にしながら考えた。壁の絵からも、そこに描かれた人々からも、期待の目で見られている気がした。やがて、グラスのウイスキーがなくなった頃、ジュリアンはようやく口を開いた。

「お嬢さんがいなくなったときのことを、もう少し詳しく教えてください」

「もちろんだ」ティオンヴィル氏が答えて続けた。「あの夜は、上の娘のセレーヌとふたりで夕食をとっていた」

「なぜふたりだけで？」

「エレオノールが食事の直前に発作を起こしていたからだ。そう言うと、冷たいと思うだろうが、発作のときは部屋でひとりにしておくしかなかったのだよ。わかるかね、あの子はもはやあの子でなくなっていた。別の人間になっていたのだ。何かの音を叫びだすのは、しょっちゅうだった。音と言ったのは、エレオノールの発したものは文章ではなく、単語でさえもなかったからだ。あの子が私たちに向かって何か叫んでも、いったい何を伝えたいのか、この家の誰もわからなかった。だから、あの子はいつも喉が枯れるまで叫んでいた。それから、静かになって眠りについていたのだよ」

「そういう発作はよく起きたんですか？」

「ああ。しかも次第に数が増えていった。それはつまり、病気が進行しているということだった。あれは実にひどい病気だったのだ。あの病気のせいで、まだ十二歳だったエレオノールは見知らぬ人間に変わってしまった。恥を恐れず白状するが、私は家にいた少女がエレオノールだと思えなくなっていた。あの病気は、度重なる発作であの子を苦しめ、娘の人格をじわじわ壊していっただけじゃない。私の大切な娘の思い出まで奪ったのだ。怒り狂ってゆがんだ顔ばかりが記憶に残り、あの子の笑顔は消えてしまった。可愛かった昔の姿にすがろうと目を閉じても、浮かんでくるのは憎しみで目を腫らした顔だった。口をゆがめ、意味のわからないことをつぶやく姿だった。だが、その同じ口が、かつては毎晩『パパ、大好き』と言ってくれていたのだよ……」

「でも、病気が進行する前の、いい思い出もあるでしょう？」

「そうだな。ひとつ、あの病気に蝕《むしば》まれなかった思い出がある。毎晩の読み聞かせだ。夕食後は、いつもあの子の好きな『星の王子さま』を読んであげていたのだ。仕事があろうが疲れていようが、多少時間が遅くなろうが、必ず数ページずつ読んでいた。あの子の温かなベッドで一緒に……。読むあいだ、あの子が横になっている隣で私もベッドに座っていると、あの子は私の身体の脇にぴったりと頭をくっつけてきたものだ。本を読む私の腕の下には、いつだってあの子の頭があったのだよ。そうやってあの子は眠りについていた。この思い出以上に大切なものは何もないよ」

「治療はできなかったのですか？」ジュリアンは尋ねた。脳の病気のことはよくわからなかった。

「ああ、完治する手立てはなかった」ティオンヴィル氏がため息をついた。「薬によって、来たるべき死を遅らせていただけだ。それでも手は尽くしたのだ。優秀な神経科医がいると聞けば、フランス国内だけでなく外国の医者も訪ね、診断を仰《あお》いでいた。だが、完治できるとは誰も言ってくれなかった。どの医者も、話すのはいずれやってくる死のことだったのだ。それなのに、エレオノールがこの先どのくらい生きられるのか、そこは判然としなかった。見解は医者によってばらばらで、最短のものと最長のものでは二倍も開きがあったのだ。おまけに医者ときたら、私を励ましているつもりで、『この病を抱えながら四年も生きられたとは、お嬢さんは運がいい。もっと早く命を落とす患者も大勢いる』などと言ったりした。とにかく、私があの子にしてやれたのはそこまでだった」

「お気の毒に思います……心から」

「ありがとう、ジュリアン。とにかく、そういう経緯《いきさつ》があったので、十年前のあの晩、私は上の娘のセレーヌとふたりで夕食をとっていたのだ。食事が終わると、セレーヌは自分の部屋へ眠りにいった。私のほうはエレオノールの眠る部屋へ向かった。おやすみのキスをして、あの子の寝顔を見るためだった。不思議なのだが、夜のあいだ、発作は決して起きなかった。医者によると、睡眠中は脳内の電気信号が弱まるためらしい。つまり眠っているときだけ、エレオノールは私の愛しい娘に戻っていたのだ。『愛している』という私の声が届かないときだけ……。まったく、どこまでも忌々しい病だった。いや、話を戻そう。そういうわけであの晩も、私はあの子の部屋の前まで行ったのだが、そのときドアが小さく開いていることに気がついた。あってはならないことだった。というのも、『エレオノールの部屋のドアには鍵をかけておくこと。その鍵はドアの外側の鍵穴に差したままにしておくこと』と、この家の者たちに常々伝えていたからだ。そうしておけば、エレオノールが目を覚ましても、ひとりで外へ出ていくのを防げたのだよ。また、発作時にあわてて鍵を探しまわらずに済んでいた。それなのに、あの晩ドアは開いていた。私はドアを押して、部屋のなかをのぞいてみた。ただ、そのときはまだ、おそらく執事のブリュノか使用人の誰かがあの子の様子を見にきたあと、ドアを閉め忘れただけだろう、と思っていた。ところが、あの子は部屋にいなかった。ベッドから消えていたのだ。床に毛布と布団が落ちていた。それを見て、私は即座にブリュノと料理人を呼び、あの子のいる場所を知っているかと尋ねたが、ふたりとも答えられなかった。そこで、長女のセレーヌにも声をかけ、四人で屋敷中を探していった。エレオノールと呼びながら、部屋をひとつひとつ見てまわり、あの子が何かしらの理由で隠れていそうな場所をすべて探した。だが一時間探しても、あの子は見つからなかった。あの子がいたと思われる痕跡も何ひとつ……。そこで警察に通報すると、家出じゃないかとのことだった。それならばと、私は何本か電話をかけた。そこから捜索隊を組織しようという話になり、夜間で捜索は難しいにもかかわらず、すぐさまこのモンモール村の住人が大勢集まって参加してくれた。やがて夜明け頃——あるグループが小さな丘を探し、別のグループが大きな丘を探していたとき——ホイッスルの音が鳴り響いた。あの子が見つかった合図だった。あの子は、山のふもとの地面に倒れていたのだ」

「お嬢さんがいなくなったとき、執事のブリュノと料理人のほかに、使用人は誰か屋敷にいましたか？」

「いや、ほかには誰もいなかった」

「上のお嬢さんは今どちらに？」

「セレーヌは今、外国にいる。ここでずっと暮らすのは、つらすぎたようだ」

「なるほど。依頼はお引き受けしましたが、ただこれだけ年数がたっていると、手がかりを見つけるのはかなり難しいでしょう。そこはご承知おきください」ジュリアンははっきり伝えた。

「わかっている。きみの前任だったフィリップも同じことを言っていたよ」

「つまり前の署長にも依頼されていたと？」

「ああ、フィリップもその場ですぐ引き受けてくれた。きみのように」

「では、フィリップから何か進展の報告はありましたか？」

「そのことなんだが、実は進展以上のものがあった」ティオンヴィル氏が声をひそめた。壁に聞かれたらいけないとでもいうように小声で続ける。「いや、実際には何も聞けなかったのだが。事故で死亡した日、フィリップは捜査の話をしにここへ来るはずだったのだ。今でも電話で聞いたあの言葉を覚えている。『アルベール、犯人がわかりました。研修を終えたら、ご自宅へ伺ってお話しします』と。フィリップはそう言っていたのだ。だがその二時間後、村を出る道の途中で、フィリップの乗った車は凍った路面でスリップし、谷底へ転落してしまった」

なんと、前署長のフィリップは犯人を突きとめていたのだ。驚きながら、ジュリアンはサラのことを思い出した。サラはフィリップと付き合っていた。それなら、フィリップがエレオノール殺害事件を調べていたことも知っていたのだろうか。もし知っていたなら、どうして教えてくれなかったのだろう。いずれにせよ、明日聞いてみるのがいいだろう。サラのつらさを思うと忍びないが、もしフィリップが事件のメモやファイルを残していたなら、見せてもらえるかもしれない。少なくとも、フィリップがどんな結論を出したかを聞けるかもしれない。もちろん、サラが何か知っていればの話だが。

「帰る前に、もう少し教えてください。なぜ犯人がモンモール村の人間だと確信されているのでしょう?」

「それは……そうだな、以前、この村に刑務所があったことは、きみも知っているだろう」

「ええ、署のほうでサラから聞きました」ジュリアンは言った。「確か、火事で焼けたのでしたね」

「そのとおりだ。落雷でガスボンベが爆発するという、なんとも迂《う》闊《かつ》な火事だった。あれは臨時の刑務所だったのだよ。この地域の刑務所がどこもいっぱいということで、その緩和のため、つくったのだ。いわば飛行機を乗り継ぐあいだ滞在するトランジットルームのようなものだった。建物自体は、私が来る前からあったのだが、私はそれを改修して再び使えるようにした。別に深い意図はない。単に某お偉方に便宜を図るためで、その見返りにこちらも頼みを聞いてもらったのだ。あくまでビジネスの話で、特に面白くもない話だよ。収監されていたのは重罪人や再犯者ではなく、一度だけ過ちを犯した受刑者だった。数は全部で九人で、それぞれ何かしらの悪事の報いで刑務所暮らしになった者たちだった。火はあっというまに広がって、建物全体を包んだそうだ。受刑者になすすべはなかっただろう。看守はかろうじて逃げだせたが、炎も煙も恐ろしい勢いで充満し、一切の吸える空気を奪ったはずだ。翌日になってようやく消防隊が火を消しとめたが、焼け跡から回収されたのは、黒焦げの死体だった。そのほとんどは床に倒れた姿で見つかっていた。なかには、開けてくれと懇願していたのだろう、独房の鉄柵を握ったまま、こと切れていた者もいた。まったくもって、あれは恐ろしい一日だった。助けを求めながら火に焼かれた黒焦げの死体。まだ煙の出ている炭化した死体。それを、私はこの目で見たのだ……。どれが誰の遺体かはわからなかった。歯科医が歯型から特定しようにも、歯に関する記録がなかったからだ。というのも、焼けた刑務所にいた受刑者たちは、いずれ正式な落ち着き先へ送られるはずで、まだ資料がそろっていなかったのだ。だが、問題はそれだけではなかった。焼け跡から見つかったのは、八人の遺体だったのだ」

「八人？　受刑者は九人だったのでは？」

「そう、遺体はひとつ足りなかった」

「その後も見つからなかったのですか？」

「ああ。数日間、徹底的に捜索させたが、どこにもなかった。つまり、受刑者のひとりがあの地獄を逃げおおせ、脱獄に成功したということだ。それがどの受刑者だったのかは、いまだにわかっていない」

ジュリアンはソファの背にもたれかかった。少し前からこの客間には何か恐ろしいものが潜んでいると感じていたが、それが強さを増した気がした。もはや夜の闇に潜む不気味な影ではなく、それははっきりと姿を現していた。その巨大な鋭い爪が部屋のあちこちへ伸びるさまが、ありありと目に浮かんだ。絵画を引き裂き、グラスを床へ落とし……。この広い客間がその手のなかで弄ばれるサイコロ同然に思えるほど、それは巨大なものだった。

「つまり、その逃げた受刑者が犯人だと？　そいつがこの村にとどまり、村民に紛れて、お嬢さんを殺《あや》めた、そうお考えなのですね」言いながら、ジュリアンは思わず周囲に目を走らせた。

「ああ、届いた手紙はすべて村のポストから投函されていたからな。もちろん、私はポストの前に防犯カメラを設置することを考えた。だが、会議で反対された。なぜ私がそんな提案をしたのか知らなかったのだから仕方ない。村にはすでに多くの防犯カメラがあるので、治安対策はそれで十分ということだった。私は多数決の結果に従うことにしたよ。この村の所有者だからといって、暴君になるつもりはないのでね」

「でも、村長ほどの財力と人脈があれば、もっと経験のある刑事に頼めたのでは？　それに、あれは事故ではなく殺人事件だったと、おおやけにすることもできたと思うのですが。今のところ、皆、転落事故だと信じているようですね」

「それができなかったのは、きみの言う財力と人脈が邪魔をしたからだ。万が一の話だが、まちがっていたときに何が起こるか想像してほしい。きっとマスコミは私を容赦なく叩くだろう。気がふれたとか、もうろくしたとか、事実を認められない年寄りだとか言って。そうなれば、私自身のイメージが悪くなるだけでなく、私が保有する企業にも甚大なダメージを与えてしまう。私の立場では、仕事に個人的な問題を持ちこむわけにはいかないのだ。そういうわけで、ジュリアン、娘の件はモンモール署の署長であるきみに内密で依頼したい」

「つまり、この捜査に関する話は村長としかできない、と暗にお伝えでしょうか？　他の署にもどんな機関にも決して話してはならないと？」

「そういうことだ」

こんなケースは初めてだった。どう捉えればいいのだろう。ジュリアンは心がざわつくのを感じた。確かに、ティオンヴィル氏はこの村の村長であり、村の再興に寄与している。それを思えば、この条件を受け入れることは何より氏の功績に応えることになるだろう。個人的にも、氏への感謝を示す絶好の機会になるはずだった。なにしろ、高い給料も署長のポストもその他さまざまな恩恵も――家だけでなくボーナスや日々の生活を潤すものも――氏が提供してくれているのだ。だが一方で、誰にも話せないとなると、単独行動を余儀なくされることになる。もし事態が悪いほうへ転べば、職業倫理的に厄介な事態に陥るかもしれない。そう考えると、どうにも気づまりなのは否めなかった。そこで、ジュリアンはこれ以上この条件について考えるのは避けようと、再び質問を投げかけた。

「でも、なぜ犯人は火事で逃げた受刑者だと思われるのですか？」

「それも、届いた手紙からわかるのだよ。きみは手紙だけを読んで、封筒にあるものには気づかなかったが」

その言葉に、ジュリアンは再び葉巻ケースを開け、封筒を一通手にとった。なかにあった手紙を出して、封筒の内側をのぞいてみる。

「何もありません」

言いながら、自分が子どもになった気がしていた。これではまるで、謎を解こうとしてありもしない手がかりを探す子どもじゃないか。

「内側ではない」ティオンヴィル氏が言った。「封筒の裏をよく見てくれ」

ジュリアンは封筒を裏返した。そして、氏が見せたかったものを理解した。ふたについた封印用の口糊《くちのり》部分——そのV字形の糊づけ部分に、黒っぽい粉がびっしりと付着していたのだ。微小なスパンコールのように……。

「それは灰だ」ティオンヴィル氏が言った。「焼けた刑務所は火事のあとまもなく、取り壊すよう指示したが、封筒についていたのはその建物の灰なのだ。逃げた受刑者が娘を殺した犯人だと考える理由はそこにある。そして、犯人は火事を生き延びたあと、村人に紛れて暮らしているのだ。さて、ジュリアン、これできみは知るべきことをすべて知った」

そう言って、ティオンヴィル氏が立ちあがった。話は終わったのだ。氏に付き添われながら客間を出て、ジュリアンは玄関の扉へ向かった。執事のブリュノが重い扉を開けてくれる。外は雪だった。雪のかけらがひらひらと地面へ落ちていくのを、氏とふたり、黙って見やり、それからジュリアンはコートを整えた。と、ティオンヴィル氏が口を開いた。

「このあたりでは、一度雪が降りはじめると、しばらくは続くことなる」

氏は脇へ寄ってこちらが玄関ポーチの階段をおりられるようにしながら、こう付け加えた。

「言うまでもないことだが、捜査が実を結んだときには、報酬はおおいに弾むつもりだ」

「その話はまだ少々早いのでは」ジュリアンは答えた。「ウイスキーをごちそうさまでした。最善は尽くしますが、困難な捜査になることはご承知おきください」

「ああ、わかっているよ、ジュリアン。ただこの年になると、時間は贅沢品になる。どれだけ金を持っていても、時間は買えないのでね。だからお願いだ。この捜査に全力を傾けてくれ。そのほかのことは……雪のかけらでしかないと思ってほしい。そうだ、忘れるところだった。明日から数日は留守にする予定だ。アメリカでやるべきことがあるのでね」

「何か深刻な問題でも？」

即座に浮かんだのは、大西洋の向こう側でしか受けられない治療のことだった。ある種の手術は、フランス国内では受けられないと聞いたことがあったからだ。そのため、進行癌や稀少疾患を抱える人は、最後の望みをかけて海を渡らざるを得ない場合もあるという。ティオンヴィル氏もそうかもしれないととっさに考えたのは、今夜話をしているあいだ、氏がずっと何らかの力（もしくは痛み）と闘っていて、そのせいで消耗しているように見えたせいだった。

「いや、心配には及ばんよ。別にたいしたことじゃない。有望なプロジェクトを検討しにいくだけだ。ただし、これ以上は話せない。もし話したら、きみを殺さないといけなくなるからな」

氏はふざけてそう言うと、右手でピストルの形をつくってみせた。親指を立て、人差し指を伸ばして、こちらの頭を撃つ真似をする。

「そのときは額の真ん中を狙ってください」ジュリアンもふざけて答えた。ティオンヴィル氏が陽気な調子を取り戻したことに、安堵《あんど》めいたものを感じていた。「あまり苦しまなくてすみますから！」

「貴重な助言に感謝するよ。よく覚えておこう。おやすみ、ジュリアン」

## 事実　その3

人の脳は発電所のようである。

神経細胞《ニューロン》のネットワーク上を、常に電気信号が流れているからだ。その速さは、時速約三百キロにもなる。たとえば、もし十秒少々でこの段落を読んだとすると、その間に脳内では、電気信号が約一キロの距離——サッカーグラウンド三周分に匹敵する——を駆けめぐっているのである。

ただし、どんな電気回路にも異常が発生するように、脳内でも電気信号が過剰に流れることがある。外部から刺激を受けると、通常は脳の特定の領域のしかるべきニューロンが、その情報を電気信号にして処理をする。だが、何らかの原因によって、ニューロンの電気発射が過剰になり、本来流れるべきではないところへ電気信号が広がってしまうということが起こるのだ。

　そのせいで引き起こされる疾患のうち、よく知られているのがてんかんである。てんかん発作には痙攣のほか、意識を失う、光が見える、音が聞こえるなど多くの症状が見られるが、それもニューロンの過剰な電気活動のせいで起こっている。たとえるなら、頭のなかで、時速三百キロの稲妻がでたらめに放たれているようなものである。

# 3

朝五時半。スクールバスの運転手ロイックは、毛布の下から手を伸ばすと、ラジオ付きの目覚まし時計を叩いてとめた。そして、どうにか起きあがった。

雪は一晩中降っていたが、それほど激しい降りではなさそうだった。少なくとも、スクールバスを出せないほど、深く積もってはいないようだ。村の中学生どもには残念だろうが。ロイックは心で喜んだ。どうせあいつらは、雪でバスが出なくなれば学校を休めるとでも思っているのだ。だが、雪が降ったくらいで、あいつらを喜ばせるなんてとんでもない。あのガキどもに、そんな楽をする資格はない。あいつらにふさわしいのは、凍える空気にさらされながら、道端でおれのバスがやってくるのを待つことだ。

ロイックは、よく眠れなかった夜を呪った。またしても、どこかの悪ガキが暗闇も気にせず(しかも昨夜は雪だったのに)、この家の窓の下でしゃべっていたのだ。どうして、あの子どもらがあんなにしつこくやって来るのか、とんとわからなかった。あいつらに親はいないんだろうか。あいつらの親は、ちゃんと見張っていないのか。夜に子どもが家にいなくて驚かないのか。実際のところ、夜中にしゃべっているのが、本当に子どもなのかは知らなかった。だが、まともな大人が他人の家の壁にもたれながら、何時間もしゃべったり音楽を聴いたりして、夜を過ごすだろうか？

「いや、するわけがない。あんなことをするのは、もちろん子どもだ」台所へ向かいながら、ロイックはぶつくさ言った。「毎朝、学校まで送ってやってる連中のなかの誰かにちがいない。あいつら、思春期が始まったばかりのクソガキだからな。人生をゲームだと思ってるんだろう」

もうひとつわからないのは、なぜうちの窓の下なのかという点だった。ここモンモールには、こっそりマリファナを吸ったり、いちゃついたりする場所ならいくらでもあるのだ。モンモール山の頂上、大小のふたつの丘に広がる森、昔の墓地のそばの草原、四角い中央広場。モリーの店の駐車場だって、格好のたまり場になるだろう。

なのに、どうしてうちの窓の下なんだ？

ロイックはマグカップに水を注ぎ、電子レンジに入れて温めた。それから、インスタントコーヒーを出してくると、スプーン四杯分をマグカップの湯に振りいれて、砂糖もふたつ放りこんだ。胃が不満げにぐうっと鳴ったが、それは無視することにした。まともな食事を取るのは無理だとよくわかっていたからだ。

「しかも、あいつら、ピアノ曲を聴いてたじゃないか」

台所のカーテンを開け、雪で真っ白になった通りを眺めながら、ロイックは吐き捨てた。おれが若い頃は、そんなものは聴いちゃいなかった。聴いていたのは、ガンズ・アンド・ローゼズとかボブ・マーリーとかメタリカで、クラシックのピアノ曲なぞありえなかった。まったく、えらく古くさい趣味じゃないか。

コーヒーを飲みほすと、ロイックは洗面所へ行き、古い鏡でしばらく自分の顔を見た。洗面所の天井と壁にはカビがはびこり、朽ちた家屋の吐きだす瘴気《しょうき》のような嫌な臭いを放っている。煙草を吸いながら、ロイックはまぶたを引っ張ってみた。少しでも血行を促して、顔色をよくするためだ。煙草の灰が、黄ばんだ洗面台へ落ちていく。それから吸い殻を便器に捨てると、今度は髪を整えてみた。だが、短くて茶色い髪は脂っぽくてボリュームがなく、額にべったり張りついたままだ。まるで戦利品の首から、剝がされかけた頭皮が垂れているかのようだった。最後に歯を確認したが、コーヒーと煙草で黄ばんだ歯を見たとたん、歯医者を予約しなくてはと思い、すぐさまその口を閉じた。

一時間後、家を出て車庫まで行くと、ロイックはスクールバスのエンジンをかけ、フロントガラスの霜がとれるのを待った。

自分がモンモールのガキ連中から、どんなあだ名で呼ばれているかは知っていた。〈ガイコツ〉だ。あいつらはバスに乗るときの挨拶のあと、いつも小声でそう言うのだ。おはようございます、ガイコツ、と。まあ、ガリガリに痩せているのは確かだが。頰はこけ、手首は細すぎて重い腕時計を支えきれていなかった。服は背丈に合わせているので幅が大きすぎ、いつもだぶだぶで、まるで服を着せられた案山子《かかし》だった。といっても、別に好きでこうなったわけではない。もうずっと前から、めったに空腹を覚えなくなったのだ。食事はたいていスープとパン二切れで済ませていた。肉だろうが魚だろうが、動物を使った料理はどれも気持ち悪くて食べられなかった。若い頃は、煮込んだ肉も蒸した肉も鯛やマスの魚料理も喜んでおいしく食べていたが、十年ほど前から肉や魚を食べると、必ず口に血の味が広がるようになったのだ。

いつからそう感じるようになったのか。正確な日付は覚えていない。だが、おおよその時期ならわかっていた。村長の娘がモンモール山のふもとで死んだ夜からまもなくのことだ（ただし、仕事関係の人間から狂信者だと思われそうで、それは口にしていなかった）。その時期から判断すると、村長の娘が魔女で、どういうわけか死ぬ間際、この自分に呪いをかけることにしたと考えるのも、あながちまちがいではないように思われた。もちろん、そんなことは本気で思わないようにしていたが。それでも、魔女だった村長の娘の呪いのせいで、自分の胃はパンと缶詰のスープ以外の食べ物を受けつけなくなったのでは、と考えたくなることはよくあった——。

ロイックは両手に息を吹きかけて、自分の手を温めた。バスの車内には、エンジンオイルのにおいのする温かさがゆっくりと広がっていた。そろそろ仕事を始めるか。日の出前でまだ暗いなか、ギアを一速に入れると、ロイックは車庫を出た。ルートはすべて頭に入っていた。どの子どもがどの道端で待っているか。そのなかで、クラクションを鳴らして数秒待たないといけないのは、どの子どもか。すっかり把握してあった。挨拶のあと、〈ガイコツ〉と小声で付け足すガキが何人いるか。それもちゃんと覚えている。まったく、あのクソガキどもは、ほかの子どもに度胸のあるところを見せたいがためだけに、あんなことをするのだ。そういう子どもは、時とともに無視できるようになっていたが、それでもやはり仕返しすることはときどきあった。わざと乗車口の前に水たまりが来るようバスをとめたり、座席につく前に加速してよろけさせたりするのだ。

あとは毎朝、乗ってくる子どもの目をひとりひとり観察するのも忘れなかった。人の家の窓の下で一晩中遊んでいた疲れや気まずさが浮かんでいるかもしれない。そうひそかに期待して……。ときには、子どもらが「すみませんでした、ロイックさん」と謝りだすところまで想像した。「ロイックさんが寝ているときに、窓の下でしゃべるだなんて。あんなことは、もう二度としません」と……。

村の道を運転していくと、ロイックは最初の子どもをバスに乗せた。ロアン・インドリクスだ。ロアンはひとりのあいだはおとなしいが、ほかの子どもが乗ってくるにつれ、いたずらの首謀者になるタイプだった。だが少なくとも、乗車のときは眠そうに「おはようございます」と言うだけで、余分なことは付け足さない。まあ、聞かせる仲間がいないせいだろうが。ロアンの次は、プロンティエのところの双子を乗せ、その後はラグランジュの家の兄弟とデュモンの子どもを拾い、ほかにも十人ほどをバスに乗せた。バスに乗る子どもの親とはモリーの店でよく顔を合わせるので、親のほうも大なり小なり知っていた。

最後にバスに乗せるのは、ステファンだった。ステファンは手に余るガキで、新年度を毎回、留年で迎えていそうなやつだった。言ってみれば、いちばんの問題児だ。目つきは悪いし、ガキのくせに態度がギャングのボスなのだ。バスに乗るときはいつも、吸ったばかりの煙草の臭いをぷんぷんさせていた。しかも、バスに乗るなり挑戦的に、口に溜めていた最後の煙を吐きだしたりする。毎朝、車内で問題が起きはじめるのは、ステファンが乗ったあとだった。大音量で音楽を流す、足を座席に乗せる、ほかの子どもの頭を叩く、といった具合に……。ステフアンにはこれまで何度も「バスを降りろ」とか「親に言うぞ」と脅しをかけてきた。そしてそのたびに運転に集中しつつ、一刻も早く到着して、このガキを厄介払いしようと思っていた。

ロイックは、ステファンの待つ通りにバスを入れた。見ると、今朝のステファンは道で小さくジャンプを繰り返している。身体を温めようとしているらしい。あのあたりに凍った水たまりでもないものか。ロイックは目で探した。もしあれば、その前にバスをとめようと思ったのだ。あのガキが滑って足の骨でも折ればいい気味だ。だが忌々しいことに、氷はどこにも見あたらず、ロイックは歯ぎしりしながらバスをとめた。

「よお、ガイコツ」ステファンがバスに乗ってくる。

ロイックは数秒待つと、ステファンが通路の真ん中まで行くのを見計らい、アクセルペダルを踏みこんだ。案の定、ステファンはスケートリンクでよろける象のようにふらついている。バックミラーで確認して、ロイックはほくそ笑んだ。ステファンはひじ掛けをつかんだり、からかってくる仲間の頭をはたいたりしながら、どうにかいちばんうしろの席までたどり着いていた。そう、もちろんやつは最後列のど真ん中に座るのだ。皇帝が帝国を見おろす玉座に座るようなものだった。

「これで全員だな」ロイックはつぶやいて、運転に集中した。すでに細い山道に入っていてカーブが続き、下には峡谷が見えている。「よし、あと三十分運転すれば、こいつらから解放される！」

だが、村を出る前の最後の急なカーブを曲がったとき、道端に子どもがふたりいることに気がついた。ふたりとも通学カバンを背負っている。足は雪のなかに埋もれていた。

でいた。

「くそ、新入りなんて聞いてないぞ。さてはおれに連絡し忘れたな」

そうぼやきながら、ロイックはウインカーを出した。日の出とともに少しずつ闇が消えていくなか、バスをとめ、乗車口のドアを開ける。乗ってきたのは、十歳くらいの少女と、それより年下の少年だった。どうやら姉と弟らしい。バスに乗るときも、ふたりはずっと手をつないでいた。

「きみらのことは聞いていないが」ロイックはふたりに言った。「とりあえず、ここで待つのは危ないからやめてくれ。次からはもう少し村寄りの場所で、ほかの子と一緒に待つといいぞ」

ふたりは運転席のすぐうしろの席に着こうとしていた。長いことバスを待っていたらしく、ふたりとも顔色が雪のように白かった。ロイックは振り向いて、ふたりをもう少しよく見てみた。自分の言葉をちゃんと聞いていたのだろうか。どうにもよくわからなかった。言葉をかけても反応がなく、何の返事もしないのだ。

まあ、新入りっていうのは、恥ずかしがるものだからな。ロイックは思い、前方に向きなおった。なんだかんだで、この子らだって数日もたてば、おれを〈ガイコツ〉呼ばわりするんだろう。

エンジンをうならせ、ロイックは再びバスを走らせた。この先は道幅が狭くなり、最後は山の岩盤を掘ってつくった狭いトンネルへと入っていく。

ロイックは運転に集中した。そのせいで、車内が静まり返っていることにまったく気づいていなかった――。

そう、車内は静まり返っていた。子どもたちは、もはや誰ひとり声を発していなかった。問題児のステファンでさえも……。全員身じろぎもせず席に座り、理解しようと努めていた。どうして〈ガイコツ〉は誰も待っていない場所で、いきなりバスをとめたのだろう。そして、気味が悪いと思いながら、心のなかで問いかけていた。乗車口を開けたあと、〈ガイコツ〉は誰に話しかけていたのだろう。バスには子どもなんか乗ってこなかったのに。

## 4

着任して三日目の朝。ジュリアンは、少し早めに署に着いた。夜勤のフランクと代わるためだ。

昨夜はティオンヴィル氏の屋敷から帰ったあと、なかなか寝つけないでいた。氏から聞いた話で頭がいっぱいだったのだ。捜査の取っかかりを見つけようと、警察官としての本能が早くも動きだしていた。とはいえ、十年も前に起きた事件の痕跡をどうやってたどればいいというのか(しかもそれは本当に殺人事件だったとしての話だった。今のところ、エレオノールが自分の意志で家を出て、転落事故を起こした説も無視しないほうがいいだろう)。そのうえ、頼れる資料もないというのに、どうやって捜査を進めていけるのか……。それでも眠りに落ちる前に、こう思ってもいた。明日、サラに尋ねてみよう。この捜査は前署長のフィリップにも依頼されていたのだ。サラが何か知っていることに賭けてみよう。今はそれだけが希望だった。

そうして朝になり、早めに署へ行くと、ジュリアンは受付のリュシーに挨拶した。だが、リュシーは暗い声で挨拶を返して、こう続けた。

「今朝はフランクが先に来てました。わたしが一番乗りじゃないなんて。そんなこと、ここで働きはじめて一度もなかったのに。わたしくらいの年になると、こういう些細なことが大事な意味を持つんです。署長にはまだわからないでしょうけど。それで一日が台なしになったりするんですよ」

「それなら心配いらないよ、リュシー」ジュリアンは言った。「フランクは夜勤だっただけだから。きみの一番乗りの記録は更新中だ」

執務室へ向かうと、フランクは奥の休憩室にいた。ソファに横になっている。といっても、軽く眠っていただけらしく、こちらがそばへ寄ると、すぐ起きあがった。

「すみません、ボス。少しうとうとしてました」

「いいんだ、当然だろう。で、夜のあいだ、リュカの様子はどうだった？」

「お伝えしなきゃいけないことは、特に何もなかったです。おとなしく食事をして、そのあとは何時間も座ったままでした。宙を見つめて、ひとりごとをつぶやいたりしてました」

「動機も何も話してないのか？　反省の言葉は？」

「それが……柳の声が聞こえるとかいう、例の話をまた始めたんです。しかも『じきに人が大勢死ぬ』なんてことまで言ったんですよ。白状すると、ぼくは初め、リュカのそばで夕食をとっていたんです。でも、その後はリュカから離れたくて、ずっと執務室のカメラで様子を見てました。あれ以上、変な話は聞きたくなかったので……。リュカのそばにいると、なんだか怖くなるんです。リュカは何かに取り憑かれているみたいなんですよ」

「取り憑かれている、か。いずれにせよ、良心の呵責《かしゃく》には取り憑かれていないようだな」コーヒーをカップに注ぎながら、ジュリアンは言った。

「でも、ちょっとは反省してました。悪かったって何度も言ってましたから」

「あんなことをしておいて、『悪かった』は少々軽すぎないか？　とにかく、あとはおれが引き継ぐから、フランク、もう帰っていいぞ。家でゆっくり休んでくれ。夜勤を引き受けてくれて助かった。次の出勤は、明日の朝でいいからな。もしリュカが尋問中も強情な態度をとりつづけるなら、今夜も勾留することになるが。まあ、そのときはサラに夜勤を頼むとしよう」

「了解です、ボス。そうだ、リュカの話していたことは記録しておきました。ボスの机に紙を置いてあります」

「ありがとう、ご苦労だったな。それはそうと、モリーの店の料理はうまかったか？」

ふと思い出して、ジュリアンは尋ねてみた。フランクはすでにコートを手にしている。

「変わった味でしたけど、おいしかったです。でも、ロジェにどうやってつくったか、絶対に聞かないでくださいよ！」

フランクが部屋を出て帰っていくと、ジュリアンはリュカのいる独房へ向かった。リュカは昨日見たときと同じ姿で座っていた。両手を膝に置き、視線を宙に漂わせている。ジュリアンは鉄格子の前の長椅子に腰をおろした。どうやらリュカも、モリーの店の料理をおいしく食べたらしかった。床に置かれた料理のトレーがきれいに空になっている。

「どうだ、こんなところで一晩を過ごすってのは、嫌なものだろう」ジュリアンはリュカを見ながら、声をかけた。「勾留されるのは初めてか？　この村以外の警察に捕まったことはないのか？」

だが、リュカは身じろぎひとつしなかった。呼吸をして動いているはずの胸までが、とまって見える。まるで呼吸をやめろと言われでもしたかのように……。

「いいか、きみには選択肢がふたつある。ひとつは、柳の声の話はやめて、何もかも包み隠さず話すことだ。その場合は、こちらも寛大な態度をとろう。だが、もしあくまで声のせいだと主張しつづけるつもりなら、もう一晩、ここに泊まってもらうことになる。わかったか？」

そう告げてから数分間、ジュリアンは返事を待った。けれども、リュカの口から答えが出てくる気配はなかった。どうやら、リュカはもう一晩留置場で過ごすことなど、何とも思っていないらしい。残念だが、そう考えざるを得なかった。まったく強情なやつだ。ジュリアンは小さく頭を振った。そっちがそう来るなら、こっちもやり方を変えないと。過去に行ってきた数々の取調べを思い出しながら考える。

やがて長椅子から立ちあがり、ジュリアンはリュカの独房をあとにしようと背を向けた。そのとき、リュカが小さな声で訊くのが聞こえた。

「昨日の夜は雪だったのか？」

ジュリアンは振り向いて、まじまじとリュカを見た。

リュカは、あいかわらず身じろぎひとつしていなかった。まるでリュカにしか知覚できない世界に閉じこもっているかのようだ。そんな態度を見ていると、一昨日の朝のモリーのことが思い出された。宿を出ようと背を向けたとたん、モリーも話しかけてきた。〈ときには声を聞かなきゃいけない〉と。それなのに、何も言っていないととぼけていた……。人の背中に声をかけて知らんぷりするっていうのは、この村に代々伝わる遊びなのか？　ここじゃ、新参者はこういう馬鹿げた洗礼を受けるしきたりなのか？　ジュリアンはいぶかった。そうして結局、リュカには何も尋ね返さず、訊かれたことにそのまま答えることにした。リュカが、モリーのように驚いた顔でとぼけないことを祈りながら。

「ああ、昨夜から雪が降りはじめた」

「雪が降ったんなら」リュカが初めてこちらに顔を向け、そして言った。「あんたらみんな、これから死ぬよ」

リュカが不吉な予言をしていたちょうどその頃、署のホールには、出勤したサラの挨拶の声が響いていた。

同じ頃――。

通りをいくつか隔てたところでは、シビルが机の上のパソコンをたちあげていた。パソコン画面の横には、亡くなった母親の写真を置いていた。昨日までは、ガラスのローテーブルに飾っていた写真を……。

スクールバスの運転手のロイックは、子どもたちを中学校の駐車場でおろし、村への道を引き返していた。あの新入りの姉と弟はいつバスをおりたのだろう、と記憶を探りながら……。

同じ頃、宿のモリーは自室でひどい頭痛に悩まされ、疲弊していた。床に膝をつき、両手で頭を抱えながら、叫びたいのをこらえていた。調理場では、亭主のロジェができたばかりのトマトソースに指を突っこんでいるところだった。

村の老人モーリス・ロンドナールは、目当ての本を探すため、村の図書館の書棚のあいだをいらいらと歩きまわっていた。司書のアンヌ＝ルイーズ・ネッケルにうんざりした目で見られながら……。ロンドナールはその本を絶対に読んだ自信があった。だが、村の連中は誰ひとりその作家の名を知らず、インターネットで調べても何も出てこないなどと言う……。

そして同じ頃、モンモール村の冬空には、厚い雲がわいていた。村にふたをするかのように……。上からは雲でふたをされ、周囲は山と大小の丘に閉ざされて、村はまるで囚われ人のようだった。

## モンモール村通信　シビルのブログ

モンモール村には昔ながらの言い伝えが多々ありますが、そのなかに魔女伝説と同じくらい古いものがひとつあります。それは、大きな丘と小さな丘にまつわる話です。このふたつの丘は、村人なら誰もがよく知る場所ですが、だからといってしょっちゅう足を踏みいれるわけではありません。

大きな丘と小さな丘には、それぞれ深い森が茂り、村をぐるりと囲っています。村を囲むその森も、モンモール山（高さは百三十七メートル）と同じくらい、村人のあいだでは有名です。ふたつの森は、モンモール山の右と左から、ちょうど両手で包むように村を取り巻いています。まるで巣から落ちたひな鳥を温めようとするみたいに。

そんな森で、代々、村の子どもたちは肝試しをしてきました。ですから、この村で育った人にはみんな、子どもの頃、一度は震えながら森へ近づいたことがあるのです。恐怖を必死に抑え、友だちからやたらと威勢のいい声援を受けながら……。肝試しの内容は、森の木々のなかを――柳やナラやブナのあいだを――できるだけ奥まで進むというものです。恐ろしげな木々や、木々の立てる不気味なざわめきに負けないように……。

というのも、それが本当か空想かはともかく、魔女の処刑からあと、森の木々のざわめきは呪われているとされ、モンモール村の人々を惑わしてきたからです。今も風が強く吹く日には、木々のうなりは村までかすかに届いてきます。でも、真夏の夜、暗闇がモンモールの人々をいっそう迷信深くさせたとき、その声はどれほどよく聞こえたことでしょう。

魔女狩りの時代からあるこの言い伝え——森の木々のざわめきは呪われているという言い伝え——は、もし何事もなかったなら、きっと風化していたのでしょう。けれども、現実には時を経るにつれ、ますます人の心にその根を張ることになりました。森で何度も恐ろしい事件が起こり、なかには悲劇と呼べるものさえあったからです。そのため、迷信など信じていないという人にまで、その無意識の部分には、この言い伝えが根づいていくことになりました。

そうした事件のうち、二十世紀になって起きた最初のものは、ある少年が四日間行方不明になった事件です。これは一九〇〇年代の初めに起きたもので、少年は、たまたま通りかかった農夫に発見されました。その農夫は隣町へ家畜を売りにいっていましたが、村へ戻る唯一の道を荷車で進む途中、村と外とをつなぐトンネルを抜けたところで、少年が道の脇に倒れているのを見つけたのです。農夫が馬をとめてそばへ行くと、少年は飢えと渇きに苦しみながら、「森の木々が自分を呑みこもうとした」と言いつづけていたといいます。けれども、両親のいる家へ戻ったあとは、もう何も思い出せませんでした。ひとつだけ覚えていたのは、森の木々にこっちへ来いと命じられ、足が勝手に動きだしたことでした。とめようと思っても、自分の意思とは裏腹に、身体が小さな丘へ運ばれていったそうでした。

それから年を経て、今度は第二次世界大戦中、木々のもつれる森のなかで、軍の部隊が道に迷いました。おそらく、ほかの地方から来た部隊だったからでしょう、十五人の兵士たちはモンモール村を囲む森で、一晩野営することにしたのです。二週間後、その十五人はやせ衰えた姿で再び森から現れました。すっかりおびえた様子で……。兵士たちが覚えていたのは、夜、森の木々が恐ろしくも魅惑的な音を立てながら、枝をぶつけあっていたことだけでした。何より奇妙だったのは、木々の音で方位磁針が狂ってしまい、北も南もわからなくなったことだそうです。兵士たち自身も、木々の音を聞いていると、空を見あげて方角を知る気持ちが失せたとのことでした。

もっと最近では、一九五〇年代の終わりに起きた悲劇があります。例の兵士の体験談によって言い伝えはますますもっともらしくなっていましたが、それでも村にはわずかに人が残って暮らしていました。ふたつの森は、その残った村人にたいそう痛ましい形で魔術をかけたのです。当時は村というより小集落で、十人ほどが住んでいました。

ところが一九五九年八月十二日、昇った朝日がモンモール山を照らしたとき、村人はひとり残らず息絶えていたのです。大人も子どもも、それから飼っていた動物までも……。皆、息を吸おうと口を大きく開けた姿で、地面にくずおれていました。まるで水がなくて呼吸できない魚のように。

その後、警察の捜査によって、これは大自然が起こした中毒死と結論されました。森から出た霧に、キノコから発生した毒が含まれていたのです。

実は、この悲劇の前夜、激しい雨が降って湿度があがり、そのあと気温が急速に下がったことで、ふたつの森には深い霧が発生していました。その霧は大小の丘を伝って村へと流れ、長いこと村にとどまりました。無害なふりをしてじっと……。そうして、村の家々や通りを湿らせながら、戸の隙間にも侵入して、ついには村人の休む部屋へと入っていったのです。菌類学者の説明によると、雨が降る以前は異常な暑さが続いていたため、森に生えていた無数のキノコの腐敗が進み、そのせいで毒性の菌が大量に発生していたそうです。その毒性の菌は、同じ頃森で発生した霧に閉じこめられ、そのまま忌まわしい霧に乗って、村へと運ばれていきました。

そうとも知らず、村人は毒を含んだ霧を吸いこみ、窒息して倒れてしまったのです。

この悲劇によってモンモール村は何度目かの終わりを迎え、人のいない幽霊村になりました。その後はまたぼちぼちと人が住むようになりましたが、本格的に復興したのはこの悲劇から約三十年後、ティオンヴィル氏が莫大な資金を投じて、村を立てなおすことにしてからです。

以来、大小の丘のふたつの森は穏やかに村を囲んでいます。今では村人もときどきは森に入って狩りをしたり、散歩したりできるようになりました。子どもたちも前ほど肝試しを怖がらず、言い伝えを笑い飛ばせるようになりました。

おまえの娘を殺した。
今は、おまえの顔を見つめている。
すれちがえば、笑みを投げかけ
おまえも笑みを返すのを待っている。
この狂気——人殺しのこの狂気を
そっくり反射するような
おまえの笑みを待っている。

そして、おまえは笑みを返す。

……いつも……
……必ず。

# 5

「大丈夫か、サラ？」

出勤後、署のホールで声をかけられ、サラはジュリアンをじっと見た。叫びだしたい気持ちだった。ここ何日か、モンモール中の人たちが「大丈夫かどうか」を尋ねては、自分をからかっている気がするのだ。いや、ここ何日かではなく、もう何週間かもしれない。それとも何年なのか……。よくわからなくなっていた。

**大丈夫か、サラ？**

どうしてみんな同じことを訊くのだろう。これは何かのゲームだろうか。わたしの顔を見て大丈夫かと訊いて、賞金をもらう悪ふざけでもしているのか。サラは思った。わたしはそんなに危なっかしく見えるのだろうか。それとも……本当に頭がおかしくなったのだろうか？

**大丈夫か、サラ？**

フィリップにそう言われていた頃は、調子を尋ねるこの言葉を嫌だと思ったことは一度もなかった。フィリップが起きてシャワーを浴びにいく前、「大丈夫か」と声をかけてくれたときは、愛にあふれたキスのように感じていた。だが、フィリップが死んでから、「大丈夫?」というこのただの決まり文句が、自分の耳には侮辱の言葉のようにねじ曲がって聞こえていた。以前は心地よく聞いていたのに、今は赤の他人の吐く失礼な言葉に変わった気がした。大切な思い出を汚されている気持ちだった。

そのとき、頭のなかの声がささやいた。

それを言うなら、赤の他人だけじゃないだろう? 人間の声だけじゃないだろう?

いけない。サラは心で自分に言い聞かせた。しっかりしないと。そっちへ行ってはだめだ。もし行ってしまったら、自分もあんなふうに……あの人たちみたいになってしまう。そう、署長はただよく眠れたかを尋ねているだけ、それだけだ……。サラは声を振りしぼった。

「ええ、署長、大丈夫です。あまりよく眠れませんでしたけど、元気です。ありがとうございます」

さすがに疲れているようだ。サラがこわばった顔で力なく答えるのを見て、ジュリアンは思い、こう言った。

「わかるぞ。昨日のような荒っぽい仕事のあとは、よく眠るほうが難しいんだ。もう少し休んだほうがいいなら、そうしよう」

そうして、自分も初めての現行犯逮捕のあと、よく眠れなかったことを思い出した。あのときは筋骨隆々の麻薬の売人を捕まえるのにひどく手こずり、逮捕後は殴った感触がよみがえってきて、何日も寝苦しい夜を過ごしていた――。

「いえ、本当に大丈夫です」

サラが答え、執務室へ向かいながら言った。

「それより、今日のリュカの取調べはどういうふうにやるんでしょう？　〈よい警官と悪い警官〉でいくんですか？　恫喝する役と、共感して自供を引きだす役に分かれるんでしょうか？」

「いや」サラの隣を歩きながら、ジュリアンは笑って答えた。「そのやり方は、もうみんな知っているからな。いまだに通用するとは思えない。むしろ、今日はリュカの話をそのまま聞こうと思うんだ」

「本気ですか？」

「ああ。フランクから聞いた話だと、リュカは昨夜も同じ話をしていたそうだ。あいかわらず柳の声がどうとか言っていたらしい。それに、今しがた見てきた様子では、留置場でもう一泊することも恐れていないようだった。あの感じだと、あまり急《せ》きたてないで、好きに話をさせるのがよさそうだ」

「つまり、リュカのおかしな話にずっと付き合うってことですか？」

「いや、サラ、まずはリュカにこちらを信用させるんだ」

執務室に入ると、サラはまっすぐ休憩室へ向かっていった。上着を脱ぎ、コーヒーを注いでいる。

「署長もどうです？」

「いや、さっき飲んだ。ありがとう」

答えながら、ジュリアンはサラの様子を見た。どうにも動作がぎこちなかった。サラの上着についていた雪が、ゆっくりと小さなしずくに変わり、床へ滑り落ちている。

「それで、署長のほうはよく眠れたんですか?」サラが尋ね、クロワッサンを一口食べた。「昨日の夜は、村長のお屋敷に行かれたんですよね? ドラキュラ伯爵に対面したジョナサン・ハーカーの気分はどうでした?」

「それは愉快なたとえだな。きみはブラム・ストーカーの『吸血鬼ドラキュラ』も読んでいるのか」

「ええ、村の図書館で読めるんです。シェイクスピアの全集と同じように」

「それはいい。ところで村長といえば」ジュリアンは椅子の肘掛けのところに座って訊いた。「前署長のフィリップも、着任早々、呼ばれて話をしたそうだね」

ジュリアンにフィリップのことを尋ねられ、サラはもう一口クロワッサンを食べようとしていた手をとめた。その話はしたくなかった。いつもなら、適当にはぐらかすところだが、相手は上司だ。そうもいかないだろう。それに、相手が信頼に足る人物かを見分ける自信はあった。署長は信頼できそうだ。そもそも、座って返事を待つ様子からして、肩をすくめるだけでやりすごすのは無理だろう。それでも、署長が話題を変えてくれないかと願いながら、サラはできるだけ短く答えた。

「ええ、フィリップも呼ばれてました」

「そのときどんな話をしたか、何か聞いていないか?」

やめて。

「大丈夫か、サラ？」

やめて！

黙ってよ。なんなのこの声は。さっさと森へ帰って。

「サラ、どうした？」

「あ、いえ、ちょっと記憶をたどっていて……。そうですね、一度だけその話をしてくれたことがあります」

「差し支えなければ、フィリップがどんな話をしたか教えてもらえないか？」

大丈夫か、サラ？

大丈夫なの、サラ？

大丈夫か、サラ？

大丈夫か……

「サラ！」

サラははっとして目を開けた。

ジュリアンが立ちあがり、心配そうな目でこちらを見ていた。

いったい、自分はどうしてしまったのだろう。呆然としていると、ジュリアンが床を指さした。床にはコーヒーカップが落ちていた。コーヒーが小さな水たまりをつくり、そのなかにカップの破片が散らばっている。原油の流出した海に、氷山が浮かぶかのように……。

「いやだ、わたしったら。すみません、こんなヘマをして。これはその……よく眠れなかったせいなんです。すぐ片づけます」

「やっぱり、今日は家で休んだほうがいいんじゃないか？」

「そうですね。もしこのあとの取調べでリュカが何もしゃべらなかったら、午後は少し休ませてください。今夜も夜勤が必要でしょうから」


サラがカップの破片を拾いはじめたので、ジュリアンも手伝おうとして身をかがめた。だが、自分ひとりでやるとサラに言われ、再び身を起こした。そのとき、サラの手が震えていることに気がついた。やはり普通の状態ではないらしい。ティオンヴィル氏の依頼の話はまだ始めたばかりだが、続きはまた今度にしておこう。

たぶん、自分はサラの「できる」という言葉に頼りすぎていたのだろう。休憩室を出ながら、ジュリアンは思った。サラは自分で思っているよりずっと、昨日のリュカの逮捕劇にショックを受けているのだ。

それから、ジュリアンは執務室のパソコンの前に座って、インターネットの検索エンジンを立ちあげた。〈モンモール刑務所〉と打ちこんでみる。すると、火事を伝える短い記事がヒットした。受刑者全員が焼死したと書かれている。まだ煙の立つ焼け跡の写真も付されていた。ひょっとして、犯人はティオンヴィル氏に何らかの恨みがあって、復讐したのだろうか。それで、火事を生き延びて脱獄したあと、村人に紛れこむことにしたのだろうか。そうだとすると、村人として怪しまれずに暮らせる機会が見つかるまで、しばらくどこかに身を潜めていたのだろうか。

そこまで考えたところで、ジュリアンははたと気がついた。受刑者のリストがあれば、犯人の身元を突きとめやすくなりそうだ。だが、どうやって手に入れればいいだろう。この件を調べていることは他の署や機関に知られたくない、とティオンヴィル氏に言われているのだ。それなら、村の人口調査を依頼すれば、火事のあとに転入した村人を割りだせるだろうか。いや、そんなことをしたら、犯人が逃げてしまうだろうか。

どうやって捜査を進めたものか。ジュリアンは途方に暮れて、しばらくそのまま思案した。やがて再びキーボードへ向かうと、今度は別の言葉で検索をかけてみた。〈エレオノール・ド・ティオンヴィル　死亡〉だ。

出てきた結果は十件ほどだった。その大半はごく簡単な新聞記事で、遺体の発見されたモンモール山のふもとの写真も、数枚添えられている。だが、全部に目を通してみたものの、特に目新しい情報はなく、ティオンヴィル氏の語った話をほぼなぞっているだけだった。

次いで、ジュリアンは〈アルベール・ド・ティオンヴィル〉で検索し、ウィキペディアに氏のページがあるのを見つけた。開いてみると、経歴のほか、ティオンヴィル氏が保有する企業や各種分野の事業を並べた膨大な項目もある。それによると、氏の手がける事業は農産物加工業から化粧品製造業まで幅広く、ほかにはスポーツクラブまで経営していた。さらに、複数のメディアと電話会社の株主でもあるらしい。だが、何より大きな事業はやはり医薬品分野のようだった。詳細は書かれていないが、氏の会社の市販薬一覧には、どの家の薬箱にも入っていそうな薬の名前がずらりと並んでいた。一方で、聞いたこともないような難しげな名前の薬もあったが。

「村長のことが気になるんですね」

いつしか、サラが横に立っていた。ティオンヴィル氏についてもう少し知ろうと気を取られていたせいか、サラが来たことに気づかなかったらしい。

「ああ、実はそうなんだ」ジュリアンは、サラのほうを向いて答えた。

サラは先ほどの放心状態から気持ちを立てなおしたようだった。だが、その目はどこか悲しげな色を帯びていた。そういえば——ジュリアンは思い出した。この村の人の目に、こういう悲しげな光を見たのは初めてではなかった。三日前、モンモール村へ来て以来、宿のモリーの目にも、今朝「失礼します」と言って帰ったフランクの目にも、悲しみとも孤独ともつかない色が浮かんでいた。それから、留置場にいるリュカの目にも……。それが本当に悲しみや孤独の色なのかはわからないが。

と、サラが消えいりそうな声で言った。

「フィリップも同じでした。村長の屋敷を訪ねたあと、署長と同じことをしていたんです。何時間もかけて何かを調べようとしたり、村長の人生や過去や事業について、もっと知ろうとしたりしていました。でも知りたかったことは、何も見つからなかったようでした」

サラが向かいの椅子に座るのを、ジュリアンは黙って見守った。急かすつもりはなかった。しつこいと思われるのも避けたかった。サラは疲れているのだ。今日はまだこちらから踏みこんでいくのはやめておこう。

「フィリップは署長によく似ていました」サラがうつむきながら続けた。「はつらつとしていて、能力があって、ここでの仕事にとても真面目に向きあっていました。あと、この署の設備や機器類は、もともといたわたしたちは何も気にせず使っていたんですけど、フィリップも署長と一緒でやっぱり驚いていました。最初は怪しんでいたくらいです。そうですね……村長の屋敷から戻ったあと、フィリップの様子がおかしくなったのはすぐ気がつきました。何かに気を取られたふうでしたから。日がたつにつれて、その傾向はますます強まってました。ぼんやりとうわの空になることが増えたんです。そうして、たいしたことのない仕事のために、フランクとわたしをよく外へ行かせるようになりました。反対に、フィリップが何日か仕事を休むこともありました。そんなときも、ただ『用事があるから』としか言いませんでした。

その用事がなんだったのか。それを話してくれたのは、だいぶたってからでした。ある晩、ふたりでモリーの店に行って食事をしていたとき、どうしても知りたいと、わたしがフィリップに食いさがったんです。フィリップはそれほどお酒が好きじゃなかったけれど、どういうわけか、あの晩はよく飲んでいました。そうして帰りの車に乗ったとき、ようやく話してくれたんです。村長に頼まれて、エレオノールの件を調べていると……。それを聞いて、わたしはすぐにいいことだと思いました。エレオノールは山から転落して死亡したとされていますが、村長がそれを受け入れていないのはわかってましたから。顔にそう出ていましたし。子どもを亡くした親の顔には、永遠の悲しみがにじむと思うんです。でも、村長の顔にはそれ以外のものが現れていました。抑圧された怒りのようなものが……。あの件について考えつづけた末に固まった、事故説を否定する意思みたいなものが、顔に浮かんでいたんです。

村長の依頼の話を聞いたあと、わたしはフィリップに尋ねました。『でも、どうしてそんなに浮かない顔をしているの？』と。そのときのフィリップの言葉を、この先も忘れることはないでしょう。『おれはエレオノールを殺した犯人を見つけたと思う。ただ、その人間を逮捕したいと思っているか、自信がない』。フィリップはそう言ったんです。その翌日、フィリップの運転する車は、谷底で発見されました。村の外へ出るトンネルの手前で、カーブを曲がりきれずに転落したんです」

つまり、フィリップはせっかく真実をつかんだのに、それを誰かに伝える間もなく死んでしまったということか。犯人は、偶然のおかげでどうにか難を逃れたのだ。いや、もし偶然でないとしたら……。

「その日、どんなことがあったのか教えてくれないか?」

ジュリアンは思いきって口にした。こちらから話を振ると、サラはまた口を閉ざしてしまうかもしれないと思いつつ……。だが幸い、サラは答えてくれた。

「この前もお話ししたように、あの日、フィリップの車は凍った路面でスリップして、谷底へ転落しました。雪が降っていて、視界も悪かったんです。『天気が悪くなりそうだから、運転は危ない』って、前の日にも言ったんですけど……。このあたりでは十二月が近づくと、悪天候が多くなるんです。でも、フィリップはどうしても研修に参加したいと言って、出かけました。モンモール署全体のためになるからって」

「サラ、こんなことを訊くのは不躾《ぶしつけ》だし、奇妙に思うかもしれないが、フィリップの所持品を何か持っていないか? 携帯とか、ファイルとか……」

「ええ、もちろん持ってます。もし事故について詳しく知りたいのでしたら、署のデータベースに、報告書がありますよ。携帯のほうは、もう調べ済みです。フィリップが最後に受け取ったショートメッセージは、わたしが送ったものでした。事故の前日は、エレオノールの件を聞いたあと、喧嘩してしまったので、それを謝ったんです。実は事故の何日か前から、フィリップはほとんど眠れなくなっていて……。何かに悩んでいるのは感じていたんですけど、何も話そうとしなかったんです。尋ねると、怒りだすこともありました。事故の前夜、エレオノール殺害の犯人がわかったと言ったあとも、それ以上は話そうとしなくて。わたしがもう少し詳しく話してと頼むと、こう言ったんです。『きみが首を突っこむことじゃない。きみにはピアノの音が聞こえないんだから、理解できないだろう』って」

「ピアノの音？　確か、この前も言っていたね」

「ええ、フィリップは毎晩、ピアノの音が聞こえると言って、目を覚ましていたんです。ピアノなんてどこにもなかったのに。自宅にも近所の家にも……。だから、『それは幻聴で、きっと疲れとストレスのせいで聞こえるんだ』と、わたしは何度も言いました。でも、フィリップはどこかで誰かがピアノを弾いているって、頑なに信じていて……。そこからあの晩は喧嘩になって、わたしたち、初めて別々の寝室で寝たんです」

「そうか……。それで、エレオノールの事件についてなんだが、フィリップは何かメモを残していなかったか？」

「靴の箱のなかに、捜査に関する資料を入れていたようです。棚の奥にその箱をしまっているのを、一度見かけたことがありますから。フィリップが亡くなったあと、真っ先に探したのもその箱でした。きっと、捜査の成果は——フィリップが突きとめた真実は——そのなかにあるはずだと思ったので。フィリップがどうしても教えてくれなかった犯人の名前は、あの箱のなかにあると……。でも、箱は見つかりませんでした。それから数日後、わたしは引っ越しました。ふたりで幸せな時を過ごした家に、ひとりきりで暮らすのはつらすぎたので。箱はまだ十分に探せていなかったと思います。けど、早くあの家を出たかったんです。だって、どの部屋にいても、フィリップが現れる気がして仕方なかったから。あの家に残っていたときは毎朝目が覚めると、フィリップって呼びかけていました。フィリップはシャワーを浴びているんだ、下でコーヒーを淹れているんだと思いながら……。家に幻想を見せる力があるなんて、おかしな話ですけど」

「大切な人だったんだ、そういうこともあるだろう。それで靴の箱のほうだが、つまり、きみたちの住んでいた家に、その箱は今もあるかもしれないということだな。もしかすると、フィリップは棚にしまうところを見られたと思って、別の場所に隠すことにしたんじゃないか?」

「そうかもしれません。いずれにせよ、あの箱を見つけられるのは署長だけです」

「どういうことだろう?」

「だって今、あの家には、署長が住んでいるんですから」

# 6

決然とした足取りで、モーリス・ロンドナールはモンモール署へ向かっていった。周囲では弱い雪が降っていて、見えない火事から出た灰のように宙をひらひらと舞っている。

「許せん！」こぶしを握りながら、ロンドナールはぶつぶつ言った。「まったくもって許せんぞ！」

そうして警察署のドアを乱暴に押すと、早足で受付へ行き、リュシーの前に仁王立ちした。リュシーはカウンターの向こうに座り、下を向いてスマートフォンをずっと見ている。こちらに気づく様子はまったくなかった。そこで、ロンドナールは苛立ちもあらわに、大きくため息をついた。

頭上で苛立たしげなため息が聞こえ、リュシーはスマートフォンから顔を上げた。〈キャンディークラッシュ〉というゲームに熱中していて、誰かいることに気づかなかったのだ。目の前に立っていたのは、ロンドナールだった。思わず「うわ」とつぶやいたあと、リュシーは急いで声をかけた。

「ロンドナールさん、お久しぶりですね」

「どうしてわしがここへ来たか、おわかりか？」

ロンドナールは挨拶も抜きでいきなり言った。いつものように、白髪混じりの髪の上にはウールのハンチング帽をかぶっている。首には厚手のマフラーを巻き、顎の上まで引きあげて下唇も覆っていた。外との温度差で、眼鏡の厚いレンズには結露ができている。あんなにレンズが曇っているのに、相手が誰かちゃんとわかっているのだろうか。そう思いながら、リュシーはしぶしぶスマートフォンを置き、ロンドナールに向きなおった。

「どういうご用件でしょう」

「あの司書の馬鹿が、わしをこけにした」

「まあまあ、もう少し穏やかにいきましょうよ」

「あの司書め、『あなたの読みたい本は存在しません』しか言わんのだ！」ロンドナールが息巻いた。

「でもほら、アンヌ＝ルイーズは村の図書館になくてはならない人で、本について誰より詳しく……」

「だから言っているだろう！　あの司書の馬鹿がわしをこけにしたんだ！」

「そうおっしゃられても、そんなことで告訴はできないんですよ。前にも説明しましたけど」

リュシーはゆっくりと頭を振りながら、ため息をついた。

「去年、わしは確かにあの本を読んだ。それが今、どこにもないなんてことがあるものか！」

「でも、そんな作家は存在しないんです。先月、署に来られたときも、一緒にインターネットで確認しましたよね」

「ダヴィッド・マレだ」

「え？」

「あんたは『そんな作家』と敬意も込めずに呼んでいるが、ちゃんとダヴィッド・マレという名前がある」

「じゃあ、つまり、そのダヴィッド・マレっていう作家は幽霊ってことですね。どうして、ロンドナールさんがそこまでそんな本にこだわるのか、よくわかりませんけど」

「そんな本とはなんだ！　礼を欠くにもほどがある！」

「はい、はい、わかりました。じゃあ、言いなおしますね。どうしてそのご本にこだわるんですか？　だって、存在しない本ですよ。何か別の本を読めばいいじゃないですか。いろいろ選べるでしょうに」

「選べる本などない！　シェイクスピア、ブラム・ストーカー、サン＝テグジュペリ……。図書館にあるのは、あいかわらずくだらん本ばかりだ。どれもこれも読む価値はない」

「とにかく、ロンドナールさんの読みたい本は、この世に存在しないんです」口調をきつめに変えて、リュシーは言った。

　このままでは埒《らち》があかず、永遠に会話が続きそうだったからだ。どうか、自分はこんなもうろくした人になりませんように。リュシーは心で祈った。考えてみれば、ロンドナールとの年齢の差は十歳ほどしかないのだ。

「つまり、あんたはわしがもうろくしていると思うのか？　そうなのか？　アルツハイマーか何かの病気だと？　あんたもあの司書と同じことを思っているのか？」

「ロンドナールさん、そんなことは思ってませんよ。ただ……」

「外の様子に気づいたか？」ロンドナールは話をさえぎったかと思うと、今度は勢いよく頭を振ってドアを示した。

「気づいたって、何にですか？」

「雪が降っている」

「それが何か？」

「つまり、雪が降ると、モンモールにはろくなことが起こらんということだ。それで、ここには話を聞いてくれる警官もいないのか？　それとも、この村の住人は警察の受付係にしか話を聞いてもらえないのか？」

「ただの受付係じゃなくて、受付も担当する電話交換手です」

「そんなことはどうでもいい。わしは警官と話をしたいんだ。あの図書館の役立たずを牢屋に入れてもらいたいからな！」

「今度は『司書の馬鹿』じゃないんですね」ロンドナールを見ながら、リュシーはつい吹きだした。

「なんだって？」

「いえ、今、手の空いている警察官はひとりもいないんです。信じられないかもしれませんけど、今この村にはもっと深刻な事件が起きていて。みんな、そっちで手一杯なんですよ」

「まあ、当然だろう」

「そうなんですか？　でも、どうして？」

「雪が降っているからだ。雪が降ると、モンモールにはろくなことが起こらない。わかった、そういうことなら、わしが来たことは上の者へ伝えてくれ。これからまた図書館へ行ってくるが、もし探している本が見つからなければ、明日もう一度ここに来よう。あの司書の馬鹿が……」

「ロンドナールさん、すみません。外線が入ったので失礼します。どうぞよい一日を！」

そう言って、リュシーは電話で話すふりをしながら、ロンドナールが署から出ていくのを見届けた。ブルートゥース接続のマイクつきイヤホンには、いつでも電話に出るふりができるという利点もあった。そのありがたさは、使いはじめて数日後によくわかり、以来、喜んで活用していた。ロンドナールが出ていってドアが閉まると、リュシーは再び下を向き、途中だったゲームの画面に集中した。


夜勤明けのあと、フランクは重い足取りで帰路についた。

疲れもあったが、気持ちのほうも沈んでいた。リュカの前で、適切な言葉を見つけられなかったからだ。本当は、リュカには心のうちを明かしてほしかった。なぜあんなことをしたのか話してもらい、リュカという人間を理解してやりたかった。だが、実際には夕食後しばらくすると、リュカはまた自分の殻に閉じこもった。きっと、村の通りでよく顔を合わせるこんな警官に話をしても、助けにならないと思ったのだろう。心を開いてみたところで、ますます頭のおかしな人間に見られるだけだと……。

家まで着くと、フランクは扉を開けてなかに入った。村の中心部にある、慎ましい一軒家。部屋の明かりをひとつひとつ灯すにつれて、家全体が目覚めていくかのようだった。リビングは、孤独な暮らしをありありと物語っていた。ローテーブルには、コーヒーカップがひとつぽつんとのっている。昨日、仕事に出る前から放っていたものだ。ソファの足元には、スリッパを一足だけ置いていた。部屋全体の装飾も、ひとり暮らしの孤独そのままにごく簡素だった。

あまり現実感のないまま、フランクはふらふらと台所へ行き、冷蔵庫を開けた。寝る前に軽く何か食べようと思ったのだ。冷たいベッドで眠る前に……。冷蔵庫にあったのは、ボロニアソーセージが数枚とチーズが少しだった。フランクは戸棚から食パンの袋を探しだすと（確か、先週買ったものだ）、それでサンドイッチをつくり、流しにもたれて立ったまま食べはじめた。そうして、空想を繰り広げた。帰宅したとき、「おかえり」と迎えてくれる人がいるところを想像したのだ。その人のいる世界を頭に浮かべ、フランクは頬を緩めた。その世界の玄関には、自分のスリッパの隣にもう一足スリッパが揃えられ、片づけ忘れたコーヒーカップの横には、取っ手に寄り添うようにして、もうひとつコーヒーカップが並んでいる。ひとりでは買ったことのない観葉植物が部屋を彩り、生の実感のようなものを自分の心に――いやふたりの心に――もたらしてくれている。今はどうしようもなく欠けている生の実感を……。そして、その人の心地よい匂いを吸いこみながら、自分は温かな布団へ潜るのだ。あれこれ考えているうちに、想像はとまらなくなっていき、幻のその人は具体的な姿をとりはじめた。特徴が次々と現れてくる。すらりとした体形。優美で女性らしい身のこなし。穏やかな顔立ち。ただし、どこかミステリアスでもある。そして、燃えるような赤い髪……。そう、思い描いたその人は、モリーの店で一度会ったことのある女性だった。

今や手で触れられそうなほどはっきりと、フランクは赤毛の女性を思い浮かべた。本当にこの家のどこかにいる気がして、ついつい台所から「ただいま！」と、声をかけてみる。だが、答えは返ってこなかった。そんな自分を馬鹿にするように、家はひたすら沈黙していた。

ため息をつくと、フランクはサンドイッチを食べ終えた。階段をのぼって二階へ行き、洗面所に寄ったあと、寝室で着替えをした。寝室の鎧戸は閉めきったままだった。布団の位置を整え、ベッドに横になりながら、フランクは心に誓った。今度モリーの店であの赤毛の女性と出会ったら、夕食に誘ってみよう。もっと親しくなれるように。

おや、いつもより布団が温かい気がする。呼吸が穏やかになり、意識が眠りに落ちはじめたとき、フランクはぼんやりと思った。まるで自分の留守中に、誰かがベッドに入ってしばらく休んでいたかのようだった。

ベッドにいたのが、あのミステリアスな赤毛の人だったらいいな。そう願いながら、フランクは眠りについた。


宿のモリーは、十一時頃、目を覚ました。

昨日と同じで、激しい頭痛に襲われていた。まるで頭のなかに、小さいくせに強力なきこりが住みついて斧を振るい、脳全体をどろどろのおがくずに変えているかのようだった。モリーは目を開けてみた。だが、痛みが激しくなったので、すぐまたまぶたを閉じないといけなかった。部屋は薄暗いのだが……。あたりは静かで、建物全体がまだ眠っていた。ただし調理場のほうからは、かすかに音が聞こえてくる。ロジェが口笛を吹きながら、調理器具をカチャカチャ鳴らしている音だ。

どうして頭痛が起きるのか、原因はわからないままだった。だが三週間ほど前から、起きる回数は格段に増えている。アスピリンはもう効かなかった。医者から処方された治療薬も、めったに痛みを和らげなくなっていた。

三十分後、錠剤を三つ飲みこむと、モリーは気力を総動員して階段をおり、食堂へ入っていった。窓の外では、空から雪が舞っていた。だが、モリーはすぐさま雪から目を背けた。雪の白さに目がくらみ、その舞い踊る様子に頭がくらくらしたからだ。足元に猫がすり寄ってきて、食事をねだりはじめたが、放っていると暖炉の前へ丸まりにいった。

「今日も客がいなくて助かった。こう頭が痛くちゃ、朝食の給仕なんてできなかったろうからさ」

そうつぶやいて、モリーはカウンターのほうへ向かった。濃いコーヒーを淹れるためだ。その途中、肉づきのいい腰が、散らかったままの椅子に何度もぶつかった。昨夜、ロジェが片づけるのを億劫《おっくう》がって、そのまま店を閉めたらしい。

「まったく能なしだよ、あの亭主は」悪態をつきながら、コーヒーメーカーにコーヒーの粉を入れ、スイッチを押す。「料理ができるのが、せめてもの救いってもんだ」

騒々しい音でコーヒーがつくられているあいだ、モリーは調理場をのぞきにいった。スイングドアを押すと、生ぬるい空気のなか、血とハーブと赤ワインのにおいが渦巻いて、押し寄せてくる。だが、それもまもなく消えた。見ると、ロジェは深鍋の上に身をかがめ、中身を注意深くかき混ぜていた。ここ何年、こっちにはついぞ見せたことのない気のつかいようだ。まだたまに、自分たち夫婦にも夜の営みはあるものの、それは愛の営みとはほど遠いものだった。単に原始的欲求を満たす行為でしかないのだ。だいたいいつも、こっちはベッドに寝そべるだけで、向こうの勝手にさせていた。そうして、ロジェの馬鹿げたうめき声を聞かずにすむよう、よく妄想にふけっていた。ロジェがあらゆる責め苦を受けるところを想像するのだ。その方法は、時とともにどんどん独創的になっていた。

魔女集会《サバト》の夜、巨大な鍋のなかで茹でられているロジェ。

人体自然発火を起こしたように、暖炉の前で一瞬にして燃え上がるロジェ。

何世紀も前のいかめしい裁判官に有罪を宣告され、モンモール山から突き落とされるロジェ。

相手が魔女とも知らず、若い女の客たちと淫行にふけっているロジェ。魔女のひとりが手をひと振りしたかと思うと、その鋭い鉤爪で、あのおぞましくも屹立《きつりつ》した器官――紫がかった色のペニス――を切り落としている……。

次々と浮かぶ妄想を追い払うため、モリーはロジェに問いかけた。

「今日は何をつくってるんだい？」

モリーに声をかけられて、ロジェはぶっきらぼうにこう答えた。

「ウサギの煮込みだ。赤ワインとウサギの血を使ったやつだ。昨日、猟師がウサギを数羽、持ってきたからな」自分の聖域にモリーがずかずか入ってきたので、気分が悪かった。

「雪が降ってるよ」

「だからなんだってんだ？　この時期になりゃ、雪くらい降るだろうが」言いながら、ロジェは鍋に指を突っこんで味見をした。

「あたしゃ、雪が降るとどうにも嫌でね。ジャン＝ルイのこと、覚えてるかい？　二年前、ジャン＝ルイは羊を皆殺しにしたあと、自分も凍った地面に倒れて死んじまった。あのときも雪が降ってたんだ。それに、昔の魔女たちだって、処刑されたのは冬だった」

ロジェは料理をかき混ぜるのをやめて、コンロの横に木べらを置くと、心のなかで毒づいた。くそ、なんだってこいつはジャン＝ルイのことなんか話すんだ？　覚えているかって、あれを忘れるわけがないだろうが。そもそも、あの日、ヴァンサンが店に飛びこんできたのを最初に迎えたのは、このおれなんだ。ヴァンサンは恐怖で顔が真っ白だった。だから、おれは気付けにブランデーを飲ませてから、話を聞いた。そうして山のふもとへ行って、ジャン＝ルイの遺体を発見した。赤黒く染まった雪、血のにおいのする雪のなかで……。あれから一週間、おれは羊の料理をつくりつづける羽目になったんだ。それなのに、こいつときたら、「覚えているか」なんてよくぞ訊けたものだ――。

「それより、頭痛のほうはどうなんだ？」話題を変えようとして、ロジェは言った。

本当のところ、モリーが頭痛に苦しむことなど、まったく気にしていなかった。外の雪と同じくらいどうでもいい。だが頭痛の話を持ちだせば、モリーは頭痛のことを思い出すし、うまくいけば、また痛みを感じはじめるかもしれない。〈頭痛〉というただの言葉のなかに、一種のすぐ効く魔法が込められているかのように……。

ロジェに頭痛のことを尋ねられ、モリーは答えた。

「あいかわらず、ひどいもんさ」

だが、目は調理台の上に置かれた肉切り包丁に釘づけだった。なんでも切れそうなその厚い刃に……。

そうさね、そこのコンロの上でロジェの喉をかき切るってのはどうだろう。傷から滴る血を集めて、あのウサギ料理のソースに混ぜるんだ。

ロジェの指を一本ずつ切り落としたあと、それを口に突っこんで呑みこませてもいい。

それとも、今ここでロジェを殺そうか。そうすりゃ、あの豚みたいなうめき声を二度と聞かなくてすむ――。

そのとき、ロジェの苛立たしげな声がした。

「おまえ、何か探しにきたんじゃないのか？」

「いいや何も。じゃあ、あたしは晩に備えて食堂を片づけてくるよ」

さっきまでとは打って変わって、モリーは穏やかな声で答え、調理場をあとにした。今度は自分のほうが口笛を吹きながら……。

# 7

「あの家はフィリップの家でもあったのか。知らなかった」ジュリアンは言った。たった今、どうやらフィリップは靴の箱にエレオノール殺害の捜査資料を隠していたようだ、とサラから聞いたところだった。そしてその箱は、かつてのフィリップの家であり、今は自分の住む家に隠されたままの可能性があると……。

「でもまあ、家を引き継ぐのも当然といえば当然ですよね。どこの警察署でも、だいたいそういうものじゃないかと。住居って新しく来た人を迎えいれて、その人が去ったら、また別の人が入るものですし」サラが言った。

「そうだな。とにかく、話を詳しく聞かせてくれてありがとう、サラ。教える義務はなかったのに、それでもきみは話してくれた。それを思うと、いっそう今の話には価値があるよ」

「署長が真実を見つけだすのを応援すべきかどうか、わたしにはわかりません。結局、フィリップは真実を明かそうとしませんでしたから。でも、捜査の資料がどこかにあるなら、それはきっとあの家です」

「ああ。今夜、モリーの店へ行く前に探してみるよ」

「モリーの店に、おひとりで行くんですか？」サラが驚いた顔をした。

「いや、実は、シビルを夕食に招待したんだ。事件のことをひとりで抱えこんでいないか、様子を確かめようと思ってね」

「いいアイデアだと思います。今夜、署長は被害者に寄り添って食事をする、わたしは加害者のほうをしっかり見張る、これぞチームワークってやつですよ！」サラが冗談を言って、立ちあがった。

サラの顔色はすっかりよくなっていた。そこで、ジュリアンは言った。

「そろそろ取調べにかかるとするか」

「はい、あいつ何を言うでしょうね」

壁のパネルにかかった鍵を手にすると、ジュリアンはサラとふたりで留置場へ行った。留置場のなかで、リュカは床に仰向《あおむ》けになり、天井に険しい顔を向けていた。錠の開く音がしても、まったく動かない。

「起きなさい」サラがリュカの注意を戻そうと、足を軽く蹴りながら呼びかけた。

リュカは何やらもごもご言ってから、ゆっくりと起きあがった。昨日の敵意は顔からすっかり消えている。こうして見ると、強姦未遂の犯人というより、前の晩に泥酔して留置場で酔い覚めの朝を迎えた一市民のようだった。ジュリアンは留置場からリュカを出すと、取調室へ連れていった。サラがうしろからついてきて、ふらふら歩くリュカを見張っている。

部屋に入ると、ジュリアンはリュカに椅子を示し、そこへ座るよう促した。すると、リュカが言った。

「頭が痛くてたまらないんだ。コーヒーが欲しい」

ジュリアンは黙って休憩室へ行くと、ぬるくなったコーヒーをカップに注いだ。それから、昨日のクロワッサンをひとつ取って部屋へ戻り、コーヒーと一緒にリュカの前に置いた。リュカが小声で礼を言ったが、やはり返事はしないでおいた。そうしてメモ帳とペンと録音機を出すと、サラの横に座った。サラはリュカをにらみつけていた。

「さて、きみは自分がなぜ警察で一晩過ごすことになったか、覚えているか？」ジュリアンは口を開いた。

「ああ」

「きみは現行犯逮捕された。シビルに暴行を加え、強姦しようとしたからだ」

「知ってる」

「じゃあ、これも知ってる？」サラがあとを続けた。机の上に身を乗りだし、できるだけリュカに顔を近づけている。「こっちはね、あんたをあと二十四時間勾留することができるのよ」

「どうでもいい」

リュカの心底どうでもよさそうな態度に、ジュリアンは驚いた。サラも隣で驚いている。リュカは自分にこの先何が待ち受けているのか、わかっていないのだろうか。現行犯で捕まった以上、長い年月を獄中で過ごすことになるかもしれないのだ。若い日々が無為に流れゆくのを、なすすべもなく見つめながら……。リュカはそれに気づいていないのだろうか。

「昨日、どうしてあんなことをしたのか説明してくれないか？」手にしたペンを神経質にいじりながら、ジュリアンは尋ねた。

「それなら、もう全部話した」

「だが、きみの話した内容はとても信じられるものじゃない。自分でもわかっているだろう？丘の柳の声が聞こえて、シビルを襲えと命令したそうだが？」

「正確にいうとそうじゃない」リュカが言った。「そんな簡単な話じゃないんだ」

「なら、話してみろ」

「話しても、おれの頭がおかしいって思うだけだろう？」

今ではリュカは顔をあげ、こちらをまっすぐ見つめていた。その目には反抗心も怒りもなく、ただ深い悲しみが浮かんでいた。それを見ながら、ジュリアンは思った。またあの悲しげな光だ……。何より驚いたのは、「頭のおかしい人間だと思われたくない」というリュカの意思だった。リュカのような場合、結構な数の容疑者が、弁護士の入れ知恵もあって、一時的な心神喪失を主張し、責任能力はないという判断を勝ちとろうとするものだった。実際、ジュリアンもその手の連中を相手にしたことがあった。そういう手合いは刑務所に入らずにすむように、悪魔の声が聞こえて逆らえなかったと主張したり、精神錯乱のふりをしたり、うまいこと心理テストをごまかしたり、情緒不安定な態度をとったりする。そうやって、本当は刑務所に送れるくらいには安定している精神状態を隠そうとするのだ（確かに、連中の精神状態は素晴らしく安定しているとは言いがたいが）。ところが、リュカはその逆だった。正気だと信じてもらえないことを恐れているのだ。たとえ極刑になったとしても、正気だと思われたがっている。

「きみに選択肢はあまりない。きみのしたことは重罪に当たる。すぐ裁判にかけられて、刑務所への無料切符を渡されることだろう。レイプ犯には厳しい判決が下るからな」

「そういうのも、どうでもいいよ」

そう言うと、リュカは胸の前で腕を組み、こちらから目をそらして、床を見つめた。

「なら訊くが、どうでもよくないことは何なんだ？　きみにも家族や友人がいるんだろう？　もしきみの顔が地方紙の一面に載ったのを見たら、その人たちはどう思う？」

「おれには家族も友人もいない。おれはあの声に黙ってもらいたいだけなんだ。あの声に疲れたんだよ。あの声はずっとおれにつきまとう。あの声のせいで、おれは自分が誰で何をしたか、よくわかった。あと、じきに人が大勢死ぬことも知ったんだ」

「また始まった」サラが椅子の背にどさっともたれ、ため息をついた。

ジュリアンはこっちに任せるようサラに合図をしてから、穏やかな口調でリュカに尋ねた。

「それじゃあ、きみは誰なんだ？　その声はきみに何を言うんだ？」

「声はさ、おれがレイプ魔だって言うんだ」そう言って、リュカが肩をすくめた。

今のリュカは、十歳は幼く見えていた。腕を組んで身を縮める姿や、すべてをあきらめたような声の調子は、まるで親に怒られている子どもだった。あいかわらず闘う気はなさそうで、どんな判決でも——あるいは罰でも平手打ちでも——受け入れるつもりのようだった。逃げる意思はまったく感じられない。そんなリュカの態度に、ジュリアンは少々動揺した。リュカは、たとえ死刑で罪を償えと言われても、反抗せずに受け入れてしまう気がしたのだ。腕を組み、その身にまとう孤独に閉じこもったまま……。

「柳がそう言っているのか？　きみはレイプ魔だと？」ジュリアンは言葉を継いだ。

「違う、それを言うのは柳じゃない。柳のほうは『じきに人が大勢死ぬ』ってずっと言うんだ。目を開けたら、そばにじっと立ってることもある。あの白い樹皮で、おれを見ながら、『じきに人が大勢死ぬ』って予言をするんだよ。最悪なのは、そう言う柳も別に楽しそうじゃないってことだ。そうなるのは残念だが仕方ないって感じで……。おれも柳と話そうとしたんだ。これから何が起きるのか、訊こうと思って。でも、口が麻痺したみたいに全然動かなかった。で、そうこうしてると、今度は別の声が聞こえてきた。その声は、おれは本当は何者なのか叫んでるんだ」

「それが、レイプ魔ということか？」

「そう、そっちの声はおれがレイプ魔だって言ってる」

突然、サラが椅子から立ちあがり、リュカを怒鳴りつけた。

「その柳とやらは、ほかにも何かあんたに言うわけ？　全然わからないんだけど、どのサッカーチームが優勝するとか教えてくれるの？　いいえ、もっといいのがある、次の宝くじの当選番号でも教えてくれるわけ？」

「そういうのは言わない。でも、しょっちゅうしてくる質問はある。ていうか、ほぼ毎日訊かれてる」

リュカがサラを見て答えた。サラは闘牛場の牛のように部屋のなかをうろついている。

「へえ、じゃあ、それも言いなさいよ。あんた、ジャンヌ・ダルクでも気取ってるんでしょ。さっさとあんたの聞いた神の啓示を教えなさいよ！」

これ以上リュカがおかしな話をしたら、平手打ちをして黙らせそうな勢いで、サラが言った。

そのとき、リュカが組んでいた腕をほどいて、机に両肘をつくと、一呼吸置いた。これから口にする言葉を吟味するように。ジュリアンは、リュカが泣いていることに気がついた。涙がその目に静かにあふれ、頬をゆっくり伝っている。リュカ本人は涙に気づいていないようだった。あるいは涙を恥じていないのか……。

「柳はいつもおれの調子を尋ねるんだ。『大丈夫か、リュカ?』って。もう何度もそう訊かれてる。でも、おれはその声になんて答えたらいいか、わからないんだ」

## 事実　その4

人間の脳内では、一日を通してずっと電気信号が送られているが、脳波とはその電気信号を記録したものである。

脳波のうち、覚醒時に見られるのは、アルファ波、ベータ波、ガンマ波である。一般に、アルファ波（八～十四ヘルツ）はリラックスしているときに、ベータ波（十四～三十ヘルツ）は集中したときに現れる。たとえば、仕事などに夢中で取り組んでいるときは、ベータ波が出ている。また、知覚した情報を統合するときや興奮したときには、ガンマ波（三十ヘルツ以上）が出現している。

これらに加え、もっと周波数の低い脳波もふたつ存在し、まどろんでいるときにはシータ波（四～八ヘルツ）が、深く眠っているときにはデルタ波（〇・五～四ヘルツ）が現れる。ちなみに、周波数とは一秒あたりの波の数のことであり、ヘルツ（Ｈｚ）とはそれを表す単位である（つまり、一ヘルツなら一秒間に波はひとつ）。

脳波は、一八七五年、リバプール大学医学部で教えていたリチャード・ケイトンによって最初に発見された。このときは動物のものだったが、一九二四年にはドイツの神経学者ハンス・ベルガーがヒトの脳波を初めて記録した。

# 8

「サラ、顔が真っ青だぞ。家へ帰ったほうがいい。やっぱり今朝は出勤せずに、休むべきだったようだ」

取調べを終えて、ジュリアンはサラに言った。リュカを留置場へ戻し、執務室へ戻る途中だった。サラは今度はおとなしくうなずき、夕方の六時頃にまた戻ると言って、帰っていった。今夜は自分が夜勤をして、リュカの監視をするからと……。

結局、取調べをしても何ひとつわからないままだった。声だの柳だの、リュカのおかしな話は混乱をまき散らすばかりで、犯行の動機を裏づける供述はまったく得られなかったのだ。これはもう自分たちの管轄ではないだろう。ジュリアンは思った。リュカの話したことをそのまま記して判事へ送ろう。明日、リュカは一時的に釈放されるだろうが、数時間後には執行官が現れて、裁判所への出頭を命じるはずだ。そうして裁判にかけられて、刑務所か精神科病院へ送られることだろう。

書類を仕上げると、ジュリアンはEメールで検察へ送り、それからしばらく考えこんだ。声が聞こえるというリュカのおかしな話をまた思い返したのだ。一昨日自殺したヴァンサンのことも頭に浮かんできた。もしかして、リュカの事件とヴァンサンの自殺には何か関連があるのだろうか。自殺したヴァンサンにも、リュカやジャン＝ルイと同じように、声が聞こえていたのだろうか。自分の喉をかき切れと命じる声が……。それとも、声の話が重なったのは単なる偶然なのだろうか。

そういえば、フィリップも幻聴に悩んでいた。ジュリアンはサラから聞いた話を思い出し、思わず身震いした。フィリップの場合は、柳のささやく声ではなく、ピアノの音だったが……。

それにしても、村人がそこまで正気を失うとは、このモンモール村で何が起きているのだろう。魔術なのか。あるいは、植物の瘴気《しょうき》が村人の頭をおかしくさせているのか。シビルのブログの最新記事には、夜の森から出た霧が村を殲滅《せんめつ》したと書かれていたが、それと似たようなことが起きているのだろうか。あるいは、ただ事件が続けて起きただけで、関連はないのだろうか。

ジュリアンは途方に暮れた。前の警察署では、仕事はもっと単純だった。目に見える傷、血痕、頬の青あざ、生気のない腕に残る注射跡、家庭内の悲劇。犯罪は明確で、どの事件でも、自分の正気を疑ったりせず書類を書くことができていた。それが今は、どこまで考えても答えの出ない疑問を繰り返すばかりなのだ。

そこで、もっと具体的な出来事に目を向けることにして、ジュリアンは〈解決済み〉のフォルダをクリックした。そして、前署長のフィリップの事故に関するファイルを開いた。現れたのは、事故の詳細な報告書だった。凍った路面の写真や、車がスリップした場所の写真もある。

下のほうには、壊れた車体の写真もいくつか添付されていた。報告書によると、フィリップの乗った四輪駆動の日本車は、五十メートル下まで落下して、谷底の岩にぶつかって跳ねたあと、柳の森のなかで大破していた。そこは大きな丘と小さな丘の狭間に当たる場所で、細いV字を描くその谷は、ちょうど怪物が口を開けて待ち受けているような形をしていた。口のなかに木々をびっしり生やした怪物だ。車が落ちたのは、小さな丘側の森だった。

道は車の通りがほとんどなく、目撃者はいなかった。事故を発見したのは、スクールバスの運転手ロイック・デュモンで、隣町の中学校へ村の生徒を送った帰り、崖沿いの道を走っているとき、木製のガードレールが壊れていることに気づいたという。雪の降るなか、ロイックはバスをとめて外へ出ると、車が転落しているのを確認し、その場ですぐに通報した。それを受けて、怪我人を救出するため、隣町から消防車が一台とモンモール病院から救急車が一台、現場へ急行していた。だが、救出作業はなかなかに困難だったらしく、命綱をつけた救急隊員が谷底へたどり着くのに一時間近くかかっていた。その後、フィリップの遺体は担架で引きあげられ、病院へ運ばれた。検死の結果、血液中に不審な物質は検出されていなかった。

報告書にはフランクの署名があり、事故の原因となった路面の状態についても記されていた。それによると、路面は二メートルにわたって凍っていたという。近くのトンネルの石から染みでた水が凍ったものということで、毎年その時期には氷が張っていたらしい。ただし、こうした恐ろしい転落事故が起きたことは、それまで一度もなかったようだ。

報告書を読み終えると、ジュリアンはフィリップがどこかに隠したという靴の箱のことを考えた。その箱に、エレオノール殺害事件の捜査資料が入っているらしいのだ。それなら早く見つけださなくては。

　ジュリアンは受付のリュシーのところへ行き、カウンターの前に立った。リュシーは下を向いたまま、熱心にスマートフォンを操作しつづけている。

「リュシー？」

　呼びかけると、リュシーが顔をあげた。スマートフォンが床に落ち、派手な音を響かせた。

「すみません、署長。今、大事な情報を確認していたところで、あの……」

「別にいいんだ」リュシーの言葉をさえぎって、ジュリアンは続けた。「まあ、言いたいことは多少はあるが、退屈なのはよくわかる。それより、そのブルートゥース接続のイヤホンは、署内のどこにいても電話に出られるんだったね？」

「ええ、そうです。優秀なモデルですから」リュシーはほっとした顔で答えた。話がどこへ向かうのか、興味も引かれているようだ。

「それなら、ぜひ頼みたいことがあるんだが」

「なんでもおっしゃってください！」

「これから三十分おきに留置場へ行って、リュカがおとなしくしているか確かめてくれないか」

「それは真面目な話でしょうか？」

「ああ、おおいに真面目な話だよ。私はこれから署を留守にしないといけない。だが、知ってのとおり、フランクは夜勤明けで明日まで休みだし、サラは夕方六時まで戻ってこない。つまり、署にはきみしかいなくなるんだ」

「でも、危険はないんですか？　テーザー銃とか、何か身を守るものを持っていなくていいいんでしょうか?」リュシーが不安そうに眉根を寄せた。

「いいかい、リュシー」

「はい、署長」

「リュカがいるのは、鉄格子つきの鍵のかかった部屋なんだ。しかも、リュカはその鍵を持っていない。だから、外に出てきようがない」

「そうですよね。でも、わたし……いえ、大丈夫です。三十分おきですね?」

「ああ、お願いだ。それと、確認したら毎回メッセージを送って、異常がないか知らせてほしい」

「でも、もし受付に来訪者があって、留置場を見にいけないときはどうすれば?」

「リュシー、今日は朝からどれくらい人が来た?」

「ひとりです」

「誰か来ていたのか?」来訪者がいたことに、ジュリアンは驚いた。「誰だ?」

「ロンドナールさんです。実在しない作家の本を探している人ですよ」

「なるほど。つまり、現実に問題を抱えた人は来ていないということだね?」

「確かに。いつもどおりのモンモールです」リュシーが両手をあげて、降参のポーズを取った。

「まあ、いつもどおりとは言いがたいが……」ヴァンサンやシビルやリュカのことが頭をよぎり、ジュリアンはため息をついた。「とにかく、これで大丈夫だな。もし私がいないと困るようなことが出てきたら、電話してくれ。大至急戻るから。いいね?」

「了解です、署長」

「任せたよ。ということで、もうゲームに戻ってくれていいんだが、くれぐれも忘れずに……」

「ええ、三十分おきに確認します。任せてください」

それから五分後、ジュリアンは自宅の玄関の扉を押した。帰るとすぐに、出来合いのサラダを急いで食べ、カップにコーヒーを注いで、立ったまま飲みほした。午後を丸々使えるので、箱を探す時間ならたっぷりあった。だが、早くフィリップの捜査資料を見つけたくて、食事もそこそこに探しはじめることにしたのだ。

手始めに懐中電灯を見つけようと、ジュリアンは引き出しを開けてみた。だが、懐中電灯はどこにもない。そこで、スマートフォンを使うことにして、バッテリー残量を確認し、ライト機能をオンにした。まずは屋根裏部屋から始めるか。ジュリアンは二階へあがり、廊下の天井に揚げ戸があるのを確かめた。それから、使っていない部屋の椅子を持ってきて、その上にのった。揚げ戸の板を押して、通れるように開けておく。そうして屋根裏の床板に両肘をつくと、肩で這うようにして屋根裏部屋によじのぼった。椅子をぐらぐら揺らしながら……。屋根裏にあがると、ジュリアンは立ちあがって、腕についたほこりを払った。あたりには、こもった臭いと湿気の臭いが満ちていた。たぶん雨漏りでもしているのだろう。

スマートフォンの青白い光を通して、周囲の様子も見えてきた。屋根の下には、大きな梁が縦横にかかり、建物と同じ長さでのびている。そうした木の骨組みと、ちらほら見える蜘蛛《くも》の巣以外、ここには何もなさそうだった。家具も段ボール箱も昔のがらくたも、何もない。それでも、ジュリアンは屋根裏部屋をひとまわりして、靴の箱を見つけようと隅のほうまで探してみた。だが、まもなく理解した。やはりここには箱はないようだ。

屋根裏部屋の奥には、窓があった。窓はずいぶんと汚れていて、格子のついたガラスが長年のほこりに覆われている。せっかくなので、ジュリアンは袖を使ってほこりを拭い、つま先立ちをすると、窓の外に広がる景色に目をやった。まず見えたのは、雪化粧をしたモンモール村の家並みだった。雪は優雅に舞いながら、家々の屋根に降りつもっている。屋根から突きでた煙突からは、雪と対をなすように、黒っぽい煙がもくもくと無骨な様子で空へ立ちのぼっていた。目を細めてさらに見ると、モンモールの山の尖った姿も、村の突きあたりに認められた。

そのとき、ジュリアンは山もこちらを見ている気がした。山と自分がにらみあい、挑みあっている気がしたのだ。自分たちのあいだにある村の家々には目もくれず……。動きつつある運命を前にした今、村人が背を丸めて暖炉にあたる光景など、不要な舞台背景でしかない――そんな感覚だった。それはきっと、モンモール山と対峙しながら、ずっと考えていたせいだろう。

あの山とその両隣のふたつの丘は、この村で起きた事件にどう関係しているのかと……。

もしや、ジャン＝ルイやリュカが声を聞いたというのは、あの山とふたつの丘から出た音の影響だったのだろうか。岩を吹きぬける風が、耳元でささやく声のように聞こえ、頭のなかでおかしな言葉に変わったのだろうか。それとも、森から出てきた動物が山のふもとで鋭く鳴いたり、吠えたり、うなったりするせいなのだろうか。その声が山にこだまして、盆地の村に響きわたり、村人を惑わせるのだろうか。あるいは、あの山に有害な物質が含まれていないかを調べるべきだろうか。ひょっとして表面の岩や内部の鉱物が、染みでた水や太陽光に反応して有害物質を生成し、村人の神経をおかしくさせたのだろうか。

ジュリアンはありえそうな可能性について考えた。そのとき、ある可能性がだしぬけに頭に浮かんできた。魔女の呪いだ。かつて魔女と断罪された女たち。男たちの裁きという重石《おもし》をつけて、舞い狂う雪のように山頂から落下した女たち。その死にゆく女たちが生者に放ったという呪いが頭に浮かんだのだ。だがもちろん、ジュリアンは即座に却下した。モンモール村の歴史を思えば、ついそう考えたくもなるが、言い伝えや迷信に惑わされるつもりはなかった。

「違う」ジュリアンは山から目をそらしながらつぶやいた。「確かに、あの山は事件に何かしら関わっているのだろう。だが、魔女の呪いなんかじゃない。悪いが、おれはそんなものは信じちゃいない」

魔女の姿やその言い伝えを頭から払うと、ジュリアンは揚げ戸まで戻った。そして最後にもう一度、携帯のライトで屋根裏部屋をひととおり照らし、何もないのを確認すると、揚げ戸のなかに身を滑らせた。

「くそ、家中を調べるとなったら、何時間あっても足りないぞ」二階へ戻りながら、ジュリアンは思わず口にした。「フィリップ、靴の箱をいったいどこに隠したんだ？」

その後も箱を見つけることに集中し、ジュリアンは家のなかを徹底的に探していった。家具を動かし、壁を探り、絨毯《じゅうたん》を巻きあげ、戸棚を空にし、床板も丹念に確認した。だが、隠されていそうな場所を探してみても、箱はどこにも見つからなかった。探す手をとめたのは、リュシーからきっちり三十分ごとに届くメッセージを確認する、ほんの数秒だけだった（リュシーは一分のずれもなく、見事なまでに規則正しく送ってきた）。

やがて夕方の六時近くになり、夜がモンモール村に静かに広がりだした頃、ジュリアンは思い至った。これ以上がむしゃらに探しても無駄だろう。もしサラの考えどおり、フィリップがこの家のどこかに靴の箱を隠していたのだとしても、その後、きっと誰かが場所を移したのだ。さすがに、庭を掘り返すのはやめておくか。二階の寝室でベッドの足側に腰かけながら、ジュリアンは思った。全身に汗をかいていた。手には小さな切り傷があちこちにできている。

外では雪が激しさを増していた。軽い敗北感と虚しさを感じながら、ジュリアンは時計を見た。そろそろ探すのをやめる時間だった。今夜はシビルとの食事なのだ。出かける支度をしたほうがいいだろう。そこで、リュシーから届いた最後のメッセージ――〈サラが来ました。ベビーはサラに任せました〉――を確認すると、ジュリアンはシャワーを浴びにいった。だが十分後、シャワーを終えて部屋へ戻ると、また靴の箱のことを考えはじめた。この週末は庭を探してみよう。もし穴を掘って隠したのなら、掘り返された跡があるからすぐわかるはずだ。ただし、フィリップがその上に芝生を植えなおしていなければの話だが。

そのとき、もうひとつの可能性が頭に浮かんだ。ティオンヴィル氏が箱を見つけた可能性だ。この家の準備をしていたときにたまたま見つけて、屋敷へ持ち帰ったのかもしれない。だが、それはありえない気もした。もしそうなら、その話をしたはずだからだ。少しでも早く捜査が進むよう、フィリップの出した結論を教えてくれていただろう。そもそも、ティオンヴィル氏自身が、昨夜の話の最後にこうほのめかしていたではないか。自分にはあまり時間が残されていない、と。

そんなことをつらつら考えながら、ジュリアンは服を着た。ジーンズに薄手の黒いセーター、靴はスニーカーだ。敢えてラフな格好にしたのは、シビルに警察官を前にしていることを忘れてもらうためだった。ジュリアンはベッドに座って、スニーカーの紐を結びはじめた。そのとき、一階で床のきしむ音がした。なんだろう。手をスニーカーの上に置いたまま、数秒間動きをとめる。何でもないといいのだが。だが、再び床のきしむ音がして、家中に響きわたった。まちがいない、この家に誰かいる。音を立てずに歩くため、ジュリアンはスニーカーをゆっくりと脱いだ。呼吸を整えながら、立ちあがる。

玄関の扉が開く音も、取っ手が動く音も、確かに聞いていなかった。つまり、こっちがシャワーを浴びていたあいだに、誰かが扉を開けて、なかに入ってきたということだ。ジュリアンは忍び足で寝室を出た。猫のように廊下を歩き、階段の隅に身を潜める。ここなら相手に姿を見られずに、玄関ホールと扉を見張れた。

と、静寂のなか、また音が響いた。今度は居間から聞こえたようだ。ジュリアンは階段から身を乗りだした。こうしていれば、侵入者が玄関ホールを通って台所へ向かうのが見えるかもしれない。あるいは、二階へあがろうとするのが……。

だが、そのまま数分が――数時間に思えるほど長い数分が――過ぎても、侵入者は気配を示さないままだった。ジュリアンはつま先立ちで階段をおりていった。見ると、玄関の扉が少し開いている。全身の筋肉を緊張させながら、ジュリアンは階段をおりつづけた。侵入者は一向に姿を見せないが、出てきたら飛びかかるつもりだった。やがて最後の一段をおりると、ジュリアンは壁にぴったり身を寄せた。さっき聞こえた音からして、侵入者は居間にいるはずだった。階段をおりてすぐ右だ。この位置からだと台所の一部が見えていたが、そちらに誰かいる気配はない。

それなら、やはり居間だろう。ジュリアンは心を決めた。

こぶしを握り、勢いよく居間へ飛びこんでいく。アドレナリンが出ているおかげで、神経も研ぎすまされていた。

だが、居間には誰もいなかった。

急いで台所へ向かったが、やはり誰もいなかった。

「ちくしょう！　幻聴なんかじゃない。確かに音を聞いたんだ！」

ジュリアンは思わず叫び、玄関の外へ飛びだした。今ならまだ侵入者を取り押さえることができるかもしれない。

けれども、前庭には雪の絨毯が広がるばかりで、誰もいなかった。居間や台所と同じように……。足跡もなく、逃げていく人影も見あたらない。

「くそ、どうなってるんだ」ジュリアンはつぶやいた。力なく腕を垂らして……。

靴下のまま出てきたせいで、雪を踏む足が濡れていた。

それから数分間、何かわからないかと思いながら、ジュリアンはひとり戸口に立ちつづけた。だが、目の前の通りにもモンモール村にも、何の動きも見られない。まるでこちらの次の動きを期待して、村そのものが息を潜めているかのように……。結局、ジュリアンはあきらめて、なかへ戻ることにした。扉を閉めるときには錠を見て、壊されていないことも確認した。もしや自分にも幻聴が聞こえはじめているのだろうか。いぶかりながら、居間へ戻る。そして、もう一度部屋を確かめたとき、テーブルにコーヒーカップが置かれていることに気がついた。そのカップは、ここにないはずのものだった。靴の箱を探す前、台所に置いていたのは確かなのだ。

まさか、おれも頭をやられてきたのか？

だが、身をすくませるものは、まだあった。それに気づいたとき、ジュリアンは居間に立ちつくした。身体が凍りつき、首筋から濡れた足先まで震えが走った。

自分のカップのすぐ横に、もうひとつカップが置かれていたのだ。

そのカップには口紅の跡がついていた。幽霊のような侵入者の……。

# 9

夜七時過ぎ、シビルは身支度をして、モリーの店へ向かった。

外では、風が吹きすさび、雪がますます激しく舞っていた。そのせいで、服装はだいぶラフになってしまったが、暖かいのはまちがいない。冬用のブルゾンの前を閉じ、凍てつくような風をよけるため、シビルはフェイクファーのフードをかぶった。繰り返し吹きつけてくる風は、苦しむ野獣が規則的に立てる呼吸のような、重いうなりをあげていた。やがてモリーの店のドアを押すと、温かな空気が迎えてくれた。ブルゾンについた雪のかけらが、もともと存在していなかったかのように溶けていく。

昨日、新しい署長のジュリアンに夕食を招待されたとき、驚いたのは確かに否定できなかった。でも、「一緒に夕食を」と言われて少しときめいたのも、隠しきれない事実だった。入り口のコート掛けにブルゾンをかけながら、シビルはふと思った。今夜もジュリアンと名前で呼んでいいだろうか。よそよそしくてもやっぱり「署長さん」が無難だろうか。

ジュリアンには、よそから来た人特有の魅力があった。この村の人間とは放つ雰囲気が違うのだ。ここモンモール村の人たちは皆、習慣のせいか、もしくは遺伝のせいなのか、一様に無気力で顔つきも険しく、表情に乏しかった。人生の楽しみ方を忘れてしまった人のように……。たぶん、この村が安全で豊かなせいもあるのだろう。ぼうっとしていても暮らしていける環境に浸《つ》かっているせいで、感覚が麻痺してしまったのだ。ひょっとしたら、モンモール村で暮らしているという意識——多くの人に恐れられ、人が住みたがらない呪われた土地にいるという意識——が、ある意味、村人からあらゆる感情を奪っているのかもしれない。もちろん、この村でも人はちゃんと生きて歩いて話している。文句も言うし、欲望もある。だが、何をするにしても、無気力な人にありがちな空気が漂い、人里離れた土地特有の緩慢な動きや、ゆっくりとした思考が伴っていた。

　でも、ジュリアンは違った。初めて会ったとき、ジュリアンがまだこの村を覆う無気力な空気に染まっていないのはすぐにわかった。そこがまず魅力的だった。それから、端的にいってハンサムだった。ジュリアンがどれほど優しい目でこちらを見ているかに気づいたとき、その顔立ちのよさにも気づいたのだ。その後、夕食に誘われたときにはほのかな恋心が芽生え、ひそかに恋を夢見はじめていた。年の差は十五歳ほどありそうだったが、それも障害とは思えなかった。むしろ禁じられた恋のようで、ちょっと挑戦するような、立ち向かうべきもののように思われた。

　それに、ジュリアンのことを一日中考えていると、防壁の役目をしてくれて、リュカの記憶を思い出さずにすんでいた。恋の想像に酔っていれば、あの出来事から気持ちがそれて、恐ろしい記憶に苛まれずにすんだのだ。おかげで、あれは本当に起きたのだろうかとさえ思ったりもした。頬の青あざは、確かに暴力を振るわれたことを示していたが（出かける前に髪で隠した）、これからジュリアンと一緒にひとときを過ごすのだと思うと、あのときのはっきりした記憶――リュカの言葉や動作――は少しずつぼやけていた。

今夜もモリーの店は混んでいた。週末ほどではないものの、やはり人でいっぱいだった。カウンターにたむろする客をかきわけて、シビルは奥の食堂スペースへ向かった。「すみません」と言いながら、肘を使って人混みを抜ける。そして、ジュリアンを見つけた。ジュリアンはすでにテーブルにつき、ウイスキーとおぼしきグラスを手にしていた。こちらは見えていないようで、暖炉の炎を眺めている。シビルはジュリアンのほうへ近づいた。手のひらが少し汗ばんでいた。そばまで行くと、ジュリアンもこっちに気づき、立って迎えてくれたので、シビルは笑みを向けた。

「こんばんは、シビル。調子はどうですか？」ジュリアンが言った。

「少しよくなりました。ありがとうございます」答えながら、シビルはジュリアンの向かいの椅子に腰かけた。

「頭痛やめまいは？」

「いえ、あざが残っているだけで……」

「大丈夫、じきに治りますよ。それと、すまないが、先に始めさせてもらいました」ジュリアンがグラスを持ちあげた。「こうも寒いと、身体を温めたくなって」

「どうぞ遠慮なく」シビルも言った。「わたしも飲んで温まらなくちゃ」

そのとき、見えない合図に呼ばれでもしたように、ウェイトレスがやってきた。中学のときの同級生だ。ウェイトレスはテーブルの横に立つと、メニューを差しだした。

「今夜のおすすめは、ウサギの赤ワイン煮です」そう言って、エプロンのポケットから注文票を取りだす。

「わたし、それにします」シビルは声を弾ませた。「あと、サンセールの赤ワインをグラスで」

「ウサギと赤ワインですね。署長さんはどうされますか？」ウェイトレスがジュリアンのほうを向いて尋ねた。

「同じものを。それから、ワインはボトルにしてもらえないかな。注文の手間が省けるから」

「かしこまりました。ありがとうございます！」

「ボトルですか」シビルは驚いた。ウェイトレスはすでに厨房のほうへ消えている。

「ああ、今夜はいつもより多く飲む必要がありそうで」

「大変な一日だったんですか？」

「まあ、そんなところですよ」ジュリアンは言葉を濁して、ウイスキーを飲み干した。

シビルはこっそりジュリアンの様子をうかがってみた。昨日会ったときに比べて、ジュリアンは元気がなさそうだった。顔色も悪いし、疲れているようにも見える。まさか、早くもモンモール村に囚われてしまったのだろうか。ジュリアンが空のグラスをテーブルに置こうとしたとき、その手が小さく震えているのに気づいて、シビルは思った。もしかして、これも魔女が死ぬ間際に放った呪いの一種なのだろうか。呪いには、この村で数日過ごしただけで、人のやる気をくじく力もあるのだろうか。そんなことを考えていると、ジュリアンが言った。

「よかったら、これからはもっと気楽に話そう。そのほうがきみも話しやすいだろうから」

「ええ、喜んで」顔が赤らむのを感じながら、シビルは答えた。「実は、きみが来る前に、またブログを読ませてもらったんだ」

「記事はどうでした? 面白かったらいいんですけど」

「興味深かったよ。この村もここの魔女の言い伝えも、とても興味深いテーマだと認めざるを得ないな。きみは、本当に魔女の存在を信じているのかい?」

「信じるときと、信じないときがあります。説明するのは難しいんですけど……。でも、選択の余地はない気がして。ここに住むということは、言い伝えをいくらか受け入れるってことだから」

「きみは本当にこの村に詳しいようだ。たくさんのことを知っているし、村のことなら何でもわかりそうだね」

「ありがとう」シビルは笑顔で答えた。「人って好きな場所のことは、できるだけたくさん知ろうとしますよね」

そのとき、ウェイトレスがサンセールの赤ワインのボトルを持ってきた。シビルは口をつぐみ、コルク栓が抜かれてワインがグラスに注がれるのを見守った。

ふたつのグラスがワインで満たされるあいだ、ジュリアンも話すのをやめて、考えごとをした。ウェイトレスがワインを注ぎ終え、ほかの客に呼ばれて、カウンターの向こうへ戻ったあとも、もう少し考えごとを続けていた。この店へ向かう道中、車で村を移動していたとき、フィリップの捜査資料を入れた靴の箱の隠し場所について、思いついたことがあったのだ。

口紅のついたコーヒーカップに関しては、とりあえず解決できていた。見つけたときは動揺したが、何百年も前の言い伝えに呑みこまれるつもりはなかった。あのあと、自分はまずふたつのカップを食器洗浄機に入れ、その後、あの家の合鍵を持つ人間がほかにいないか、ティオンヴィル氏に尋ねることに決めたのだ。氏がアメリカでの仕事から戻り次第……。もし合鍵を持つ第三者がいるとすれば、その誰かが何らかの理由で、こちらがシャワーを浴びているあいだにあの家に入ったと考えられた。おそらく、出てくるのを待ちながらコーヒーを淹れて飲んだのだろう。その仮説なら、非合理的で説明のつかない可能性はどれも排除できたので、ひとまずそれで納得することにしたのだ。

そうして、靴の箱の隠し場所について再び考えを巡らせた結果、ここへ来る途中、ある場所を思いついていた。あまりに単純で、逆にそれまで思いつかなかった場所だった。エレオノール殺害に関する捜査資料があの家にも署にもなく、サラも持っていないというのが本当なら、あり得る場所はひとつしかない。車のなかだ。事故の報告書を読んだとき、車を調べたと書いてあった覚えはなかった。たぶん損傷がひどくて、調べられる状態ではなかったのだろう。不審な点はないとされ、そのまま廃車になったのかもしれない。ただ、インターネットで調べたところ、この近くに修理工場や廃車置き場はなさそうだった。いちばん近いところでは、二十キロほどの場所に車の保管場所があったが、扱っているのは新車だけだ。考えていると、シビルの声がして、ジュリアンは我に返った。

「このワイン、大好きなんです」嬉しそうに言ってから、シビルはグラスを置いてこう続けた。「夕食に誘ってくれて、ありがとうございます、署長さん……いえ、ジュリアン。こんなふうに外に連れだしてもらえて、本当によかった。おかげで、家でひとり鬱々とせずにすみました」

「何度も言うようだが、あんなことがあってつらいと思う。リュカは勾留中、あまり協力的な態度を取らなかった。これから厳しい報いを受けるだろう」

「リュカのことは、憎みきれなくて……。許すこともできないんですけど。本当のところ、どう考えたらいいのかわからないんです」

「憎むにせよ許すにせよ、もう少し時間がたてば、気持ちもはっきりしてくると思う。きみの一部は、まだショックを受けたままなんだ」そう言って、ジュリアンはシビルを慰めた。

それからまもなく、料理が運ばれてきた。ウェイトレスは料理を置いて「どうぞ召しあがれ《ボナペティ》」と言うと、こちらへ向かって「ご注文いただいたふたり分の配達は、もうじきうちの皿洗係が署のほうにお届けします」と続けた。そうして、すぐにテーブルを離れていった。これからまだ数時間、客から客へと給仕をしないといけないのだろう。あれやこれやの注文に気力を削られ、休憩もできないまま……。

食事中、シビルから「少しあなたの話をしてほしい」と頼まれて、ジュリアンは自分のことを語りはじめた。犯罪の多発する大都市で、毎日少しずつ自分を見失っていった日々のことを……。ワインの力もあって、これまでの自分の人生を気楽に話すことができていた。

自身のことを語るジュリアンに、シビルはすっかり魅了され、興味深く耳を傾けた。いつまでも話をしていたくて、何度も質問をしては会話がとぎれないようにした。やがて、今度はこちらが話す番になり、シビルは母親が死んだときのことを語りはじめた。声をうわずらせながら……。

「あれは事故でした。信じられないくらい、馬鹿げた事故だったんです。あの日、母はわたしを連れて銀行に行きました。車のローンを申し込むためだった。乗っていた古いルノーの調子が悪くて、放っておけなくなっていて。当時わたしは十歳で、生意気なところが出はじめてました。だから、銀行の駐車場に着いたときも、車からおりたくないって駄々をこねて、一緒に銀行に行くのを嫌がったんです。車に残ってゲームボーイで遊びたいと言って。母はわたしのことが大好きだから、わがままを言っても聞いてくれるってわかっていたから……。思ったとおり母は折れて、もう一度車に乗ると、銀行のすぐそばの路上に駐車しなおしてくれました。銀行のガラスを通して、いつでもわたしの姿を確認できるように。ひとりで銀行に入ってからも、母はしょっちゅうこっちに目をやっては、大丈夫そうか確かめてくれてました。わたしもときどきゲーム機から目をあげて、母に気づいて手を振ってました。そうして、『どんなお母さんよりも、うちのママは最高だ』と思いながら、またゲームに戻っていたんです。

そうやって何度目かにまた銀行のほうをちらっと見ると、母は窓口で話をしている最中でした。こっちに気づきそうになかったので、わたしはゲームに戻ろうとしました。そのとき、男がふたり、銀行に入っていくのが見えたんです。その姿に、こう思ったのを覚えています。『変なの。カーニバルはずっと前に終わったのに、覆面なんかして馬鹿みたい』と……。それから少しして、ゲームのレベルをやっとひとつクリアしたとき、乾いた音がパンと大きく響きました。爆竹を鳴らしたような音が……。すぐに顔をあげると、銀行から人がたくさん飛びだしてくるのが見えました。男の人も女の人も、みんな顔に恐怖を張りつけて……。まるで今度はその人たちが仮面をつけたみたいだった。わたしは母が戻ってくるのを待ちました。何があったか、きっと母が教えてくれる、わたしを安心させてくれる、そう思いながら……。でも、どれだけ待っても、母は戻ってこなかった。その後、警察が到着して、車の後部座席にいたわたしを見つけてくれました。わたしは身を縮めて泣きじゃくってました。どれくらい自分が泣いていたのか……それはわかりません。警察の人は前の座席の窓を割って車のドアを開けると、わたしにほほ笑みかけました。あんな悲しいほほ笑みは、それまで見たことがなかった」

「そのふたりは警察に捕まったのか？」ジュリアンは穏やかな声で尋ねた。

「ええ、事件の二日後に。銀行の防犯カメラが決め手になって逮捕されました。でも、何より悲しかったのは、起きるはずじゃなかったことが起きたことです。母は死ぬはずじゃなかった。あれは事故だったんです」

「事件ではなく？」

「ええ。防犯カメラの映像のなかで、覆面をしたふたり組は窓口の行員を脅してました。でも、ひどく焦った様子だった。映像を見た警察の人も、あの焦り方はプロの強盗じゃない、と言っていました。映像には母の姿もあったんです。母は少しうしろのほうで、ガラスに背を向けて立ってました。強盗のほうを見ながら動かないようにして……。でも一度だけ、わたしのいる車のほうへさっと顔を向けていた。それから少しして、強盗の様子が変わりました。片方の脅す態度がそれまでより荒っぽくなったんです。もう片方は銀行に来ていた客の動きと、駐車場のほうを確かめてから、相棒に向かって理解できないというような身振りを始めました。まるで内輪揉めでもしているみたいに……。銃声が響いたのは、そのときでした。その音に、ふたり組の動きがとまりました。どうして銃声がしたのかわからない、という様子で……。母が床に倒れてようやく、ふたりは誤って人を撃ったことに気づいたようでした。言い争っているうちに、銃が暴発してしまったんです。片方がとっさに覆面を取って、母に駆け寄っていきました。傷口を押さえて止血しようとしていました。その隙に、銀行にいた人たちは生存本能に押されたのか、一斉に外へ飛びだしていきました。母を助けようとしていた男も、もうひとりの男に肩を引っ張られて一緒に逃げ、防犯カメラの映像から消えました。今、そのふたりはどこかの刑務所で服役しているはずです。でも、母はもうどこにもいなくなりました。取調べ中、銃を撃ったほうの男はこう話していたそうです。弾は入っていないはずだった、きっと薬室にあった一発を出し忘れたのだろう、と。だから、あれは事故だったんです。暴発した銃のせいで、あの日、母は命を落としたんです。銀行に行ったあの日……」

「つらい話をさせてしまったね、シビル」

「いえ、あれから時間がたって、わたしも大人になりました。ときどきは忘れていられることもあります。わたし、去年までは伯母と暮らしてました。でも、伯母がモンモール村を出ることにして引っ越したので、それで今はひとりで暮らしているんです」

話を聞き終わって、ジュリアンは言葉に迷った。シビルにどんな言葉をかければいいのだろう。そもそも、こうした状況でかけるべき言葉が見つかったことなど一度もなかった。たとえば、まだ眠っている親のもとへ——なぜ警察がドアを叩くのか理解できない親のもとへ——我が子の死を知らせにいかなくてはならなかったとき。あるいは、もう何日も父親と連絡が取れないと娘から通報を受けて自宅を確認しにいったあと、父親は床に倒れて死亡していたと伝えなくてはならなかったとき……。そんなとき、大切な人を失った痛みを小さくできるような言葉など、見つけることはできなかった。それに、そんな言葉は存在しないだろうとも思っていた。だから今もシビルの前に座りながら、ジュリアンは「それはつらいと思う」と繰り返すことしかできなかった。だがいつもなら、悲しみに沈む相手に何も言えない自分を無力に思い、手を差し伸べることもできないまま、ひとりで苦しませるだけだったが、今日は違った。シビルを悲しみから遠ざけたかった。シビルが母親の思い出に引っ張られて、悲しみの岸へ連れていかれないようにしたかった。そこで、ジュリアンはこう切りだした。

「シビル？」

「なんですか？」

「ちょっと力を貸してもらえないか？」

「力を貸す？　ええ、もちろん」

「ただ、このことは誰にも言わないと約束してほしいんだ」

「任せてください」そう言うと、シビルは続けた。「ことばが息から出るものなら、息がいのちから出るものなら、おまえが言ったことを息にもらすいのちはない（『ハムレット』小田島雄志訳、白水Uブックス、一九八三年）」

「『ハムレット』じゃないか！　驚いたな、きみもシェイクスピアを暗唱できるのか。まるでここの国民的スポーツみたいだ！」サラとフランクも一昨日この店でシェイクスピアの『マクベス』をそらんじたことを思い出して、ジュリアンは言った。

「モンモール村の人はみんな、一度は図書館に通いつめたことがありますから。それで、その秘密の任務ってどういうものですか？」

　そう言うシビルの顔を見て、ジュリアンは嬉しくなった。シビルは好奇心で顔を輝かせていたのだ。少し前まで母親のことを思い出して、悲しみの淵に沈みそうになっていたが、そこから連れ戻すことができたらしい。もちろん、捜査について口外しないと村長に約束したことは覚えていた。だが、シビルならフィリップの車がどうなったか、教えてくれるかもしれない。おそらく、車が運ばれた修理工場か廃車置き場を知っているのではないだろうか。

「実は、ある車を探しているんだ」

「それは素敵な任務ですね」シビルが笑って目を細めた。

「車といっても、ただの車じゃない」ジュリアンも笑って答えた。「前署長のフィリップが事故のときに乗っていた車を探しているんだ。事故の報告書には、車の運ばれた先が記されていなかった。でも、きみなら何か知っているんじゃないか？　なにしろ、きみは村で起きたことは何でも知っているようだから」

「でも、どうしてフィリップの車を探しているんですか？」

「保険の関係で必要なんだ」ジュリアンはとっさに嘘をついた。靴の箱のことは言わないほうがいいだろう。「車のシリアルナンバーを書かないと、保険会社が処理してくれないんだが、その番号は車体についていてわからないんだ」

「わかりました。それなら、お役に立てると思います」

「つまり、車がどの修理工場か廃車置き場に運ばれたか、知っているんだね？」

「いいえ、そういうことじゃないんです」

「そういうことじゃない？」

「ええ」

「じゃあ、役に立てるというのはどういう意味だろう？」

「修理工場ではないけれど、わたし、車のある場所まで案内できるんです。ただ、魔女が怖くないといいんですけど。だって、そこへ行くには、魔女の領域に入らないといけないから」

「話がよく見えないんだが。シビル、頼むよ、今夜は飲みすぎて謎解きは無理だ。わかるように説明してくれないか」

「実は、フィリップの車は、転落した谷底にそのまま残されているんです。ヘリコプターで吊りあげる話も出たんですけど、谷が深すぎるし、柳の木も密生していて危険だってことになって。それで、車は今もふたつの丘のあいだの谷底に放置されたままなんです。でも、わたしはそこへ行く道を知ってます。ロープも鉤縄《かぎなわ》も使わずに、谷底までおりられる道を知ってるんです」

# 10

　夕方六時。夜勤のため、サラはモンモール署のドアをくぐった。受付のリュシーは、カウンターの向こうに立っていた。早くも肩にコートをかけて待っている。

「ああ、サラ、来てくれてよかった！　わかるでしょ、本当に気が気じゃなかったの。リュカがシビルに何をしたか知っていたから、余計に怖くって」

　こちらを見ると、リュシーはカウンターを出て、出入り口へ向かってきながら訴えた。その目には、大きな安堵が浮かんでいる。

「何かあったんですか？」サラは尋ねた。

「いいえ、何も。署長に言われて、三十分おきに地下の留置場を見にいったけど、リュカはひとことも話さなかった。まるでこっちが見えていないみたいに、まったく反応しないのよ」

「何もなくてよかった。ほかには何かありましたか？」

「いいえ、特には。ただ、ロンドナールさんが司書の苦情を言いにきたわね。まあ、ロンドナールさんの場合、苦情というより文句だけど。わかるでしょう？」

「ええ、わかります。それじゃ、リュシー、お疲れさまでした。また明日」

「あら、明日は休みなの。だから、わたしなしで、明日はがんばってちょうだい。そうそう、署長があなたとリュカの夕食を頼んでおくそうよ。八時頃、届くんじゃないかしら」

「恋人たちのすてきな夜ってとこですね。お疲れさまでした」

そう言って会話を切りあげると、サラは廊下を歩いていった。リュシーが例の二度と聞きたくない言葉〈大丈夫?〉を言う前に……。

そのまま執務室へ向かうと、サラはまず奥の休憩室へ行った。

午前中、リュカの取調べ後に一度自宅へ戻ったあと、少し仮眠を取れたおかげでずいぶん元気になっていた。だが、目覚めたとたん、リュカの言葉がよみがえって、また心をざわつかせていた。

柳が「大丈夫か、リュカ?」と尋ねてくる——リュカはそう話していた。もしかしてリュカも同じ何かに苦しんでいるのか……。家にいたときには、署へ戻る支度をしながら、そんな思いも浮かんでいた。だが、すぐさまそれは否定した。いえ、そんなはずはない。あんなのはただの偶然だ、と。それから、こう考えた。リュカが聞くのは柳の声だ。でも、こっちは会う人みんなが、元気かどうか尋ねてくる気がして苦しいのだ。そう、架空の柳なんかじゃなく、現実の人たちの声に自分は苦しんでいるのだ、と。そして、こう思って納得した。そもそも、「大丈夫か」と村のみんなが訊くのは、当たり前じゃないだろうか。この村の人たちは、フィリップの車が谷底へ転落したあと、わたしがどれだけ苦しんだかを知っている。わたしがフィリップを愛していたことも……。だから、みんな、こちらを案じて「大丈夫か」と尋ねるのだ。ただの親切心、それだけだ。署長やフランクだって同じだろう。リュカの逮捕で手荒な真似が必要だったことを、あのふたりは知っている。暴力を振るうとなかなか忘れられないことも……。だから、ふたりとも体調を気づかって「大丈夫か」と尋ねてくるだけだ。きっと、それ以外には何もない——。

休憩室のポットには、冷たいコーヒーが残っていた。サラはそれを空《から》にすると、新しくコーヒーを淹れなおした。「今夜はこれで目を覚ましておかなくちゃ」とつぶやきながら、コーヒーの粉をいつもの倍の量にする。それから地下へ向かうと、留置場のリュカの様子を見にいった。リュシーが言ったとおり、こちらが鉄格子の前に立っても、リュカは身動きひとつしなかった。

「夕食は二時間後よ」それだけ伝えて、再び一階へあがっていく。

執務室に戻ると、サラは部屋を歩きながら思案した。今夜はどう過ごせばいいだろう。映画でも観ればいいだろうか。村が平和で、書類仕事がないことがつくづく残念だった。ここ最近は別として、この村では重大事件どころか犯罪そのものが起こらない。起きたとしても孤独を晴らすための小さな違反行為くらいで、せいぜい罰金を科す程度なのだ。

やがていいことを思いついて、サラは大型モニターの前に座った。村の防犯カメラの映像を少しのぞいて、時間をつぶすことにしたのだ。操作パネルのスイッチを入れ、ボタンをいくつか押していくと、村の映像が表示された。大通りが現れ、同時に四角い中央広場も映しだされる。誰もいない広場は雪で一面真っ白で、くすみを帯びた黄色い街灯がちょうど灯ったところだった。サラはカメラを素早く切り替えて、街灯のLEDが次々と点灯するところを見た。夜が少しずつその領域を広げるなか、まるでクリスマスツリーのように、モンモール村が光のマントをまとっていく。村の人たちは誰も外にいなかった。この寒さで、きっと家にこもっているのだろう。と、別のカメラの映像に、大きな犬が現れた。犬は通りの真ん中を走っている。サラは嬉しくなって操作パネルのボタンを押し、犬の動きを追っていった。けれども、エドゥアール・ヴァイヤン通りの角を曲がったところで、犬の姿は消えてしまった。足跡の黒い点だけを雪に残して……。

やっぱり映画を観よう。せめてひとつはいい映画があるといいんだけど、でないと……。

そのとき、サラは動きをとめた。

あるカメラの映像が注意を引いたのだ。モニター画面の左上に、人影が映っている。場所はすぐにわかった。図書館の前だ。白い石造りのどっしりとした建物が、芝生に置かれた強力なスポットライト（これも村長が設置した）に照らされて、闇に浮かびあがっていた。サラはその映像を全画面の表示に切り替えた。そのほかの映像が消え、図書館前の広場だけが大きく映しだされる。

あんなところで、誰が何をしているのだろう。いぶかりながら、サラはその映像を拡大し、図書館の前でひとり佇《たたず》む人影を映しだした。図書館内の照明はすべて消えていた。この寒さと雪にもかかわらず、画面のなかの人物は微動だにせず、ひたすら図書館の入り口を見据えている。サラはズームボタンを押して、もう少し人影を拡大した。かぶっている帽子が見えてくる。

「ロンドナールさん！」見覚えのあるハンチング帽と風采に、サラは思わず口にした。「でも、図書館が夕方六時に閉まるのは、ロンドナールさんも知ってるでしょうに」

早く動いて、家に帰るといいんだけど。そう思いながら、数分間、サラは画面を見つめつづけた。だが、ロンドナールは動こうとしないままだった。ときおり車が広場の横を通りすぎ、ヘッドライトで一瞬図書館前の階段を照らしても、やはり微動だにせず立っている。

「もう！　このままじゃ、風邪を引くじゃないの！」モニター画面から目を離せないまま、サラは声をあげた。

それから、気がついた。この場面は、古いホラー映画のポスターにどうも似ている。帽子をかぶって、図書館の建物の前にひっそりと立つロンドナール。そこに射しこむスポットライトの強い光。夜が昼の色彩を侵食する様子。夜はまるで吸血鬼のように、近づくものの色彩を吸いつくし、黒と白に染めている。そうしたすべてが、十代の頃に観たホラー映画のポスターを思わせたのだ。そう、『エクソシスト』のポスターを……。

「ちょっと、やめてよ」神経質に笑いながら、サラはそんな連想をした自分に言った。「そんなの最悪。もしそうなら、明日の新聞の一面はみんなこうなっちゃうでしょ。〈頭のおかしな利用者、悪魔に憑かれた図書館の悪魔祓《ばら》いをする！〉」

サラは画面をにらみつづけた。瞬きもできるだけ我慢して、何ひとつ見逃さないようにした。いくらなんでも、一晩中、図書館の前にいるつもりじゃないだろうけど……。

そうして何もないまま、三十二分が過ぎていった。そのとき、ようやくカメラが動きをとらえた。といっても、動いたのはロンドナールではなかった（今やその身体には雪が薄く積もっていた）。さっき別のカメラで追っていた犬が、また現れたのだ。犬は背中を丸めて、ゆっくりとロンドナールに近づいていた。だが、ロンドナールは犬に気づいていないらしく、木のように突っ立ったままだ。犬が足元まで来たところで、ようやく下を向き、しゃがんで犬の頭を撫ではじめた。ただし、目はあいかわらず図書館を見据えている。犬は嬉しそうにしっぽを振って、脇腹をロンドナールにすり寄せていた。ロンドナールのほうは、右手で上着の内側を探っている。

「そうそう、ポケットのビスケットをその子にあげたら、早く家へ帰るのよ。家でゆっくり存在しない本を読んでてちょうだい」

だが、そうはならなかった。現れた画面に、サラは我が目を疑い、恐怖に目を見開いた。ロンドナールは、ナイフを振りあげていたのだ。車のライトがその厚い刃を一瞬光らせ、すぐまた遠ざかっていった。灯台の投げかけるつかのまの光のように……。犬は危険に気づいていないらしく、今度はお腹を撫でてもらおうと、仰向けになっている。

その腹に、ナイフが突きたてられた。

サラは思わず声をあげた。慌てて口を押さえ、叫びださないようにした。

犬が起きあがろうとした。

だが、その足はひたすら闇を打ち、虚しくもがくだけだった。

ロンドナールが再びナイフを突きたてた。

一度目よりもきっぱりと……。

犬は最後に体を痙攣させ、そのまま動かなくなった。

そこに、三度目のナイフが振りおろされた。ロンドナールはぐったりとした犬の体に、何度もナイフを突きたてていた。四度、五度……九度。

赤黒いしみが雪の上に広がり、犬の死体の周囲を染めていった。

サラは立ちあがった。画面から目を離すことができなかった。涙が頬を伝っていた。

「何なのよ！」

叫びながら、サラはロンドナールが身を起こすのを見た。ロンドナールは平然とした足取りで、画面の外へ消えていった。

# 11

モリーの店を出て、ジュリアンは夜道を運転していた。助手席にシビルを乗せて……。

同行させてよかったのかは、わからなかった。フィリップの車の転落場所まで案内するというシビルの申し出を受け入れ、一緒にいくことになったのだ。

「ひとりで魔女たちの森へ行かせるなんて、そんなことはできません。あの森へ行くなら、村でいちばん頼れるガイドが必要よ。それに、この村でこんなにわくわくする出来事に関われるなんて、初めてなの」

そう言ったとき、シビルがウインクしてみせたので、ジュリアンは内心驚いていた。しかも、気づくといつしか口調も砕けていた。あれはワインのせいだったのか。それとも、シビルに好意を持たれている気がするのを裏づけるものなのか。食事のあいだ、シビルがときどき目配せしていたのは気づいていた（そういう自分もついシビルを見つめたりしていた）。それでも、あのウインクまでは、シビルがあの夕食をデートのようなものだと思っているとは、考えてもいなかったのだ。

でも、それの何が悪い？　シビルが魔女かもしれないのが怖いのか？　村の人たちから、立場を利用しているとか、弱っているシビルにつけこんでいるとか思われるのが怖いのか？　そもそも十五歳の年の差なんて、どうってことはないだろう。そう、ティオンヴィル氏も言っていたじゃないか。大きな家は子どもでいっぱいにしてもらうことを望んでいる、と。そろそろそういう時期なんじゃないか。それとも、おれはベッドに別の女性を迎えたいと思っているんだろうか。たとえば、燃えるような赤い髪をした女性を……。

食事をしながら、ついそんなことを考えたりもしていたが、途中で我に返って馬鹿な考えは振り払った。そして、一度署のほうへ電話をかけた。リュカが問題なく過ごしているか確かめたのだ。電話に出たサラの声には、どこか神経質な響きがあった。サラは急に頭痛がしただけだと言っていたが。

「夕食は頼んでおいたから、まもなく届くと思う」

そう言うと、サラはこう答えた。

「ありがとうございます。ただ、申し訳ないんですが、リュカのそばで食べるのは無理そうです。あいつを見てると、食欲がなくなりそうで」

「気持ちはわかる、サラ。気にしなくていい。ただ、様子はときどき見にいってくれ。ズボンで首を吊らないともかぎらないから」

「そんなことがあったんですか？」

「ああ、一度あった」以前、麻薬の常用者が禁断症状に耐えられなくなって、独房で首を吊っていたのだ。

その後、「ほかに問題はないか？」と尋ねると、サラはしばらく返事をしなかった。そこで、「サラ？」と促すと、ようやく声が聞こえてきた。

「あ、はい。すみません、特に問題はありません。大丈夫です」

頭痛のせいだったのか、そう答えた声にはやはり少し神経質な響きがある気がしたが、ひとまず自分はこう言って電話を切った。

「今夜は頼んだぞ。もし何かあったら、すぐに電話をくれ」

助手席のシビルに案内されながら、ジュリアンは運転を続けた。モリーの店からフィリップの事故現場へ向かうには、いったん村の中心部へ戻らなくてはならなかった。途中、図書館のそばを通ると、村の土木管理事務所の職員がいるのが目に入った。おおかた、雪を溶かすための塩でも道にまいているのだろう。中心部を抜けると、車を東へ走らせ、村を出る唯一の道を目指していった。街灯が次第にまばらになり、やがて車のヘッドライトだけが闇を照らす光になった。雪は小降りになっていた。ゆっくりと舞う雪のあいだを、ヘッドライトが射していく。

「あと五分くらいで到着よ」シビルが言った。「事故はトンネルの手前で起きたんだけど、そこではとまらないで、そのままトンネルを進んで。車が転落した場所までおりる道は、トンネルを抜けて五十メートルほど先にあるの」

「どうしてきみはそんな道を知ってるんだ？」

「自然のなかを歩くのが好きなの。それだけよ」

フィリップの車がスリップしたあたりまで来ると、ジュリアンは運転のスピードを落とした。そこは、道幅の狭いヘアピンカーブだった。右からは岩壁が迫り、すぐ左には断崖がある。徐行運転をして、修繕された木製のガードレールに目をやると、事故のあと新しくされたところが目立っていて、前からある部分から浮いていた。

それからまもなく、ヘッドライトの先にトンネルの入り口が見えてきた。アーチ型をした入り口で、つやのある大きな石でつくられている。シビルの説明によると、トンネルは約百メートルの長さだが、幅は車一台が通れるほどしかなく、通行は村を出る車が優先されるという。地面には雪が薄く積もっていた。そのところどころに、風化して崩れた岩のかけらが散らばっている。トンネルを抜けると、シビルの指示で、ジュリアンは道の脇に車をとめた。懐中電灯とバールを持って外に出る。

「それは何に使うの？」シビルが尋ねた。スマートフォンのライトでバールを照らしている。

「ドアを開けて調べないといけない場合に備えてるんだ」ジュリアンはごまかした。

本当は、もちろん車のトランクをこじ開けるために使うつもりだった。そこに捜査資料を隠した靴の箱があることを願って……。

「道はこっちよ。足元に気をつけて。滑りやすいから」シビルが言った。

そして、小さな丘を下る山道へと入っていった。そこは道路からだとほぼ気づけない小さな道だった。

シビルのあとに続いて、ジュリアンも小道を下っていった。まず目に入ったのは、壁のように立ちはだかる木々だった。小さな丘に広がる森には、背の高い柳が密生し、頑丈そうな幹をまっすぐにのばしていた。その梢が空を覆い、雪が地面に落ちるのをさえぎっている。あたりは重い静寂に包まれていた。その静寂を破るものは、自分たちの息づかいと足元で鳴る枯れ枝の音だけだった。きっとここでは生命の音は森の外にとどめられ、代わりに重い静寂が支配しているのだろう。それは教会のなかの静寂に似ていた。ひざまずき、罪を告白する者の、その悔恨を包む静寂に……。

シビルはフードを目深にかぶり、迷いのない足取りで柳のあいだを進んでいた。定期的に振り向いては、こちらがちゃんとついてきているか確かめてくれている。一瞬、梟《ふくろう》のホーホーと鳴く声が森の重い静寂を破ったが、すぐまた闇へと吸いこまれた。ジュリアンは、懐中電灯で地面と無言の木々の姿を交互に照らしながら、森の斜面をおりていった。だが進みながら、どうにも嫌な感じがぬぐえなかった。ここにいるのは、自分たちだけではない。誰かが、もしくは何かが闇に潜み、こちらをずっと見つめている。そんな気がしてならないのだ。こちらが苦労して森の斜面をおりているのを、そいつはきっと面白そうに眺めている、と……。

森に入ってしばらくは、お互い何も言わずに、すべての感覚を足元へ向けるようにして進んでいった。前を行くシビルは、邪魔な枝を腕で払っていた。行く手を阻もうとする枝は、まるでこれ以上森の奥へ行くなと警告する、自然からの合図のようだった。

「昔、兵士が迷ったというのは、このあたりなのか？」ややあって、ジュリアンは小声で尋ねた。

「そうよ。ふたつの丘の森では、たくさんのことが起きたから」背を向けたままシビルが答えた。話し声に合わせて白い息が口から漏れ、すぐに夜気へと消えていく。「そのなかには現実の出来事もあるし、想像上のものもある。でも、それは構わないの。どっちにしても、夜この場所に入ろうとする人はほとんどいないから」

そのとき、右手からかすかな音がして、ジュリアンは動きをとめた。前にいるシビルも足をとめている。野生の動物でもいるのだろうか。キツネかイノシシか。ジュリアンは初めそう思った。だがそのまま数秒間、じっと様子をうかがっても、何も起きなかった。木々は秘密を教えることなく、静かに立ったままだった。まるで夕方のあの出来事のようだ。ジュリアンは思い出した。あのときもシャワーを浴びたあと、家のどこかで床のきしむ音がしたが、侵入者を見つけることはできなかった。まさか、家に侵入していた人間が、ここまで追ってきたとでもいうのか？

くそ、馬鹿なことを。それより道に集中しろ。

ジュリアンは気を取りなおした。シビルはまた歩きはじめている。さっきよりペースをあげていた。柳の領域にいることに、シビルもまた何かしらの不安を感じているのだろうか。その後も、柳の枝や足元の草に苦労しながら百メートルほど下っていくと、ふいに空き地が現れた。そこは小さな円形の空間だった。真ん中にナラの巨木が大きな枝を四方へのばして立ち、周囲にはシダと丈の低い草が茂っている。がっしりとしたナラの幹は、雲へとまっすぐのびていた。下から見ると、雲を突きぬけているのかと思うほど、圧倒的な高さだった。前を行くシビルが歩みを緩め、やがて立ちどまってその木を見あげた。森のなかに入ってからは密な木々に阻まれて、雪はほとんど地面になかったが、この空き地のシダや草はすっかり白く覆われていた。

ただし、ナラの枝の広がる下だけは、雪はやはり積もっていない。

「このナラが、たぶん森でいちばん古い木よ」シビルが説明を始めたので、ジュリアンも横に並んだ。「伝説では、魔女たちはこの場所に集っていたそうよ。サバトね。魔術の世界では、ナラの木は天と地をつなぐシンボルだから」

「サバト？」

「ええ、魔女たちが夜に開くとても大事な集会のことよ。でも、村の女たちがここへ来たのは、本当は迫害から逃れるためだったと思うの。行き着いた先がここだったのよ。それなのに、口さがない人たちは、ここで身を寄せ合う女たちのことを、今度は乱行にふけっているなんて言いだした。村の厄介者が悪魔と寝ているとか、生贄《いけにえ》に子どもを捧げているとか、ついには人喰いの集いだなんて、言いだしたのよ」

「ひどい話だな」つぶやきながら、ジュリアンは空き地の真ん中に立つナラの木へ近づいてみた。

「ここまで来れば、あと少しよ」

やがて、シビルが左を向いて、再び柳の木々のなかへと入っていき、ジュリアンもあとに続いた。ナラの巨木のシルエットが徐々に闇に消えていく。そのとき、シビルが尋ねた。

「ところで、あの車で何を見つけようとしているの？」

「答えだよ」

「答えって、フィリップの死に関すること？」

「まだわからない」ジュリアンはそう言って、すぐに付け加えた。「まずは、保険会社に出すシリアルナンバーを見つけないといけないんだ」

「でも、事故からずいぶんたつのに、今さらそんな番号がいるなんて妙な話ね」

「モンモールは、どこをとっても妙だからね」これ以上、シビルに嘘をつきたくなくて、ジュリアンは返事をはぐらかした。

　あとでちゃんと本当のことを伝えよう。靴の箱に隠された事実がわかったら、シビルにはきちんと話さなくては。ジュリアンは心に誓った。そうする義務はなかったが、シビルの信頼を裏切ったままでいるのは嫌だった。エレオノール殺害の件が片づいたら、モリーの店でまた一緒に食事をしよう。そのときに、ティオンヴィル氏の依頼のことを話して、この森へ来た本当の理由を説明しよう。あと、居間に口紅のついたカップがあったことも打ち明けよう。それから、リュカが聞こえると言い張る声のことや、サラがいつも疲れた顔をしていること、フランクにもろそうな面があることも……。そう、シビルに話せばきっと楽になるだろう。ジュリアンは想像を膨らませた。もしかしたら、この先シビルと一緒に過ごす時間を何度もまた持てるかもしれない。それに、シビルならあの赤毛の女のことも、何か教えてくれるかもしれない。さっきもモリーの店で食事をしながら、ひそかに目で探してみたが、赤毛の女はどこにもいなかった……。

「ほら、あそこよ」

　シビルの声に、ジュリアンは顔をあげた。シビルはスマートフォンのライトで、木々に覆われたくぼみを照らしていた。そこで、自分も懐中電灯をそちらへ向けると、折れた枝が重なって山になったようなものが目に入った。激しい嵐で木が破壊されたあとのような……。だが近づくにつれ、折れた柳の重なる下に、車があるのが見えてきた。つぶれたグレーの車体が……。

「やったぞ、シビル！」そう言うと、ジュリアンは手にしたバールで車を覆う枝を払いはじめた。

その数分後、枝の重なりの下から車体の右側と後部が現れた。ドアを切断してできた隙間も見える（きっとそこからフィリップを救助したのだろう）。ジュリアンは身をかがめ、その隙間から車内に目を走らせた。落下の衝撃で、ガラスはすべて粉々に割れていた。床はガラスの破片と木の葉に覆われている。座席のシートは大部分に乾いた血がつき、懐中電灯の光に照らされて、種々の虫が逃げていった。車体の損傷は激しく、ほとんど鋼鉄のオブジェと化していた。エンジンはフロントグリルから飛びだし、屋根の鋼板は、まるで強力な磁石で引っ張られたかのように、後部座席へ食いこんでいる。前の座席はあと数センチでダッシュボードに触れそうだった。

「車から運び出されたとき、遺体はどんなふうだったか……」シビルがつぶやいた。顔色が蒼白だった。

「確かに、あまりよい見た目ではなかったろうな」

ジュリアンはうなずき、それから車の周囲を回って、トランクのある後部へ向かった。車体の後部は斜面に乗りあげていた。その斜面をのぼって、トランクを開けてみる。だが思ったとおり、トランクはびくともしなかった。そこで、持ってきたバールの先をトランクの鍵の下に差しこむと、てこの要領で何度も押しあげた。

「トランクにシリアルナンバーがあると思うの？」シビルが尋ねた。

「車のモデルによっては、そういうこともあるんだ」ジュリアンは答えた。嘘をつくごとに自分に嫌気がさしてくる。

その後、ジュリアンは一心不乱にトランクと格闘した。シビルが驚くほどの熱心さで……。ひとり気を吐き、全体重をバールにかけて何度も押した。いつしかシビルの存在さえも忘れていた。そのまま十五分ほど格闘すると、ついに鍵が壊れ、トランクが少しずつ開いていった。金属のこすれる音がぎいっと森の静寂に響き、柳の木々のあいだを伝って、闇のなかに漂っていった。

同じ頃――。

暗闇に沈んだ寝室で、スクールバスの運転手のロイックはベッドの端に腰かけて、両手で耳をふさいでいた。外の話し声をこれ以上聞かなくてすむように……。

フランクは、汗びっしょりになって目を覚ました。心臓がドキドキしていた。夢で聞いたピアノの音は、赤毛の女《ひと》が弾いていたんだろうか、と思いながら……。

宿のモリーは、夫のロジェが部屋に運ばせたウサギの赤ワイン煮を食べていた。料理は血の味しかしなかった。だが、胸が悪くはならなかった。それどころか、血の味に思いがけない歓びを感じていた。

ロンドナールは給油機の前に立っていた。たった今、石油缶いっぱいにガソリンを入れたところだった。遠くには、モンモール山が見えている。山を眺めながら、ロンドナールは考えた。あの山はずっとそこにあったのだろうか。ダヴィッド・マレは、あの山からインスピレーションを得て小説を書いたのだろうか。五十歳の誕生日に、妻が贈ってくれたあの小説を……。だが、あれからまもなく、妻は逝《い》ってしまった。まるで初めから存在していなかったかのように……。

同じ頃、サラは署の階段をおりて、留置場のリュカへ夕食のトレーを運んでいた。

# 第三幕　ひつじのえをかいて！

おまえの娘を殺した。
解放するため、
せがんでいた羊の絵を
描くためだった。
そう、鏡を見るがいい。
耳を澄まして
苦悩の声を聞くがいい。
そして思い出すがいい。
封印された言葉の
その魔術を……。

# 1

夕食を受け取って礼を言うと、サラは警察署のドアを閉めた。

モリーの店から食事を届けてくれたのは、キリアンという十代のアルバイトで、週三日、夜の皿洗いをしている若者だった。料理はアルミ箔で覆われていたが、トレーを休憩室まで運んでいくうち、肉料理とりんごのタルトの匂いがあたりに広がり、署内を満たした。ただし、トレーを持つ自分の手はかすかに震えていた。まだロンドナールが犬を殺した衝撃が残っていたのだ。といっても、配達したキリアンは何も気づかなかっただろう。キリアンが挨拶代わりに「調子はどうか」と尋ねたときも、軽くうなずくだけにとどめ、返事とも言えない返事をしたが、特に不審がる様子はなかった。チップの五ユーロを手に、気をよくして帰っていった。

だが、本当はまだみぞおちが痛み、吐き気がしていた。目を閉じたら、ロンドナールがナイフで犬を襲う姿が浮かびそうだった。

どうしてロンドナールはあんなことをしたのだろう。サラは思った。いきなり犬にナイフを突きたてるなんて、何があったのか。しかも、一度だけでなく何度も……。それなのに、何事もなかったみたいに平然とその場を去っていけるなんて、あれはどういうことなのか。

もしフランクがここにいたなら、リュカの監視は任せて、すぐさま現場へ向かっただろう。ロンドナールはすでにカメラから消えていたが、一晩中追いかけて、必要ならリュカと同様、留置場に入れたことだろう。

だが今、署には自分ひとりしかいなかった。監視もないまま、独房のリュカを置いていくことなどできない話だ。さっき署長が電話で言ったように、万一リュカがズボンで首を吊ろうとしたら……。それを思うと、署を離れるわけにはいかなかった。そんな危険を冒すことはできない。別にリュカが——たまたま未遂になっただけの強姦犯が——死んだところで良心は痛まないだろうが、留置場で自殺などされたら仕事での大きなミスになってしまう。

もちろん、ロンドナールのしたことを署長に知らせることはできた。防犯カメラの映像で見た内容を電話で伝えてもよかった。だが、署長は今、シビルに付き添っているのだ。シビルにはきっと、そばで支えてくれる人が必要だろう。襲われたつらい記憶を少しでも癒やすために……。それに、これは自分が信頼できる部下だと証明する絶好の機会でもあった。今朝はおかしな振る舞いをして、あからさまに疲労を見せてしまったが、それでも仕事はきっちりこなせると、ここで署長に示したかった。

そういうわけで、今夜はこの場を自力で切りぬけることにして、ロンドナールを捕まえるのはあとにまわした。ロンドナールに犬殺しの報いを受けさせたいと思いつつ、その気持ちはひとまず抑えて、まず日誌に簡単な報告を記しておいた。「ひとりだったため、現場へ向かえなかった」ことも書き添えて。それから、村の土木管理事務所に電話をして、当直の職員に「図書館の前に犬の死体がある」と伝え、処理してくれるようお願いもした。

リュカの様子についても、留置場のカメラを通して目を光らせた。こちらが署へ戻った夕方の六時から、リュカは動いていなかった。スチール製の長椅子に座り、膝に手を置いた姿勢のまま、ずっと目の前の壁を見つめていた。まるでそこにテレビ画面があるかのように……。そうやってリュカを監視しつつ、もしやロンドナールの姿は見えないかと、村の通りの映像も定期的に確認していたが、どの画面にもロンドナールはいなかった。そうこうするうちに、食事が届いたのだ。

**大丈夫か、サラ？**

サラは振り向いた。届いた食事を休憩室のテーブルに置いたちょうどそのとき、背後でささやく声が聞こえたのだ。

だが、誰もいなかった。

機器類の単調なモーター音が聞こえるだけだ。

「何なの、今それどころじゃないんだけど！」恐怖心を抑えようと、サラは声に出して言ってみた。

留置場のモニターに目をやったが、リュカはあいかわらず長椅子に座ってじっとしている。リュカの声のはずはなかった。監視システムにマイクはついていないのだ。落ち着かなくちゃ。サラは自分に言い聞かせた。こんなのはただの幻聴だ。もしかしたら、内耳に異常があるのかもしれない。そういうこともあり得るだろう。とにかく、リュカに夕食を持っていこう。

で、そのあとは映画でも観よう。大丈夫、問題なんて起きっこない……。

サラは階段をおりて、留置場まで行った。

「ほら、夕食よ。食べなさい。塀のなかで食べることにせいぜい慣れておくことね」鉄格子の下からトレーを入れて皮肉を言う。

それでも、リュカは身動きひとつしなかった。食事もこちらの皮肉も無視している。ただ、額には汗をかいていた。そこに褐色の髪が張りついて、第二の皮膚のように見えている。

「冷めた食事がいいんなら、好きにしなさい」

そう言い捨てると、サラは再び階段をのぼっていった。それ以上リュカのことは気にしないことにして……。結局のところ、リュカが餓死したところで、心は痛みそうになかった。それはもちろん、ひとつには、リュカがシビルを襲ったという事実に怒りや復讐心がわいていたからだ。その感情は心に根をおろし、リュカを前にするたびにたぎってくる。

だが、実は理由はもうひとつあった。リュカがこちらを仲間だと思っていそうなことに、我慢ならなかったのだ。それは取調べのとき、リュカが「柳の声に『大丈夫か?』とよく訊かれる」と言いながら、こちらをじっと見たときに気づいたことだった。あのとき、リュカの目には「わかっている」という表情が浮かんでいた。きっと、「声が聞こえるのは自分ひとりじゃない」と見抜いたからにちがいない。リュカの目には静かな喜びも浮かんでいたが、あれはきっと「自分たちふたりは、ある意味、世界から孤立した心の友のようにつながっている」などと思ったからにちがいなかった。

どうして声のことを見抜けたのかはわからない。こちらも声に苦しんでいると、どうしてわかったのかは謎だった。だが、レイプ犯のリュカと同じものに苦しんでいるのかと思うと、リユカを殺してやりたかった。「自分たちは同じだ」と確信する、あの目を二度と見なくてすむように……。

オーケー、ちょっと落ち着きましょう。サラは自分に言い聞かせた。あの馬鹿のことは忘れるのよ。あいつと共通点なんて何もないんだから。あいつのペースに乗らないようにしないと。

そうして留置場から一階へ戻ると、まっすぐ休憩室に行って、テレビの電源を入れた。それから肘掛け椅子を移動させ、少し首を動かせば、隣の執務室にあるモニターが見えるようにした。運んだ食事を食べるかどうかは、別にどうでもよかったが、さっき目にしたリュカの態度はやはりおかしい気がしたのだ。リュカが本当はどういう人間かはわかっていた。当たり前に暴力を振るい、すぐに人を罵倒する——現行犯で逮捕したときのあの姿、あれが本来のリュカなのだ。それなのに、今はおとなしすぎた。どんな場合であろうと、リュカがあんな卑屈な羊であるはずがない。きっと、おとなしい羊のふりをしているだけだろう。だからこそ、留置場の監視カメラの映像は常に見えるようにしておきたかった。

肘掛け椅子に座り、夕食のトレーを前に置くと、サラは覆っていたアルミ箔をはずした。田舎風テリーヌにりんごのタルト、メインは肉の煮込み料理だ。何の肉かはわからないが……。まあいい、お腹がすいているのだから。

三十分後、食べ終えた夕食のトレーを足元の床に置き、サラは肘掛け椅子で睡魔と闘っていた。濃いコーヒーを飲んだのに、まぶたに疲労が襲いかかり、目を閉じろと迫ってくる。目の前のテレビ画面には、レオナルド・ディカプリオとクレア・デインズの出ている映画が流れていた。ヴェローナ・ビーチの街で反目しあうふたつの一族。その血みどろの争いを背景に、ふたりは悲劇の恋を演じている。この映画を観たかどうかは覚えていなかった。けれども、作中のセリフにはなじみがあった。やがて、自分が俳優より先にセリフをつぶやいていることに驚いて、ようやくわかった。これは『ロミオとジュリエット』だ。シェイクスピアの戯曲をもとに、舞台を現代へ移したリメイク版だ。それがわかったことが嬉しくて、サラは思わず姿勢を正して座りなおした。そして画面を見ながら、そらんじているセリフをつぶやいた。

「呪われた、不幸な、みじめな、憎らしい日、はてしない苦しみ多い時の歩みのなかに／これほど悲しいひとときがあったろうか。かわいそうな、かわいそうな、たった一人の娘、喜びも悲しみもたった一人、おまえのためだったのに、むごい死が見えないところまでさらっていって（『ロミオとジュリエット』小田島雄志訳、白水Uブックス、一九八三年）」

どうもうまくいかない、サラ。きみのことも、手放さざるを得なくなりそうだ。

「今のは何？」

ぎょっとして、サラは椅子から立ちあがった。まちがいない。自分のつぶやきでもなく、テレビのなかのセリフでもない言葉が聞こえたのだ。神経を尖らせ、息を詰めて、部屋に目を配る。

「何なの！　どこにいるのよ！」叫びながら、腰のホルスターから拳銃を抜いた。

だが、答えはなかった。

違う、頭がおかしくなったわけじゃない。絶対ここに誰かいる。確かにそう感じられる。

用心しながら、サラは休憩室を出た。廊下を進んで受付へ行き、出入り口の二重ドアが施錠されていることを確認した。それからトイレへ向かい、個室のドアをひとつひとつ押して調べた。

ありえない……。いったい何なのか。自分はどこかおかしいのか。手が震えた。神経の発作が起きそうだった。確かに誰かが話しているのを聞いたのだ。

それなのに、署内に不審者はいなかった。侵入された形跡もない。誰も警報装置をかいくぐって、署内に侵入などしていなかった。あたりは静かだった。静かすぎるくらいだ。警戒しながら、モニターを確認しようと、サラは執務室へ戻った。

そしてリュカの映像を目にしたとき、背筋に震えが走った。独房のなかから、監視カメラのレンズ越しに、リュカが立ってこちらを見据えていたのだ。レンズを通して、向こうからもこちらが見えているかのように……。まるで役割が逆になったようだった。

どういうつもり？　いったい何を見てるのよ。サラは思い、気がついた。リュカの夕食は手がつけられていないままだった。

画面を拡大してみると、リュカは顔をゆがめていた。そこに浮かぶ表情は、あざけりでも横柄さでもなく、むしろ苦しみだった。耐えがたい苦しみが、リュカの顔全体に現れている。

突然、リュカが独房の鉄格子に額を激しく打ちつけた。頭のなかに棲みつく理解不能な何かを、追い払おうとでもするように。

何馬鹿なことやってるのよ、怪我するじゃない！

だが、やめる気配はなかった。それどころか、さっきより少し頭を反らして反動をつけ、さらに決然とした様子で、もう一度鉄格子に頭をぶつけた。

「くそ！　何なのよ！　今夜は馬鹿がみんな、見せ物でもしようってつもり？」

思わず声を荒らげながら、サラは地下の留置場へと駆けだした。まだ階段をおりきらないうちに大声で命令する。

「何やってるの！　すぐに鉄格子から下がりなさい！」

リュカの額は切れていた。そこから顔へ血が伝い、床へも滴っている。だが、気にする様子は見られない。

「ちょっと、今すぐやめなさい！　救急箱を持ってきて、傷の手当てをするから。でも、あんたと一緒にそこに入るなんて論外だから、あんたは鉄格子の前でおとなしくしてるのよ。わかった？」

「もう手遅れだ、サラ」

「何？　手遅れってどういうことよ。何が手遅れなわけ？」

「おれたち、もう逃げられない」

「またそれ？　くだらない茶番はやめてくれる？」

サラは威嚇するように指を突きつけた。それから鉄格子に顔を近づけ、リュカに至近距離まで迫って、こう続けた。

「そういう茶番はいらないの。あんた、刑務所に行きたくないんでしょ？　だから、頭がおかしいって思わせたいんでしょ？　一応忠告しておくけど、そういうの、わたしには通用しないから」

リュカはじっとこちらの目を見るだけだった。底のない井戸みたいだ。リュカの黒い瞳から目が離せないまま、サラは思った。この目を見ていると、自分が底のない井戸へ落ちていく気がする。リュカの目は、こちらの目をどこまでも深く見通していた。

「あんたにも聞こえてるよな、柳の声が」

「何言ってるの？　ここには誰もいない。それ……ただの病気よ」鉄格子から離れながら、サラは言った。

「あんた、おれを殺すつもりなのか？」

なぜリュカがそんなことを言うのか、すぐにはわからなかった。だが、リュカの視線がこちらの目から右手の先に移ったのを見て、理解した。署内を確認したときに抜いたまま、まだ銃を手にしていたのだ。

サラも手元の銃を見つめた。

もしこのまま撃ってしまえば、何もかも終わってくれるだろうか。リュカを殺せば、あの声は聞こえなくなるだろうか。苦しみも少しは和らぐだろうか。きっと言い訳ならできるだろう。監視カメラの映像は消せばいい……。

「殺したいなら、やってくれよ」リュカがつぶやいて、鉄格子の前に膝をついた。「やってくれよ、サラ」

「立ちなさい」サラは言った。

だが、リュカは膝をついたまま床に両手をつけ、顔だけをこちらへ向けた。目に涙が浮かんでいた。哀願するようなまなざしだった。その姿には、果てのない苦しみが感じられた。昨日逮捕して以来初めて、サラはリュカの態度に嘘が混じっていない気がした。まるで偽りの姿から解放され、ようやく素の自分になれたかのようだった。

「殺してくれよ、サラ。お願いだから、殺してくれ。二度とあいつらを見たくないんだ」

「二度と見たくないって、誰のことを言ってるの?」

「あいつらだよ。おれがレイプした女たちだよ」リュカが小声で言った。

その瞬間、サラは熱い波が身体中の血管を巡った気がした。たった今聞いたリュカの言葉に、呆然としたまま数秒が過ぎる。

今のは本当にリュカが言ったのだろうか? 女たちということは、つまり……。

身体が震えていた。その震えを意識しないようにして、サラは慎重に拳銃を腰のホルスターに戻した。確か去年の夏、隣町で十六歳の少女がふたり、行方不明になっていた。目撃者によると、ふたりの少女は夏休みをキャンプ場で過ごしていたが、ある日、ふたつの丘の森へピクニックに行くことにしたという。モンモール村の住人にしてみれば、そんなことを思いついた時点で、運命は決まっていた。きっとふたりはあの森で迷って死んだのだ。ただし、親たちやそれほど迷信深くない人は、ふたりは誘拐されたと考えていた。まもなく身代金の要求があるだろうと。だが、犯人から要求のないまま、季節は過ぎた。猟師が森でふたりの遺体を見つけるようなこともないままだった。

サラは、リュカの目の前にしゃがんで尋ねた。

「その女の人たちって誰? 去年の夏、女の子がふたり行方不明になったけど、その子たち?」

「違う、その子たちじゃない」すすり泣きながらも、リュカははっきり答えた。

「じゃあ、誰？」

「別の六人のことだよ。おれは自分が誰で、何をしたのかわかってる。殺してくれよ、サラ」

別の六人？　無意識のうちに、サラは再び拳銃のグリップに触れていた。あんた、いったい、どんな怪物なの？　何なの？　何をしたのよ。

「おれはあんたに殺されないといけないんだ。もう疲れた。頭がごちゃごちゃする」

「いいえ、殺さない」サラは歯を食いしばりながら、腰の拳銃から手を離した。「わたしはあんたを殺さない。殺すわけにいかない。どれほど殺してやりたくても……。あんたは自分のしたことをきっちり償わないといけないから。あっさり死なせるなんて、そんなのあんたにはぬるすぎる。その六人の女性のことを話しなさい」

リュカがゆっくりと立ちあがった。垂れていた鼻水を袖口で拭うと、鉄格子の前を離れ、側面の壁のほうへ行った。額の血はすでにとまっていた。今は取るに足らないしみにしか見えない。

「あいつらは、ときどきおれに会いにくるんだ」リュカは奇妙なほど落ち着いた声で話しはじめた。「ベッドに潜りこんできて、身体を撫ではじめるんだよ。いくらやめてくれって言っても、やめやしない。みんな素っ裸で、土まみれで。あの穴から、いったいどうやって出てこれたんだろう。ちゃんと穴に埋めたのにさ……。あいつらは目玉のない目でおれを見るんだ。折れた歯を見せて、おれに笑いかける。おれが殴って折った歯を見せるんだよ……。あいつらは魔女なんだよ。おれはただ、魔女とちょっと楽しく過ごしたかっただけなんだ」

「あんた、その六人を……殺したの？」

「自分じゃ、やったかどうか覚えてない。でも、あいつらがそう言ってる。おれが本当はどういう人間か、あいつらは話して聞かせるんだ」

「とにかく、そこの椅子に座りなさい。ちゃんとその話をしましょう」リュカが次第に落ち着きをなくしていくのを見て、サラは言った。

今やリュカは腕を振りまわし、手をばたつかせていた。まるで袖を這う見えない虫を追い払おうとでもするように……。サラ自身も、自制心を保つのが難しくなっていた。今すぐ署長に連絡したかった。大至急来てほしいと言って（そう、大至急だ）、この場を代わってもらいたかった。だが、たった今リュカの明かした話に、気力は吸いつくされていた。おぞましい話を聞かされて、催眠術にかかったように動けなかった。それに、もしここで少しでもそばを離れたら、リュカはまた口を固く閉ざすだろう。きっと、六人の被害者のことは二度と話そうとしなくなる。

そうなったら、どれだけこちらが説明しても、署長もフランクもこの話をした自分のほうを頭がおかしいと思うだろう。

「もうあいつらを見たくないんだ、サラ。あいつらの話も聞きたくない。あいつらにつきまとわれたくない」

「座りなさい、リュカ。その人たちの名前は覚えてる？」

「もう手遅れだ。声が言うんだ。おれはもう当てにできない、消えてもらうしかないって」

「リュカ、何を……」

その言葉を言い終えることはできなかった。リュカがいきなり、反対側の煉瓦の壁へと頭から突進していったのだ。鈍い音が、独房内に不吉に響いた。リュカがふらつきながら、こちらを向いた。右の眉弓の一部がつぶれ、血の滴る肉片が右目の前に垂れていた。

「リュカ、やめなさい！　そんなこと……」サラは叫んだ。

だが、リュカは再び壁に突進した。猛然と敵に向かう雄牛のように。今度は骨の折れる音がした。壁から振り向いたとき、リュカの顔は血まみれだった。もはや原形をとどめていなかった。左側の頬は裂け、骨が皮膚を突き破って、どぎつい蛍光灯のもと、不気味な白さを放っていた。鼻はもはや血の色をした肉と軟骨の塊でしかなく、左目は――眉弓の肉片にふさがれていないほうの目は――こんな顔から逃げだそうとでもするように、眼窩《がんか》から飛びだしかけていた。

リュカは壁にもたれていた。呼吸は重く、不規則で、瀕死の馬のようだった。今や、血はあちこちの傷から噴きだしていた。血までもが恐慌をきたしているかのように、緋色の筋が肉塊の凹凸《おうとつ》のあいだをどくどくと流れ、床に溜まっていた。

早くリュカを外に出さなくては。リュカは自殺する気だ……。

**大丈夫か、サラ？**

「何よ、誰なのよ」

**大丈夫か、サラ？**

やめて、くそ、集中しないと。こんな声は無視して、ここの鍵を開けないと。

サラはベルトに下げた鍵束から、独房の鍵を探しはじめた。リュカが唇を動かして、何か言おうとしたが、口のなかは血と唾液と折れた歯であふれ、その腫れた唇から言葉は出てこなかった。

「リュカ、やめて！　お願いだから、もうやめて！」叫びながら、サラは鍵をひとつひとつ独房の鍵穴に差していった。「すぐに……すぐに鍵を開けるから。病院へ行かないと。お願い、リュカ、動かないで」

だが、リュカはもう一度、目の前を突っきった。速さこそ前よりないが、迷いなく……。ようやく鍵が開いたとき、リュカは壁に激突していた。初めに突進した場所——血の跡の残るその場所へ。

骨の砕ける音がさっきよりも重く響いた。最期にあえぐ声がして、リュカは床にくずおれた。糸の切れた操り人形のように……。

## 2

森の道を引き返しながら、シビルは気になっていた。やっぱりジュリアンの態度はおかしい。転落したフィリップの車をあとにしてからずっと、ジュリアンは黙ったままだった。トランクから靴の箱を出したときには、「隅にこんなものが隠れていた」と言っていたが、それはそんな場所を探した言い訳でもするようだった。そもそも、車内を少ししか調べようとせず、すぐに車の後部へ興味を向けたことが妙だった（それから、あの力も驚きだった。ジュリアンがバールで格闘していた姿はなかなかだった）。その後、靴の箱を手にしたあとも、ジュリアンは開けずに見ているだけだった。まるで初めから中身を知っていて、見るのを恐れているかのように。

「それは何？」

ジュリアンが箱を抱え、車の乗りあげた斜面から戻ってきたとき、自分はそう尋ねてみた。だが、「わからない」と答えるだけだったので、さらに「開けないの？」と訊くと、ジュリアンはこう言った。

「ああ、これはフィリップのものだから、サラに渡すことにするよ。もしかしたら、とても個人的なものかもしれない。さてと、車のシリアルナンバーも写真に撮ったし、凍え死ぬ前に戻るとしよう」

そうして、それきり黙ったまま、ふたりで森の道を戻っていた。

おれはシビルに嘘ばかりついている……。靴の箱を手に、森のなかを戻りながら、ジュリアンは自分に嫌気がさしていた。だが今のところ、そうするしかなかったのだ。

確かに、シビルのそばにいると心地いいのは認めるが、それでも今は家に戻ってこの箱を開けることを優先したかった。それに、何もかもを明かすのは、シビルの不安の種を増やすことになるかもしれない。リュカの件だけでもつらいのに、これ以上シビルを不安にさせるわけにはいかなかった。というのも、考えれば考えるほど、フィリップが本当に事故で死んだのか、疑わしく思えていたからだ。

フィリップは、エレオノールの死に関する真相を突きとめた直後に死亡した。それが偶然だとは、どうにも考えにくかった。ひょっとして、エレオノールを殺した犯人は捜査の進展を知って、手遅れになる前に行動することにしたのだろうか。もしや犯人は——火事に乗じて脱獄したという受刑者は——フィリップをよく知る人間で、フィリップは捜査の内容の一部をそいつに話していたのだろうか。だとすると、容疑者として考えられる人間は大勢いる。ジュリアンは暗い気持ちで考えた。サラとフランクも含まれることになるだろう。

違う、それはない。サラはフィリップを愛していたのだ。それに、サラは女性だ。ティオンヴィル氏は、受刑者のなかに女性がいるとは言っていなかった。

だが、受刑者のなかに女性はいないとも言っていなかったのでは？　ジュリアンは自問しつづけた。

じゃあ、フランクは？　人がよくて不器用そうなあのフランクに、上司を殺して、それを事故に偽装するなんてことができるとは思えない。

いや、本当にそうだろうか？

だが、そんなふうに疑うのなら、この村の住人は誰でも容疑者になり得るだろう。シビル、リュカ、モリーもしくは夫のロジェ、リュシー、もちろん高齢のロンドナールも……。

シビルのうしろを歩きながら、ジュリアンは頭のなかで仮説と格闘した。周囲では、夜の闇が支配を広げ、森の力を弱めていた。行きよりも柳は存在感を薄め、見えない屍衣《しい》に覆われたかのように、幹の白さが目立たなくなっている。枝も地面へ向けていくらかたわんでいるようだった。きっと昼のあいだずっと、陽の光を吸収しようと伸ばしつづけて、疲れてしまったのだ。木々の葉も、シダも、木の根元を覆う苔も、緑一色だったものが暗い色彩に変化していた。それは思いもよらない色で、もとが緑色だとわからないほどだった。

ふたりとも手元の光で帰りの道だけを照らし、もう深い森へ光を向けたりしなかった。シビルは前を足早に歩きながら、ずっと沈黙を保っていた。おそらく、自分たちを取り巻く森の均衡が不安定だとわかっているのだろう。この場所が夜になったとき、迷信など信じていない人々が――兵士にせよ猟師にせよ道に迷った少年にせよ――幾度となく古い迷信の魔手に囚われてきたのだ。

ふたを幅広のゴムで留めた靴の箱を抱えながら、ジュリアンもシビルの速いペースについていこうと、歩を進めた。道のあちこちに、動かない蛇のような木の根が出ているせいで、途中、何度もつまずきそうになった。暗くて前がよく見えなくて、いきなり現れた枝に、顔を打たれそうになったりもした。

そうやって数十分間、ジュリアンはのぼりの道を進みつづけた。帰りの道は、なぜか行きよりずっと長く感じられた。無駄な寄り道はしていないはずだったが……。やがて、木々が少しずつまばらになって、ついに車をとめた道路が見えてきた。

「この森を出られてよかった」前を行くシビルに追いつくと、ジュリアンは言った。

「喜ぶのは少し早いかも。森はまだわたしたちを呑みこむかもしれない」シビルがからかうように答え、携帯のライトを消した。

「いや、きみがいてくれれば、その手の呪いも怖くない気がするよ。きみはこの場所を本当によく知っているし、とてもくつろいで見えていた」

「だって、わたし、毎晩あの森で、裸で踊って悪魔を召喚してるから。きっと、そのおかげね」

そう言ってシビルは笑い、すぐに顔を赤らめた。

いやだ、裸で踊るだなんて……。どうしてそんな馬鹿なことを言ったんだろう。シビルは恥ずかしくなった。

幸い、ジュリアンは何も突っこんでこなかった。これ以上困らないようにしてくれて、ありがとう。シビルは心のなかで感謝した。けれども少し考えてから、思いなおした。いいえ、本当はこんなふうに返してほしかった。〈へえ、そうなのか。いつかその催しに参加してもいいかな？〉と……。

道路へ戻ると、空から雪がまた降ってきた。塵のように細かい雪が、ゆっくりと落ちてくる。まるで自分たちふたりが戻るまでのあいだ、降るのを休んでいたみたいだった。

ようやく戻れた。アスファルトの道路を歩きながら、ジュリアンはほっとした。そして、自分も懐中電灯を消して、車のキーをポケットから取りだした。

「フィリップの車まで案内してくれて、本当に助かったよ。ありがとう」車に乗って、シートベルトを締めながら、シビルに礼を言う。

「どういたしまして」シビルも助手席でシートベルトを締めながら答え、それからこう続けた。「でも、どうしてわたしにあんなお願いをしたのか、そろそろ本当の理由を教えてくれてもいいと思うんだけど」

そう言われても、ジュリアンは驚かなかった。自分は嘘が下手だとわかっていたし、シビルのように聡明な人を、ずっとごまかしつづけるのは無理だろうとも思っていたのだ。それでも今はまだ明かすことはできなかった。シビルのために……。

「すまない、話すことはできないんだ。そういう約束だから」

「ええ、そうよね。約束は約束よね。それはそうだろうけど……。でも、あの箱が今ここにあるのは、力になってほしいって言われてすぐ、わたしが引き受けたからでもあると思うの。借りがあるなんて言わないけど、わたしを連れていけば、何か訊かれるのはわかっていたはずよ」

「申し訳ないと思ってる。だが、きみをこの件に巻きこみたくないんだ」

「危険なことなの？」

「今のところわからない。ただ、考えれば考えるほど、危険なことに思えるんだ」

「もしかして、その箱の中身はヴァンサンの死にも関係する？　一昨日のヴァンサンの自殺にも……」

「まだわからないが、可能性はある」

そうだ、その可能性はおおいにある。ジュリアンは考えた。十年前に殺されたエレオノール、その後に死んだ羊飼いのジャン＝ルイ、相棒のヴァンサン、前署長のフィリップ。もしや、すべてはつながっているのではないだろうか。脱獄した謎の受刑者は、ティオンヴィル氏に異常な形でメッセージを送っているのではないだろうか。誰にも邪魔されず、いつ何時、どんな人間でも襲うことができると示すことで、「自分を探しても無駄だ」と伝えているのではないだろうか。

「だとしたら、慎重になって、ジュリアン」シビルが言った。「あなたはこれからモンモール村の悔恨と闘うことになる」

「ああ、気をつけるよ。悔恨と闘うっていうのは、よくわからないが……。とにかく、そろそろ家まで送ろう。だいぶ遅くなったから」

シビルは黙って窓のほうを向いていた（実はそれは、落胆を隠すためだった。最初からいきなり夜を一緒に過ごして、朝にプロポーズされるわけがなかった、と）。

そのとき、携帯が鳴った。画面のサラという表示を見て、ジュリアンは電話に出た。

「サラ、どうした？」

「すぐ来てください、署長！」泣いているのか、声が聞きとりにくかった。

「落ち着くんだ、サラ。何があった？」

「リュカが……リュカが頭をぶつけて……血がそこらじゅうに……」

「なんだって！」

「お願いです、早く……早く来てください。ここに誰かいるようなんです……」

# 3

「サラ！」

署の入り口の二重ドアを磁気カードで開け、ジュリアンはなかへ飛びこんだ。

「サラ、どこだ？」

シビルにはホールで待っているよう合図した。周囲に警戒の目を向け、拳銃を手に廊下を走る。執務室の前に立つと、脈はいっそう速まった。両開きのドアの片方を押し、慎重に入っていく。銃を構え、いつでも撃てるようにした。

〈早く来てください。ここに誰かいるようなんです〉サラはそう言っていた。

そのとき、血の跡に気がついた。

机に血の跡がある。

それから壁にも……。留置場へ続く壁だ。

血の跡は、休憩室のドア枠にもついている。

「くそ」ジュリアンはゆっくりと進みながらつぶやいた。「ここで何があったんだ」

もう一度、サラに呼びかけるのはやめておいた。〈ここに誰かいる〉というサラの言葉がまた頭をよぎっていく。

もしサラがひとりじゃなかったら、どうする？　もし脱獄して村に潜む犯人が、今夜の森での行動を嗅ぎつけていたら？　次の標的をサラに決めて、行動に移そうとしていたら？

ジュリアンは死角に気をつけながら、足音を忍ばせ、モニター画面のほうへ向かった。部屋の中央部分の机を回りこみ、操作パネルまで行って、映像表示のボタンを押す。映像はすぐに現れた。だが、自分の見ているものを理解するのに数秒かかった。リュカの独房——その側面の壁に、赤黒いしみが飛び散っていた。リュカは床に倒れ、頭のまわりに血溜まりができている。

くそ……。

ジュリアンは、署内各所の映像を表示した。シビルが受付カウンターの前に立つホール、地下へ行く階段、拳銃の保管室。あらゆる場所をつぶさに調べ、最後に休憩室の映像を見た。そして、部屋の隅でうずくまる人影に気がついた。ソファの陰に半ば隠れている。

サラだ！

署内にほかに人はいないと確信して、ジュリアンは休憩室へ飛んでいった。

「サラ、おれだ。ジュリアンだ。怖がらなくていい」

サラは膝を抱えた姿で、床に座っていた。手についた血が、すぐ目に留まった。

「サラ、何があったんだ？」

「あの……わからないんです。何もかも、あっというまに起きて……」虚ろな目で、サラはつぶやいた。

「怪我をしてるのか？」

「いえ。わたし……何もできませんでした。リュカが急におかしくなって……何かに取り憑かれたみたいで……」

「救急車を呼ばないと。……リュカは死んだのか？」

「はい。脈を確かめました。それで手が……」

サラは膝を抱えていた手をほどき、血まみれの両手をあげてこちらに見せた。サラ自身、まるで自分のものではないかのように、ぎょっとした目でその手を見つめている。死者を腕に抱いたことを突然理解した人のように。

「ここで待っていてくれ。人を呼んでくるから」

ジュリアンは受付まで走ると、そこにいたシビルの手を取った。

「きみの力が必要なんだ」

「何があったの？」

「リュカが死んだ。サラはショックを受けている。でも、おれはこれから救急車を呼ばないといけない。それに、フランクも起こさないと。だから、そのあいだ、きみがサラに付き添ってやってくれないか？」

「そんなことが……。でも、リュカはどうして死んでしまったの？」

「まだわからない。医者が調べてくれるだろう。今はとにかく、サラのそばにいてやってほしいんだ。先に言っておくが、サラはあちこち血がついている。見て気持ちいいものじゃないだろう。シャワー室は、廊下沿いのトイレの横にある。着替えはサラのロッカーにあるだろうから、できればきみに……」

「わかった、任せて」そうきっぱりと答えると、シビルは手を強く握り返した。

ジュリアンは力のない笑みを返し、シビルを連れて休憩室へ引き返した。

そのうしろをついて歩きながら、シビルは思った。ジュリアン、あなたもちょっと弱っているみたい。でも、大丈夫、わたしがそばにいるから、と……。

三十分後、救急隊のチームが当直の医師に率いられ、地下の独房に入っていった。

サラは休憩室のソファで休んでいた。シャワーを浴びて着替えも済ませ、シビルが淹れてくれた紅茶のカップを手にしていた。だが、ショックからまだ立ち直れていなかった。大量に出たアドレナリンの波に翻弄され、心は激しく揺れていた。耳には今も、リュカの頭が壁にぶつかり砕ける音が響いていた。目にはあの血まみれの顔が浮かんでいた。リュカの右目は大きく開かれ、白目でこちらを見つめていた。真っ赤な空に浮かぶ満月のように、そこだけ異様に白かった……。

ジュリアンから連絡を受け、フランクはすぐさま署に駆けつけた。休憩室へ直行すると、呆然とするサラがいた。その弱々しい姿を見て、フランクはサラを抱きしめた。

「サラ、ぼくはここにいるよ。フランキーはここにいる」そう小さく声をかけ、それからシェイクスピアのセリフをつぶやいた。「さいわい、悲しみに友があり、悩みに連れがある／そのときは、心も苦しみを乗り越える力がある（『リア王』小田島雄志訳、白水Uブックス、一九八三年）」

　そこに、ジュリアンの声がした。

「フランク？」

　フランクはサラを抱きしめていた腕をほどき、ジュリアンのほうを見た。ジュリアンは顔を執務室へ向けて、こっちへ来てほしいと合図している。

「ボス、何があったんですか？」執務室へ移動すると、フランクはすぐに尋ねた。

「どうもリュカが自殺したらしい。壁に何度か突っこんで頭を割っていた。さっき監視カメラの映像を確認したが、ぞっとするようなものだった。サラがショックを受けるのも無理はない」

「ということは……サラは面倒なことになるんですか？」

「いや、サラにはどうしようもなかった。責任を問われることはないだろう」

「でもじゃあ、どうしてそんな心配そうな顔を？」

「サラはひとりで帰宅しないほうがいいと思う」

「それなら、ぼくが送りますよ。シビルでもいいですし」

「違うんだ。正直にいうと、誰もこの署から出ないほうがいいと思っている」

「どういうことですか？」

「今はおれを信じてもらえないか。全部を話すことはできないが、なんというか、どうもここでおかしなことが起きているようなんだ。おれたちは危険にさらされている気がする」

「本当ですか？」ボスの暗い顔を見て、フランクは不安になった。

「電話をかけてきたとき、サラはひどく恐れていた。それは確かだ」

「何を恐れてたんでしょう？」

「わからない。だが、サラは署内に誰かいるようだと言っていた。ひとりじゃない気がすると……。死んだジャン＝ルイとリュカも、声を聞いたと話していた。だが、おれは幽霊も魔女も信じちゃいない」

「つまり、それって、人殺しがいるってことですか？」

「それは……いや、とにかく今は全員ここから動かないほうがいいと思うんだ。少なくとも朝までは。リュシーはいつ頃出勤する？」

「リュシーなら明日は一日休みですよ。週に一度は娘さんのところに行くそうで」

「そうか、それなら連絡するのはやめておこう。出勤してきたときに、全部伝えればいい。ところで、今、何時だ？」

「夜中の三時二十分です」フランクは携帯を確認して言った。「ボス、ちょっと休んだほうがいいですよ。休憩室は余裕で三人休めますから」

　フランクの言葉に、ジュリアンも思った。確かに少し寝て、充電したほうがよさそうだ。考えてみたら、もう二十四時間近く眠っていない。次々と起こる出来事に、アドレナリンが出るのは感じていたが、次第にその効果も薄れていた。アドレナリンの引いたあとには、あまりに長く休めなくて極度に疲労した筋肉と神経が残されていた。

「ありがとう、そうさせてもらうよ。ただ、ひとつ確認したいことがある」ジュリアンは大型モニターの前に座って続けた「実は、サラからロンドナールについても聞いているんだ」

「それって、あのロンドナールさんですか？　もうろく気味の？」驚きながら、フランクもモニターの前へ来ると、椅子を持ってきて座った。

「ああ、どうやらロンドナールは犬を殺したらしい」

「え、あの人が？　ぼくら今、どこにいるんでしたっけ。『パージ』みたいなホラー映画のなかじゃないですよね？」

「まさか。それより日誌を見て、犬が殺された時刻を教えてくれ。どういうことがあったのか、映像で確認したいんだ」

フランクが厚いノートを手に取って、サラの書いた報告を読みあげた。

〈二十時十七分。ロンドナールが図書館前で犬を殺害。凶器はナイフ。ロンドナールは雪のなかで長時間動かず、図書館を見ていたが、犬の接近後、コートからナイフを取りだし、複数回ナイフで刺した。ただし署には本官ひとりのみで、留置中の被疑者を監視する必要があったため、現場へ向かうことはできなかった。犬の死体については、村の土木管理事務所に処理を依頼した〉

「ちくしょう。ロンドナールさんに何があったんだ？」サラの書いたものを見つめたまま、フランクはつぶやいた。「ナイフで刺した？　でも、あの人、手の震えがひどいんですよ。モリーの店でよく梨のブランデーを頼むんですけど、口へ運ぶ途中でグラスが震えちゃって。半分はカウンターにこぼしてましたから。だからロジェはたいてい、ロンドナールさんにはパスティス用の長いグラスでブランデーを出すんです。カウンターを二分おきに拭かなくてすむように。そういう人が、ナイフをちゃんと持てるのか……」

「とにかく確認しよう」ジュリアンはパソコンに時刻を入力した。「少し前の映像から見ていくか」

大型モニターに、二十ほどの分割画面が表示された。図書館付近の録画映像は、画面の左上にあった。図書館から数メートルの防犯カメラが撮ったものだ。フランクが操作パネルに身を乗りだしてボタンを押すと、図書館付近だけが全画面で表示され、その他の映像はなくなった。

「あのツイードのハンチング帽とコート、確かにロンドナールさんですね」画面を見て、フランクが言った。「でも、あんなところで雪のなか、何をしてたんだろう？　例の幽霊作家と一緒に〈1《アン》、2《ドゥ》、3《トロワ》、太陽《ソレイユ》〉（「だるまさんがころんだ」に相当するフランスの遊び）でもしてたんですかね？」

「わからないが、あれは何かを待っている様子だな。あるいは誰かを……。この映像、早送りにできるか？」最新の機器を前に少々ひるんで、ジュリアンはフランクに頼んだ。

「はい、この大きなつまみを前後に動かすだけですよ」

早送りの画像のなかで、雪は熱狂したように降っていた。まるで石ほどの重さがあるかのように次々と地面へ落ちていく。ロンドナールのほうは、ときどき身体がわずかに揺れる程度だった。ずっと立って図書館を見据えている。やがて犬が画面の下から現れたとき、ジュリアンは早送りを解除した。サラが日誌に書いていたとおり、その後、ロンドナールは犬のほうへ身をかがめ、犬にナイフを突きたてた。

「くそ、本当にやったんだ……」フランクがつぶやいた。

「ああ、本当だった。ロンドナールは本当に犬を殺した」

ジュリアンは図書館の画像を閉じた。モニターには、すぐまた二十ほどの映像が現れた。

「どうしますか、ボス？」

「朝になったら、連行しよう。こっちには映像がある。否定はできないだろう」

それからジュリアンは立ちあがり、背中を伸ばしてあくびをした。休憩室へ向かいながら、フランクに言う。

「じゃあ、おれは少し休んでくる。数時間後には、仕事に追われるだろうからな。独房の後始末に、リュカの自殺の報告書に、ロンドナールの逮捕。その合間にもやることは山ほどあるはずだ」

休憩室に入ると、ジュリアンは肘掛け椅子に沈みこんだ。向かいにはソファがふたつ並び、それぞれにサラとシビルが眠っている。シビルの穏やかな寝顔を、ジュリアンはしばらく見つめた。リュカに殴られてできたあざは、だんだん薄れてきたようだ。何もかもが早く遠い記憶になるといいのだが……。そう思いながら、シビルが悪夢を見ずに眠れるようにと心で祈り、優しいまなざしをシビルに送った。感謝の気持ちをそこに込めて……。フィリップの靴の箱は、シビルのおかげで見つかったのだ。これで十年前の事件を解決できるかもしれない。ただ、シビルへ向ける気持ちはそれだけではなかった。今夜シビルとともに過ごした時間は素晴らしいひとときだった。もう少し一緒に過ごしたい、そう思う自分がいるのも確かだったのだ。姿を見ているだけでもいいから、と……。

そうだ、箱だ。疲労が目を閉じろとますます強く迫るなか、ジュリアンは思った。中身を早く見たほうがいい。数分ほど外に出れば……。

「ボス？」

フランクの声に、ジュリアンは目を開けた。いつしか眠っていたようだ。フランクは執務室から声をかけていた。

「どうした？」眠っているサラとシビルを起こさないように、執務室のほうへ顔を向け、ジュリアンは小声で返事をした。

「ちょっと問題があるんです」

また問題か？　まあ、今夜は問題だらけだったから、夜明けまで問題続きなのも当然といえば当然か。そんな皮肉を心でつぶやき、ジュリアンは立ちあがった。疲労の溜まった太ももの筋肉がこわばって、痛みが走った。まだ椅子で休んでいろと言わんばかりに……。足がつってまた座ることになるかと案じながらも痛みをこらえ、ジュリアンはどうにか執務室のフランクに合流した。フランクはまだ大型モニターの前に座っていた。画面を見つめている。

「何があったんだ？」

「これです、左上の映像なんですけど」

「さっきの録画だな。まだ再生していたのか」ロンドナールが図書館の前にじっと立っているのを見て、ジュリアンは言った。

「いえ、違うんです」フランクはその映像を全画面で表示した。「これは、今起きていることなんです」

「くそ、なぜ戻ってきた？」

ジュリアンは目を細めて画面を見た。図書館前の広場はすっかり雪に覆われていた。ロンドナールは長い時間、そこに立っていたらしい。肩や曲がった背中に雪が薄く積もっている。

「足元を拡大してくれ」ジュリアンはフランクに頼んだ。「身体の陰に何か置いているようだ。

キャリーバッグみたいなものを」

「ひょっとして逃げようとしてるんじゃ……」フランクがズームボタンを押しながら言った。

「だとしたら、あんなところでいったい何を待ってるんだ？」

画面が拡大され、ロンドナールの足元が大きく映った。だが、拡大しすぎて画像が粗く、置いてあるものが何か判別できない。

「ちょっと動いてくれたら、もう少し見やすくなるんですけど。身体で隠れてしまってますね。ボス、どうしますか？」

「捕まえにいこう」

「今からですか？」

「ああ、もしあれがキャリーバッグなら、逃げるつもりかもしれない。すぐに行動しなかったせいで、指名手配を出す羽目になるのは避けたいからな。行くぞ、上着をとってこい」

「あ、待ってください。動きました」

見ると、フランクの言葉のとおり、ロンドナールは足元の荷物のほうへかがんでいた。少しためらうそぶりを見せ、それから右手で荷物をつかんで、再び身を起こした。

「重そうですね」フランクが言った。

ロンドナールは、今度は両手でその荷物をつかむと、ゆっくりと持ちあげはじめた。おそらく超人的な努力をしているのだろうが、画面越しだとその姿は滑稽だった。荷物の重みに全身を震わせ、凍った地面に足を取られながらも、転ばないよう踏んばっている。やがて、それは頭の上まで持ちあがった。

「嘘だろ……」ジュリアンは絶句した。

五分前までの疲労は、今や嵐のなかの羽毛さながらに吹き飛んでいた。心臓が激しく脈打ち、アドレナリンが一気に出て、脳内を電気信号であふれさせた。

「あれは石油缶だ！　あいつはガソリンをかぶってる！　早くしないと。フランク、消火器を持って一緒に来い！」

その言葉とともに、ジュリアンは上着をとって駆けだした。フランクも上着をつかみ、壁の消火器をはずして、うしろから急いでついてくる。ジュリアンは署の玄関ドアを勢いよく押すと、冬の冷気へ飛びだした。自分の尻に火がついたかのような勢いで……。図書館までは三百メートルほどの距離だった。だが、全力で疾走しつづけることはできなかった。凍った道で足が滑り、何度も転倒しそうになったからだ。

くそっ、捻挫なんかしてちゃ間に合わない、気をつけるんだ！

大通りを横切ると、ジュリアンはサロー通りを突っきって、近道をした。パン屋の角まで行けば、あとは左に曲がるだけだ。そこからならすぐ図書館前の広場に――ロンドナールのいる場所に出ることができる。

そのあとは……いや、まずは足元に集中しろ。あとのことは、あとでいい！

乾いた冷気が顔を打った。吹きつける雪が小さな針のようで痛かった。まるで雪までがこの出来事に動転し、身を固くしたかのようだ。フランクがうしろをついているかは、わからなかった。振り向いて確かめるひまはない。パン屋を越えたところで足が滑ったが、どうにかこらえ、体勢を立て直して疾走した。ようやく広場が見えてくる。あと数メートルで、図書館の外階段も見えるはずだ。どうかあれがガソリンではなく、水でありますように。ジュリアンは祈った。どうかこの数時間で起きたことはすべて架空の出来事で、広場に着いたらぱっと消えてくれますように。

だが、あと五十メートルというところで気がついた。付近の店のウインドウに、ゆらめく炎の影が映っている。暗いウインドウに映る、黄色がかったオレンジ色の炎。初めは弱く見えたその炎は、すぐさま勢いを増していった。まるで真夏の夜に昇った太陽のように……。炎は音もなく燃えていた。それが何より恐ろしかった(のちに思い返したとき、少なくとも、静かに燃えるその炎にぞっとしたことは覚えていた)。

くそ、くそ、くそ!

時空の感覚を失いながら、ジュリアンは最後の数メートルを走りつづけた。目の端に、遠くモンモール山が見えていた。冷たい月の下、岩肌を光らせ、そびえ立つ山……。ジュリアンはロンドナールへと突き進んだ。だが、すさまじい熱に顔を舐められ、後退を余儀なくされた。それでも地面の雪をかき集めては、炎へ何度も投げつけた。冷たい雪に指の感覚がなくなった。雪の下のコンクリートで指を擦りむき、小さな赤いしずくが上着に散った。それは虚しい努力だった。どれだけ雪を投げかけても、炎は勢いを弱めることなく、ロンドナールの身体をむさぼりつづけた。血の味に興奮したかのように……。肉の焦げるにおいと内臓の焼かれるにおいがあたりに満ちた。

ちくしょう……。

振り向くと、フランクが広場を走っていた。消火器を手に、転ばないよう気をつけながら、雪の広場をどうにか急いで駆けていく。ジュリアンはフランクのほうへ突進すると、消火器を奪い取った。ロンドナールのところへ駆け戻り、安全ピンを抜く。そしてレバーを握って、消火器を噴射した……。

# 4

朝の四時頃、モリーは目を覚ました。悪夢を見たわけでも、廊下からおかしな物音がしたわけでもない。

これといった理由はなかった。

夫のロジェの大きないびきのせいでもなかった。低くぐもるようなあのいびきには、とうの昔に慣れている。今では遠い海で寄せて返す波の音くらいに思うだけで、眠るのに支障はなかった。もちろん、それは寝室を別にしたおかげというのもある。宿の壁が薄いせいで、いびきの波はこの部屋まで打ち寄せたが、それでも眠りを邪魔されたりはしなかった。

それなら、何が？

何が自分を眠りから引っ張りだしたのか？

見えない手が肩に置かれたような嫌な感じはしていたが、あれはどうしてだったのか？　どうして声が「起きろ」とささやいた気がしたのだろうか？

いや、あれは声っていうより、息づかいみたいなものだった。掛け布団を押しやりながら、モリーは思った。

目覚まし時計に目をやると、まだ四時七分だった。ベッドに横になったまま、モリーは天井へ向かって大きくため息をついた。湿気のせいで、漆喰の天井にはひびが入っている。頭のなかで、とりとめのない思いがあちこちへ飛んだ。誰かの顔が浮かんできては、また別の顔が浮かんでくる。まずロジェの顔。ロジェには日に日に嫌悪感がつのっていた。そのロジェが雇った若いウェイトレスの女たち。ロジェの雇う基準は仕事ができるかではなくて、目の保養ができるかどうかだった。それから銀行の担当者。月末にやってきては、店の売上が伸びないことにいつも驚いた顔をする。そして、疲れはてた自分の顔。鏡を見ると、くすんでたるんだ顔が映るので、近頃は見るのをますますためらうようになっていた。

四時二十三分。眠れないまま横になっているのにうんざりして、モリーはベッドから起きあがった。そうして厚手の綿のガウンを羽織ると、廊下に出た。一階の食堂へおりることにしたのだ。歩いていると、ロジェの寝室の前で床板がきしんだが、ロジェに目を覚ます様子はなく、いびきをかきつづけている。

どうせまた、客と一緒にしこたま酒を飲んだんだろ？　モリーはロジェの部屋へ向かって毒づいた。

実際、ロジェは大酒飲みだった。記憶をさかのぼるかぎり、いつだって酒のグラスを手にしていた。客からすれば、そういうところがきっと気さくに思えるのだろう。毎晩レジを締めたあと、ロジェはカウンターに座って、まだ飲みたい客と一緒に酒を酌《く》み交わしていた。こちらの小言などお構いなしに、ただで振る舞ったりして……。そんなロジェの態度もあったので、自分は夜の給仕をやめたのだ。泊まり客へ朝食を出すのと、昼時の給仕をするだけにして、夕方になると姿を消し、あとはロジェがアルバイトで雇った若い女に任せていた。

食堂に入ると、モリーは天井灯をつけた。あちこちに散らばる椅子をよけながら、カウンターへ行って肘をつく。うしろでは、火の消えた暖炉が薪をくべられるのを待っていた。暖炉を囲む石造りのマントルピースは、地下墓地の陰気な入り口のようだった。

そのとき、頭がまたずきずきと痛みはじめた。

「ちょっと、いいかげんにしとくれよ」モリーは悪態をついた。「大酒を飲むのはあっちなんだ。なのに、こっちに頭痛が来るってのはどういうことさ」

それから鎮痛薬を飲むために、カウンターの向こうへ回り、調理場へ行った。薬の入った救急箱は、調理場の調味料の棚に置いてあるのだ。料理の受け渡し口の脇だった。

調理場に入って照明のスイッチを押すと、すぐに蛍光灯がパチパチいって、どぎつい光が放たれた。そのせいで、脳を引っかかれているような痛みを感じ、モリーは目を閉じた。痛みが治まるまでのあいだ、目を閉じているしかない。調理場には、玉ねぎと揚げ油のむっとするにおいが漂っていて、それが部屋中をぐるぐる回っている気がした。まるで入り口に飾る絵に描かれた魔女たちのように。絵のなかの魔女たちはほうきにまたがり、縦横無尽に空を飛んで、雲を突きぬけ、怯える村人めがけて降下していた……。

ステンレス製の調理台にもたれながら、モリーは激痛が治まるのを待った。焼けつくような熱い光が脳中のシナプスを通過しているかのような、そんな狂騒が終わるのをひたすら待った。それから、どうにか救急箱のある棚まで歩いていった。

大丈夫、モリー？

いきなり声が聞こえたが、もう振り向いたりはしなかった。いったいどこから聞こえるのかと、探しまわることもない。無駄だとわかっていたからだ。声は、頭のなかからやってくる。だから頭を開きでもしないかぎり、この声を黙らせようとしたって無駄なのだ。まあ、肉切り包丁を使って、頭を開けば黙るだろうが……。目の前の木のまな板の上にある、肉切り包丁を見ながら、モリーは思った。

声が聞こえだしたのは、二年前のことだった。羊飼いのジャン＝ルイが死んで何日かたった頃だ。ただ、そのことを話しても、ロジェは羊を食べたせいじゃないかと、歯切れ悪く言うだけだった。ただ、ジャン＝ルイに殺された羊たちは、ロジェが引きとって捌《さば》くまでしばらく放置されていた。だから、そのあいだに何かの菌が増殖して、幻聴を起こしたんじゃないか、と。だが、羊の煮込みをすっかり消化したあとも（なんなら出してしまったあとも）、声は何度も聞こえたのだ。

それからずっと、そんな声が聞こえるのは自分ひとりだと思っていた。けれどもある晩、ロジェの部屋の前を通ったとき、ドアの向こうからロジエのつぶやきが聞こえてきた。いつもの大きないびきではなく、つぶやきが……。そして、何を言っているのかを知ったとき、ロジェも自分と同じく、幽霊の声を聞いていると知った。自分が声に訊かれて答える言葉と、ロジェの言葉は同じだったから……。ちょうど今訊かれているように。

わたしたちのことを覚えてる、モリー？

「ああ、覚えてる」

じゃあ、わたしたちにしたことは？

「いや、あんまり」

だったら、思い出させてあげる、ひとでなしのモリー。

モリーは目を閉じた。叫びだしたかった。放っといとくれ、と言いたかった。出てきたいんなら、ロジェのところに出ればいい。こっちに頭痛を押しつけるのはやめとくれ、と……。痛みがひどくて、顔をしかめた。顔に脂汗が浮いてくる。床に倒れないよう、モリーはコンロに寄りかかった。

そのとき、声に告げられた。自分が本当は何者で、何をしたのか。自分たち夫婦が何をしたのか。

そして、モリーは二階へ戻った。

右手に肉切り包丁を握りしめて……。

## 5

同じ頃――

スクールバスの運転手のロイックは、起きぬけの頼りない足取りで台所へ向かった。

壁の時計は五時半をさしていた。平日は毎朝この時間に起きて支度をするのだ。いつも一時間後には、スクールバスのエンジンをかけ、それから子どもらを順に拾っている。連中が――自分の可能性を信じて疑わないあの子らが――座席につくのを、バックミラー越しに眺めながら……。あの若さとまだ損なわれていない未来を見ていると、ひそかにうらやましくなっていた。

あの子どものほとんどから、自分が人生の負け組だと思われているのは痛いほどよくわかっていた。「負け組」と言葉ではっきり言われなくても、目を見れば十分すぎるほど伝わるのだ。たまたま忘れることができていても、連中は「おはようございます、ガ、イ、コ、ツ」と欠かさず言うから、こいつらにとって自分は取るに足らない人間なんだ、と嫌でも思い出す羽目になった。どうせあいつらはみんな、将来サッカー選手とかユーチューバーとか映画俳優になるのを夢見ているのだろう。

このおれに憧れて、バスの運転手になりたいと思う子どもなど、きっとひとりもいないにちがいない。

ロイックは電気ポットで湯を沸かした。それから、手に息を吹きかけて温めた。みすぼらしいこの家は、夜の寒さをいくらか取りこんでしまうのだ。家主に「暖房装置《ラジエーター》を新しくしてほしい」と頼んでみても、「それなら家賃を上げないと」と返されるだけだった。こっちにそんな余裕などないのを知っているくせに……。

合板の棚からインスタントコーヒーの瓶を取りだすと、ロイックはスプーンで四杯すくって、お気に入りのマグカップに入れた(マグカップには、魔女がほうきにまたがって空を飛ぶ絵が描かれていた。その下に〈魔女の空港　モンモール〉の文字もついている)。それから湯が十分に沸いたところでカップに注ぎ、テーブルについた。

毎朝、同じ動作の繰り返しだった。機械的で味気ない動作。だが、これをやると心が落ち着くのだ。儀式のような一連の動作のおかげで、眠れなかった夜を忘れられた。自分はちゃんと目覚めていると、確信することもできていた。もしここに話し相手がいれば、こんなことはしなくていいんだろうが。ロイックは思った。もしこの家の寒さを分かちあえて、がらんとした隙間を埋めてくれるような相手がいたら……。自分はきっと毎朝その連れ合いに顔をつねってもらうだろう。そして、悪夢は終わったからもう何も怖くない、と教えてもらうことだろう。

だが、あいにくこのモンモール村には、自分と本気で付き合おうとする女はいなかった。どうも長く関係を続けるには、変わり者すぎると思うらしい。せいぜいモリーの店の駐車場で手早くことに及ぶくらいだった。結局、ガキ連中と同じで、女が相手でも、自分はやせっぽちで面白みに欠ける負け組だと思い知るだけだったのだ。

そういうわけで、ロイックは毎朝ひとりで目を覚ましていた。頭のなかで、一晩中しゃべっていた子どもらの声がまだ響き、ピアノの音が鳴っているのを聞きながら……。頭で響くその音は、起きていつもの動作をしたあと、ようやく消えてくれていた。マグカップのコーヒーをスプーンでカチャカチャ混ぜる音を聞くうちに、やっとあの声とピアノから逃れられたと安心できるのだ。

だが、今朝は自分ひとりではなかった。

テーブルの向かい側に、子どもがふたり、座っていたのだ。少女と少年がうつろな目をして、黙ってこっちを見つめている。ふたりともまったく動いていなかった。まるでちょっとした家具がふたつ並んでいるかのようだ。だが、いきなり現れた子どもを見ても、ロイックは恐怖の叫びも驚きの声もあげなかった。あきらめの気持ちで、こう考えただけだった。

なるほど、おれはまだ夢を見ているわけか。

それにしても、近頃の悪夢っていうのはずいぶん現実に寄せてくるもんだ。きっともう少ししたら、おれはベッドで目を覚ます。で、いつものように起きあがるんだ。

「何か用でもあるのか？」

コーヒーを一口飲んでから、ロイックは気のない口調でふたりに尋ねた。

少女のほうが少年より大きかった。それでも十歳より上ではなさそうだ。少女は金色の髪をふたつに分け、頭の左右で結んで垂らしていたが、その髪もやはりまったく動いていなかった。

少年のほうは、たぶん七歳くらいだろう。髪は同じく金色だが、少女と比べると好奇心がのぞいて見える。少年がテーブルに肘をついているので、ロイックはつい注意したい気持ちになった。

なんだかんだで、これは自分の夢なんだ。やりたいことをやればいいじゃないか。知らない子どもに説教をしたっていいだろう。

そのとき、ふたりとも通学カバンを背負っていることに気がついて、ロイックは思い出した。この子らは、昨日トンネルの手前でバスに乗せてやった姉弟だ。前の警察署長が転落事故を起こして以来、危険だと言われるようになったあの場所で……。

「毎晩うちの窓の下でしゃべっているのは、きみらなのか？ ピアノの曲を聴いているのは、きみらなのか？」

「わたしたちのこと、覚えていないの？」少女が口を開いた。

だが、その声音はその年頃の少女らしいものとはほど遠く、むしろ老婆のようだった。疲れすぎた老婆が、こもった震え声で話しているかのようなのだ。魔女の声だ。ロイックは思った。早く目を覚ましたいと願いながら。

「いや、きみらのことは、あんまり覚えていないんだが」

「弟とわたしは、学校へ行きたかったの」少女が言った。くぐもったカラスの鳴き声のような響きだった。

「昨日ちゃんと送ってやったぞ。今日も送ってほしいのか？」

「ええ、でも今日が最後になる」

「どうしてだ？　引っ越すからか？」

本当のところ、そんなことはどうでもよかった。早くこのふたりに消えてもらいたい。望むのはそれだけだった。目覚まし時計が鳴れば、いつものようにコーヒーを飲んで、つつがなく支度できるだろう。ここでマグカップを床に落としたら、おれの目は開くだろうか。

「いいえ、引っ越しじゃない」少女が言った。「自分が誰で、何をしたのか思い出したら、きっとわかる」

「おれは今、夢を見てるんだ。そうだよな？」

ロイックはそう言うと、コーヒーをもう一口飲んだ。その味は恐ろしく現実的だった。

「窓の外を見て」

今度は少年がささやいた。姉とは反対に、その声は清らかで澄んでいた。けれども、どこか悲しい響きがあった。一瞬、ロイックは少年に目を留め、それから振り向いて窓の外を見た。外はまだ日の出前で、物憂げな闇が広がっていた。街灯の投げかける光が、闇のなかにぽっかりとオレンジ色の三角形をつくっている。その光の三角形のなかで、夢幻の世界を思わせる雪が舞っていた。

まだ降っているのか。ロイックは思った。雪が降ると、モンモールにはろくなことが起こらない。

「雪が降ると、モンモールにはろくなことが起こらない」

こちらの心が読めるのか、少女が震える声で言って続けた。

「あなたと初めて会ったときも、こんなふうに寒くて暗い朝だった。わたしは弟と手をつないでた。パパとママに『手をつないであげて』っていつも言われていたとおりに……。わたしたちは、ただ学校へ行きたいだけだったの」

## 6

図書館前の広場に救急隊が到着したとき、ロンドナールはすでに黒焦げのミイラと化していた。縮んだその身体の横には、十リットル用の石油缶が空になって転がり、薄く雪が積もっていた。

ジュリアンはフランクとともに死体の搬出に立ち会った。ロンドナールの死体は慎重に運ばれていた。だが、救急隊員が動かすたびに、ジュリアンは不安になった。骨が砕けて粉々になるんじゃないか、白い雪の上に黒い粉が散るんじゃないか、と。だが、死体は砕けることなく救急車の後部へ運ばれ、なかに乗せられた。

救急車が去ったあと、ジュリアンはフランクと一緒に石油缶と消火器を回収し、うなだれながら署へ戻った。炎に焼かれるロンドナールの姿がまだ頭を離れなかった。

執務室へ入っていくと、サラとシビルは大型モニターの前に立っていた。どうやら、ふたりもあの出来事の一部始終を見ていたらしい。こちらを向いた顔を見て、ジュリアンはそれを悟った。ふたりとも顔色が真っ青で、目を赤くしていたからだ。フランクのほうは、更衣室に行くと合図して、部屋を出ていった。きっと、顔についたガソリンと炎のにおいを洗い流したいのだろう。あるいは、少しひとりになりたいのかもしれない。

「ロンドナールはどうしてあんなことを……？」サラが口を開いた。

誰にも答えられないことは、本人もわかっているにちがいない。それでも、画面越しに見たロンドナールの自殺について何か言わずにいられないのだ。サラの顔には、恐怖とともにわけがわからないという表情も浮かんでいる。

「原因はまだわからない」ジュリアンは疲れた声で答えた。「自殺の原因は、数えきれないほどあるからな。結論を出せるように、これから調べていかないと」

「大丈夫？」シビルが小声で尋ね、手を重ねてくれる。

「ああ、なんとか。あともう少しだったんだ。あと一分、ロンドナールがためらっていたら……」ジュリアンは悔やんだ。

「あの、署長」サラが横から言った。「それでも結果は同じだったんじゃないかと」

「どうしてだ？」

「これを見てください。いえ、見たくないかもしれないですが」

「構わない、見せてくれ」ジュリアンは促した。

サラが操作パネルの上にかがんで、巻き戻しのつまみを動かした。大型モニターに、ロンドナールが現れる。まだ生きていて、立ったまま両手で石油缶を持ちあげている。

「ここです」サラが言った。「ほら、全身にガソリンをかけたあと、飲んでいるんです」

「飲んでいるって、ガソリンを？」

「はい、三口飲んでいます。しかも最後のひとくちは口に溜めて、ライターで火をつけてから飲みこんでいて……。なので、もしあと一分早く着いたとしても、ロンドナールの体内は致命的な状態で、もはや助からなかったかと」

ジュリアンは、燃えているロンドナールの口内を想像した。炎が歓喜しながらその口蓋を舐め、舌や喉を焼くところを……。それほどの苦痛に耐えたということは、ロンドナールはよほどの理由で自殺したにちがいない。

「きみたちは、モニター画面であれを全部見ていたのか？」

「ええ」シビルが答えた。「走っていく音で目が覚めたから」

「あと、出ていく前に、フランクが消火器を派手に落としましたから」サラも言い添えた。「それですぐ、何か大変なことが起きているってわかったんです。でなきゃ、署長もフランクも、わたしたちに何も言わずに外へ出たりしないはずだから。そういうわけで、そのあとモニターで確認することにしたんですが……。あの、今この村で何が起きているんでしょうか？まるで村がおかしくなったみたいで……」

「わからないんだ」

そのまま三人で黙って考えに沈んでいると、フランクが更衣室から戻ってきた。顔は煤《すす》けたままだった。

「ボス、これからどういうことをするんですか？」椅子にどさりと腰をおろして、フランクは尋ねた。

「ロンドナールの件は、おれが報告書を書こう。リュカの件については、サラ、きみと話をしないといけない。報告書はおれが引き受けるが、きみにも読んでもらって署名をしてもらわないとな」

そこまで言うと、ジュリアンは少し考えて、こう続けた。

「それから、当面は二人一組で動くことにしよう」

「二人一組ですか？　でも、ここにいる警察官は三人だけですが」サラが驚いたように言い、シビルのほうを向いて付け加えた。「いえ、シビル、あなたがいることを咎めてるわけじゃないの。ただ……」

「今は、シビルをひとりにすべきではないと思う。サラ、きみもさっき言ったように、今ここで起きていることは普通じゃない。村がおかしくなったとは言わないが、用心したほうがいいだろう」

「用心って、いったい何が起きてるんです？」

「ボス、サラにも本当のことを話してやってください」フランクが口を挟んだ。「少し前に、ぼくに話してくれたみたいに」

「本当のこと？　それ、何のことですか？」サラがむっとした顔になった。「ふたりで何を隠してるんですか？」

そんなサラの様子に、ジュリアンは思った。サラはもう限界だ。もし同じ目に遭えば、誰だってそうなってしまうだろう。早くサラを休ませて、このところの異様な事件から心を守ってやらなくては。タフに見せようとしていても、サラの目は神経質に揺れていた。鎧にひびが入っているのは明らかだった。やはりサラひとりだけにリュカを監視させるべきじゃなかったんだ。フランクの言うとおり、今は何も隠さず、すべてを話すべきだろう。

「わかった。ここにいる三人には、本当のことを話そう。実は、おれたちは今、誰かに監視されているんじゃないかと思っている。今からする話を聞けば、その理由もわかってもらえるだろう」

三人を前に、ジュリアンは語った。どんな細かなことも省かずに、ティオンヴィル氏との話をすべて明かした。

刑務所、火事、脱獄した受刑者。娘を殺害されたあと、犯人から何通もの手紙がティオンヴィル氏に届いたこと。氏が「犯人はずっとこのモンモール村にいる」と確信していること。そして、その犯人が無差別に人を殺している可能性。ティオンヴィル氏に「探すな」とメッセージを送るために……。フィリップもその犯人に殺されたかもしれないと話したとき、サラがこらえきれず、目に涙を浮かべた。

「でも、リュカとロンドナールは……あのふたりは自殺ですよね」フランクが指摘した。

「そうだな。だが、それだって犯人がふたりに自殺したくなるようなことを伝えて、自殺するよう仕向けたのかもしれない」

「それから、ヴァンサンにも……」シビルが青ざめた顔でつぶやいた。

「そういえば、サラ」ジュリアンは言った。「フィリップの靴の箱が見つかったんだ。車のなかに入れてあるから、あとで取ってこよう。運がよければ、おれたちの疑問への答えは、そのなかにあるだろう」

「見つけたんですか？　家のなかで？」

「いや、フィリップの車のトランクに入っていた」そう答えると、ジュリアンは続けた。「そういうわけで、当面は二人一組で動くのがいちばんいいと思うんだ。サラ、フランク、きみたちはどちらかの家に一緒に帰って、同じ場所で休んでくれ。少なくともふたりでいるとわかっていれば、それだけで安心できるから。シビル、きみはここに残ってくれないか。署のなかにいれば心配はない。ドアはすべてロックしてあるし、警報システムも動いている。とにかく、今は全員に休息が必要だ。夜明けとともに、この何もかもが終わることを願っているよ。あとは、村長のティオンヴィル氏にも知らせないといけないだろう。今頃はアメリカにいるはずだが、たぶん執事が連絡先を教えてくれるだろう」

こうして、サラとフランクは帰宅するため、コートを手にした。すべて署長に任せて申し訳ないと言いながら……。それと同時に、署を離れて数時間でも休めることに、やはりほっとした顔をしている。

「でも、あの独房は？　リュカのいた……」サラが言った。

「おれが掃除しておくから、心配いらない。ゆっくり休んで、元気になって戻ってきてくれ。あと、フランクもちゃんと休むように気をつけてやってもらえるか」

「わかりました。ありがとうございます」サラが遠慮がちに笑った。「フランクには来客用の寝室で休んでもらいますけど、もしいびきがうるさかったら、ここに送り返します！」

「了解だ。じゃあ休んだら、午後一時頃戻ってきてくれ。それまでには、いつもどおりの生活が戻っているだろう」

「署長、今は田舎の見方が変わったんじゃないですか？　実際のモンモールは、来られてすぐのときに想像されたような、安らぎの地じゃありませんでしたから」

「まだ都会が恋しくなるほどじゃないが、確かにこの村は何事も徹底的にやるようだな」ジュリアンは、サラの暗い気分を和らげようと軽口を叩いた。「それじゃ、ふたりとも、またあとでな」

だが、サラとフランクが執務室を出て、廊下を歩こうとしたちょうどそのとき、署内にけたたましい音が響きわたった。

# 7

モリーはロジェのベッドの脇に立ち、眠るロジェをしばらく見つめた。肉切り包丁を握ったまま……。ロジェは仰向けになって眠っていた。掛け布団は床にずり落ち、裸の身体が丸見えだった。毛の生えた太鼓腹が、いびきのリズムに合わせて上がったり下がったりするのが面白かった。それから腹の下へと視線を移し、今度はペニスに目をやった。ロジェのペニスは馬鹿みたいに縮こまり、やけに小さく見えていた。モリーは、手にした刃渡り三十センチの包丁が自分の太もも近くで揺れるのを感じた。まるで包丁が、役立たずのあのペニスを切りとるのをためらっているかのようだった……。

「あたしゃ、自分が誰で、あたしらが何をしたのかわかったんだ。あの声が何もかも話したからさ」

そうつぶやくと、モリーは一メートルほど左へ動き、ロジェの赤ら顔を見た。険しい表情で……。ロジェの脂ぎった頬やブタみたいな鼻の皮膚の下を、赤い毛細血管が走っていた。口のまわりには汗の玉が浮いている。

「あんたにも責任はある。なのに、あたしひとりが頭痛に苦しんでていいはずがない。あんただって、ときどきは考えてるんだろ？　思い出してるんだろ？」

**大丈夫、モリー？**

「ああ」

**今はもう思い出した？**

「ああ、思い出した」

**何を感じてる？**

「後悔さ」

**で、その後悔をどうするの？**

「黙らせる」

**ええ、それがいい。じゃあ、あとはやるべきことをやりなさい。そうすれば、二度とわたしたちの声を聞くことはない。**

モリーは肉切り包丁を肩の上まで振りあげた。指の関節が白くなるほど、柄《え》を強く握りしめて……。

**それをしたあとは、何をすべきかわかってる？**

「わかってるさ。あたしらが、あんたたちにしたのと同じことをすりゃいいんだろ？」

**そのとおり。よかった、これだけ時間がたっても、まだ記憶を呼び起こせるのね。**

**それでそのあとはどうするの？**

「忘れちまうよ……永遠に」

モリー、わたしたちは魔女？

「いや、違う」

モリーは包丁を振りおろした。断固たる思いとともに、重さ一キロの刃が空《くう》を裂く。刃はロジェの喉の皮膚をバターのようにあっけなく切り開き、そのまま喉仏まで到達した。だが、軟骨で動かなくなった。と同時に、ロジェがばたつきだした。かっと目を開き、恐怖に駆られてこっちを見る。足はひたすら宙をもがき、手は苦痛のもとを探そうと、ばたばたさせていた。口からはゴボゴボとおかしな音が聞こえ、血の泡が膨らんだかと思うと弾けて、唇や顎を血まみれにした。ロジェが激しくもがくたび、包丁の刺さった喉からは大量の血が噴きあがって、床板へぼたっと落ちていく。ロジェは口をぱくぱくさせ、息をしようとあがいていた。だが、それは陸に捨てられた魚と同じで、絶望的な努力だった。

「あんたもわかってるはずだ。どうしてあたしがこんなことをするのか、心の底じゃ、わかってるはずだ」

モリーは血まみれの喉から包丁を引き抜いた。そしてもう一度、同じ場所を狙って振りおろした。砕けた軟骨が出ている場所を狙って……。壊れかけていた喉仏は、今度は邪魔をしなかった。刃《やいば》は肉も筋も腱《けん》も断ち、頸椎を切断した。柳の枝が折れたように、ぼきりと乾いた音がした。

# 8

「くそ、どうしてリュシーがイヤホンで電話に出るのか、よくわかったよ。この音を聞きたくないからだ！」電話を取りに向かいながら、フランクが言った。

サラとフランクが帰宅しようとした矢先、執務室の固定電話が突然けたたましい音で鳴りだして、建物中に響いたのだ。

フランクが操作パネルの横にある電話に向かって、つかつかと歩いていくのを、ジュリアンはサラとシビルとともに見守った。ついさっき電話が鳴ったときには、ぎょっとして思わず飛びあがりそうだった。まるで嵐の夜いきなりとどろく雷に、怯えた子どものように……。今は、心臓の鼓動も少しずつ落ち着いてきて、あんなふうに取り乱した自分が少々恥ずかしくなっていた。サラとシビルもやはり気まずそうにしている。

見ていると、フランクが苛立たしげに受話器を取りあげたので、ジュリアンは内心驚いた。きっとフランクももう限界なのだろう。やはり休息が必要そうだ。人懐っこくて善良そうな見た目こそ変わらないが、フランクも相当参っている。このままだと長くは持たないだろう。このなかで、最初に力尽きて狂気に沈んでしまうのは誰だろうか。シビルかサラかフランクか。それとも自分か……。

三人が見守るなか、フランクは電話に出た。すると、受話器の向こうから無愛想な声が聞こえてきた。

「はい、モンモール警察署です」

「どうも。肉の配達をしてる者ですがね、モリーの店の前で、もう三十分も待ってまして」

「それがどうかしましたか？」

「だから、誰も出てこないんですよ。こんなのは普通じゃない。いつもなら、この時間には必ずモリーがいるんです。六時前にはドアを開けて、コーヒーを出してくれるんだ」

「寝てるんじゃないですか？　呼び鈴は鳴らしましたか？」フランクはそう言ってみた。

「もちろん、鳴らしましたよ。あのですね、ずっとここに構ってる暇はないんです。ほかにも配達先があるもんで」

「店のまわりを回ってみるとか？　勝手口があるはずですよ」

「だから、ドアは全部閉まってるんですってば。ちなみに、クラクションも鳴らしましたけど、反応なしです」

「じゃあ、電話は？」

「出ません。もう六回かけてます」

「ということは、今日は休みにしたんだ。きっとそうですよ」

「食材の配達業者に知らせずに？　ドアに張り紙もしないで？　とにかく、どうしたらいいですか？　注文品を玄関の前に置いときゃいいですか？」

「わかりました。今からそっちへ向かいます。でも、到着前にモリーが出てきたら、すぐ連絡してください」

受話器を置くと、フランクは大きなため息をついた。

まったく、あんなにいろいろあったあとで、今度はモリーを起こしにいかなきゃいけないなんて。とりあえず、つけを払っておいたのはよかった。でないと、起こされて不機嫌なモリーに、銃で撃たれたかもしれない……。

「フランク、何があったんだ？」ジュリアンが尋ねてくる。

「モリーが起きてこないみたいです」フランクは答えた。

「それなら、おれが行ってこよう」

「いえ、署長は休んでいてください」サラが疲れた声で言った。「ちょうど帰り道ですから。フランクとふたりで立ち寄ってモリーを起こしたら、すぐ家に帰って休みます」

「わかった、そういうことなら任せよう。でも、くれぐれも昼の一時より前に戻ってくるなよ。ふたりとも、その顔のままじゃ、幽霊もおののきそうだからな」

フランクとふたりで外へ出ると、サラは「パトカーの運転は自分がする」とフランクに伝えた。フランクも一応は「ぼくがするよ」と答えてくれたが、そう熱心ではなく、フロントガラスに積もった雪を払ったあとは、助手席のほうに腰かけた。

モリーの宿までは、五分の道のりだった。五分か……。エンジンをかけながら、サラは思った。いつもなら、五分くらいなんてことはなかった。でも、今はできることなら行かずにすませたい。フランクもたぶん同じ気持ちだろう。サラは助手席を向いて、フランクに笑いかけた。だが、フランクの顔はこわばったままで、笑みを返す気力もないようだ。そこで、こう言ってみた。

「うちの来客用の部屋は快適だから、きっとぐっすり眠れると思う。いびきをかいたって構わないから！　どっちにしても、わたしも疲れすぎてて聞こえないだろうし」

「もうぐったりで、途中で眠っちゃいそうなんだ。モリーってば、うんざりだよ」

サラは車を発進させ、新雪の道を進んでいった。パン屋の角を曲がって、広場へ続く通りに入り、止まれの標識で一時停止する。

「さっきもここを通ったんだ」助手席でフランクがつぶやいた。「この通りを抜けて、あと数メートルで着けるってところで、手遅れだってわかったんだよ。火の勢いが強すぎたから。ロンドナールさんはもう動いていなかった……」

「どうしようもなかったのよ」図書館の横を過ぎながら、サラは答えて言った。「だって、ガソリンを飲んでいたんだもの。石油缶の十リットル近いガソリンをかぶっただけじゃなくて」

「わかってる。でも、どうしようもないって話なら、きみも同じだ。リュカを助けることなんて、誰にもできなかったんだから。録画で見たけど、あれじゃとめようがなかったよ」

そう言うと、フランクは窓の向こうに顔を向けた。

外では日がのぼりはじめ、雪がダイヤモンドのようにきらめいていた。村の人たちは家を出て、それぞれの仕事場へ向かっている。そのほとんどは、隣町へ働きにいく人だった。みんな冬のコートに身を包み、フードを目深にかぶって、アリの群れのようにいつもの道を黙々と進んでいる。パトカーに目を留める人はひとりもいなかった。きっとこれから始まる一日や、職場に着いたらやる仕事のことをひたすら考えているのだろう。

「みんな、この村で大変なことが起きたなんて、思いもしてないんだろうな」

売店の主人が新聞の束を店に運ぶのを眺めながら、フランクはため息をついた。そのとき、運転席のサラが言った。

「フランク、わたし、おかしいかもしれない」

フランクは窓の外から注意を戻し、サラを見た。サラの唇は震えていた。道をじっと見ているが、その目はうつろでどこか別の場所を向いているようにも見える。もしかしたら、モンモール山を見ているのかもしれない。モリーの店に近づくにつれて、山は次第に大きくなっていた。

「おかしいって、どうしたんだい？」フランクは先を促した。

いつものように親しみを込めた穏やかな調子で……。サラが何か打ち明ける前にためらうときは、いつもそうしているのだ。

「わたしにも……わたしにも声が聞こえるの」苦しそうな顔で、サラは言った。「声が〈大丈夫か？〉って尋ねてきたり、うしろでささやいたりするの。たぶん、鬱とかそういうものだと思うけど」

「それって、いつから?」

「わからない。もう何が何だかわからなくて……。リュカも声が聞こえるって、何度もそう言っていたのよね。ジャン=ルイも声を聞いていたし、きっとロンドナールもそうだったのよ。わたし、どうしちゃったんだろう? 頭がおかしくなったと思う? ねえ、わたしも自殺してしまうの?」

「馬鹿言うな! きみは疲れてる、それだけだ」フランクはきっぱりと言った。

今度ばかりは穏やかではいられなかった。多少乱暴になっても仕方ない。サラのことは子どもの頃から知っていて、固い友情で結ばれていた。サラにとって自分がどういう存在かはわかっていたし、サラも同じように友情を感じてくれていることもわかっていた。ふたりのあいだの友情は、時間と友愛の心に育《はぐく》まれた大切なものなのだ。

それなのに、「自殺する」だなんて……。大切なサラの口から、そんな言葉を聞くのはつらかった。そもそも、サラはいつだって自分よりも勇敢で、働き者で、思慮深かった。長いことずっと、自分は優秀なサラをまぶしく思い、兄のような気持ちで見守ってきた。そのサラが今はこんなにも打ちひしがれている。フランクは自分も秘密を打ち明けなくてはと思った。幽霊の声を聞くような不思議な体験をしているのは、サラひとりだけじゃないと言って、安心させてあげなくては……。

「実はさ、ぼくもなんだ。声じゃないけど、不思議と見えてるものがあって。でも、それは頭がおかしいからじゃないと思う。ひょっとしたら、村のまわりの森のせいかもしれないな。ほら、昔、森のキノコから出た毒が流れて、人がたくさん死んだっていうじゃないか。それか、ぼくたちはただ疲れすぎてるだけかもしれない。それで、風の音を声だと思ったり、光の加減で見えたものを何かだと思いこんだりしてるんだ」

「フランク、あなたもだったの？」サラが驚いて尋ねた。「いったい何が見えているの？」

「女の人だよ」

「え、それっていつものお馬鹿な妄想？」

サラにそう訊かれて、フランクは思わず笑った。自分では真面目にやろうとしていたのだが……。でも、おかげでいつものように、サラの沈んだ気持ちを少しは紛らわせることができたようだ。

「違うよ、これは真面目な話なんだ。きれいで上品な赤毛の女の人が見えるんだよ。誰だかわからないのに、その人の夢をよく見るんだ。夜、その人のぬくもりとか香水の匂いを感じることもある。一度なんか、モリーの店で一緒に夕食をとったこともあってさ。でも、考えれば考えるほど、あれは夢だったんじゃないかって思ってる。だって、ぼく以外、誰もその人がいることに気づいてないようだったから」

「どうして今まで黙っていたの？」

「じゃあ、きみは？　どうして今まで話さなかったんだい？」

「だって……怖かったから」

「ぼくも同じさ。怖かったんだよ、サラ。その女の人が誰かわかるのが怖いんだ」

短い沈黙がおりたあと、サラが言った。

「じゃあ、こうしましょう。モリーの店を出たら、まずは家でしっかり休むの。そのあと、ランチをたっぷり用意するから、食べながらゆっくり続きを話すのよ」

「いいね」フランクはうなずいた。なんだか見えない重石から解放された気分だった。「サラ、いつだってぼくがいるよ。ぼくはきみの味方だから。それはわかっていてほしい」

「ええ、わかってる、フランキー。あなたはいつもそばにいてくれた。これからだって、きっとそれは変わらない」


雪の上にタイヤの跡をつけながら、車はモリーの店の脇にとまった。

フランクはサラとふたりで車をおりた。見ると、配達のトラックが二台とまっている。あれからもう一台来たらしい。配達業者とおぼしきふたりが、もくもくと煙を吐きながら煙草を吸っていた。

「よし、こんな時間までどうしてモリーがベッドにいるのか、調べにいくとしよう」

こちらに気づくと、配達業者のふたりはしゃべるのをやめた。ひとりが吸い殻を雪の上に捨てて近づいてくる。

「どうも。さっき電話した者です」

「あいかわらず誰も出てきませんか？」相手のがっしりとしてまめだらけの手と握手しながら、フランクは尋ねた。

「ええ、まったく。何の気配もありませんよ」

「わたし、ドアをノックしてみる」

サラが入り口へ向かおうとしたとき、配達業者が言った。

「あの、さっき電話で言われたとおり、店のまわりを回ってみたんですがね。これはどうも目覚まし時計の故障とか、そういう話じゃなさそうで……。もっと大変なことじゃないかと」

「何か見つけたんですか？」

「あそこにいる業者さんとふたりで一緒に見たんですけど、見たときは肝が冷えましたよ。といっても、断定はできないし、とにかく見てください。こっちです」

そう言って、配達業者が店の横の窓へ向かうので、フランクもサラと一緒にそちらへ行った。それは駐車場沿いにある窓で、食堂の窓だというのはすぐにわかった。夜になると、亭主のロジェがいつも開けている窓だ。料理の匂いが布張りの椅子につかないようにと……。

そのとき、フランクはもうひとりの配達業者がこっちへ来ないことに気がついた。青ざめた顔でうつむいたまま、不安そうにずっと足元に張った氷を見つめている。まるで氷のなかに自身の苦悩があるかのように……。その配達業者は煙草を吸い終えると、顔をあげ、急いで次の煙草に火をつけようとした。だが、手が震えているせいで、うまくいかないらしい。ライターの火をつけるのに四度もやりなおしている。

「まずは裏口のドアを試したんですがね」案内したほうの配送業者が言った。「ドアは開きませんでした。だから、今度は鎧戸を片っ端から叩いてみたんです。そうしたら、この窓の鎧戸だけ開いたってわけで。それで、こうやって目の上に手をかざして、窓からのぞいてみたんですが……。まあ、どうぞ見てくださいよ。今やったみたいにして」

言われたとおり、フランクは窓をのぞいてみた。だが、目を細めて暗がりに慣れようとしても、窓から入る光だけではあまりよく見えない。

「何も見えませんよ」

食堂にざっと目をやってそう言うと、うしろから配達業者の無愛想な声がした。

「床ですよ、床」

そこで、フランクは今度は床に目を凝らした。少しすると目が慣れて、色あせた床板が見えてくる。そして、配達業者が見せようとしていたものを理解した。濃い色をした筋が、階段の下からカウンターに沿って伸びているのだ。その筋は、調理場の入り口のほうで消えていた。

ペンキの缶をひっくり返したんだろうか。その筋を見たとき、フランクはまず思った。下手に雑巾でふこうとして、こぼれたペンキを広げてしまったんだろうか。というのも、ロジェは食堂の壁を塗りかえたがっていたからだ。どれだけ日曜大工の腕がよくたって、うっかり手が滑ることはあるだろう。ペンキをこぼして、床にあんな跡をつけてしまうことはおおいにあり得る(ロジェが「モリーに見つかったら」と思って、悪態をつくところまで想像できた)。でも、見ているうちに今度は、数メートルほどあるその筋が、巨大なナメクジの這った跡のようにも思えてきた。もしかしたら、あの緋色の筋は、森から出てきた巨大ナメクジの粘液の跡かもしれない。きっとその巨大ナメクジは肉食で、モンモール村の歴史に残る数々の行方不明事件の犯人にちがいない……。

だが、まだ生々しい色をしたその筋が、本当は何なのかわかったとき、一瞬にして顔から血の気が引いていった。フランクはすぐさま窓を離れ、サラのほうを振り向いた。

フランクの真っ青な顔を見て、サラも即座に理解した。終わったはずの夜は、まだ秘密を隠していたのだと。

# 9

フランクは大きな石を手につかんだ。モリーの店の外壁近くに落ちていたものだ。

「危ないから下がってて、サラ。入るには窓を割るしかなさそうだ」

サラが配達業者にも下がるよう合図して、うしろへ行った。フランクは窓へ向かって思いきり石を投げつけた。ガラスが割れて、投げた石が食堂のなかへ消えていく。石が床にぶつかる鈍い音が聞こえていた。

「ほら、フランク、これを使って。拾ってきたから」

振り向くと、サラが木の棒を差しだしていた。まだ窓枠に残る尖ったガラスを、その棒で叩いて落とせば、なかに入りやすくなるから、と。やがて、入れそうになったところで、サラが言った。

「入るのはわたしに任せて。そのほうがうまくいくと思う」

「それって、ぼくの運動神経を信用してないってこと？　それとも、このぽっちゃり体形をからかってる？」フランクはわざとふざけてみせた。

「どちらも少しずつってとこね」サラもふざけて答えてから、続けた。「とにかく、わたしが入って、なかから入り口のドアを開けるから」

「わかった。気をつけるんだよ」

サラが窓の高さまであがれるように、フランクは脚立の代わりをした。かがんで腕を組み、その上にサラが足を乗せられるようにしたのだ。サラの乗せた足を支えながら、フランクは昔のことを思い出した。子どもの頃もこんなふうにサラとよく遊んでいたものだった。でも、最後にこうやってサラを支えてあげたのはいつだったろう。たぶん、小学生のときだ。中学生の頃とは思えない。あの頃の自分は、このぽっちゃり体形や顔のにきびを恥ずかしいと思っていたから。そんな自分が、村で評判の美少女だったサラをこんなふうに支えていたはずがない。そう、だから最後はやっぱり小学生のときだ。森のはずれの柳の木に、小屋をつくって遊んでいたときが最後だったんだ——。

サラが片方の足を窓枠に乗せた。もう一方の足も無事に乗せたので、フランクは立ちあがった。サラは窓枠の上でうまくバランスを取っていた。配達業者のふたりも再び煙草を吸いながら、軽業師のようなサラの動きを見つめている。

「何か見えるかい？」

「いいえ、暗すぎてよくわからない。じゃあ、なかに入ってドアを開けてくるから、入り口で待ってて」

そう言って、サラは窓からモリーの店の食堂に入っていった。フランクは建物を回って入り口まで行き、鍵が開くのを待った。

なかに入ってすぐ、サラは妙なにおいが鼻をくすぐることに気がついた。これは血のにおいだけじゃない。忍び足で入り口へ向かいながら、サラは思った。もっとずっと複雑なにおいがする。床に伸びる緋色の筋は固まっていた。そばへ寄って見てみても、それが血なのはまちがいなかった。いったい、ここで何が起こったのだろうか。

「誰かいますか？　警察です！　モリー？　ロジェ？」

声をかけたが、返事はなかった。サラは食堂の様子をざっと見た。ジュークボックスは電気がついていなかった。暖炉も火が消えている。奥の壁では、額に入った昔の墓地の写真がそこだけ光って見えていた。割れた窓から朝の光が射していて、ちょうど写真に当たっていたのだ。よく見ると、額は傾いていた。

「サラ、大丈夫かい？」

外からフランクの声がしたので、サラは墓地の写真から目を離し、入り口へ行って鍵を開けた。

「大丈夫？」なかへ入ってきながら、フランクがまた尋ねた。

「ええ。見た感じ、誰もいないみたい」

「このにおいは何だろう？」

「血よ。でも、それだけじゃないと思う。スパイスくさい気がするけど……」

フランクが懐中電灯をつけて、腰から拳銃を取りだした。フランクが拳銃を手にするのを見るのは初めてだった。

やっぱりフランクも怖いんだ。サラは思った。そう、わたしたちはみんな、怖がっている。署長もそうだった。目に恐怖が浮かんでいた。今わたしたちはみんな、恐怖に取り憑かれている。恐怖という、忌まわしい姿をした古い魔女に――このモンモール村では誰もが知りすぎるほど知っている感情に――みんな取り憑かれているんだ。

「〈卑しい感情のなかでも恐れはもっとも呪わしいもの〉。確か、シェイクスピアの『ヘンリー六世』のなかのセリフよね（『ヘンリー六世　第一部』小田島雄志訳、白水Uブックス、一九八三年）」自分も腰のホルスターからシグ・ザウエルを抜きながら、サラはつぶやいた。

だが、フランクは特に何も言わなかった。たぶん、聞こえなかったのだろう。カウンターのほうへ慎重に向かうことに集中しているようだ。

「誰かいますか？　いるなら出てきてください！」

フランクがそう言うのを聞いて、サラは最後にその言葉を口にしたときのことを思い出した。フランクも覚えているだろうか。あれはまだ中学生の頃だった。冬のある晩、自分とフランクは、ほかにも友だちふたりと一緒に、夜は外出禁止という言いつけを破って、昔の墓地へ行ったのだ。魔女が眠るという、鉄柵で囲まれた昔の墓地へ……。あのときも、今日のようにみんな怖がっていた。ただ墓地へ入るだけじゃなく、魔女の幽霊を呼びだそうとしていたから。

あの夜は、まずフランクが木の十字架の根元に板を敷いて、その上に逆さにしたコップをのせていた。それから、四人全員の人差し指をそのコップの上に置き、あの言葉を口にした。「誰かいますか？　いるなら出てきてください」と。降霊術の真似事だった。本当は、みんな怖くて仕方なかった。それなのに強がって、怖いと言えないでいた。そうして指を置いたまま、十分くらい待っていたとき、突然指の下のコップが動いた。モンモール山のほうへ何ミリか……。あのとき、自分はほかのみんなに担がれたと思って、みんなを責めた。わたしを怖がらせようとして、わざと動かしたと言って……。もしかして、わたしたちは今ここで、あの〈いるなら出てきてください〉をもう一度やっているんだろうか？　わたしたちが探しているのは幽霊なんだろうか？　昔の魔女の幽霊を探そうとしているんだろうか？　あの冬の夜みたいに……。あの夜か。もうずいぶん遠い気がする。フランク、わたし、もう疲れた……。

「サラ、聞いてる？」

フランクの声で、サラは我に返った。フランクは床の血痕の上にかがんでいた。人差し指で血痕に触れ、においを嗅いでいる。それから立ちあがって言った。

「調理場へ行こう。ついてきて」

サラはフランクのあとに続いた。フランクが調理場のスイングドアを押した。だが、立ちどまったまま、なかへ入ろうとはしない。

「サラは来なくていい」震える声で、フランクが言った。「それより救急車を呼んできて。またふたり、モンモール村に死人が出たから……。あと、ボスにも知らせてくれないか。夜が明けても、終わってなかったって」

サラが食堂を出ていくのを待って、フランクは調理場に入っていった。スイングドアが音を立てながら閉まり、少し揺れてからとまった。何かほかのことを考えるようにしないと。あれを見ないように、何も感じないようにしないと。そう思って、少しのあいだ目を閉じる。それから勇気を奮いおこして、もう一度目を開けた。冷蔵室のドアが開けっぱなしになっていて、電球の光がそこから漏れ、調理場の一部を照らしていた。

フランクは持っていた懐中電灯を床に置き、照明のスイッチを押した。蛍光灯がパチパチと点滅しはじめる。明かりがつくまでのわずかなあいだに――脳で電気信号がつながっていくその一瞬の間《ま》に――フランクは願った。どうか明かりがついたら、さっき見たものが砂漠の蜃気《しんき》楼《ろう》みたいに消えてなくなっていますように、と。

だが、目の前ではあいかわらず、ロジェの頭が木のまな板の上にのっていた。モリーのほうは大きなコンロの下にいた。コンロの台にもたれ、タイル張りの床にじかに座った姿勢のまま動かない。胸が血まみれだった。首にぱっくり切れた傷が走っていた。モリーはまだ手に肉切り包丁を握っていた。きっと、あの包丁で喉をかき切ったのだろう。傷から出た血はもうとまっていた。

ここを出ないと。サラにこれを見せないようにしないと……。

フランクは調理場を出ようとした。だが、身を翻そうとしたそのとき、さっきからずっと漂う妙なにおいの出所に気がついた。コンロの上の深鍋だ。火にかけられた深鍋から湯気が出つづけ、部屋中に妙なにおいをまき散らしている。フランクは鍋のそばまで行って、火をとめた。すぐに、鍋は沸きたつのをやめ、湯気も消えてなくなった。

鍋からは妙なにおいが強く漂い、ステンレス製のその柄《え》には血がこびりついていた。それでも、フランクは鍋のなかをのぞいてみた。

そこには人参や玉ねぎや香草と一緒に、肉の塊がふたつ浮かんでいた。毛がついたままのその肉は、形といい大きさといい、おおいに人間のふくらはぎを思わせた。

## 10

台所のテーブルについたまま、ロイックは目を開けた。

少女と少年は消えていた。向かいのふたつの椅子には、もう誰も座っていない。頭には、この台所にふたりの子どもがいたというおぼろげな記憶だけが残っていた。だが、その記憶も頭のなかを少し漂ってから、すぐ消えた。

どうやら、おれは白昼夢を見たようだ。そういうことは起きるらしい。図書館の本で読んだことがあった。

壁の時計に目をやると、六時十五分だった。

くそ、出かける時間じゃないか。

ロイックは急いで洗面所へ行った。鏡に映る自分の顔は痩せこけていてカサカサで、どう見てもひどく疲れていた。目の下の隈は、嵐の夜の暗雲みたいに黒ずんでいる。目は睡眠不足で血走っていた。濡らした手でぼさぼさの髪を撫でつけると、ロイックは素早く歯を磨いた。

そうして十分後には、雪の積もった小道を過ぎて、バスの車庫に到着した。車庫の地面も雪のせいで濡れている。

運転席に座ると、ロイックはギアを一速に入れて、バスを出そうとした。だがそのとき、救急車が村の東へ向かっていくのが目に入った。そういえば何時間か前にも、救急車のサイレンの音が聞こえてきた。ちょうど窓の下でしゃべる子どもの声に耳をふさごうと、ベッドで悪戦苦闘していたときに……。あのときの救急車はもっと近い場所、村の中心のほうへ向かっていた。つまり、朝までに救急車が二台も出動したってことか？　ロイックは驚いた。ありえない。そんなのはモンモール村じゃ前代未聞の出来事だ。一台だって、すでに新記録だっていうのに……。

ロイックはスクールバスを発進させ、車庫を出た。バスが車体をきしませながら動きだす。一瞬、ロイックは救急車のあとを追ってみようかと考えた。こんな朝早くにどうして救急車が呼ばれたのか、確かめようかと思ったのだ。だが、やめることにした。そんなことをしたらバスのスケジュールが遅れてしまう。そのうえ、あの生意気な中学生どもから、冬の寒さのなかで待たされたと怒りの目を向けられることにもなるだろう。〈ガイコツ〉という屈辱的なあだ名で呼ばれることに耐えるだけでなく……。

クソガキども、おまえらの年なら、もっとちゃんと我慢できるはずだろうが。

心で悪態をつきながら、ロイックはいつもの道を走りはじめた。

スクールバスが見えてくる前から、バスの来る音は聞こえていた。けれども、ロアンは雪の上に右足で謎の絵を描くことに集中して（もちろん、本人にとってはちゃんとした何かの絵だ)、バスが目の前でとまるまで顔をあげなかった。乗車口のドアが開いて、なかへ入るよう促されるまで……。

ステップを五段のぼるときも、運転手の〈ガイコツ〉に目を向ける勇気は出なかった。そそくさと「おはようございます」と言ったあとは、できるだけ急いでいちばんうしろの席へ向かった。

バスは再び動きだした。車内の暖房のおかげで、外から一緒に入った冷たい空気が追い払われていく。普段なら、学校までのこの三十分を利用して、授業の復習をするはずだった。特に今朝は、一時間目に英語のテストがあるのだから……。本当は昨日の夜、いつものようにベッドのなかで復習すればよかったのだろう。でも、どうしても集中できなかった。眠りにつく前の時間は、ｂｅ動詞＋動詞のｉｎｇ形という進行形の使い方を勉強する代わりに、どうして〈ガイコツ〉があんな変なことをしたのか――誰もいない場所にバスをとめて、ひとりでしゃべっていたのか――考えていたのだ。

昨日の朝は、バスがジャン・ヴァレット中学校の駐車場を出ていったあと、乗っていた全員で校門前に集まった。いちばん年上で、いちばん騒々しいステファンの呼びかけで、〈ガイコツ〉の薄気味悪い行動について、みんなで話をしていたのだ。

「あいつ、なんだか幽霊としゃべってるみたいだったよな」

「けど、誰もいなかったよね？　誰かいたのが見えた人いる？」

「いいや。くそ、バスには絶対誰も乗ってこなかった」

「たぶん頭がおかしいんだよ」

「それか、ぼくたちを怖がらせようとして、わざとやったんだ！」

「もし明日も同じことをしたらどうする？　誰もいないのにバスをとめたら……」

「ゴーストバスターズを呼ぶ？」

「何言ってんだよ！」

「もしかしたらさ、魔女のしわざかもしれないよね」


　そして今朝がやってきたので、ロアンは怯えながら、バスのうしろの席に座っていた。〈ガイコツ〉とふたりだけだと思うと、怖くて何も考えられなかった。次に双子のプロンティエ兄弟が乗ってきて、ようやく少しほっとした。

「で、ガイコツは？」座席につくなり、双子のひとりが訊いてきた。

「今のところは普通だよ。何も変なことは言ってない」

「でもさ、昨日急にバスをとめたのって、トンネルの手前だったよな。今日もやるかもしれないぞ……」

　バスは少しずつ村の中学生を乗せて膨れていった。みんな、できるだけ運転席のガイコツから離れたくて、うしろの席を取りあった。でも、ステファンだけは違った。最後に乗ってきたステファンは、乗車口に近い席に座ったのだ。運転席のすぐそばに……。

　ハンドルを握りながら、ロイックはおやと思った。問題児のステファンが自分のすぐそばに座ったからだ。いつもはいちばんうしろへ行くくせに。バスに乗ってきたときも、いつもと違って〈ガイコツ〉と口にしなかったし、「おまえはクズだ」と言わんばかりの嫌な目も向けてこなかった。煙草の臭いをぷんぷんさせているのは同じだが、どうやら今朝はこっちをうんざりさせるつもりはないらしい。

そういえば、ほかの連中も、今日はえらくおとなしいが。ロイックは気がついた。巣穴のなかのウサギよろしく、みんなしてうしろの席に固まっていて、まだ誰も大きなゲップをしていないし、大声で仲間を小馬鹿にしたりもしていない。こりゃ、奇跡だ。そう思ったものの、ロイックはその奇跡の理由を考えようとはしなかった。そして発車のウインカーを出すと、再び道を走りはじめた。トンネルへ向かって……。

もうすぐだな。ガイコツのすぐそばの席に座りながら、ステファンはほくそ笑んだ。

さっきバスが来るのを待って今日最初の煙草を吸っていたとき、悪だくみを思いついたのだ。まずバスに乗ったら、いちばん前のガイコツのそばの席に座る。これで、おれに怖いものなどないと、ほかのやつらにもわかるだろう。次に、ガイコツが昨日みたいに、トンネルの手前でバスをとめるか様子を見る。もし昨日のようにドアが開いて、ガイコツがまた幽霊と話しだしたら、おれは立ちあがって、幽霊に襲われたふりをする。助けてくれと叫びながら、バスの床を転げまわる。で、頃合いを見て、また立ちあがったら、見ていたやつらにおじぎをする。ガイコツのやつ、笑い者にされたとわかって、さぞ悔しがるだろう。ほかのやつらは、おれの最高のネタに大爆笑っていうわけだ。おれがネタにしてやれば、もう腰抜けみたいにブルブル震える理由もなくなるしな――。

次のカーブが少し先に見えてきた。前の警察署長の車が谷底で発見されたあと、ステファンが〈刑事《でか》のヘアピン〉と命名したカーブだ。バスの左手は断崖で、谷はそのはるか下にあった。右手には岩壁が高く迫っている。

ロアンはみんなと一緒に、前かがみ気味になりながら、ガイコツの様子を注視した。〈刑事《でか》のヘアピン〉を曲がるため、バスは速度を落としている。

「普段どおりなら」ガイコツの動きをうかがいつつ、ロアンは小声で言った。「あのカーブを曲がったあとすぐ、ガイコツはスピードをあげて、トンネルまでのまっすぐな道を走るはずだ。だから、もしカーブを過ぎてもスピードが落ちるようなら、また幽霊を乗せるつもりってことだと思う」

バスはゆっくりとカーブを曲がっていた。

バスのなかは、教会かと思うほど静まり返っている。ガイコツの手はハンドルに置かれたままだった。

「もしとまるなら、もうすぐウインカーを出すはずだ。ガイコツはウインカーを絶対に忘れないから」ロアンはまた言った。サッカーのＰＫ戦を実況するコメンテーターの気分だった。

そのとき、ガイコツが前方に見えてきたトンネルから注意をそらし、バスの外側のバックミラーを確認した。それから、右へウインカーを出した。

「くそ……またとまるぞ」バスのうしろがざわついた。

バスはスピードを落としながら道の脇へ寄って、停車した。ガイコツが乗車口のドアを開け、それからドアのほうを向く。そして、自分だけに見える子どもへ向かって挨拶した。

乗車口のドアが開いて、凍るような風が頬を打った。ステファンは呆然としながら、事のなりゆきを見つめていた。それも特等席で……。

なんだかんだいっても、心の奥では、ガイコツがバスをとめることは絶対にないと思っていた。昨日のあれは、自分たち子どもにはよくわからない大人のおふざけにちがいない、そう考えていたのだ。だから、さっきの悪だくみも本当にやることになるとは全然思っていなかった。幽霊に憑かれたみたいに床を転げまわることはない、そう思っていた。大事なのは、いちばん前の席に座ること、それだけだったのだ。そうすれば、学校でみんなから「すごい」と称賛されるだろうから。

それなのに……。目の前でドアが閉まった。ステファンは固まったまま、ガイコツを見つめた。ガイコツが口を開いて、話しはじめる。もう逃げることしか頭になかった。うしろの席へ飛んでいきたい。ガイコツが話していることなど聞きたくない。だが、そう思っても、ガイコツの言葉は勝手に耳に届いていた。

「きみら、さっきはすぐ帰ったんだな。……いいじゃないか。弟といつも手をつないでやるってのはいいことだ。……うちの窓の下でしゃべってるのはきみらだったのか？　そうか、もう来るんじゃないぞ。……ああ、その髪型、とてもいいと思う。ふたつに結ぶのは、かわいいな。……え？　言いたいことがあるから耳を貸してほしいのか？　わかった、話すといい」

バスのうしろで、ロアンはみんなと一緒に見た。ガイコツが乗車口へと身を乗りだすのを……。そのそばで、ステファンが窓にぴったりくっついて、身を縮めている。

でも、ガイコツは誰と話しているんだろう？　ロアンは怯えながら考えた。

少女がささやく言葉に、ロイックは耳を傾けた。

やがて少女の話が終わると、姿勢を戻し、ハンドルの前に座りなおした。

車内の重い静寂にも、目に見えてわかる子どもたちの恐怖にも、まったく気づいていなかった。ギアを一速に入れると、ロイックは再びバスを発車させた。ウインカーを出すことなく。

おれは自分が誰かわかった……。

ギアを二速にシフトして、アクセルを踏み、二速のまま思いきりスピードをあげていく。エンジンが重くうなりだした。ロイックはギアを三速に変えた。

おれは自分が誰かわかったんだ……。

ステファンは、うしろの席の仲間たちに怯えた目を向けた。何人かが不安げな笑みを返してくれる。でも、そいつら以外はみんな、少しでも恐怖心から逃れようと、窓の外に目を向けていた。

ギアが四速になった。

「ちょっとスピードの出しすぎだよな？」双子のひとりがぎょっとした顔で口にした。

「それに、いつも出すウインカーを忘れてた」ロアンも言った。かつてない速さで、トンネルが近づいてくるのを目にしながら。

おれは自分が誰で、きみらに何をしたのかわかった……。


五速になった。


「あの、ロイックさん、少し飛ばしすぎじゃないですか」リュックを胸に引き寄せながら、ステファンは言った。

だが、ガイコツは何も答えなかった。ひたすら道を見つめたまま、ハンドルを握りしめていた。ステファンは通路を挟んだ座席のほうへ目を向けた。誰もいない。でも、そこには幽霊が座っているはずだった。バスを発車させる前、ガイコツはそこに誰かが座るまで目で追っていたのだ。車の揺れが次第に激しくなっていた。恐怖で身体中に震えが走った。

「早くここから逃げないと」

そうつぶやくと、ステファンはいちばん前の席から立ちあがった。うしろのみんなのところへ行くために。

おれは自分が誰で、きみらに何をしたのかわかったんだ……。

だが、ステファンは三列目の座席にたどり着くことさえできなかった。

うしろへ行く途中、バスがガタガタ揺れるので、転ばないよう座席の肘かけをつかんでいると、突然、みんなが恐怖の悲鳴をあげだしたのだ。どうしてあんなに叫んでるんだ？　そう思って、運転席を見ようと振り向いたその瞬間、見えない腕に引っ張られ、ステファンは前へ飛ばされた。悲鳴がますます大きくなり、そこに金属のつぶれる大音響が重なった。

ステファンは外へ投げだされた。フロントガラスを突き破って……。

バスはトンネルの左の石柱に激突していた。

# 11

サラはモリーの店の外にいた。

配達業者のふたりから話を聞いて、メモを取っていたのだ。通報してきた配達業者は、報告書に必要な話をいろいろしてくれた。だが、もうひとりのほうは煙草のけむりを乳白色の空へ吐きながら、ただ頷いているだけだった。

救急隊員を案内したのは、フランクだった。救急隊員たちの顔には疲労の色が浮かんでいた。ほんの数時間前、焼身自殺したロンドナールの搬送のため、出動したばかりだったから……。と同時に、「なぜ？」という困惑の表情も浮かんでいた。それはそうだろう。ヴァンサン、リュカ、ロンドナール、そしてモリーとロジェ。

わずか三日のあいだに、五人もの死体を搬送したのだ。このモンモール村で……。それは多すぎる数だった。

死体が運ばれ、救急隊員が去っていくと、フランクは店の窓と入り口のドアに立入禁止のテープを貼って、サラと合流した。

「そっちはどう?」

「問題なしよ。必要なことはみんな聞けたから。あとは明日、署に来てもらって、読んでサインしてもらえばいいだけよ」

「そうか、お疲れさま。それにしても、あれを見たおかげで、朝ゆっくり休もうって気分が吹き飛んだよ」フランクはそうつぶやいて、遠くのモンモール山を見た。

「ねえ、調理場のなかはどうなっていたの?」サラが尋ねた。サラも山のほうを見ている。

サラには「調理場には入らず、証言をとってほしい」と頼んでいた。勤務中、サラに何かをするなと告げたのは初めてだった。

「モリーもロジェも、おぞましい死に方をしてたんだ、サラ」

「誰かに殺されたの?」

「どうだろう……。店の外に不審な足跡は特になかった」

「フランク、どうして調理場に入らせてくれなかったの? わたしが現場に耐えられないと思っているから? フランクから見て、わたしはもう信頼できないってこと?」

フランクは山から目を離し、サラと向き合った。サラの視線を正面から受けとめる。

「あれは、きみのためだったんだよ。昨日の晩から、きみはずっと恐ろしいものを見つづけているから」

「何も隠さないで、フランク。あなただけは……」

「わかった。モリーはさ、喉をかき切ってたんだ」フランクはつぶやくように言った。コンロの台にもたれたあの姿がまた頭に浮かんでくる。「それから、ロジェなんだけど、それが……」

「言って。わたしは平気よ」

「ロジェは……ロジェは頭を切断されてた」

「そんな！」

「それと、ふくらはぎを切り取られて……煮込まれてた。普通の肉みたいに」

「なんてこと……。いったい、この村で何が起きているの？」

「わからない、サラ。ぼくにはお手上げだ。そういえば、ボスに連絡した？」

「ええ」

「ボスは何か言ってた？」

「必ずふたりでいろ、って」

「そうか。まずは署へ戻るとしよう。ひとまず署で休むのがよさそうだ」

そうは言ってみたものの、眠れないのはわかっていた。

「考えてみたら、すべてはあの場所から始まったのよね」顎の先でモンモール山を指しながら、サラがつぶやいた。「あそこでジャン＝ルイがおかしくなったのが始まりだった」

上着のポケットに手を入れて、フランクもモンモール山をじっと見た。この村の象徴のような岩山を……。低い雲が頂《いただき》をかすめ、西へと飛ぶように流れていた。まるで雲まで村の出来事に怯え、逃げていこうかとするように。

「まったくだよ」答えながら、フランクはいつしか雪がやんだことに気がついた。「きっと、あの山は悲劇を招く扉で、その扉はずっと開いたままなんだ。だから、あんな恐ろしいことが次々と、この村の家に入りこむことになったんだ」

# 12

ジュリアンは呆然としながら、執務室の電話を置いた。

電話のそばに立ったまま、しばらく動けないでいた。

またふたつ、死体が見つかった。

静かだといわれるこの村で、新たにふたりの死者が出た。

自分がここへ来てから、またふたり、死者が出た。全部で五人……。

そのとき、休憩室のほうから足音がして、ジュリアンは我に返った。シビルだった。シビルは硬い表情でそばまで来ると、こう尋ねた。

「今度は誰?」

「モリーとロジェだ」

隠す必要はなかった。おそらくサラとの会話の断片は、シビルにも聞こえていただろう。何があったか、察しはついているはずだ。

「じゃあ、やっぱり村に人殺しがいるの? その人殺しは本当に村人に混じって村を歩いているの？」

シビルは怯えた様子だった。そんな質問をすること自体が恐ろしいというように。

「ああ、やはりそうだろう。どうしたらこんなふうに犯行を重ねられるのか、さっぱりわからないんだが。ちょっと理解が追いつかなくなってきた……」

途方に暮れるジュリアンを見て、シビルは思わず抱きしめたくなった。

今のジュリアンはとても弱々しく見えた。きっともう限界なんだ。そう思いながら、シビルはジュリアンの肩に手を添え、励ました。

「大丈夫、あなたなら犯人を見つけられる。真相を突きとめられる。犯人だって、何かミスをするはずよ。逃げおおせた犯罪者なんていないんだから」

いや、ときには逃げおおせる犯罪者もいるんだ。シビルの言葉に、ジュリアンはそう答えそうになった。犯罪者のなかには、時とともに忘れ去られる伝説のように、姿を消してしまう者もいる。そういう者たちは自分の輝かしい過去を思い出しつつ、何食わぬ顔で人生を続け、墓場までその秘密を持っていくのだ。だが、ジュリアンは何も言わないことにした。ときには知らないままでいたほうが、幸せなこともある……。

「そうだ、村長のティオンヴィル氏に連絡しないと。今は出張中のはずだが、執事のブリュノに聞けば、直接つながる番号を教えてくれるかもしれない」

ジュリアンは電話の短縮ダイヤルを押した。署の電話には、村長宅の番号が登録されているのだ。サラによると、ティオンヴィル氏は警察がどういう事件を扱っているのか常に把握しておきたいとのことで、邸宅の番号を登録させたという。

「はい、ティオンヴィル邸ですが」

受話器の向こうで声がした。その落ち着いた声を聞いて、ジュリアンは執事のブリュノだとすぐにわかった。

「もしもし、こちらは警察署長のジュリアンです。実はお伝えしたいことがありまして、至急、村長と連絡を取りたいのですが。村長に直接連絡できる番号を教えてもらえませんか？　確か今はアメリカへご出張中ではないかと」

「おはようございます、ジュリアン。直通番号へおかけになるには及びません。旦那さまは健康上の理由で、出張を取りやめておられますので」

「つまり、今も村におられると？」

「さようです。医師によると、長期のフライトに耐えられる容体ではないとのことで」

「そんなに悪いんですか？」

「あまり楽観できる状態ではございません」ブリュノが言った。

思ったとおりだ。ティオンヴィル氏はやはり病に苦しんでいたのだ。一昨日の夜に見た弱々しい姿や青白い皮膚、頼りなげな動作が浮かんでくる。

「話をさせてもらうことはできますか？」

「ええ、もちろんです。ただし、手短にお願いします。安静が必要ですので。では、旦那さまのお部屋へおつなぎします」

保留中の音楽が流れはじめた。一分ほど待っていると、ピッと電子音がして、受話器の向こうからティオンヴィル氏の声が聞こえてきた。

「ジュリアン、元気かね？」

氏の声は聞き取りづらかった。ジュリアンは左手で空いているほうの耳をふさぎ、外の音が入らないようにした。

「村長、どうしてもお伝えしなければいけないことが出てきまして。昨夜から今朝にかけて、村で複数の問題が発生しました。どれも重大な問題です」

「どうしたのだね？」ティオンヴィル氏が問いかけた。だがその直後、激しく咳きこんだ。なんてことだ、もしかして死にかけているんじゃないか？　ジュリアンは不安になった。声も弱くて、だいぶ聞き取りにくくなっている……。果たしてこんな話をしていいものだろうか。

「すまなかった」再びティオンヴィル氏の声がした。「冬の寒さに、気管支がもうあまり耐えられなくなっているのだよ。それで、何があったんだね？」

「はい、村長。実は、昨夜から今朝のあいだに、村民が四名死亡しました」

「死亡した？」

「そうです」

「何が起きたのかね？」

「今のところ、まだほとんど情報がない状態で。特に、直近の死亡者ふたりについては何もわかっていないんです。署員と私でこれから捜査を進める予定です。ただ、村長には早くお知らせしたほうがいいと思いまして」

「知らせてくれてよかった」ティオンヴィル氏が言った。「今日の昼、うちへ食事にきてくれ。そのとき詳しく聞かせてもらおう。最後にひとつ質問だが、我々の探す脱獄囚と、今回の村民の死亡には、何かしら関係があると思うかね？」

「具体的な証拠がありませんので、その考えを裏づけることはできませんが……」

「だったら、きみの警官としての直感を信じて、質問に答えてくれ」

「それでしたら、ええ、関係ある気がしています」

「そうか。では、昼食に来てくれるのを待っているよ」

「ありがとうございます。ところで、村長？」

「何だね」

「私の家の鍵なんですが、村長と私のほかにも、誰か持っている人はいるんでしょうか？」

「いや、鍵はふたつしかない。どうしてそんなことを？」

「いえ、ちょっと気になりまして、万一失くしたときのために……」

「では、そろそろ失礼させてもらうよ。ブリュノがドアを叩いているからな。薬を持ってきたんだろう。では、ジュリアン、またのちほど」

受話器の向こうで、再び咳きこむ音が聞こえてきた。さっきよりさらに激しく苦しげだった。

そして、電話は切れた。受話器を置くと、ジュリアンはシビルへ不安な目を向けて言った。

「村長はかなり具合が悪そうだ」

「ジュリアン？」シビルが尋ねる。

「なんだろう？」

「どうして、家の鍵をほかにも持っている人がいるかどうか、尋ねたの？」

ジュリアンは答えをためらった。もし知らないあいだに、誰かが居間のローテーブルにコーヒーカップを置いていたなんて話をしたら、頭がおかしいと思われるかもしれない。いや、でもそれを言うなら、今の自分たちにはおかしなことばかり起こっているじゃないか。何を今さら気にする必要があるだろう。

「実は、昨日の夕方、きみと食事をしにモリーの店へ行く前に、どうも誰かが家に入ったようなんだ。二階でシャワーを浴びていたときに」

「誰だったの？」

「わからない。ただ足音が聞こえてきて、誰かがいると感じたんだ。それなのに、下へおりたら誰もいなかった」

「もしかして、例の殺人犯？　村長が探している脱獄囚だったの？」

「いや、違うと思う。もし犯人なら、いつでも襲ってこれただろうから」

「そして、いつでも殺すことができた……」

「ああ」

「それなら、誰が？」

ジュリアンはカップについていた口紅の跡を思い出し、少し黙って考えた。あの跡を誰がつけたのか、今は見当がついていた。身近な女性のなかに、あの色の口紅をつけた人はいない。サラもリュシーもモリーもシビルも、それからロンドナールの死体を搬送した救急隊員の女性も、誰も使っていなかった。あのチョコレートブラウンの口紅をつけていたのは、ただひとり、赤毛の女だけなのだ。だが、なぜあんなことをしたのかがわからなかった。

赤毛の女か……。ジュリアンは思った。赤毛といえば魔女の髪色だが。いや、おれは何を考えてる。その境界は越えちゃいけない。あれは夢じゃなかった。あの赤毛の女は確かにいたのだ。この村で仕事を始めた最初の夜、モリーの店のカウンターに肘をつく姿を確かに見た。それも、しばらくじっと眺めていた。優雅な仕草、絹のようにつややかな髪、そしてチョコレートブラウンの口紅を引いた唇が、カップにそっと触れるところも……。

「シビル、きみはこの村のほとんどの人を知っているんだったね？」ジュリアンはシビルに尋ねてみることにした。

「ええ、まあ、ここは小さな村だから」言い訳するように、シビルが答える。

「じゃあ、村人のなかに、赤毛で長い髪をした女性がいるか知らないか？」

「赤毛で長い髪をした女性？　いいえ、わたしの知ってる人のなかにはいないけど。それ、まちがいない？」

「ああ。品があって、物腰がとても優雅な女性で、身長は百七十センチくらいだと思う」ジュリアンは続けた。「この村に到着した日にモリーの店で見かけたんだ。その次の夜にも、カウンターにいるのを見た」

だがその話をするうちに、シビルが落ち着きをなくしはじめた。驚きと動揺が混じったような表情で、顔をしかめている。落ち着きを取り戻そうとでもするように、シビルはつかのま目をそらした。それから、再び口を開いた。

「つまり、その品のある赤毛の女性が、なぜか家に入ってきたって思っているわけね？」

「ああ。家の外を確かめたあと、居間に戻ったら、ローテーブルに口紅のついたコーヒーカップが置いてあったんだ。自分のカップの隣に……。その口紅の色は、チョコレートブラウンだった」

「そして、赤毛の女性も同じ色の口紅をつけていたと？」

「そうなんだ。まちがいない」

「残念だけど、ジュリアン、あなたが今話したような女性は、この村にはいない」

シビルの目が曇っていることに気がついて、ジュリアンは思った。どうして、シビルは突然これほど悲しげな様子になったのだろう。もしや嫉妬だろうか？

と、シビルがジーンズのうしろポケットからｉＰｈｏｎｅを取りだした。だが、手が震えていて、画面のロックを解除できたのは、二回やりなおしたあとだった。

「思い当たる人はいるの。でも、その人はもうここにはいない」

シビルはつぶやいた。打ち明けたくない真実を話しているかのように。それから、ｉＰｈｏｎｅを差しだしてきた。それを受け取りながら、ジュリアンはいぶかった。シビルは何がしたいのだろう。ｉＰｈｏｎｅの画面には、木の本棚と小さな机の写真が表示されていた。机の上にはパソコンが置かれ、そのそばに本も数冊並んでいる。

「これは、どこを見たらいいんだい？」

「本棚を拡大して。真ん中の段よ」

携帯画面とシビルの青ざめた顔の両方を気にかけながら、言われたとおり、ジュリアンは画面を拡大した。指で写真を大きくしてみる。本棚の真ん中の段には、写真立てが飾られていた。

シェイクスピアのぶ厚い全集二冊のあいだだ。さらに拡大していくと、写真に映る人物がはっきり見えてきた。大きく映しだされたのは、あの赤毛の女の顔だった。

「この人だ！」ジュリアンは断言した。「まちがいない、モリーの店で見かけたのはこの人だ！」

そのとき、こちらの手から携帯を奪うと、シビルが叫んだ。

「そんなはずない！　その人のはずがない！　ジュリアン、あなたは嘘つきよ！」

「ちょっと、シビル、どうしたっていうんだ？」

「これはわたしの家の写真で、この人はもうこの世にいないの。この人はわたしの母なのよ！」

なんだって？　ジュリアンはすぐさま謝ろうとした。シビルを抱きしめ、気持ちを理解しようとした。自分の思い違いだったと言って、シビルを慰めようとした。そして、どうしてこんな思い違いをしてしまったのか、納得のいく説明を見つけだそうとした。

だが、そうする時間はなかった。

またしても、電話が鳴りだしたのだ。

13

スクールバスの事故現場に到着すると、すでに消防車が二台と、隣町の救急車が三台とまっていた。道の一方の側は雪の積もった山肌で、回転灯の光が反射している。だが、もう一方の側には深い森が広がっていて、光は呑みこまれていた。隣町の警察も来ているらしく、ふたりの警官が通行車両を誘導し、別のふたりがバスの車内を調べている。

車をおりる前、ジュリアンはシビルに車から出ないよう告げていた。けれども、シビルはうなずいただけで、ひとことも口をきかなかった。さっきシビルの母親の写真を見て、「この人がモリーの店にいた赤毛の女だ」と言ってしまってからずっと、シビルは沈黙の殻に閉じこもったままなのだ。その重い沈黙は非難に満ちていて、何を思っているか多少は想像がついた。たとえば、「自分の幻覚の材料に、わたしの母を利用するなんてひどい」とか、「この人は正気なの?」とか、「どうしてあんな話をでっちあげたの?」とか、「家へ見舞いにきて食事に誘ったときに、母の写真を見ていたの?」とか……。ただし、そのときからこの話を考えていたの? もっと個人的な、内に秘めた思いまではわからなかった。

そもそも、どうしてこんなことになったのか、自分でも説明がつかなかった。赤毛の女がシビルの母親のはずはないのだ。いくらモンモール村でも、死者がよみがえって酒場でグラスを傾けたり、カップに口紅の跡を残したりできるわけがない。

このところの事件の連続、疲労とストレス。弱っているサラと疲弊したフランク。重い病のティオンヴィル氏。苦しんでいるシビル。そして、どこかに潜む殺人犯。きっと、こうしたすべてが原因となって、自分はとんでもない過ちを犯したのだ。歩きながら、ジュリアンは考えた。今はっきりわかっているのは、あの赤毛の女が確かに存在することと、自分が思い違いをしたことだ。だが、あの赤毛の女がシビルの死んだ母親であることは絶対にない。ということは、おそらくシビルの家を訪ねたときに写真を目にし、それが潜在意識に残っていて、脳が短絡的に情報をつなげてしまったのだろう。赤毛の女と写真の女性は同一人物だと……。救急隊員のほうへ向かう途中、ジュリアンは心に誓った。あとでシビルに謝って、今の説明をすることにしよう。これ以上、シビルから罪人を見るような目でにらまれないように……。

救急隊員の話によると、事故を通報したのはモンモール村に住む男性だった。男性は、勤め先の不動産屋へ行く途中、村を出る最後のカーブを曲がったところで、トンネルに激突しているスクールバスを発見した。そして、ただちに消防の18番に通報すると、その到着を待つあいだ、ひとりで救助へ向かったという。道の脇に落ちていた石を使って、バスの窓を割り、閉じこめられていた子どもたちをひとりずつ外へ出してやったのだ。子どもたちは痛みと恐怖で叫んでいたらしい。自力で歩ける子どももいたが、なかには足を骨折した子どももいて、善きサマリア人のようなその男性は、歩けない子どもを抱えあげ、煙をあげるバスから離れた場所へ運んでいったそうだった。その後、救急隊が到着すると、子どもたちには応急処置が施され、重傷者から順に隣町の病院へ搬送されたという。

「いえね、モンモール病院にはもう空きがないって言われたもので」横から警察官が言った。

隣町の警察署長とのことだった。体形は少々ぽっちゃりしていて、腰回りに肉がついている。髪は茶色の巻き毛だが、白髪の筋が目立ちはじめているようだ。黒い目や、しわの深く刻まれた顔や、垂れた頰を見ていると、寝起きのトミー・リー・ジョーンズ（アメリカの俳優）を思わせた。おそらく年齢は五十代後半といったところだろう。

「ええ、実は昨夜からほかにも負傷者が複数出ているんです。それで、病院も手いっぱいなんだと思います」ジュリアンは死体と言うのは避けておいた。

「ああ、それで電話がつながらなかったんですね」

「え？　つながらなかった？」

「消防士がおたくの署へ連絡していたようですがね、ずっと話し中だったそうですよ。それで、うちの署が呼ばれたわけで」

「電話に異常はないはずですが。どうしてだろう。いえ、確かに通話はしていましたが、それほど長くはなかったはずで……」

「まあ、お気になさらずに。こういうときは仲間どうし、助け合わないと」

隣町の署長の手前、ジュリアンは動揺した顔を見せないように横を向き、現場を見ているふりをした。電話がつながらなかったのは、受話器をきちんと戻していなかったせいだろうか。こういうミスを防ぐために、音や光で知らせてくれる装置はついていないのだろうか。

すると、隣町の署長も道に目をやりながら言った。

「あのバス、凍った路面でスリップでもしたんでしょうかね？」

だが、道は凍っていなかった。見たところ、ブレーキ痕もなさそうだ。

「このあたりの道は、土木管理事務所が定期的に塩をまいて、雪や氷を溶かすようにしているんです」ジュリアンは言った。「私の前任者がここで事故を起こして死亡して以来、そうしているそうですよ」

「なるほど。でしたら、バスの整備不良でしょうかね」

「そうかもしれません。ところで、バスに乗っていた子どもたちは、もう全員病院へ搬送されたんですか？」

「いえ、まだ三人残ってますよ。あそこの救急車のなかです。ショックはかなり受けてるようだが、幸い大きな怪我はなさそうです。もうすぐ精密検査をしに、病院へ向かうはずですよ。しかし、これ、危うく大惨事になるところだったな。もしバスが谷底へ落ちていたらと思うと、ぞっとしますよ」

「運転手のほうは？」

「即死でまちがいないですね。遺体はまだ運転席に閉じこめられたままです。まあ、見て気持ちのいいものじゃないでしょう。そろそろ消防隊員が救出作業にかかる頃ですよ。それから、子どもがひとり、犠牲になりました。少し先の、トンネルの入り口付近で遺体が発見されてます。こちらもやはり即死でしょう。バスがぶつかったときの衝撃で、フロントガラスを突き破って外へ投げだされたようで」

「ひどい話だ……」

「まったくですよ」

ジュリアンはバスの車体をよく見てみた。前方はぐしゃぐしゃにつぶれていた。トンネルの大きな石柱に激突したらしい。まるでつぶれたソーダ缶のように、前方の三メートルほどがぺしゃんこになっている。窓のガラスは砕け散り、床に固定されているはずの座席は、天井まで積み重なっていた。ジュリアンは、中学生が大勢乗っていたところを想像して、不思議に思った。もし前方に座っていた子どもがいれば、まちがいなく身体をつぶされていただろう。だが、そうならなかったということは、どうやらひとりを除いて全員が、うしろの席に固まって座っていたらしい。

「救急車にいる子どもたちですが、質問に答えられそうでしょうか？」ジュリアンは尋ねてみた。

「大丈夫だと思いますよ。あと五分ほどで病院へ向かうはずですがね」隣町の署長が答える。

「ありがとうございます。では、ちょっと行ってきます」

ジュリアンは救急車へ向かった。バスの周囲では消防士たちが作業中で、運転手の搬出作業に入る前に、ガソリンやオイルの漏れがないか確認している。その脇を通り、救急車の後部まで行ってのぞいてみると、なかのベンチシートに子どもが三人座っていた。救急隊員の女性が、三人の顔の傷を手当てしている。「もう大丈夫よ」とか「ご両親が病院で待ってくれているから」と声をかけながら……。ジュリアンは救急隊員に警察手帳を見せて、子どもたちのそばに腰をおろした。三人のうち、ふたりは双子の兄弟で、ふたりともひどくショックを受けていた。

どちらの頬にも赤い傷が走り、顔の右には似たようなあざができている。まるで怪我をするときでさえ、双子の法則に従わされたかのようだ。ジュリアンはもうひとりの少年に目を向けた。少年はこちらを警戒するように見ているが、少なくとも双子のように床に視線を落としてはいなかった。

「こんにちは」ジュリアンはその少年に声をかけた。「警察の者なんだが、大丈夫かい？　名前を聞いてもいいかな？」

「はい、ロアンです。まだちょっとショックが残ってるんですけど」そう言って、ロアンという少年は唇を嚙んだ。

「きみたちはみんな、とても勇敢だった。もうすぐご両親に会えるからな」

「死んだ人はいるんですか？」ロアンは心配そうに尋ねた。

「まだわからないんだ」ジュリアンは嘘をついた。「わかっているのは、きみたちが危機一髪で難を逃れたってことだけだ。無事でよかった……。でも、みんなうしろのほうに座っていたのは、どうしてだったんだろう？」

ロアンが隣の双子のほうへ顔を向けた。だが、双子は足元を見つめるままだった。

「それは……運転手さんのせいだったんです」ロアンが言った。

「運転手が、前に座るなって言ったのかい？」

「そうじゃなくて……。あの、全部話しても、ぼくの頭がおかしいとか、親に言わないでくれますか？」

「ああ、木の十字架と鉄の十字架にかけて」

ロアンが、なんだそれはという目を向けた。

「今のは、嘘はつかないって約束するときの言葉なんだよ」

最近の中学生はこの言葉を知らないのか。おれの周囲の世界は、誰も教えてくれないうちにいつのまに変わってしまったんだろう。そう思いながら、ジュリアンは続けた。

「大丈夫、長いこと警察で働いていると、おかしな人間を山ほど見るんだ。きみがそうじゃないことはちゃんとわかる。だから、話してくれないか」

「あれが始まったのは昨日でした」ロアンが話しはじめた。「ガイコツが……あ、すみません、運転手さんのことなんですけど……」

「あだ名がガイコツ？」

「はい。あんまり愉快なあだ名じゃないけど、運転手さんはすごく痩せてるから。でも、考えたのはぼくじゃないんです」ロアンは言い訳するように言い足した。

「なるほど。それで、昨日はその〈ガイコツ〉に何があったんだい？」ロアンが話しやすくなるように、ジュリアンも同じあだ名を使って言った。

「それが……トンネルの手前のあのカーブを過ぎたら、いつもはもう誰も乗ってこないんです。このあたりには誰も住んでいないから。でも昨日、ガイコツはカーブを過ぎたあと、バスをとめて、ひとりでしゃべってたんです。まるで子どもが乗ってきたみたいに……」

「ふざけていたんじゃないか？」

「でも、ガイコツは本当にしゃべってたんですよ！　目の前に誰もいないのに……。見えない子どもが座るのを確認して、それから何事もなかったみたいに、またバスを発車させたんです」

「そして、今朝も同じことをした、と?」

「そうです。昨日のことがあったから、ぼくたちみんな怖くて、それで今日はずっとうしろの席にいたんですけど。だって、ガイコツは幽霊と話してたから。誰もガイコツのそばにいたくなかったんです」

「じゃあ、ガイコツは今朝も誰もいないところでバスをとめて、それからまた発車させたんだね?」

「はい。でも、今朝は発車するとき、ウインカーを出しませんでした。いつもは絶対忘れないのに……」

「どうしてバスは暴走したんだろう。雪で滑ったとか? ガイコツはブレーキを踏もうとしていたかい? パニックを起こしてなかったかい?」

「いいえ、そういう様子はなかったです。ガイコツは幽霊が座るのを見届けたあと、自分でスピードをあげはじめたんです」

「本当に?」

「本当です。いつもよりずっとスピードが出てました。すごい勢いのまま、トンネルへ突っこんでいったんです。ボブスレーみたいに」

「パニックは起こしていなかったんだね?」

「はい、パニックどころか、とても落ち着いて見えました。死んだ人間みたいに無表情で……」

そのとき、そろそろ病院へ向かう時間だと、救急隊員がそっと合図を送ってきた。ジュリアンはうなずいて、ロアンの肩に手を置いた。

「いろいろ答えてくれてありがとう。もうすぐご両親に会えるからな」

「木の十字架と鉄の十字架にかけて？」ロアンが泣きそうな顔でつぶやいた。

「ああ、木の十字架と鉄の十字架にかけて誓うよ」そう言って、ジュリアンはウインクした。

ロアンと話したあと、ジュリアンは再び隣町の署長のそばへ行った。さすがベテランというべきか、隣町の署長はこちらが頼みを切りだす前に、話を察してこう言った。

「よかったら、事故現場の安全確保は引きつづきこっちでやっておきましょう」

「ご迷惑でなければお願いしたいんですが、いいんですか？」

「まったく問題ありませんよ。先に現場入りしてますし、最後まで引き受けるのが筋ってもんです。ただ、事故車を動かすのは、もうちょっと先になりそうですがね。レッカー車があのトンネルを通れるかどうか」

「とにかく、ありがとうございます。助かります」

ジュリアンは右手を差しだして、礼を言った。隣町の署長は力強く握り返すと、その手を放さないまま言った。

「だいぶお疲れのようだ。少し休まれたら、また元気になれますよ。警察っていうのは決して楽な仕事じゃありませんからね。モンモールのような平和な村だって、そこは同じでしょう」

「まったくおっしゃるとおりです」ジュリアンは自嘲気味にうなずいた。「では、午後に連絡しますので、そのときにまた状況を確認させてください」

ジュリアンは、シビルの待つ車へ戻っていった。フロントガラス越しに、シビルがおとなしく助手席で待つのが見えていた。朝の光に包まれて、そのブロンドの髪には儚《はかな》げな光の粒がいくつもきらめいている。空からは、雪がちらちら舞いはじめていた。きっと血に染まる大地を清めるため、眠りから覚めたのだろう。

シビルの怒りが収まっていて、さっきの過ちを――シビルの母親を幽霊のように言ってしまったことを――許してくれているといいんだが。そうして、あの言葉にもう心を痛めていないといいんだが。そう願いながら、ジュリアンは運転席のドアを開けた。気まずさと後悔の気持ちを込めてそっと……。だが、隣に並んで座っても、シビルは押し黙ったままだった。そうすることで、今も身体中に怒りが巡っていると知らせていた。ようやく沈黙の殻から出てきたのは、数分後、バスに乗っていた少年ロアンの言葉を伝えたときだった。

「幽霊？」

「ああ、ロアンがそう言っていたんだ」

「子どもって、想像力が豊かね」そう言うと、シビルはほほ笑んで、肩をすくめた。幽霊なんて馬鹿馬鹿しいというように。

「それにしても、どうも腑に落ちない」

「どういうこと？　何が腑に落ちないの？」

「おれが探しているのは、殺人犯だ。それなのに、死亡した村民はほぼみんな、自殺とおぼしき死に方ばかりだ。ヴァンサン、リュカ、ロンドナール、モリーとロジェ。そして今度は、スクールバスの運転手……。こうなると、二年前に死んだジャン＝ルイだって、羊を道連れに自殺したように思えてくる」

「運転手も自殺？　つまりロイックは自分からトンネルの柱にぶつかったの？」

「ロアンの話によると、そうらしい。実際、道路にブレーキをかけた痕はなかったんだ」

「たった数日で六人も死亡して、そのほぼ全員が自殺だなんて。統計的にはどうか知らないけど、多すぎて信じられない」

「おれは何を見落としているんだろう？」

救急車が病院へ向かうため、トンネルへと消えていくのを目にしながら、ジュリアンは考えた。誰かを殺そうとするとき、自殺するよう仕向けて殺害することは可能だろうか？　可能は可能だろう。だが、どうやって？　脅すのか？　マインドコントロールか？

そこで、ジュリアンはこれまでにわかっている情報をひとつずつ思い返してみた。

まず、スクールバスの運転手のロイックは、自宅の窓の下で、子どもが夜な夜なしゃべっていると訴えていた。ただし、その子どもの姿は誰も目にしたことがない。それから、焼身自殺したロンドナールも苦情を申し立てていた。自分の読みたい本を司書が図書館に置こうとしないとの訴えだったが、司書によるとそんな本は存在しないらしかった。また、羊飼いのジャン＝ルイの件の調書には、羊を殺す前、ジャン＝ルイが意味不明の言葉を誰へ向けるともなくぶやいていたとあった。まるで幽霊に話しかけるかのように……。リュカの場合はどこかから声が聞こえていた。壁に頭をぶつけて自殺する前、リュカは柳から「自分が誰で、何をしたのか」聞かされたと話していた。そういえば、柳の声はジャン＝ルイも聞いていたはずだが……。モリーとロジェももしや同じ症状に苦しんでいたのだろうか？　何らかの精神障害があったせいで、自殺へと駆り立てられたのだろうか？

「いや、そんなのおかしいだろう！」ジュリアンは思わず手のひらでハンドルを強く叩いた。「この村にいると、頭がおかしくなりそうだ！」

助手席のシビルが飛びあがった。

突然ハンドルを叩いて声を荒らげたジュリアンに、シビルは驚き、そして思った。やっぱり、ジュリアンも限界なんだ。モンモールの毒牙にかかってしまったんだ。魔女がジュリアンのまわりを回りはじめている。ハゲタカが空から屍肉を狙うみたいに……。でも、大丈夫よ、ジュリアン。あなたならきっと真実を見つけられるから。わたしはあなたを信じている。

「そうだ、箱よ！」シビルはジュリアンのほうを向いて声をあげた。「フィリップの車から靴の箱を見つけてきたでしょ？　あの箱を開けてみたら？　あのなかに答えが本当にあるかもしれない」

そうだ、箱だ！　シビルの言葉で、ジュリアンは現実へ戻ってきた。自殺に幽霊や魔術を結びつけるのをすぐさまやめて、後部座席へ身を乗りだし、靴の箱を手に取った。

「きみの言うとおりだ。この箱があるのを忘れそうになっていたよ」

ジュリアンは箱を膝の上にのせ、ふたを開けた。最初に出てきたのは絵だった。子どもが描いた絵のようで、色とりどりの水彩絵の具やクレヨンで描かれている。ただし、どの絵も黒い線でめちゃくちゃに消されていた。

「これ、何の絵かな？」絵をぱらぱらと見ながら、シビルが尋ねた。「雲？」

「雲じゃなさそうだ」ジュリアンは答えて言った。「ほら、下のほうに何か描いてある。足のようだが」

「それなら、羊かもしれない」

「ああ。ぎこちない手で描かれたような羊だな」

次いで、ジュリアンは文字がタイプされた紙を取りだした。全部で十枚ほどあるが、それが何かは少し目を通してすぐにわかった。

「これは調書のようだ。どうやら、フィリップがティオンヴィル氏の屋敷の使用人に話を聞いて、まとめたものらしい」

「じゃあ、それは？」

シビルが、ふたつに折られたＡ４の黄色い封筒を指さした。ジュリアンはその封筒を手に取ると、広げて封を開けてみた。

「これは捜査の結論のようだ」そうつぶやいて、読みはじめる。

「そこにエレオノールの死の真相が書いてあるの？」

シビルが尋ねていたが、ジュリアンは聞いていなかった。フィリップが生死を越えてささやきかける真相を読むのに没頭して……。手が震えはじめていた。

そんな馬鹿な……ありえない。心で繰り返しながら、ジュリアンは顔をあげ、モンモール山へ目を向けた。村の向こう端にそびえる岩山へ……。今や頭のなかで、真相ははっきりと形をとっていた。雪までもその真相に動揺したのか、奇妙で不穏な舞のように、四方へでたらめに降っている。なぜなんだ？　ジュリアンは心で叫んだ。いったい、どんな狂気に陥ったら、人はそこまでできるんだ？　どんな魔術を使ったら、人はそこまで暴走するんだ？

ジュリアンは、持っていた紙をシビルに渡した。だが、シビルがそれを読もうとしたとき、車内に無線機のノイズ音がした。それが無線連絡だと気づくまでに、少々時間が必要だった。記されていた真相のせいで感覚がおかしくなっていて、嵐に揉まれる凧のようにくらくらしていた。

「はい」ジュリアンは無線機をつかんで応答した。

「署長ですか？」サラだった。

だが、サラの声とは思えなかった。その声はあまりに細く、生気がなかった。思わず確かめたくなるほどに。

「サラ？　サラなのか？」

「署長」

「どうした？」

「もう手遅れです」

「手遅れ？　モリーとロジェのことか？　それならさっき電話で報告してくれたから、わかっているが。それとも、ほかに何か見つかったのか？」

「いいえ、署長。手遅れなんです……今はもう……」

「サラ？　何を……」

「わたし、自分が誰かわかったんです。自分が誰で、何をしたのか……」

# 第四幕　じえいて！

# 1

モリーの店の周囲に立入禁止テープを張り終えると、サラとフランクはパトカーで署へ戻った。

状況から判断した感じでは、この事件はやはりまずモリーがロジェを殺し、それから自殺したものと思われた。少なくとも、現実に起きたことはそうだろう。だが、どうしてそんなことになったのか。そこは皆目見当がつかなかった。もちろん、モリーとロジェが何年も前から寝室を別にしていることは知っていた。あの店の客のほとんどにとって、それは秘密でもなんでもなかったから……。とはいえ、常連のフランクから見ても、モリーとロジェのふたりが、あんな事件を起こすほど険悪に思えたことは一度もなかった。あのふたりのあいだに、そこまで攻撃的な態度や、殺意をほのめかすような態度を感じたことはなかったのだ。

「署長なら何か解明してくれるかも」サラが言った。頭痛薬を出そうとバッグの底を探している。

「けどさ、昨日から解明しないといけないことだらけだよ」署の前に車をとめながら、フランクも言った。「ぼくたちには応援が必要だと思う」

「まあね。とにかく、この件の報告書は任せたから。だって、わたしは入らせてもらえなかったんだもの」

「いや、サラ、あれはただ、きみを心配しただけで……」

「赤毛の魔女と食事した人がよく言うわよ」

「あの人は魔女じゃないってば。そんなことを言ってると、きみまで迷信深い村人になったみたいだよ。ちょっと気温が下がっただけで、魔女とか森の呪いのせいにするみたいな。お願いだから、そういう人にはならないでよ」

「へえ、魔女じゃないなら、幽霊ってこと？」そう言って、サラは見つけた頭痛薬を水なしで呑みこんだ。

「だとしたら、すごく現実味のある幽霊だよ」

その後、執務室に入って、サラもフランクも驚いた。ジュリアンとシビルがいなかったからだ。携帯を確認したが、不在着信もメッセージも入っていない。

「署長とシビルはどこへ行ったの？」サラは不安になった。

「さあ。たぶん、シビルが家に帰らないといけなかったんだよ。着替えを取りにいくとかで」

「そうかもしれない……。ねえ、どう思う？」

「どうって、何が？」

「シビルのこと」

「いきなり何？」フランクが驚いたように言った。「特に何も思わないけど。シビルもこの村の人だよね。ぼくたちと同じで。でも、どうしてそんなことを？」

「わからない。ただ、シビルは署長とずいぶん親しくしてる気がして。それだけよ」

「それってさ、もしかしてぼくの嫉妬心を煽ってる？」

「何言ってるのよ。そんなことあるはずないでしょ」サラは肩をすくめた。「馬鹿言わないで」

「そうだよね。ぼくたちには片づけなきゃいけない仕事があるんだし」

「そうよね。わかった、フランクは報告書をやっつけてて。じゃあ、またあとで」

「きみは何をするんだい？」

「頭から早くあのイメージを消したいの。だから、地下におりて、独房の血を掃除してくる。署長がやってなければだけど」

「サラ、それはあとでぼくがやったほうがよくないか？」フランクが言った。

「わたしは平気よ。フランクは報告書を片づけて。つづりをまちがえすぎないようにね」

　更衣室へ行くと、サラはほうきとモップとバケツを出した。ついでに、洗面台の鏡に映る自分の顔を眺めてみた。

「ちょっと、ひどい顔よ」あまりにやつれた姿を前に、つい自分に言ってしまう。

　疲労で充血している目を大きく開いて、サラは白目部分を点検した。まるで植物の根のように、毛細血管が赤く走っている。

「あなた、この二十四時間で十歳も年をとったのね。この調子で老けていったら、もうすぐ村のみんなからおぞましい魔女って言われそうよ」サラは鏡へ向かってそうつぶやき、悲しい気持ちで自分を見た。

そのとき、うしろでかすかな音がした。低く不規則な呼吸のような音。幽霊の立てるような音だった。サラは鏡越しに背後を探った。音がした瞬間、冷たい風が小さく吹き抜け、首筋に戦慄が走っていた。

**大丈夫か、サラ？**

今度はさっとうしろを向いて、サラは部屋全体を見た。洗面台にもたれて息を整える。そのあいだにも、怯えた目を部屋のあちこちへ走らせた。まるでそこかしこで点滅するストロボの光を追うかのように。

誰もいなかった。声だけが聞こえていた。

**サラ、過労のようだな。覚えているか？　最後におまえがそこまで参っていたときのことを。あのとき、おまえが何をしたかを。**

声の言葉を聞いちゃだめ。集中するのよ。こんなのはただの幽霊なの……。そうよ、フランクのそばへ戻ろう。フランクなら、この声を消す方法を教えてくれる。

**サラ、手遅れだ。今はもう、おまえにもわかっているはずだ。**

フランクは手帳を開いて、パソコンに向かうと、報告書の作成に取りかかった。モリーの店での死体の発見、死体のあった場所、まな板の上のロジェの頭、鍋で煮込まれていたふくらはぎ……。それから、カウンター沿いの血痕についても記しておいた。調理場で死体を見つけたあとは、あの血痕をたどって二階へあがり、ロジェの死体の残りを発見したのだ。首から上と膝から下のない死体は、寝室の血だらけのマットレスの上に放ってあった。実は、部屋に入ってそれを見たとき、胃のなかのものを吐いてしまったが、それは報告しないことにした。幸い、そばのゴミ箱の上にかがむことができたので、現場は汚さずにすんでいた。

二本の人差し指で、フランクはぽつぽつとキーボードを打ちつづけた。と、うしろでドアの閉まる音がした。パソコンの画面をじっと見たまま、フランクは思った。きっと、サラがモップを見つけて、掃除をしに更衣室を出たんだろう。

だが、それから数分後、結論まで書き終えて、恐る恐るスペルチェックを実行させたところで気がついた。そういえば、廊下から何も音がしてこなかった。ドアの閉まる音がしたあとは、清掃道具をのせたワゴンを押す音も、足音も何も聞こえなかったのだ。どうしたんだろう。フランクは監視カメラのモニターに目をやって、廊下の映像をチェックした。更衣室のドアは閉まっていた。署内のほかの場所を確認しても、サラはモニターのどこにもいなかった。きっと、ひとりになりたいんだ。少し時間をあげたほうがいい。そう思って、フランクはパソコンの画面に注意を戻すことにした。横目で見ると、スペルチェックを終えた報告書は、つづりのまちがいを知らせる赤のアンダーラインだらけになっている。だが、監視カメラのモニターから目を離そうとしたそのとき、映像のひとつに小さな動きがあるのが見えた。

サラだ。

サラは廊下ではなく、入り口のホールにいた。受付カウンターの前に立っている。どうやら誰かと話しているらしい。唇と一緒に頭や腕も動いていて、まるで強情な相手を前に話を聞かせようとしているかのようだった。

そこで何をしてるんだ、サラ？

フランクはモニター画面を確認した。だがどれだけ見ても、ほかに人はいなかった。ホールには、サラひとりしかいないのだ。

いったい誰と話してるんだよ？

と、突然、サラが腰のホルスターから銃を抜き、誰もいない虚空へ構えた。

「ちくしょう！」

叫びながら、フランクは椅子から立ちあがった。もはや報告書どころじゃない。サラのところへ行かないと。そう思って、振り向いた。

そして——赤毛の女に出くわした。廊下へ出るドアと自分のあいだに、赤毛の女は立っていた。まっすぐな姿勢で上品に……。深い悲しみをたたえたまなざしで、こちらを見つめている。

フランクはぎょっとして、全身が粟立《あわだ》つのを感じた。身動きできなかった。まるで急にヘッドライトに照らされて身をすくませたウサギのように……。

最初に思ったのは、赤毛の女の着ているミニのサマードレスは、ここ数週間続くモンモールの寒さにそぐわないということだった。それから、こうも考えた。この季節はずれの服からすると、この人は幽霊で、きっと青空の広がる暖かな過去から現れたんだろう、と。でも、いったいいつからうしろに立っていたんだろう。いつから黙ってこっちを見つめていたんだろう。

「あなたは……あのときの人ですか？」熱に浮かされたように、フランクはつぶやいた。

「わたしが誰かわかった？」

「いえ、よくわからないんですけど……」

考えてみれば、自分はこの人の名前も知らないのだ。それとも、モリーの店で一緒に食事をしたあの晩に、教えてもらっていただろうか。いや、あれはやっぱりただの夢だったんだろうか。

「こんなところで、何をしてるんですか？」口ごもりながら、フランクは続けた。「それに、ど、どうやってここへ……？」

「わたしには、あなたが誰かわかっている。そして、あなたが何をしたのかも」

「ぼくが誰かって、それ、どういうことですか？　ぼく、あなたのことは……」

そのとき、赤毛の女の顔がぼうっと光った。目に黒い怒りが閃《ひらめ》き、唇には世にも恐ろしい笑みが浮かんだ。無理につくったような、苦痛に満ちた笑みだった。笑みが広がるにつれ、見えない糸で縫い合わされていた唇が、無理やり裂かれていくかのような……。

「これからわたしのする話をよく聞いて。あなたが誰で、何をしたのか、教えてあげる。そのほかのことは雪のかけらでしかないの」

怖がらなくていいぞ、サラ。おれがここにいるのは、おれがおまえの一部だからだ。おれたちを分かつことができるものは何もないんだ。

「あなたは誰？」

受付で待っている。おれに会いにくるといい。そうすれば、すべてが終わるだろう。

サラは更衣室を出た。なぜ声に従っているのかはわからなかった。だが、そうしないといけないことはわかっていた。すべてをきっぱり終わらせるために。〈大丈夫か〉というあの声を二度と聞かずにすむために。署長やフランクに心配されて、ひそかに様子をうかがわれないようにするために……。サラは廊下を進むと、スイングドアを押して受付へ行った。

怖くはなかった。なぜだろう？　理由はわからないが、もう手遅れだという気がしていた。何かに追いつかれた気分だった。何世紀も前から自分を追いかけていた何かが、とうとう追いついてきた、そんな気がした。

受付には、男がこちらを向いて立っていた。髪は角刈りの金髪で、顔にはそばかすが散っている。男は腕を両脇におろしたまま、心を見透かすような目でこちらを見ていた。すぐには気がつかなかったが、警察の制服を身につけている。サラは男の静かなまなざしから目が離せなかった。その緑色の瞳は、遠い夏の暑さを思わせた。

「おれがわかるか？」

「いいえ……」

そう答えながらも、サラは思った。どうして自信をもってわからないと言えないのだろう。わたしはこの人の名前を知らないし、どこから来た人なのかもわからない。それなのに、どうして頭の奥にある声が「知っているはずだ」とささやくのだろう。

「あなたは……魔女が……魔女が姿を変えたもの？」

「魔女とはどういうものだ、サラ？」

「それは……魔術を使ってつきまとってくる人」サラはつぶやき、すぐにおかしな答えだと思った。

「それなら、おれも魔女の一種だな」

「今、この村で何が起こっているの？」

「そんな心配をしたって、もう手遅れだ」

「手遅れ？」

「ああ、残念だが」

そう言うが早いか、男はホルスターから拳銃を抜き、銃口をこちらへ向けた。だが、サラはあわてなかった。ゆっくりと落ち着いて、自分も男へ向けて銃を構えた。こちらの準備ができるまで、男が撃ってこない確信があった。

怖くない。サラは思った。わたしはいるべきところにいるだけだ。恐れることは何もない。これは夢のなかのようなもの。ちょっとした夢のようなものなんだ。

「おれが誰だか、教えよう、サラ。これから何もかも話すつもりだ。どうしておれがここにいるのか、みんな説明してやろう。そうすれば、おれに何をしたのか、わかるはずだ」

「そうしたら、声も黙ってくれる？」サラは疲れた声で訊いた。

「ああ、声も黙る」男が答えた。

「でも、その前にひとつ、しないといけないことがある」

サラは空いているほうの手でベルトの無線機をはずすと男に見せ、それから通話をしはじめた。

「署長。……もう手遅れです。……いいえ、署長。手遅れなんです……今はもう……。わたし、自分が誰かわかったんです。自分が誰で、何をしたのか……」

「そうだった。おまえはいつだってずいぶん仕事熱心だった」男が小さく笑い、励ますようにうなずいた。「ほかの連中は、おまえがここまで仕事熱心だとは知らなかったろうな」

そして、サラは男の話に耳を傾けた。恐ろしい真実を語るあいだも、男はこちらをずっと見つづけていた。やがて話が終わったとき、背後で乾いた銃声が鳴った。

フランク？ 今撃ったのはあなたなの？ 音は執務室から聞こえてきたから、そう、今のはきっとあなたよね。わたしも……わたしも引き金を引かないと。自分が誰で、何をしたのかわかったから。これ以上何も待つことはない。

男はもはや知らない男ではなかった。サラは男へ銃を向けるのをやめた。そして、銃口を自分の右のこめかみに当てた。頬に後悔の涙が伝っていた……。

## 2

車は猛スピードでモンモール村の通りを突っきっていた。すれ違う村人たちが非難の視線を浴びせてきたが、ジュリアンは無視している。

車の揺れの激しさに両手でアシストグリップをつかみながら、シビルは祈った。どうか無事に着きますように。そして、どうか間に合いますように、と……。サラから無線連絡があったあと、ジュリアンは「犯人は警察署にいる！　署のなかでサラとフランクを襲うつもりだ！」と叫んでいた。そして、すぐさま車のエンジンをかけ、署へ急行していたのだ。

結局、靴の箱に入っていたエレオノール殺害事件の真相は、ジュリアンだけが読み、シビルは読まずに箱にまたしまった。ある意味、サラと同じくもう手遅れだとわかっていたから。このモンモールの空気のあちこちには、避けようのないものがひそかに漂っているのだ。誰もが知らないうちに吸う花粉のように……。

タイヤがきしみ、車が署の駐車場に横滑りしてとまった。ジュリアンはエンジンも切らずに車を飛びだし、「そこにいてくれ」と告げたあと、ドアも閉めないまま駆けていった。雪のなかを走るそのうしろ姿を、シビルは怯えと不安に満ちた目で見送った。

署の入り口まで走っていくと、ジュリアンは拳銃を抜き、磁気カードで入り口のロックを解除した。ガラスのドアがさっと開く。まるで見えない手が幕を開けたかのようだった。舞台の最後の場面を見せようとして……。

ホールに入ってすぐ、ジュリアンはサラの死体を発見した。サラは受付カウンターのそばで倒れていた。無造作に捨てられた物のように。床のタイルに大きな血溜まりができていて、血が目地《めじ》に沿って広がっていた。

「嘘だ、サラ……こんな……こんなこと……」

ジュリアンはサラのそばに膝をついた。首の脈を調べたが、脈は感じられなかった。

「ちくしょう！　どこにいるんだ、卑怯者！」叫びながら、立ちあがる。「おまえは今どこにいる！」

怒りのままに、ジュリアンはスイングドアを強く押し、廊下を進んだ。銃を構え、いつでも撃てるようにする。そして執務室へ入っていった。だが入った瞬間、涙を抑えられなくなった。フランクが床に倒れていたのだ。うつ伏せの姿で、顔を自分の血に浸して……。ジュリアンはフランクの頸動脈に震える手を当てた。すでにサラの血のついた手を……。フランクにも脈はなかった。

「ありえない……ちくしょう。こんなことはありえない。フランク……すまない」

床にへたりこんだまま、ジュリアンはしばらく呆然とした。ふたりの死に、胸が引き裂かれそうだった。その悲しみを叫びながら、拳で何度も床を叩いた。関節から血がにじみ、声帯が焼けるように痛むまで……。

やがて、最後にもう一度「すまない、フランク」と言うと、ジュリアンは立ちあがった。フランクの死体のそばを離れ、モニターの操作パネルのほうへ向かう。そして、心を決めて録画された映像を巻き戻し、ふたりの最期の時を見た。サラとフランクはそれぞれ別の場所で銃を抜き、自分のこめかみに当てていた。

それから、同じように身体を痙攣させた。

同じように倒れていった。

目に見えない死神が叫び、それがこだましたかのように……。

シビルは、ジュリアンが署の建物を出て、車へ向かってくるのを見た。だが、近づいてくるその姿は、まるで幽霊だった。青白い顔からは表情が消え、深い悲しみだけが浮かんでいる。悲しみのせいか、目も不気味なほどうつろだった。

とうとう、ジュリアンもモンモールの毒牙にかかってしまった。シビルは胸を痛めた。もうあと少しで、きっとこの村にずたずたにされてしまうのだろう……。

「ふたりとも死んでいた」

運転席に座ってドアを閉めると、ジュリアンはぼそりとつぶやいた。

「そんな、ジュリアン……わたし、なんて言えばいいのか……」

「これを終わらせなくては」ハンドルを見つめたまま、ジュリアンは言った。まるでハンドルに聞かせているみたいに。「これからある場所へ向かう。でも、きみは絶対に車からおりないでくれ。もしおれが車を出て三十分しても戻らなければ、シビル、きみはこの村を出ろ。この村とあの山から遠く離れたところへ行くんだ。この狂気から逃げのびてくれ」

ジュリアンは車のギアを入れると、駐車場から車を出した。警察署が遠ざかっていく。あの建物にサラとフランクの声が響くことは二度となかった。車はモンモールの冷えた通りを進んでいき、図書館前の広場を通った。広場は雪に覆われていて、ロンドナールが焼け死んだ跡を消していた。それから、モリーの店の前も通った。モリーが重い足取りで床を引きずるようにして歩き、朝のコーヒーを出すことも二度となかった。やがて、車はモンモール山へ近づいた。昔の墓地の脇を通り、大きな丘へ入っていく。丘をのぼっていくうちに、ティオンヴィル氏の屋敷の影が見えてきた。

「どうしてここへ来ているの？」シビルが不安げに尋ねた。

「すべてはあの屋敷から始まったからだ。エレオノールの死から……」

「わからない、ジュリアン。あなたはまだショックから立ち直っていないのよ。わたし、怖い……」シビルは震えながら言った。

「フィリップの車から箱を見つけて森を出たとき、きみがおれに言った言葉を覚えているかい？」

「いいえ、よく覚えていないけど……」

「きみはこう言ったんだ。『慎重になって、ジュリアン。あなたはこれからモンモール村の悔恨と闘うことになる』と。それが今、おれたちがここにいる理由だ。おれはモンモール村の悔恨と闘うためにここへ来たんだ。直接、対決するために」

車の前に、屋敷の大きな正面《ファサード》が現れた。ジュリアンは玄関ポーチの階段前に車をとめた。今回は執事のブリュノが出迎えて車のドアを開けることはない。

一昨日の夜、初めて見たとき、屋敷は壮麗で豪奢に見えた。だが、今はそうは思えない。むしろ、二日もしないうちに何百年も古びてしまったように感じられた。漆喰の外壁にはひびが入り、枯れてしおれた蔦《つた》がしがみつくようにして絡んでいる。前は磨きぬかれていたガラス窓は、長年の汚れが積もったように曇っていた。

ジュリアンは玄関ポーチの外階段を急ぎ足でのぼった（車から出る前、シビルには「三十分たっても戻らなければ、ひとりでこの村を出ろ」と再度伝えた）。外階段にも、やはり前にはなかったひびが目についた。玄関の重い扉は、開けるとぎいっと嫌な音を立てた。それは油を差していない棺桶のふたを思わせた……。

そのまま、ジュリアンは玄関広間を進んでいった。見ると、どの家具にもほこりよけの白い布がかけられている。布をかぶった家具たちは幽霊さながら静かに立ち、暗がりのなか白く浮かんで見えていた。まるで、もやのかかった大理石の彫像のように。

それを見ながら、ジュリアンは不安を覚えた。もしや来るのが遅すぎたのか。今朝の電話のあと、ティオンヴィル氏はモンモール村を去ってしまったのかもしれない。そうだとしたら、二度と探しだせないかもしれない。それからすぐに、もっと不吉な別の可能性が浮かんできた。

もしやティオンヴィル氏は死んだのだろうか。そういえば、今朝電話で聞いた氏の声は、瀕死の人があえいでいるようだった……。

だが、どちらの可能性もまもなく消えた。客間のほう――右側にある重厚な木の扉の向こうから、暖炉で薪のはぜる音が聞こえてきたからだ。氏はあのなかにいるにちがいない。ジュリアンは扉へ向かって慎重に近づき、取っ手を下げた。そして静かになかへ入った。二日前、捜査の依頼を引き受けて、固い握手を交わしたその部屋へ……。

ティオンヴィル氏は、左手を杖の握りに乗せ、暖炉に向かって立っていた。暖炉の炎が、何もない壁に家具の影を映して踊らせている。壁に飾られていた魔女の絵は、はずされ床に置かれていた。壁には、そこだけ色の変わった額の跡がついている。

何歩か部屋を進んだとき、ジュリアンはグランドピアノがあることに気がついた。やはり大きな白い布をかけられている。ピアノ？　この前も見ただろうか。記憶のなかを探ってみたが、はっきりと思い出すことはできなかった。

「ジュリアン、そこは寒いだろう。こっちへ来るといい」

ティオンヴィル氏がこちらを向いて、そう言った。氏は痩せた身体を緋色のシルクの寝衣で包み、同じ生地で仕立てた緋色のガウンを羽織っていた。ガウンのベルトはほどかれていて、膝のところまで垂れている。氏の顔は病にやつれ、浮かべた笑みはぎこちなかった。だが、その目に宿る厳しさは、署で初めて会ったときと同じだった。ジュリアンは拳を握ると、ティオンヴィル氏のそばへ向かった。

「あの箱を見つけたようだな」氏が言った。また暖炉の火を見つめている。

「どうしてそれを……」

「ジュリアン、どんな行為だろうと、そこには明確な目的がある」こちらの言葉をさえぎって、ティオンヴィル氏は言った。「私を裁くのはまだ早い。裁くのは、今きみがここにいる真の理由を知ってからにしてほしい」

「おれがここにいるのは、あなたと約束したからだ。お嬢さんを殺した犯人を捕まえると」銃を構え、ジュリアンは叫んだ。「犯人はあなただ！　そして、あなたは罪のない無関係の人まで殺した！」

そう、フィリップはティオンヴィル氏が犯人だと記していたのだ。

「なるほど。きみは今、何世紀も前の狂信者とまったく同じことをしているわけか。真実だと思いこんだものに従い、人を裁こうとしている。いいかね、そうした狂気によって、かつて魔女と目された女性たちは山から突き落とされたのだ」

「つまり、犯行を否定すると？」

「いや、否定はしない。きみの言うとおりだからな。エレオノールをベッドから連れだしたのは、私だ。そして、あの子を山頂から落としたのも、この私だ」

「あなたは怪物だ！」ジュリアンは吐き捨てた。

「本当にそう思うのか？」氏が再びこちらを向いた。「きみはあの子をあのまま苦しめることが、最善の策だったと思うのか？　あの子が発作を起こしたとき……私の天使が悪魔に変わってしまったとき、きみはそこにいなかった。あの子は自分の病状をわかっていた。頭がはっきりしているときは、治療法を見つけてほしいと私に泣いて頼んでいたものだ。そんなあの子のそばに、きみはいなかったではないか。この世で誰より大切な人に嘘をつくのがどれほど難しいことか、きみにわかるかね？　あの子が私の目に映る苦しみに気づかなかったと思うかね？　私が『いつかよくなる』と言ったとき、あの子がその嘘に気づかなかったと思うかね？　きみは私を裁けるほどの人間なのか？　私はあの子を殺したのではない。解放してやったのだ！」

「では、なぜサラやフランクやほかの人たちまで殺したんです？　どんな魔術を使って、皆を自殺へ追いこんだんです？　話してください。この銃であなたの頭を撃ち抜く前に」

「もう一度言うが、どんな行為だろうと、そこには明確な目的がある。彼らが死んだ理由はただひとつ、今この瞬間、この部屋に、きみにいてもらうためだ」

そう言って、ティオンヴィル氏はこちらの目をひたと見据えた。氏の目に恐れの色はなかった。ジュリアンは心が揺らぐのを感じた。こちらを見たまま、氏は続けた。

「羊飼いのジャン＝ルイが死んだのも、きみがこの村へやってきたのも、すべてはその目的をかなえるために起きたことだ。きみを私の前までおびきよせ、銃口を向けさせるためだったのだ」

「何を言っているんですか？」わけがわからず、ジュリアンは言った。

「あれはみんな、小石だった。これまでの出来事はすべて、きみがきちんと道をたどれるよう、置いてやった小石にすぎなかったのだ。何より重要だったのは、きみがここへたどり着くこと、それだけだった。どうやってあの手品をやってのけたか話したところで、無駄なことだ。きみの役には立たんだろう」

「あなたは狂っている！」

「いや、頭はまだ正常だよ」ティオンヴィル氏は愉快そうに言った。「いつかはおかしくなるかもしれんが。ところで、あの靴の箱には何が入っていたかね？」

思いがけない質問に、ジュリアンは当惑しながらこう答えた。

「羊の絵がありましたが……」

「あれはエレオノールが描いた絵だ。この前も話したが、あの子のお気に入りの本は『星の王子さま』だった。病状が落ち着いているときは、あの子が眠る前のひととき、『星の王子さま』の一節を読み聞かせてやったものだ。あの子も私も、そのときだけは病気が怖くなっていた。あの時間だけ、あの子の脳はでたらめな電気信号の稲妻を放たなかった。あれは、つかのまの休息だった。娘と私があの不当な闘いを生きるなかで、その時間だけが安らぎだった。だが、あの子は疲れはてていた。だから、私が読むのをいつも黙って聞いていた。心にあった願いを口に出せずに……。あの子は、その願いを日中ずっと叫んでいたのだ。なのに、私はわかってやれなかった」

「その願いというのは？」

「〈じえいて〉だ……」

## 3

「じえいて？」

ジュリアンはティオンヴィル氏の言葉を繰り返した。

「きみもやはりわからないかね。あの頃の私と同じだ」氏が続けた。「あの子は〈羊の絵を描いて〉と言っていたのだ。だが病気のせいで、その言葉は意味のわからないものに変わってしまった。じえいて……あの子は部屋でそう叫んでいた。それは助けを求める叫び、普通を望む叫びだった。父と娘が心を通わす優しい時間、それを求める叫びだった。だが、あの卑劣な病は、そんなあの子の言葉を別のものに──わかってやれないようなものに変えてしまった。娘の苦しみを想像してほしい。いつもそばにいた父親が、自分に背を向けるのを目にするのだ。涙と苦悩を隠そうとして……。私が描いてくれないので、あの子は自分で羊を描こうとした。それがあの箱に入っていた絵だ。だが、言うまでもないだろうが、病魔はあの子を容赦なく蝕み、できないことを増やしていった。そのせいで、あの子は思いどおりの羊が描けなかった。私に描いてほしいとせがんだような、そんな羊は描けなかった」

「箱には、犯人の手紙を書き写したものも入っていました」ジュリアンは言った。「この屋敷の人の話をまとめた調書と、フィリップが真相を記した紙も」

「フィリップか。彼もいい仕事をしていたよ。だが、徹底的にやれなかった」

「あなたはフィリップも殺したんだ！　真相を知られてしまったから！」ジュリアンは声をあげた。

「ああ、手紙がヒントになって、わかったらしい。フィリップは、犯人からの手紙に、鏡像のモチーフがあることに気づいたのだよ。ある晩、私のところへ来てその話をしたので、私はダヴィッド・マレという作家の詩集を貸してやった。ダヴィッド・マレもまた鏡像を詩のモチーフにしているからな。マレの詩の場合、それは自分自身を映したものだった。毎朝、執筆を始める前、鏡に映る自分を見て、そのイメージを詩にしていたのだ。そこからフィリップは、犯人から届いた手紙には、実は私自身の悔恨が隠れているのではないかと、疑いはじめたようだった。つまり、手紙の送り主は私自身ではないか、と。そうして、屋敷の皆に話を聞いて、あの夜、エレオノールを部屋から連れだせたのは、私ひとりだけだったと突きとめた。フィリップの疑いは確信に変わった。そして、私はフィリップを始末する必要に迫られたのだ」

ダヴィッド・マレか。ジュリアンは思った。その作家の本はロンドナールが探していたが、実在しないのではなかったか。ロンドナールの頭のなかだけに存在する架空の作家だったはずだ。またしても、罠にはめようとしているのか。この男はいかれている。架空の人物まで取りこんで、狂気の世界を築いている……。

「あなたを逮捕する。犯した罪はすべて償ってもらうことになる」

そう告げて、腰の手錠をつかもうとしたとき、うしろでドアのきしむ音がした。ジュリアンは振り返って、銃を構えた。執事のブリュノが現れるにちがいない。そう思ったのだ。だが、現れたのはシビルだった。ジュリアンは構えた銃をすぐにおろした。シビルはこちらへ向かってくると、ピアノの椅子に腰かけた。

「シビル、車から出るなと言ったじゃないか！」

ジュリアンはシビルのほうを見て、叫んだ。けれども、シビルは構うことなく、鍵盤にかかった布をめくっている。

「シビルはとても賢い女性だ」ティオンヴィル氏が言った。「自分のすることを、よくわかっているのだよ」

「黙っててくれ！」

ジュリアンは思わず怒鳴り、それから再びシビルを見た。シビルの指は鍵盤に触れはじめていた。それなのに、ピアノからは何も音が出てこない。

たぶん、相当古いピアノなんだ。きっと弦が切れているんだ。ジュリアンは思った。それにしても、なぜシビルは黙ったままなのか。なぜ無視するのだろうか。

「ピアノの音は聞こえるかね、ジュリアン？」ティオンヴィル氏が尋ねた。

「いえ」ジュリアンはシビルの手の動きを見ながら答えた。「音は出ていません。このピアノは鳴っていない」

「よろしい」氏は満足げだった。「では、こちらを向きたまえ」

シビルの様子は気になったが、ジュリアンはひとまずシビルから目を離した。今はティオンヴィル氏のほうに集中して、早く手錠をかけなくては。だが振り向くと、銃を突きつけられていた。銃口が額をぴたりと狙っている。

「あっぱれと言わねばなるまい、ジュリアン。きみは私の期待を超えている」

「銃をおろせ、くそ!」

「……だが、まだ確かめることは残っている」

「シビル! ここを出ろ! 車に乗って、この村を離れて遠くへ逃げろ!」ジュリアンは叫んだ。

そのとき、部屋に入ってきて初めて、シビルがこちらの言葉に反応した。ピアノを弾くのをやめると、立ちあがってそばへ来たのだ。肩が触れあうほどそばへ……。

「シビル、聞いてなかったのか?」額を狙う銃口から目を離さずに、ジュリアンは続けた。

「頼む、早く逃げてくれ!」

「きみにひとつ質問をする」ティオンヴィル氏が言った。シビルの存在を気にかける様子はなかった。「もし私が銃をおろしたら、ここ数日内の出来事をすべて忘れてくれるかね?」

「なんだって?」

「取引を提案しているのだよ。わからないか? きみを生かしてやってもいいが、その代わり、きみにはこのモンモールに二度と来ないと誓ってもらう。ここで起きたことは決して口外しないと誓うのだ」

「馬鹿にするな! まずはシビルをここから出せ! 話をするのはそれからだ。ただし、これだけは曲げない。あなたには、犯した罪の代償をすべて払ってもらう!」

ジュリアンは取引をきっぱりとはねつけた。だが、ティオンヴィル氏は苛立つ様子を見せるどころか、嬉しそうな笑みを浮かべた。

「よろしい」またしても満足そうだ。「正解だ。では、差し支えなければ、最後にもうひとつ聞かせてもらおう」

そう言うが早いか、ティオンヴィル氏は、突きつけていた銃口をシビルの額に押しつけた。末期を迎えている老人とは思えない素早さで……。

「シビルの命と引き換えではどうだ？　きみが決して口外しないと約束するなら、シビルは殺さないとしよう」

ジュリアンは身動きが取れなくなった。おろした腕の先には、まだ拳銃が握られていた。だが、この手を少しでも動かせば、シビルの命はないだろう。こいつはいかれている。きっと、本当にやるはずだ。サラやフランクを殺したように……。

「あなたは最低のくずだ」そう言いながら、ジュリアンはシビルを見た。

シビルの目には涙があふれ、頬を伝いはじめていた。唇はわなわなと震えていた。

「シビルを巻きこまないでくれ！　これはあなたとおれの問題だ！」ジュリアンは叫んだ。

「話をしている暇はない！」ティオンヴィル氏も叫び返した。「イエスかノーか、今すぐ返事をすることだ！　きみが何も話さないと約束して屋敷を去れば、シビルは助かる。だがそうでないなら……」

ティオンヴィル氏が銃口をシビルの額にさらに強く押しつけた。本気だと示すように……。

「やめてくれ！」ジュリアンは必死に訴えた。

「それなら、やめられるよう、答えをはっきり言うことだ」

「わかった！　わかったから、シビルを放してやってくれ。おれは黙って村を去る。これ以上、人が意味なく死ぬのは耐えられない……」

「二度とこの村へやってこないと誓うのか？　何もかも忘れると約束するか？」

「ああ。だから、シビルを殺さないでくれ。何もかも忘れると約束する」

「よし、約束は約束だ、ジュリアン。うしろを向いて、あの扉から出ていきたまえ。もし今後、きみの怪しい動きを耳にしたら、すぐさまきみを見つけだそう。そして、私に嘘をついたことを後悔させよう。私にはそうできるだけの人脈と手段があるからな。では、銃を床に捨てたまえ」

ジュリアンは言われたとおり銃を捨てると、両手をあげて、そのまま何歩かあとずさった。捨てた銃が床に当たって、鈍い音を立てていた。

「どんな行為だろうと、そこには明確な目的がある」ティオンヴィル氏が三度《みたび》言った。「シビルを使って脅したことも、その例外ではないのだよ」

「まだ何か言いたいのか？」ジュリアンは足をとめて口にした。

「これはテストだったのだ。きみの正義感が信頼に足るかどうかを確かめていただけなのだ」

「テストだと？」

「惜しかったな、ジュリアン。あと少しだったのだが……。つくづく残念だが、仕方ない。きみはまもなく自分が本当は何者か、自分が何をしたのか知ることになる。きみに託されていたものに比べれば、シビルの死など雪のかけらでしかなかった。たとえ私がシビルを撃つと脅そうが、きみは真実を世に伝え、悪を暴くべきだったのだ。だが、もう手遅れだ。きみにはこの銃弾を贈るとしよう」

アルベール・ド・ティオンヴィルは、ジュリアンの額に銃を向け、引き金を引いた。

ジュリアンの頭がぐらりとうしろへ傾いた。緋色のしぶきが点々と、白い布に無数に散った。

（完）

# 第五幕　結末

この世界はすべてこれ一つの舞台、
人間は男女を問わずすべてこれ役者にすぎぬ、
それぞれ舞台に登場してはまた退場していく、
そしてそのあいだに一人一人がさまざまな役を演じる
ウィリアム・シェイクスピア
（『お気に召すまま』小田島雄志訳、白水Uブックス）

# 道中にて（3）

「嘘よ！」

事件ファイルを読み終えて、カミーユは思わず声をあげた。

ジュリアンがこんなふうに死んだなんて、信じられない。あのろくでなしのティオンヴィルに殺されたなんて……。

「こんなのおかしい」

カミーユは小さな声でつぶやいた。苦しい思いをにじませながら……。そうして、運転席のエリーズのほうをうかがった。だが、エリーズは黙って前を見ているだけで、ひたすら暗い夜道を運転している。外では雪が降っていた。ワイパーがその雪を払っている。エリーズが何も言わないので、カミーユは話の続きを探すことにした。身をかがめ、座席の下を探って、事件ファイルの入っていた紙挟みを取りだしてみる。ほかにも文字のタイプされた紙はないだろうか……。

何もなかった。

「こんなふうに終わるなんて、ありえない」カミーユはエリーズに目で訴えた。

「でも、実際そうだったのよ」

「本当に……本当に、みんな死んでしまったんですか？」

「ええ」エリーズがうなずいた。「新聞にもそう書いてあったでしょ」

エリーズの冷たい返事から逃れようと、カミーユは窓の外を見た。横を向いて涙を隠した。外は暗くて、景色はあまりよく見えなかった。それでも道の下のほうで、木々の葉や枝が鬱蒼と重なっている様子は見て取れた。つまり、道のそちら側は崖なのだろう。道のもう一方の側からは、切り立った岩肌が迫っていた。路面のあちこちに石のかけらが散らばっていて、まるでその岩肌からあわてて投げられたかのようだった。

闇が濃くなっていた。車も景色も闇にすっかり呑みこまれている。少なくとも、自分ではそんな気がした。だが、車内のデジタル時計を見て、気がついた。夢中で事件ファイルを読むうちに時間がだいぶたっていたのだ。そのせいで、前は平原だった風景は、知らないうちに山に変わり、月は稜線の向こうへ隠れていた。

カミーユは少しのあいだ目を閉じた。

そして、ジュリアンのことを考えた。それから、ほかのみんなのことも……。

つまりこれが、モンモール村で大勢の村民が死んだというあの事件の真相だろうか。ひとりの男の狂気が招いた事件だったのだろうか。だとしても、どうやってサラやほかの人たちを殺すことができたんだろう。どうやって皆にあの幻覚を見せたんだろう。事件ファイルにそのことは書かれていなかった。ティオンヴィルは、〈どうやってあの手品をやってのけたか話したところで、無駄なことだ」としか言っていなかったから。でも、きっとその逆だ。この謎の事件の核心はそこにあるはずなのだ……。それにしても、ひどすぎる。みんな死んでしまったなんて……。

「もうすぐ到着よ。よかった、間に合ったようね」

エリーズの言葉に、カミーユは閉じていた目を開けた。ヘッドライトの照らす先に、トンネルの入り口が見えている。それからまもなく、車はトンネルに入っていった。

このトンネルだ。カミーユは思った。ロイックがスクールバスを激突させたのは、このトンネルの向こう側だ。

「あなたは優秀な記者だから、何があったかを知った以上、今度はその証拠も欲しいでしょうね」エリーズが言った。

「ティオンヴィルは、どうやってみんなを殺したんですか?」

「その質問にわたしが答えるのは、無駄なことよ。あと少しすれば、あなたは自力で理解するから」

「じゃあ、あの事件ファイルを書いたのは誰ですか? あなたですか?」

「まったく、あなたときたら」エリーズがため息をついた。「子どもみたいね。誕生日プレゼントの中身を当てようとする子どもみたい……。とにかく、もう少し辛抱することよ。真実はもうすぐあなたの前に現れるから。そうなれば、つまらない記事を書く日々はもう終わる。あなたはこの国で誰より求められるジャーナリストになれるのよ」

「でも、あなたは? わたしにそこまでしてくれて、あなたは何を得られるんですか?」

そのとき、この車に乗って初めて、カミーユはエリーズの平然とした仮面にひびが入るのを見た。泣き崩れるのを必死でこらえているかのように、エリーズは額と鼻にしわを寄せていた。そして、ぽつりとこう答えた。

「得られるものは、たくさんあるの」

車はトンネルを抜けていた。ほどなくして、村名を示す金属製の標識が右の路肩に現れた。

モンモール。

死者の山を意味する言葉。

カミーユは、神聖な五芒星《ごぼうせい》を目にしたように、〈モンモール〉の文字をじっと見た。心でこう誓いながら。ジュリアン、わたしはあなたに約束する。あなたの身に起きた何もかもをフランス中に伝える、と。この呪われた村で起きたことを、みんなに知られるようにする。事件の謎が解け次第、真実を書くことにする。そうすれば……そうすれば、モンモールはもう、何もかもを馬鹿げた魔女伝説のせいにして、隠れることはできなくなる。

やがてカーブをいくつか曲がったあと、村の家々の屋根が暗がりに現れはじめた。だが、街灯がひとつも灯っていない。停電中なんだろうか。車が建物の横を過ぎていくのを目にしながら、カミーユはいぶかった。窓に顔を押しつけて、石造りの家並みをよく見てみる。そして、呆然とした。

これはいったい……。

そこには、豊かな村とはほど遠い景色があったのだ。事件ファイルを読んで思い描いた、豪華なイメージはどこにもなかった。どの家も屋根が崩れかけ、苔に覆われていた。窓ガラスは割れていて、木の扉にはかびが生え、壁は湿気でひび割れている。二階建ての家などひとつもなかった。通りには、みすぼらしい小さな家が並ぶばかりで、地面のほうへ傾《かし》いでいた。重ねた年月に耐えかねてうずくまる老人のように……。車が走っている道も土がむきだしで、ファイルにあったような、完璧に舗装されたアスファルトの道路ではなかった。

車は、雑草の生い茂る広い野原の周囲を走った。四角い形……これは村の中心の四角い広場だったのだろうか。その四角い野原を過ぎると、木の梁と石の骨組みだけになった建物が、またいくつか現れた。このあたりに図書館があるはずだけれど……。カミーユは探してみた。だが、どれだけ闇と雪の向こうに目を凝らしても、それらしい建物は見えてこない。広場のそばにあるはずの、村の立派な図書館はどこにもなかった。

今、目の前にある村は、廃墟と化した寒村だった。ずっと前に打ち捨てられた家々の墓場でしかなかった。雑草が覆うこの村は、時の流れと草木《そうもく》に半ば埋葬されたような場所だった。

カミーユは驚きながら村を眺めた。それから、エリーズに抗議しようとした。おかしな場所へ連れてきたりして、自分を担《かつ》いでいるんじゃないのか。現実を偽り、自分をだましているんじゃないのか、と。だが、そう言おうとしたとき、遠くに岩山があることに気がついた。月がひそやかに照らすなか、その岩山――モンモール山は堂々とそびえ立っている。

「わたしをだましたんですね」カミーユは言った。「あのファイルに書かれていた村なんて、本当は存在しないんでしょう？　あなたは嘘をついたのよ！　本当にあるのは、あのどうでもいい山だけで、それ以外はみんなでたらめだったのね！」

怒りを覚えながらも、カミーユは心のどこかで安堵していた。なぜこんなことをするのかはわからないが、道中で読んだモンモール村が幻想でしかなく、単なるぺてんなら、誰ひとりテイオンヴィルの魔術にかかって死んでいないことになるからだ。ジュリアンも村の人たちも初めから存在していないのだから……。エリーズは——今や本名かどうか怪しいものだが——自分を担いだのだ。それはもちろん腹立たしいことだった。でも、それなら少なくとも、サラもフランクも犠牲になった他の人たちも、みんな架空の人物でしかない。皆が感じていた苦しみも、紙の上の単なる言葉でしかなくなるのだ。

「そろそろ帰らせてください。もう十分見ましたから」カミーユはきっぱりとした口調で言った。「暇な新人記者だと思われているみたいですけど、あいにく、こんなおかしな話につきあっている暇はないんです」

だが、エリーズは何も言わず、廃墟の村のなかを運転しつづけた。モンモール山のほうへ向かって……。エリーズがあまりに平然としているので、カミーユは不安になった。もしや身の危険が迫っているのでは。突然、心配になりはじめた。ひょっとして自分の書いた記事が、どこかの権力者の怒りを買ったんだろうか。でも、そんなことはありえなかった。そんな大きな取材などしたことがないのだから。新聞社で自分が担当するのは重要じゃない仕事ばかりで、それこそ誰も読まないような記事しか書いていない。政界にも財界にも関わりようがないはずだった……。

車は山のふもとまで行くと、荒地が見えたところで、右へ曲がった。錆びた鉄柵に囲まれたその荒地には、木の十字架がいくつかあった。十字架は斜めになっているようだったが、雪と背の高い草に隠れてはっきりとは見えなかった。

「嘘はついていないのよ」エリーズが言った。誠実ぶった口調だった。「確かに、この村はあなたが期待していたようなものとは違うかもしれない」

「だって、読んだファイルには、まぶしいくらい清潔な通りや現代的な建物や豪奢な家があって書いてあったんです。それなのに今、車は廃墟のなかを走ってる。これはもう見かけの問題なんかじゃない。どう考えても、別次元の話です！」

「いいえ、モンモールはモンモールのままなのよ。あなたが気にかけている死者たちは、今もここをさまよっているの」

カミーユは落ち着こうと目を閉じた。ナイフか催涙スプレーを持ってこなかったことが悔やまれた。

なんて馬鹿だったんだろう。スクープの約束に釣られて、何の用心もしなかったなんて……。わたしがここにいることは誰も知らないのに。もしわたしがいなくなっても、職場の誰も気づかないかもしれない……。

そのとき、エンジンの音がやんで、カミーユは目を開けた。フロントガラスの向こうに、大きな屋敷が見えている。ティオンヴィルの屋敷だろう。屋敷は美しく壮麗だった。ジュリアンが二度目に訪れたときの、劣化した外観ではなかった。たった今通ってきた村の様子ともまったく違う。ジュリアンが初めて屋敷を訪ねて魅せられたときも、きっとこんなふうだったのだろう。屋敷の窓はすべて、金色の光で輝いていた。一階だけでなく、二階と三階の明かりもついている。玄関の木の扉は古びたところがまったくなく、重厚な姿を見せていた。玄関ポーチの石段も手入れが行き届いている。

「謎を解く鍵は、すべてこの家のなかにある。わたしについてきて。そうすれば、あなたを担いでなんていないって、わかってもらえるだろうから」

「これは罠なの？」

カミーユは熱に浮かされたように言った。エリーズは運転席のドアを開けている。

「どんな行為だろうと、そこには明確な目的がある。あなたがここにいることも、その例外ではないの」

ティオンヴィルの言葉を真似てそう言うと、エリーズは暗い外へ出ていった。

カミーユもシートベルトをはずして車をおり、エリーズのあとを追っていった。残念だが、ここから逃げだすには、エリーズのいう真実を――出発したときから教えると約束している真実とやらを――聞くしかなさそうだったからだ。そのあとなら、話をひととおり聞いたあとなら、逃げるタイミングもあるだろう。そのときは、たぶん車の鍵をくすねることになるだろうが。エリーズと、見込めそうにないスクープをこの屋敷に置き去りにして……。

雪の降るなか、背中を丸めて、カミーユは玄関広間へ入っていった。心地よい温もりが歓迎するかのように、身を包む。エリーズが扉を閉めて、歩きだした。向かった先は客間だった。奥で暖炉の火があかあかと燃えている。なかを進むと、ピアノにかかる布はなく、壁には絵画が飾られていた。

「あまり時間がないの」

そう言って、エリーズはソファに座った。ソファの前のローテーブルに、葉巻ケースは置かれていなかった。ティオンヴィルが受け取ったという匿名の手紙――ジュリアンに捜査を依頼したときに話していた手紙――を入れた葉巻ケースもない。その代わり、ファイルと外付けのハードディスクが置かれていた。

「隣に座ってちょうだい」エリーズが言った。

「いえ、立ったままでいます」暖炉を背にして立ちながら、カミーユは答えた。

「そう、どうぞお好きに。じゃあ、あなたの質問に答えましょう」

エリーズが急に態度を変えたので、カミーユは驚いた。質問がすぐ出てこなかった。それにしても、どうしてまだ担がれている気がするんだろう。どうして、わたしはこの人が期待する役を演じている気がするんだろう。

「どうして、わたしをここへ連れてきたんですか？」カミーユは口にした。

「真実を明らかにするため、そして、あなただけにその真実を託して、広く伝えてもらうためよ」エリーズが答えた。

「本当のところ、モンモールで何があったんですか？」

「何人もの人が犠牲になったのよ。何世紀も前に、魔女たちが犠牲になったように」

「じゃあ、みんな本当に……死んだんですか？」

「ええ、ジュリアンも、ほかの人たちも。残念だけど」

「どうしてそんなことに？」

「魔術と闘うためだったの」

「馬鹿な話はやめてください。もっとちゃんとした答えが欲しいんです」

「それなら、質問の相手を変えないと。わたしじゃなくて、別の人に」

「どういうことですか？」

　そのとき、玄関広間のほうから、コツコツという音が聞こえてきた。音は初め小さかったが、次第に強く響いてきた。その一定のリズムは、舞台の幕があがる合図を思わせた。観客に開演を知らせるため、床を棒で三度打つ合図を……。

「誰かほかにいるんですか？」カミーユは尋ねた。嫌な感じが強まっていた。

「怖がらないで。これから来る人がすべてを話してくれるから」

「来るって誰が？　あなたの仲間は誰なんですか？」

　玄関広間の床に、人の影がのびていた。エリーズは平然とした顔のまま、座って壁の絵を見つめている。床を打つ音がますますはっきり聞こえてきた。そして、カミーユは驚きで動けなくなった。客間の入り口に、杖を手にした老人が現れたからだ。

　まちがいない。そこにいたのは、アルベール・ド・ティオンヴィルだった。

# 1

ティオンヴィルはゆっくりと近づいてきた。こちらの顔を見つめたまま、決して目をそらさずに……。その動きを見ながら、カミーユはわずかにあとずさった。まるで振りつけをぴったりそろえているかのようだった。

「きみの目には恐れが見える」ティオンヴィルが前へ進むのをやめ、口を開いた。「安心してほしい。きみに危害を加えることは決してない」

「この人、こんなところで何をしているんですか?」カミーユはエリーズに言った。「刑務所に入っていないといけないのに!」

エリーズはため息をついただけで、何も言わない。ティオンヴィルが言葉を続けた。

「よくぞここまで来てくれた。とても嬉しく思っているよ」

「礼儀正しいふりはやめて! わたしをどうするつもりなの?」

「ふむ、そういう怯えた反応になるのも無理はない。だが、怖がらなくていい。きみの安全は保証する。もう少しすれば、きみはここを出られるのだ。約束しよう」

「それなら、言いたいことを早く言って。そのあと、あなたを告発してやる」

ティオンヴィルはピアノのところまで行くと、ピアノの前の椅子に座り、杖を鍵盤に立てかけた。倒れないようにそっと……。ひとつ何かをするたびに、超人的な努力がいりそうだった。ほんの少し動くだけで、微量の電気が流れたかのように、額のたるんだ皮膚がひきつった。

「その様子からすると、例のファイルを読んだようだね。よろしい。貴重な時間を節約できる」

「ええ、確かにあなたが人を殺した話を読んだばかりよ。あなたは自分の娘を殺したのよ！」

「エレオノールだ」ティオンヴィルが言った。「エレオノール……。あの子は私の天使だった。人を裁くのは簡単だ。だが、きみのことは許すとしよう。詳しい事情を知らないからな。きみの言うとおり、私は娘を殺した。なぜなら、私にとって娘はもはや魔女だったからだ。何を言っているのか理解できない存在になっていた。もし別の時代に生まれていたなら、あの子は魔女とみなされ、山から突き落とされていただろう。とにかく、病という娘の不幸のために、私の夜は呪われ、心は蝕まれていった。自分の心から娘を締めだすようになり、あの叫び声を聞きたくなくて、しょっちゅう娘を部屋に閉じこめていたほどだった。かつて魔女狩りに走った者たちと、私は同類になっていたのだ。かたくなに違いを認めようとしなかった者たちと……。病という尺度でしか、私は娘を見られなかった。病に冒される前と同じ人間だと、どうしても思うことができなかった。

だが、娘を殺すことで、私は娘を救った。そして長年の思い出を守ったのだ。病が大切な思い出を消そうとし、私の記憶に娘の苦しむ姿を刻もうとするのを拒んだのだ。実際、そういうことは起こるのだよ。大切な人が病気で苦しむ姿ばかり見ていると、記憶は塗り替えられてしまうのだ。それは私のなかでも起こっていた。エレオノールのことを思っても、病気以前の姿が浮かばなくなっていたのだよ。笑顔がはじける聡明なあの姿を思い出せなくなっていた。その代わり、浮かんでくるのは、苦しみにゆがむ顔だった。口を曲げ、理解できない叫びを発する姿だった。見えない手に手足をめちゃくちゃに引っ張られているかのように、身をよじらせる姿だった。眼球がぐるりと回って白目を剝く顔だった。だから、そう、私は心を決めたのだ。娘の苦しみを早く終わらせてやろうと。そうして、まだいくつか私のなかに残っていた思い出を守ることにしたのだ。可愛かったあの子の思い出が、永遠に消えてしまう前に」

「じゃあ、どうしてほかの人たちまで殺したの？」

「ほう、面白い質問だ。その理由をわかってもらうには、エレオノールをモンモール山へ連れだしたのちの日々に、何があったか話す必要があるだろう。まず、自分の行為を悔やんだことは言っておこう。もちろん、頭ではわかっていた。苦しむことになるだけの人生をあのまま何年も続けるよりは、永遠の沈黙へ旅立たせたほうがよかったのだと……。だがそれでも、私は罪を雪《そそ》ぎ、悔恨の念を払うため、娘と同じ病で苦しむ子どもがいなくなるよう、手を尽くすことにした。ちなみに、私が悔恨の念を拭い去れたかどうかは聞いても無駄だよ。この話の最後にわかるだろうが、人は犯した罪の悔恨からは決して逃れられないものなのだ。とにかく、そういうわけで私は会社を設立し、数百万ユーロの予算を当てて、研究を進めることにした。研究に必要そうな専門家はみんな引き抜き、来てもらった。その詳細と専門的な話は割愛するが、研究は着々と進み、数年後には明るい兆しが見えてきた。ファイルに、〈事実その1、その2……〉と題されたものがあったのは、覚えているかね？」

「ええ」

「では、そこに何が書かれていたかね？　共通のテーマは？」

「脳と電気信号だったかと……」

「そのとおり。すでにわかっているように、ある種の神経疾患の症状は、脳における電気活動の異常のせいで引き起こされる。てんかん、アルツハイマー病、パーキンソン病……。こうした疾患や、自閉症などの障害が存在するのは、脳の神経細胞、すなわちニューロンが電気信号を適切に伝えられないせいなのだ。老化や遺伝、もしくは不運や生活様式が原因で……。脳内で電気信号の異常が発生すると、さまざまな形で症状として現れる。誰もその影響から逃れることはできない。娘もそうだったように……。そこで、私と研究チームは考えた。ならば、脳の電気活動をコントロールすれば、病気の影響を小さくできるのではないか、と」

「それは特に新しい話でもないのでは？」カミーユは言った。「だって、百年近く前から、電気ショックは治療に使われているはずよ」

「ああ、確かに。だが、私が言っているのは、ショックを与えるような古めかしい方法ではないのだよ。もっと洗練させた形で脳神経を刺激するのだ」

「洗練させた形？」

「そう、微弱な電流を使ってニューロンを刺激するというものだ。近年、これは疾患の治療に用いられるだけでなく、スポーツや学習といった分野にも取り入れられている。たとえば、インターネットで〈脳　電気刺激　ヘッドホン〉と検索してみるといい。集中力を高めたり、認知能力を向上させたり、よりよい睡眠を得たりするための製品を購入することができるだろう。

ただし、こうした製品は脳に電気刺激を与えるだけだ。対して、私のところでやっているのは、脳の電気活動を制御し、さらには利用するというものなのだ」

「利用する？　どういうこと？」カミーユは尋ねた。話がどこへ向かうのかわからなかった。

「それについては、手短に説明させてもらおう。研究の技術面での説明に手間取っている時間はないのでね。いずれにせよ、そのテーブルの上のハードディスクに、研究の詳細とそれを裏づける科学的なデータはすべて入っている。きみがここを出るときに、もちろん渡すつもりだよ。それがあれば、きみの書く記事はさらに反論の余地のないものになるだろう。

　ということで、電気活動の話だが、まずはニューロンについて話をしたい。ニューロンは脳内にネットワークを巡らせて、電気信号を伝えているが、その電気信号が脳のしかるべき場所に伝わるおかげで、我々は思い出すとか、痛みや喜びを感じるとか、動作をするといったことができている。だが、ある種の疾患では、その電気信号の伝達がうまくいかなくなってしまうのだ。たとえば、アルツハイマー病の場合、記憶を司《つかさど》る海馬付近からニューロンが減少しはじめるため、海馬へ電気信号が伝わりにくくなる。その結果、患者はたくさんの記憶を失ってしまう。では、こうした電気信号の異常をコントロールして、アルツハイマー病の進行を遅らせることは可能だろうか？　その答えは、もちろんイエスだ。そうした治療法もすでに研究されている。

　だが一方で、患者と家族が何より望んでいることは何だろうか。病気の治癒は当然として、失われた記憶を取り戻すことを望んでいるのではないだろうか。我が子の名前を難なく口にできること、最後に出かけた家族旅行の思い出や、寝室の壁紙の色をすぐ思い出せることではないだろうか」

「でも、昔の記憶をつくりなおすことはできないはずよ」カミーユは言った。

「いや、もちろんできる。だから、制御と利用なのだ。確かに記憶をつくるには電気刺激だけでは十分ではないが、その一助にはなるのだよ。使用する周波数によっては、脳は生まれたばかりの赤ん坊のように何でも取りこめるようになる。もう少し具体的にいうと、まずは中枢神経刺激薬、つまり強力な麻薬物質をあれこれ使って、対象者をほぼ催眠状態にする。使った薬のリストは、そのハードディスクに入っているよ。それから、脳にさまざまな情報を組み入れる。そうすると、対象者はその情報を自身の経験として記憶するようになる。匂い、場所、音、そしてアイデンティティ。いくつもの代用の真実がなじみあるものになり、最終的には対象者の人となりを形づくる不可欠な要素となるのだ」

「つまり、人の脳を操るということ？　他人の思考や記憶を……」

「そうとも言える。だが、それは科学の専売特許ではない。たとえば小説だって、ある物語を信じさせ、登場人物を身近に感じさせることで、読者の脳を操っていると言えるだろう。ときには、聴くといい音楽を提案して、読者がよりいっそう作中世界に没頭できるようにしたりもする。読みながら、主人公の感情を共有したり、雪の冷たさを感じたりできるように。きみもあのファイルを読んだとき、ジュリアンの死に涙したのではないのかね？　ジュリアンとシビルが森のなかを歩いていたとき、あるいはサラが背中で声を聞いたとき、一緒に恐怖を感じたのではないのかね？　もちろん、我々の目的は、人を楽しませることではなかった。研究はあくまで病気の治療を目指していたのだ。だが研究を進めるうちに、我々は治療のみならず、ほかにも豊かな可能性を見いだした。それが、脳に新たな知識を組みこむことだった。我々はそれに成功することができたのだ。たとえば、対象者にイギリスの偉大な劇作家の全集を学習させ、記憶させることに成功した」

「シェイクスピア……」

「そのとおり。脳の記憶を司る部分へ努力を集中させた結果、対象者は一カ月でシェイクスピアの全作品を読み終えて、暗唱できるまでになったのだ」

「でも……どうやってその研究を実現させたの？　実験が必要だったと思うけど、人でそんな実験をすることは許されていないはずよ」

「なるほど。そろそろ事実を明らかにせねばならない頃合いだ。実は、私のつくった刑務所は、火事でなくなったわけではない。受刑者たちは、炎に焼かれて死んだわけではないのだよ」

## 2

ティオンヴィルの話を聞きながら、カミーユは不安になった。どうも話が嫌な方向へ流れている。今のところ、話に嘘はなさそうだった。だが、良心が足を踏みいれるのを拒むような、そんな領域へ流されている気がしてならない。脳の操作、偽の記憶、人体実験……。これ以上何があるのだろう。この話のなかで、ジュリアンやサラやフランクはどういう位置にいるのだろう。それに、ほかの人たちも……。

エリーズは、あいかわらずソファにじっと座っていた。ときおり腕時計に目をやるほかは、身じろぎもせず話に耳を傾けている。

ここから消えてしまいたい。カミーユは思った。こんなことなら、スクープに釣られてのこのこついてこなければよかった。話の続きなど聞きたくなかった。病気の人の脳内で記憶が眠っているように、自分の好奇心も眠らせてほしかった。だが、ティオンヴィルは話を続けた。

「きみの言うとおり、我々の研究には被験者が必要だった。その点、私には好きに使える受刑者が九人いた。刑務所の設立に関して、きみが読んだファイルの説明は本当だ。あの小さな刑務所は臨時のもので、この地方の刑務所の過密状態を緩和するため、私が改修し使えるようにしていたのだ。だから、私は収容する受刑者を自由に選べた。そして、研究の軸に沿った病歴を持つ受刑者を九人選んだ。その後は、あのファイルにあったように、その九人全員を火事で死亡したことにした。その件を調べようとする連中を追い払うため、多少の出費は必要だったが、受刑者九人の死を本気で悼む人間はいなかった。いずれにせよ、あの九人はだいぶ先にならないと、正式な収容先が決まらなかった」

「つまり、あなたは人を実験台に使ったのね？　許可も取らずに……」

「では訊くが、病は娘の脳を壊す前、許可を取ったかね！」

ティオンヴィルが声を荒らげ、ピアノの鍵盤を手のひらで強く叩いた。だが、ピアノは音を出さなかった。

「それは全然違う話よ！」カミーユも強く言い返した。

「そのとおり、それは全然違う話だ。私の行いは高尚なものだったからな。あれは、あくまで病気の治療のためにしたことだった。子どもを殺そうとする病気とはわけが違う」

「でも、その人たちはそんな目に遭うほどの罪を犯していたの？」

「まだわかっていないようだ。むしろ、私は彼らにもう一度チャンスを与えたのだよ。彼らが何をしたかは、自分の目で確かめてみるといいだろう。そのテーブルの上のファイルを読むといい」そう言って、ティオンヴィルはにやりとした。悪い予感しか感じさせない笑みだった。

「それを読めば、見かけとは幻想でしかないとわかるだろう。必ずしも現実を映すものではないと」

じっとしていたエリーズが動きを見せた。ローテーブルへ身を乗りだし、ファイルを手にして差しだしてくる。カミーユはファイルを受け取ると、グランドピアノの端へ行き、ピアノの上に置いた。そこには黒いカバーがかかっていた。カミーユは表紙を開いてみた。だが、すぐさま手を離した。ファイルで指を火傷したかのように……。

いいえ、こんなことはありえない。わたしは夢を見ているの？　早くここを出たかった。一刻も早くこの部屋を出て、こんな場所のことなど忘れたかった。もしたった今見えた名前が本当なら、それ以外の見知った名前もこのあと出てくるはずだった。でも、そんなことはありえない……。

「私は彼らにもう一度チャンスを与えたのだ。きみにもその意味がわかったかね？」ティオンヴィルは愉快そうな口調でそう言うと、また説明を始めた。「被験者たちはそれぞれ問題を抱えていた。我々はニューロンへの電気刺激によって、その問題を解決しようと考えた。数カ月にわたる調整期間のあいだに、偽の記憶を彼らの脳へ組みこんだのだ。以前の人生を消し、新たな人生をつくりだしてやったわけだ。それは新しい命を与えたようなものだった。再び生まれる手伝いをしてやったとも言えるだろう。助産師のように……。そういえば、かつて助産師の役目をしていた女性たちも、その知識ゆえに魔女とみなされ裁かれていたな。とにかく、一度手なずけた脳は、驚くほど従順だった。我々は彼らの暴力への衝動を抑え、新しい知識と記憶する力を与えてやった。電気刺激を謳うどんなヘッドホンも決してもたらせないようなものを与えたのだ。そして最後に、研究の成果を試すため、彼らをあるシナリオのなかで生活させ、それぞれに役割を持たせてみた。それがあのモンモール村の話だった」

　カミーユはいつのまにか泣いていた。手元のファイルに涙が落ちて、初めて泣いていること に気がついた。ティオンヴィルを黙らせたくて、こぶしを握った。たとえ殴ってでも、今は口をつぐませたい気持ちだった。

「なるほど、きみは彼らのために悲しんでやっているのだな。そういうことなら、きみのつらさを軽減しよう。そのファイルに目を通して、彼らが何をしたかを知るといい」

## 3　ジャン＝ルイ

ジャン＝ルイは薬物依存症だった。ヘロイン漬けの生活で、注射を打たずに過ごす日はなく、一日数回は打っていた。

ある夜、ジャン＝ルイは家へ帰ってテレビの前に座りながら、注射針が慰めをもたらすあの時間をうずうずして待っていた。そうして妻とふたりの子どもが眠りにつくと、さっそく隠し場所へと向かった。家族の前では決してクスリを打たなかった。クスリと道具一式は居間の床板の下に隠していたのだ。だが、その床板を持ちあげると、隠し場所には何もなかった。暗くてほこりっぽい空間が、ただ広がっているだけだった。

ジャン＝ルイはしばらくクスリを探した。禁断症状のせいで、身体中の毛穴から汗がにじんだ。とにかく落ち着こうとして、マリファナに火をつけ、ソファに座った。絶対に床板の下に隠していたが……。そう思っているうちに、頭にゆっくり別の考えが浮かびはじめた。もしや誰かに意地悪をされているんじゃないか。そいつは、おれがこんなふうに苦しむ姿を見て、あざ笑っているんじゃないか、と……。謎めいた声が、そのとおりだとささやいた。あなたの妻ならきっと知ってる、クスリは今もこの家にある、ちゃんと近くにある、と人魚《セイレーン》もささやいた。ベッドで気持ちよさげに眠るあのヘビ女が知っているはずだ、と。

ジャン＝ルイは家中を引っかきまわした。しんとした真夜中だったが、そんなことはどうでもよかった。ときどき、別の声も響いてきた。必死にクスリを探す自分をあざ笑っている声が……。

そして、ジャン＝ルイは妻を起こした。びんたをして、大事なあれを返せと叫んだ。今や、声はあちこちから聞こえていた。梁からも壁からも、さらには妻の口からも……。それはヘビの口だった。妻はそのヘビの口でにやりと笑いだし、長い舌を口から出してくねくね踊らせていた。それを見て、ジャン＝ルイはふらふらしながら台所まで行き、引き出しの中身をぶちまけた。それからステーキナイフを手につかむと、妻のところへ戻っていった。妻は巨大なイグアナに変わっていた。

「おれの道具をどこへやった？　言わないと、喉をかき切ってやる、このばけもの！」

無数の声がどっと響いた。笑ったり、馬鹿にしたり、焚きつけたり、罵ったり……。声はあらゆる楽器の音を出して、目の前のイグアナを踊らせていた。イグアナは今では馬鹿にしたようにこっちを指さし、腹をよじって笑っていた。そこで、ジャン＝ルイはイグアナの首をつかむと、その首に力を込めてナイフを刺した。イグアナが女に戻り、踊るのをすっかりやめるまで……。

だが、それでも声は消えなかった。今度は澄んだ子どもの声に変わって、あいかわらず馬鹿にしてきた。甲高い声が鼓膜にきんきん響いていた。声は童謡を歌っていた。大人がパンツのなかのおちんちんをどうしても見つけられずにいる様子を、子どもが馬鹿にするという歌だ。そうかと思うと、声は顔を舐めてきたり、腕の皮膚に——注射を打った黒い跡が点々とする腕の皮膚に——チョークで人の絵を描いたりした。それは子どもたちだった。自分の子どもたちだった。ふたりの子どもは走っていた。トロフィーのように高々と、注射器を掲げて走っていた。それから、その注射器を地面へ放ると、上から跳んで踏みつぶした。勝ち誇ったように腕をあげて。

ジャン＝ルイは、注射器型のロケットが飾られた子ども部屋へ入っていった。その部屋で眠る泥棒ふたりを揺さぶって、血にまみれたナイフで脅した。そうしてふたりを殴りつけてから、顔に唾を吐きかけて、喉をぱっくり切り裂いた。

声はやんだ。

一時間が過ぎていった。

ジャン＝ルイは最寄りの警察署へ行き、こう言った。自宅で泥棒をふたり捕まえた。それから、一匹のイグアナも。

## 4　リュカ

リュカは、母親のマリーに育てられた。

それから、イエス・キリストにも。

父親のことは知らなかった。母親を駐車場でレイプして数分後、トラックに乗って逃げたからだ。学生だった母親が、学費を工面するため、道路沿いの安食堂で夜に働いていたときのことだった。

それ以来、母親のマリーは、生まれた息子を清く正しく育てることに、身も心もすべて捧げた。どうかこの子が父親のような人でなしになりませんように、と昼に夜に祈りながら……。

こうして、リュカは大きくなった。家のなかにはどの部屋にも必ず、瀕死の男が十字架に磔《はりつけ》になった絵が飾られていた。母親からは、悪魔について――股間に生えていて、いつか正気を失わせるかもしれない悪魔について――繰り返し戒められたが、よくわからないまま聞いていた。

八歳のときの出来事も、リュカにはわけがわからなかった。ある日、リュカがシャワーから出ると、母親が恐怖に目を見開きながら浴室を出ていき、数秒後、鞭《むち》を持って戻ってきたのだ。普段は台所にしまわれている鞭を……。実はそれは、リュカのペニスがお空の天使へ向かってぴんと立っていることに、母親が気づいたせいだった。鞭を手にした母親は、「イエスさまは、もっとひどい目に遭われたのよ」と言って、タイル張りの床に仰向けになるようリュカに命じ、こう続けた。「今から、お母さんが悪魔を追い払ってあげる。おまえを清めてあげるから」。そして、リュカのペニスを八回、鞭で打った。リュカがこの世で過ごした年の数と同じだけ……。

その六年後、母親はキリストの十字架像にほほ笑みかけながら、リュカの部屋に掃除機をかけていた（リュカのベッドの頭上には十字架像が飾られていた）。だがその途中、マットレスの下に突っこまれていたポルノ雑誌が見つかった。中学校から帰ってくると、リュカはペニスを十四回、鞭で打たれた。母親がこうわめくのを聞きながら。「今度こんなことをしたら、鞭の先にサソリをつけてやる！　そうしたら、イエスさまのお苦しみがわかるから！」

リュカが最初の犯罪に手を染めたのは、十八歳のときだった。キリスト教系のサマー・キャンプに参加したとき、ある少女とふたりで森の奥へ行き、レイプして殺したのだ。永遠にそばにいるよと甘い言葉で誘いかけ、木の幹に押しつけて……。その夜、バンガローに戻ったあと、リュカは一睡もできなかった。自分のしたことを後悔したからではない。いつ母親が現れて「下着をおろせ。あんなことをしたのだから、鞭を十八回受けろ」と命じるかと思うと、気が気でなかったのだ。

だが、母親は現れなかった。その夜も、キャンプの残りの日々にも……。

一年後、今度は別のキャンプ場で、リュカは二度目の犯行に及んだ。ふたり目の犠牲者は、そのキャンプ場で出会ったオランダ人旅行者の女だった。無理強いする必要はほぼなかった。女のほうから身を任せてきたからだ。キャンプ場の隣の森で女と交わりながら、リュカは女にささやいた。「母なるマリー、あんたの尻が穢《けが》されんことを」。女のほうは、その意味をよく理解できていないようだった。やがて快楽に満たされると、女は目を開けて空を見た。だが、そのときにはもうリュカは身を起こし、女を上から見おろしていた。手に重い石を持って……。リュカは女の頭に十九回、石を振りおろした。勃起していた。殴るたびに母親の名を口にして、その狂気を母へ捧げた。かつて母親が鞭打ちの一回一回を、磔にされたキリストへ捧げていたように。

「これはおれの石だ。おれはこの石の上におれの教会を建てる」リュカは、聖書の言葉（マタイによる福音書16章18節新共同訳）を自分流に変えて唱えながら、女に石を振りおろした。

二カ月後、そのオランダ人旅行者の死体が警察に発見された。柔らかな土を掘って埋めていたのを、イノシシが掘り起こしたのだ。

その後も、リュカは地方を転々とし、キャンプ場からキャンプ場へと移動して、性衝動と殺人衝動を満足させつづけた。聖書の教えを唱えながら……。だが、そうやって大西洋岸をうろついてから二年が過ぎたとき、泊まっていたホテルを出たところで警察が現れ、逮捕された。一連の殺人事件を受け、キャンプ場には防犯カメラが設置されていたのだ。数々の目撃情報に加え、その防犯カメラの映像が決め手となって、リュカは逮捕された。

事件を担当する刑事が、なぜあんなことをしたのかと尋ねたとき、リュカは疲れた顔でぽつんと言った。その質問に答えられるのは母親だけだ、と。

## 5　モリーとロジェ

モリーとロジェは、四十五歳で結婚した。愛のためではない。夫婦になったほうが、売りに出された宿を金銭的に手に入れやすかったのだ。

それは、国道七号線沿いにある食堂つきの宿だった。その宿が売りに出されたとき、モリーもロジェも興味を引かれた。そして九カ月後には結婚し、共同経営者になった。ふたりともこの地方の手頃なレストランで長年働き、こつこつ貯金をしていたので、互いの資金を合わせれば、再出発のチャンスをつかめる金は十分あった。

ロジェは料理人だった。修行時代も一人前になってからも、ずっと肉料理が専門だった。ロジェにとっては、肉を捌《さば》いて過ごす日ほど素晴らしい日はなかった。朝早く動物の肉の塊を受け取ると、それを喜んで切りわけ、骨を取ったり、筋を取ったり、下ごしらえをしたりした。料理人仲間からは、肉以外の料理にも、もっと興味を持てとよく言われた。料理の世界は多種多様で、魚介や野菜、それにデザートまであるというのに、嬉々として肉料理ばかりつくっているのはよくない、と。だが、ロジェはそんな言葉は無視していた（いずれにせよ、ラグビー選手ばりのがっしりとした体格なので、肉を捌く仕事は任された)。

もちろん、死骸の肉を捌いているとき、全身に——とりわけエプロンの下に隠れた股間に——喜びの震えが走ることは誰にも言わなかった。そうして肉が届くたび、血や筋や肝臓その他のおいしそうな臓物のなかに手を浸した。

モリーのほうは、宿の女主人になる前は、レストランで給仕をしていた。たっぷり脂肪のついた腹と、もっさりとした顔のせいで、若い女たちから——ホテル専門学校の実習生たちから——馬鹿にされっぱなしだった。まだ思春期を抜けたばかりの実習生は、モリーが更衣室で制服のスカートのファスナーを懸命にあげようとしていると、馬鹿にした笑いを隠しきれないでいた。潑剌《はつらつ》とした顔に、ほっそりとした体形の女たち。そんな女たちに馬鹿にされても、モリーはじっと黙っていた。ただし、たるんだ顔を怒りで真っ赤にさせてはいたが……。そうやって、苦しみの炎を少しずつ大きくしていった。

メニューのことで厨房へ質問しにくる実習生を、ロジェが興奮した目で見ている様子も、モリーはよく見かけていた。ロジェの目は、もの欲しそうに若い女の身体を眺めていた。制服の下の華奢で均整のとれた女の身体を……。

だがそういうときも、いつものように、モリーはじっと黙っていた。


そう、確かにロジェは若いウェイトレスの身体を興奮しながら眺めていた。ただ、モリーは知らなかったが、それは若い女の魅力的な身体を前に、ただ性的な妄想にふけっているのではなかった。ロジェは、ウェイトレスの身体の各構成部分にもおおいに興味を持っていて、あれこれ想像を膨らませていたのだ。もし鶏や牛の代わりに、このウェイトレスの腕の肉が入荷したら、どう捌けばいいだろうか。この腕から、料理をつくれるだけの肉は取れるだろうか。調理はどうする？　ローストか、蒸し焼きか、それとも煮込みか。そもそも、人間の肉はどんな味がするのだろうか、というふうに――。

そして、月日は流れていった。ロジェの疑問に答えは得られないままだった。

その後、モリーとロジェは結婚して宿を買ったが、その数年前から、すでにベッドをともにしなくなっていた。結婚してからも、夫婦の営みはいらないという、暗黙の了解は続いていた。宿と食堂の仕事でそれぞれ忙しかったことが、互いを避ける口実になった。客が大勢来たから疲れすぎてそんな気になれないと言えば、暗黙の了解は守られた。

やがて、ロジェは酒を飲みはじめた。最初は調理場でひとりきりで飲んでいたが、そのうち店を閉めてから、残った客と一緒に飲むようになっていった。若い旅行者たちは、安い宿に泊まれたうえに、亭主に酒までおごられて、もちろん断ることなく飲んでいた。食堂に夜遅くまで残っていれば、ただ酒が飲めそうだということにも、みんなすぐに気づいていた。

だが、このときもまた、モリーはじっと黙っていた。夫のロジェが若い女の客の前で格好をつけているのを尻目に、黙って部屋へ眠りにいった。客の女たちは誰ひとり、どんなに酔っぱらおうが、あのロジェに身体を触らせたりしない。それがわかっていたからだ。

ところが、ある晩、モリーがベッドで寝ていると、部屋のドアがばたんと大きな音を立てて開いた。初め、モリーは客に欲情したロジェがそれを鎮めようとして、自分のところへせがみに来たんだろうと考えた。だが、無理やり起こされ目を開けると、ロジェは両手を血だらけにして、赤ん坊のように泣いていた。どうやら単なる性欲の問題ではなさそうだった。

ロジェは怯えてよくわからないことを言うばかりで、話はさっぱり要領を得なかった。そこで、モリーは一階の食堂へおりてみた。そして、自分の最初の予想がどれほど的外れだったかを知った。目の前の床には、若い女の死体がふたつあった。Tシャツは引き裂かれ、スカートはまくれあがっていた。どちらの胸にも、包丁が柄まで突き刺さっていた。

モリーはでっぷりとした腹で、死体のまわりを歩きながら、しげしげとふたつの死体を観察した。ほとんど楽しげな目で……。そうやってひとしきり眺めると、そばの椅子に腰をおろして、ロジェを見据えた。

「ふん、この女たちは、男を挑発した報いを受けたんだ。あの実習生の売女どものぶんまでね」そう言って、肩をすくめた。「あんたを警察に突きだすことはできない。あたしがこの宿を失うからさ。あんたは股間の言いなりになって、こんなことをしたわけだ。だったら、今度は頭を使って動くんだ。さっさとこの死体を片づけて、血の染みたカーペットも始末しとくれ。あんたがこれをどうするかは知りたくない。埋めようが、焼こうが、のちのちのお楽しみに冷蔵室に保管しようが、どうでもいい。いいかい、あたしはこれから寝る。今ここには死体があるが、あたしが起きたら、死体は消えてなくなってるんだ。それだけのことさ。簡単だろ？」

モリーは椅子から苦労して立ちあがり、二階へ戻ろうと階段をのぼった。ロジェは、あいかわらず泣いて鼻をすすっていた。それでも、さっき部屋に突然現れてから初めて、理解できる言葉を口にした。

「ちゃんとやるよ、約束する。こんな馬鹿をやった痕跡は、一晩かけてちゃんと消す」

「ああ、そうするといい」モリーは階段の上から言った。

「で、モリー、明日の昼のメニューなんだが、肉の煮込み料理にしようと思うんだ」

だが、今度は返事は戻ってこなかった。モリーは二階へと消えていた。


それから二日後、〈モリーの店〉で同じ日に昼食をとった客二十三名に、食中毒の症状が現れた。

原因を調査するため、提出された大便を研究所が分析したところ、結果はすべて同じだった。〈腸内に人肉が存在する〉。その後、警察が店の中庭の奥で、血のついたカーペットを発見した。さらに、宿泊していた女性客ふたりの持ち物も、べとべとした沼の底から回収された。そこは、ロジェがいつも揚げ油を捨てていた沼だった。

モリーとロジェはその場で逮捕され、店は閉鎖された。

〈モリーの店〉の建物は今もある。窓と扉を木の板でふさがれて……。正面には、店の名前が書かれているが、そのすぐ下に、いたずら好きの子どもがスプレー塗料でこんな言葉を添えている。

モリーの店――フレッシュなお肉をどうぞ。

# 6 ロンドナール

モーリス・ロンドナールは、リヨン郊外にある豪華な一戸建てに住んでいた。

長年、フランス語教師として国の教育に携わり、リヨンのいくつかの中学校で教鞭をとったあと、定年を迎えて退職していた。同じく定年退職した妻のアンリエットとふたり暮らしで、規則正しいスケジュールに従って、日々の生活を送っていた。

毎朝、ロンドナールはだいたい七時に起床した。朝食のあとは、顔を洗って歯を磨き、新聞を買いに出かけた。午前が終わるとアンリエットと昼食をとり、短い昼寝をしてから、二時間ほど庭へ出て、花壇や菜園の手入れをした。夕方にはテレビを少し観たが、特に好きなのはクイズ番組〈王者への質問〉（平日の夕方に放映されるフランスの長寿クイズ番組）だった。それから早めの夕食をとり、その後はようやく一日のなかで最高のひとときがやってきた。妻のそばに座って本を読む時間だ。好きなのはフランス文学の古典だったが、時代遅れにならないよう、最近の作家も発掘していた。こうしてある夜読んだのが、ダヴィッド・マレの小説で、次の日には、近所の書店でその全作品をそろえていた。

ロンドナールの穏やかな日常は何年も続いた。ところが、ある時から思いがけない出来事が起こりはじめた。まず、庭いじりの道具がいつもの場所から消えた。次に、朝食用のボウルが台所の別の場所に移されていた。楽しみにしていた夕方のクイズ番組では、挑戦者たちの回答がひどくとんちんかんなものに思えはじめた。その一週間後には、今度は到底信じられないようなことが起きた。毎日新聞を買っていたたばこ屋が、いつもの通りから消えていたのだ。昨日まではあったというのに……。いったいどこへ行ったのか。店の移転先を見つけようと、ロンドナールは何時間もその近所を歩きまわった。

その後、医者に診てもらったところ、周囲の世界が変化してしまうこの現象に名前がついた。軽度のアルツハイマー病だった。

それ以来、ロンドナールは心ならずも病気の沼へ沈んでいった。庭いじりをやめ、たばこ屋への散歩もしなくなり、テレビもぴたりと見なくなった。ただし、読書だけは続けていた。小説を読むあいだだけは、それが現実かどうかを思案しなくてすんだので、さまざまな感情に安心して浸れていたのだ。なかでもいいのは、好きな作家ダヴィッド・マレの小説だった。

七十歳の誕生日に（本人はまだ五十歳だと主張したが）、ロンドナールは妻からダヴィッド・マレの最新作を贈られた。それも番号入りの限定版で、著者のサインまで入っていた。妻からの素晴らしいプレゼントを見て、ロンドナールは涙を浮かべながら喜んだ。本を胸に抱きしめて、妻に何度も礼を言った。ただ、その妻の名前はどうしても思い出せなかった。

それから一年後のある朝、ロンドナールは見覚えのない家で目を覚ました。どうして自分はここにいるのだろう。起きあがり、見たこともない階段をおりて台所へ行くと、やはり見たこともない女性に出くわした。女性はあれこれ尋ねてきたが（他人のくせに口調がなれなれしかった）、ロンドナールは全部無視して、二階の寝室へ戻っていった。着ているパジャマのなかに大切な本を隠そうと思ったのだ。その本は、寝るときいつも枕元のナイトテーブルに置いていた。けれども、部屋へ戻って見てみると、本はなかった。六十歳の誕生日に、若き日の恋人から贈られた大切な本がどこにもないのだ（恋人の名前は……そう、マリアンヌだ）。きっと台所にいたあの女だ。あの女が盗んだのだ。ロンドナールは確信した。

妻のアンリエットのほうも、夫の態度に動転していた。夫の名前を叫びながら階段をのぼっていった。二階まで行くと、夫は目の前に立っていた。こぶしを握り、真っ赤な目をして、唇を震わせて……。

「あの本をどこへやった、この泥棒！　盗んだことはわかっている！」

アンリエットは盗んでなどいないと言って、夫を安心させようとした。だが、どれだけ言っても夫は頑として受け入れず、泥棒と言いながら近づいてきた。

「お医者さまに電話するわ。大丈夫よ、あなた。本は見つかるから……」そうつぶやきながら、アンリエットはあとずさった。

「嘘つきめ、大事な本を盗んだくせに。あれは人生でいちばん素晴らしい贈り物だったんだ。この泥棒！」

そう言うと、ロンドナールは両腕を前へ突きだして、階段の上からアンリエットをどんと押した。アンリエットの身体が階段を転がり、床まで落ちた。骨の折れる音があたりに響いた。ロンドナールは一階へおりて、裸足のまま外へ出た。本屋を探すためだった。

その後、警察がロンドナールを発見した。自宅から十二キロ離れた場所だった。ロンドナールはパジャマ姿で、一度も行ったことのないたばこ屋の前に立っていた。そして、店へ向かって何度もこうつぶやいていた。

「やっと見つけた。なんだかんだで、そう遠くへは移っていなかったわけだ」

# 7 ロイック

ロイックは、毎朝七時十五分に家を出た。

勤め先の公認会計士事務所は、車で三十分ほどの距離だった。毎朝、ロイックは東から西へと車を走らせ、街を横切って通勤していた。職場では、会計士として機械的に数字や金額を分析、修正、精査したが、心のなかではいつも、早く夕方六時になってほしい、そうしたら家に帰れるのに、と思っていた。

毎日の生活は単調で孤独で、ときどき心が重くなった。だが、そんな独り身の憂鬱に沈んだとき、ロイックは自分に言い聞かせた。いや、恋人なんかできたら、酒を飲む喜びが奪われてしまう。女はみんな、こんな酒浸りの男なんか嫌いに決まっているのだから。恋愛なんて何の役にも立たないのだ、と。

そうして、ロイックは心を慰めるため、毎晩グラスを呷《あお》りつづけた。ウイスキー、ワイン、食後酒《ディジェスティフ》と……。酔って自由に妄想の翼を広げるときは、恋人と触れあい、抱きあうところを、あふれんばかりに思い浮かべた。そして朝には、まずジンとクランベリージュースでマグボトルをいっぱいにし、それから出勤前の最後の一杯を引っかけた。インスタントコーヒーにウイスキーをたっぷり入れたものを飲み干すのだ。

そんなロイックの酒癖に、職場の人間は誰も気づいていなかった。昼になると、皆ランチに出かけたが、ロイックはいつも「母親が街の中心部に住んでいるので、一緒に昼食をとりにいく」と言い、行動を別にしていた。もちろん、それはでまかせだった。母親は本当は南フランスに住んでいるのだ。昼の休憩時間中に、往復七百キロもの距離を移動するのは無理だった。その代わりに向かうのは、職場から遠い酒場だった。店主の無表情な視線のもと、ロイックはハムサンドを食べながら、何杯も生ビールを飲んでいた。

職場で勤務態度が問題になったことは、一度もなかった。みんな、ロイックは控えめで、たまに不器用なところのある男だと知っていたのだ。それから、いつも目が赤いのは慢性の結膜炎にかかっているからということも……。確かに勤務中ずっと、強烈なにおいのするチューインガムを嚙んでいて、それに苛立つ同僚もいたが、事務所の規則でも職業上の礼儀としても決して禁止されているわけではなかった……。

その夜、ロイックは特にこれといった理由もなく、独り身の寂しさが募って下半身がいつも以上にうずくのを感じた（いや、もしかするとその日、納税申告のこつを聞きにきた女性客のせいかもしれない。色っぽい目をしたふくよかな人だったのだ）。そこで家に帰ると、まずジョニー・ウォーカーを二杯呷り、パソコンでポルノビデオを見た。そうしてやるべきことを済ませると、自身の解放を祝って酒を飲むことに没頭した。

翌朝、目が覚めても酔いはまだ残っていた。仮病を使って仕事を休んだほうがいいだろうか。ロイックはためらった。だが結局、職場に電話を入れる代わりに、インスタントコーヒーにウイスキーを入れて(比率からいうと、むしろウイスキーにコーヒーを入れて)、それを飲み干し、いつものように中庭から車を出した。

七時十五分。家の前の通りは、朝の光に優しく照らされていた。どの家の鎧戸も開いていて、まだ眠そうな親に見送られ、戸口から小学生が次々に出てきた。子どもたちは歩道に並び、スクールバスが迎えにくるのを待っている。

ロイックは、初めの一キロは慎重に運転した。見知った子どもに手をふるたびに、性欲やアルコール(病気とその治療薬だ)とはまだ無縁の若さをうらやましく思ったりした。はるか昔、自分にもスクールバスを待っていた頃があったと思いながら……。やがて、交差点の信号が近づいてきて、ロイックは目を細めた。青、黄色、赤……。信号の色はどうにも非現実的だった。信号まで二日酔いなのか、色がくすんで見えている。ロイックはゆっくりとブレーキを踏んだ。信号機はだるそうに光を放っていた。その光の色が青だとわかれば、すぐアクセルを踏むつもりだった。

赤だ。

ロイックは急ブレーキをかけた。

車がガくんと不満げに揺れ、前輪が横断歩道まではみだした。

くそ……。

と、うしろからクラクションの音が響いてきた。少しうとうとしていたようだ。ロイックはバックミラーをのぞいた。うしろのドライバーの合図からして、どうも発進するタイミングらしい。確かに、信号は青だった。

車を出すと、ロイックは車線を右に変更した（ウインカーを出さなかったので、うしろの車からまたクラクションを鳴らされた）。そして、まぶしい光を避けようとして、アクセルを踏んだ。朝の光が前から射して、フロントガラスに照りつけていた。

くそ、やっぱり家にいればよかった。気持ちよく……眠って……いれば……。

突然、右のタイヤが歩道に激しくぶつかった。その衝撃で、車はセンターラインまで弾かれた。ロイックは、驚いて声をあげた。と同時に目が開いて、全力でブレーキを踏みこんだ。またしても、知らないうちにうとうとしていた。

「くそ、くそ、くそ！」おぼつかない動きでハンドルを叩きながら、ロイックは怒鳴った。

「ちくしょう、あんなに飲むんじゃなかった！」

早く落ち着かないと。そう思いながら、再び車を出そうとした。そのとき、バックミラーに目をやって、ロイックはうしろに人だかりができていることに気がついた。道沿いの店から人がわらわら現れていた。通行人が何人か、早足でこっちへ向かってくる。

くそ、おれは何もしてないぞ。ちょっと歩道をこすっただけだ。

そのとき、知らない男が乱暴に運転席のドアを開け、頰を叩いた。勝手にシートベルトをはずして、無理やり外へ引きずりだした。

なんなんだよ。ロイックは思った。コーヒー入りのウイスキーが喉元まで込みあげていた。どうしてこいつはおれを叩くんだ？　たかが歩道をこすったくらいで……。

車道の真ん中で膝をつくなり、ロイックは嘔吐した。ひりついた喉からアルコールとコーヒーが吐きだされ、手首に小さく跳ねながら、道路に広がった。

四つん這いになって吐きながら、ロイックは思った。どうしておれは人に囲まれてるんだ？　これじゃ猟犬に追いつめられた獲物じゃないか……。それから、車のフレームの下に、赤い筋がついていることに気がついた。ロイックは、開いたままのドアをつかんで立ちあがると、ふらつく足で前のバンパーまで行った。そこには、男がひとり、しゃがんでいた。男は憎悪に満ちた厳しい目で、ロイックをにらみつけていた。

その朝も、姉のマリオンは弟のダミアンの手を引いて、アパルトマンの階段をおりた。いつものように……。

ふたりはただスクールバスを待っていただけだった。学校へ行こうとしていただけだった。だが、ロイックの運転するルノー・メガーヌが、ふたりの立つ歩道へ突っこんできた。マリオンとダミアンは四メートルにわたって引きずられた。ロイックの血中からは、〇・三ミリグラム以上のアルコールが検出された。泥酔状態だった。

警察が、ロイックの生活習慣について同僚から話を聞いたところ、皆、口をそろえてこう言った。ロイックは控えめで、母親ととても仲よくしていた。あと、吐く息からはいつも、南国産のフルーツのような合成香料のにおいがしていた、と。

## 8　サラ

警察学校を卒業してすぐ、サラはリヨン郊外の警察署に配属された。

その署で六カ月間、新米の警察官として働くあいだ、頭のなかでは、声が定期的に聞こえていた。サラはそれを黙らせたかった。思春期の頃からずっとそうしていたように……。声は「大丈夫か」と訊いてきた。それだけでなく、次第にあれこれ忠告してくるようにもなった。声から逃れることはできなかった。だから、サラはこれも日常の一部と捉えるようにした。信頼できる友人の厳しいけれど的を射た指摘を拒絶しないようなものだった。たとえば、声はこんなふうに聞こえていた。

**大丈夫、サラ?**

「ええ、元気よ」

**あんなのおかしいと思う。あなた、そんなに元気じゃないかも。**

「そう思う?」

**ええ、気をつけて。だいぶ疲れているみたい。**

「確かに、疲れてる気がする」

上司はあいかわらずお尻をじろじろ見てくるの？　下品なことを言ったりするの？

「そう、あいかわらずなの」

でも、どうしてあなたなんかを見たがるのかしら。あなたはとっても醜いのに。

「わからない」


どうしてこんな声が聞こえるのか。十六歳のとき、かかりつけ医のところへ行くと、双極性障害だと診断された。だが、両親はその診断に疑問を持った。これはきっと思春期にありがちな気分の揺れだ。精神科で詳しく診てもらうようなものではない。そんな声はそのうち自然に消えるから、薬も治療も必要ない、と……。だから、サラは声やいろいろな症状を自分ひとりで抱えていた。正常のベールをかぶり、苦しさを覆い隠していた。サラが悲しげだったり不安げだったりするのを見て、両親が声をかけたときも、サラはいつも嘘をついた。

「大丈夫か、サラ？」

「ありがとう、パパ。大丈夫よ」


ところが、警察学校に入ると、頭の声はぴたりとやんだ。

もうあれは全部消えたんだ。自分は進むべき道を見つけた。脱皮を終えて、新しい自分になれたんだ。サラは自信を持った。警察学校へ入学したことをきっかけに、両親のいる家も出て、ひとり暮らしを始めていた。新しい生活が始まると、心は穏やかな幸福感に満たされた。規律にも仲間にもすぐなじみ、最後は上位三人に入る優秀な成績で卒業した。

だが、声は戻ってきた。新米の警察官として配属されたその日の夜に……。

初めて出勤したその日、サラは巡査部長に迎えられた。これから上司になる男で、髪は金髪で角刈り、顔にはそばかすが散っていた。その巡査部長は、現れたサラをまずはじろじろ眺めまわした。まるで稀少動物でも見るように。それから、署内をひととおり案内したあと、ほかの署員にも紹介した。言葉の区切りで舌をチッと鳴らしながら……。夜、帰宅してからもまだ、サラの頭にはその舌打ちの音が響いていた。あの声が戻ってきたのは、そのときだった。

**大丈夫、サラ?**

「まあね。でも、あの人、なんだか変……」


日がたつにつれ、巡査部長の視線はますます露骨にサラの身体を這いだした。やがてある夜、サラは誘われた。うちへ一杯飲みにこないか、一緒に少し楽しもう、と。

サラは丁重に断った。それでもしつこく誘うので、今度ははっきり断った。そのときすぐにはわからなかったが、誘いを断ったことで、サラは危険な線を越えてしまった。

越えたのは、サラのほうだった。

相手は安全圏にいた。

その夜を境に、巡査部長はサラにつらく当たりだした。当時、サラのいた署は他の地域の警察署と連携して、連続殺人事件を捜査中だった。近隣のキャンプ場で女性があいついで殺されているという事件だ。だが、サラは正当な理由もなく、いきなり捜査からはずされた。

署員のあいだで噂が立ち、サラは性に奔放で、仕事帰りに飲みに誘えば誰でも相手をしてもらえる、とささやかれた。

夜中には何度も無言電話がかかってきた。机の上にはいつのまにかコンドームの箱が置かれ、同僚の警官たちがニヤニヤといやらしい笑いを浮かべていた。

大丈夫、サラ?

「だめ、つらいの。もう死にたい」

どうしたら助けになれる?

「このまま話しかけていて。眠れるように……」

悲劇は、配属から六カ月後に起きた。

ある夜、サラは巡査部長とふたりで宿直することになった。署内には、ほかに誰もいなかった。巡査部長はサラが更衣室に入ったのを見届けると、すぐにあとを追いかけて、自分も更衣室へ入っていった。そして、部屋の隅にサラを追いつめ、拳銃を向けて脅しながら、ひざまずけと命令した。そこは監視カメラの死角だった。

サラは泣きながら、言われたとおりひざまずいた。心の奥で、いつも聞こえる声を探した。この試練を切り抜けられる方法を、声に教えてもらいたかった。頭の上では、巡査部長がズボンのホックをはずそうとしていた……。と、突然、大きな笑い声がした。笑う合間に、あの不快な舌打ちの音も混じっている。サラは顔をあげた。巡査部長は携帯を手に撮影していた。レンズをこちらへ向けて……。

「いいか。おれはおまえを思いどおりにできるんだ。身体も、キャリアもどちらもな。次に飲みに誘ったときは、ちゃんと来いよ」

外線電話が鳴った。巡査部長は更衣室を出ていった。部屋にひとり残ったまま、サラはしばらく床で打ちひしがれた。

大丈夫、サラ？

「黙ってて」

ねえ、あいつ、あなたにしゃぶらせたくなかったのね。きっと、なぶりものにして楽しんでるのよ。醜い女だって思いながら、あなたをいたぶってるのよ。高校のときのあの男の子たちみたいに……。

「黙ってて！」

今も死にたいって思ってる？

「ええ」

じゃあ、拳銃を出して……そうするといい。そして、わたしたちを黙らせるといい。

巡査部長はあくびをしながら、メインのモニター画面に映る防犯カメラの映像を眺めていた。うしろからサラの足音が聞こえてきたので、振り向きもせずこう言った。

「明日の夜、署員を呼んでパーティーをするから、おまえも来い。おれたちを楽しませてくれ。もし来なければ、さっきの動画を署の連中にばらまくからな。そうなれば、更衣室に客が押しよせてくるぞ」

だがサラは、その脅し文句にいつもの舌打ちが続くより先に行動した。巡査部長の頭のうしろに銃を突きつけ、引き金を二度引いたのだ。モニター画面に、血と砕けた骨が飛び散った。

大丈夫、サラ？

「ええ、元気よ。とっても気分がよくなった」

# 9

「あとのふたり、ジュリアンとフランクについては、なぜ刑務所に入ることになったのか細かい説明はいらないだろう。彼らの起こした事件は、きみが道中読んだファイルにあったとおりだ」

　そう言うと、ティオンヴィルは青灰色の目でカミーユを見つめながら、事件をまとめた。

「あのふたりは銀行強盗を働いて、失敗したのだ。ふたりとも強盗としては三流で、仕事の手際が悪かった。強盗を働いていながら、そばにいた赤毛の女性の美しさに見とれていた。やがて仲間割れをするうちに銃が暴発して、赤毛の女性は銃弾に倒れた。本来、銃に弾は入っていないはずだった。だが、薬室の弾を取りだし忘れていたのだ」

「みんな、犯罪を犯していたなんて……。そんな話、信じられない」カミーユは言った。

「だが、それが真実なのだよ。詳細はそのファイルのなかにある。警察の調書、裁判所の判決文、各人の心理的特性……。きみはフィクションの登場人物に共感して愛着を抱いたようだが、彼らのほうは、周囲への共感力に欠けた怪物だったということだ」

「だからって……どうして殺してしまったの？」

「実験に使ったモルモットが死ぬ理由は、ひとつしかない。実験に失敗したからだ。確かに、研究のそもそもの目的は、娘のような神経変性疾患で苦しむ子どもがいなくなるようにというものだった。だが、心に留めておいてほしいのは、私はやはり実業家であるという点だ。我々は、脳に新たな記憶や感情や知識を組みこむことに成功した。また、被験者が苦しんでいた疾患や精神障害をなくすことにも成功した。たとえば、ロンドナールはアルツハイマー病、ロイックはアルコール依存症、ジャン＝ルイは薬物依存症、リュカは性衝動と殺人衝動、サラは双極性障害といったように、彼らは皆、何らかの疾患で苦しんでいたが、それを取り除くことに成功したのだ。その事実を前にしたとき、頭にすぐさま浮かんだのは巨大な市場だった。この発見の向こうには、巨大な市場が開かれている、と……。

想像してみたまえ。もし犯罪者を善良な市民に変えることができるなら、社会は必ずやそこに金を使うだろう。現在、刑務所にかかる費用は増加の一途をたどっているが、我々の技術によってそれを抑えることができるのだ。企業だって、あらかじめ我々の技術による処置を施した人材、つまり必要な知識を組みこんでおいた人材を雇いたがるにちがいない。そうすれば、金のかかる研修に時間をかける必要もなくなるからな。今、シリコンバレーの億万長者が何に投資をしているか、知っているかね？　イーロン・マスクのような起業家が目をつけているのは何なのか？　答えはニューロテクノロジー、すなわち脳に直接介入する技術だ。それはいわば技術によって、人間を改良しようとする、途方もない追求なのだ。マスクの設立したニューラリンクも、脳インプラントを開発中で、すでに人で臨床試験が行われている。だが、我々はそのもっと先へ到達したのだ」

「あなたはいかれてる……」カミーユはつぶやいた。

「いや、実利的なのだよ。なんといっても、我々に犯罪者を預けてくれれば、一年間の調整を経て、公正で有能な警察官として世に送りだせるのだ。しかも、脳の電気回路を操作するだけで」

「でも、あなたは実験に失敗した。だって、みんな死んだのだから」

「そのとおり。だが、殺したわけではない」

「じゃあ、誰が殺したの？　あなたのもとで働いていた研究員？」

「いや、彼らは自ら死んでいったのだ」そう言いながら、ティオンヴィルは初めて動揺らしきものを見せた。「そこから、我々はこの実験がはらむ問題に気づいたのだよ。実験中、与える電流の量や周波数、それを施す期間といった条件は、被験者ごとに変えていた。異なる条件下で実験を進めるのは、科学の常識なのでね。被験者は皆、それぞれの部屋にいたままだった。我々は、彼らの頭蓋骨に埋めた脳インプラントを通して、規定の量の微弱な電流を送り、離れた場所から知覚を操作していたのだ。もちろん、これはＳＦの世界の話ではない。脳インプラントは我々が発明したわけではなく、前々から存在していた。我々はそこに改良を加えただけなのだよ。


そういうわけで、たとえばジャン＝ルイの場合、現実には四方を壁に囲まれた部屋に立っていながら、自分では相棒のヴァンサンとともに羊の群れのなかにいると思っていた。こちらから信号を送れば、モリーの店で酒を飲んでいると認識したし、脳の特定の領域に電流を集中させれば、上着の襟に雪が入ったと思って震えたり、羊の毛に触っていると思ったりした。あるいは、実際は周囲に誰もいないのに、ヴァンサンと話していると認識した。また、被験者の九人には、それぞれ与えられたシナリオがあり、各々が役割を担っていた。被験者どうしで実際に顔を合わせ、言葉を交わすこともあった。日中、我々の指示したとおりに、部屋を出て、互いに会って話をしたのだ。それは、役者が芝居をするようなものだった。芝居を演じているあいだ、役者はずっと役の人物になりきるが、九人の被験者もそれと同じことをしていたのだ。

こうして、実験は順調に進んだ。ところがあるとき、コンピュータがジャン＝ルイの電気活動に異常があると知らせてきた。それまで不具合の兆候などまったくなかったというのに……。我々は状況を確認し、独房へ向かったが、そのときにはもうジャン＝ルイは死んでいた。なぜいきなり心停止を起こしたのか。徹底的に調べたものの、原因は特定できなかった。そこで、ほかの被験者が同様の事故に遭わないようにするため、我々は施す電気の量を変更した。だが残念なことに、彼らは次々と死んでいった。ジャン＝ルイと同じように……。まるで、我々には特定できない脳細胞が、心臓にとまれと命じたかのようだった」

「じゃあ、みんな心停止を起こして死亡したの？　ガソリンも包丁も拳銃も使っていなかったというの？」カミーユは驚いて尋ねた。

「ああ、そうしたものは使っていない。あのファイルに記されていたのは、実際にどう死んだかではなく、彼ら自身が認識していた自分の死に方だったのだ。記録されていた最後の言葉、脳の活動記録、死の直前に過剰な活動が見られた脳の部分、そういったものから彼らの思考を解読し、再現したものだった」

「でも、ジュリアンはロンドナールが焼け死ぬところを見ていた……」

「そのとおり。あれは、その情報をジュリアンに与えていたからだ。ロンドナールの焼身自殺も、ジュリアンの脳に組みこんだシナリオの一部だったのだよ。あの九人のなかで、ジュリアンはもっとも重要な被験者だった。ジュリアンを模範的な警官に変えることが、あの実験の最大の目的だったのだ。その目的を達成すべく、我々はジュリアンを中心にシナリオを作成した。そして、ジュリアンをモンモール村へ送りこんだ。根強く魔女伝説が残る村、夜な夜なピアノの音が聞こえるという人間や、ロンドナールのように奇妙な行動をとる住民のいる村へ……。それは、迷信や超常現象といったものに惑わされることなく、常に客観的でいられるかどうかをテストするためだった。シビルを登場させたのは、性衝動に対する反応をテストするためだ。また、警官として論理的思考ができるかどうかを調べるため、手がかりは分散させて与えていた。数々の死に直面させたのは、精神面の安定度合いを測るためだった。ジュリアンは誰より多くのテストを受けていた。まさに主役だったと言えるだろう」

「それならどうして、ジュリアンまで死んでしまったの？」

「それは、私が殺したからだ。私が心臓を停止させた」

「どういうこと？　ついさっき、誰も殺していないって言ったのに」

「ジュリアンは、我々の期待に見事に応えてくれていた。あとは、最後のテストに合格するだけだった。簡単な質問に正しく答えるだけでよかったのだ」

「でもあれは、あなたがシビルを殺すって脅したからよ！」

カミーユは事件ファイルの最後に描かれていた場面を頭に浮かべた。ティオンヴィルはいきなりシビルに銃を向けたのだ。

「ジュリアンは真実に目をつぶり、悪を見逃した。シビルを犠牲にできなかった。だが、よい警官ならそんなことはしないはずだ。少なくとも、我々の望む警官は真実に目をつぶってはいけなかった。真実は何より大切なものなのだ。しかもあの場合、私はその後も無実の人間を殺しつづけたかもしれなかった。それなのに、ジュリアンはその点も問題視しなかったのだよ。私を糾弾するのではなく、事件を忘れることを選んだのだ」

「だって、ジュリアンはシビルを愛していたのよ！」カミーユは叫んだ。思わずピアノを叩いていた。

「シビルは架空の人物だ。被験者の脳に組みこむためにつくられたのだ。リュシーやヴァンサンもそうだし、隣町の警察官や、モリーの店に来ていた配達業者もやはり架空の人物だった。これらの人物は、役者たちをコントロールし方向を示してやるための、いわば安全柵だったのだ。それから、被験者はときどき柳の声を聞いていたが、あれは研究員の声だった。実験中、白衣を着た研究員がそばに立っても気づかれないようにするため、被験者の目にはそれが柳に見えるよう、操作していたのだよ」

カミーユはよろよろとあとずさり、暖炉の端に手をついた。ティオンヴィルの口にした話を消化しきれなかった。目的のためなら手段を選ばない男——マキャベリズムの権化のようなこのいかれた男は、うしろ暗い喜びを見せながら、とんでもない事実や情報を浴びせていた……。

頭痛が始まりかけていた。今は兆し程度だが、そのうち嵐のような痛みに変わるだろう。バッグに頭痛薬を入れてくれればよかった。カミーユは悔やみ、それから今聞いた話について考えた。つまり、ジュリアンもほかの人たちもみんな人を殺していた。その後有罪になって、常軌を逸した実験の被験者にされたのだ。それにしても……もしティオンヴィルの話が本当なら、そして持ち帰っていいという実験の詳細やデータが本当なら、ティオンヴィルはいかれていると同時に、素晴らしく頭の切れる人物ということになるだろう。なにしろ、アルツハイマー病などの神経変性疾患の治療に成功したのだから。だがその一方で、必要な機関の承認もないまま、人を実験台にしたという事実もあった。その二面性をどう捉えればいいのだろう。難しい判断だ……。考えていると、再びティオンヴィルの声がした。

「カミーユ。名前で呼ぶのを許してもらうが」さっきより声が落ち着いていた。「カミーユ、私を怪物だと思う気持ちはよくわかる。娘を殺し、九人の被験者を殺したのだ。実際、ある意味では怪物だろう。だが、あの研究のおかげで、何百万もの人々を、そしてエレオノールのような難病に冒された子どもたちを救えることも事実なのだ。このモンモールが魔女の土地だというのは、でっちあげたものではない。本当の話だ。かつてこの土地で、病を治癒したあの女たちは魔女と断罪されたのだ。もしその時代なら――人々の無知と狂気が魔女を殺した時代なら――エレオノールも犠牲になっていただろう。私が自分の使える魔術、すなわち医学という魔術を使ったのは、エレオノールのためだった。あの子の思い出のためだったのだ」

カミーユは横を向いた。ティオンヴィルとの会話に疲れていた。エリーズを見ると、またしても腕時計に目をやっている。よほど時間が気になるのだろうか。

「でも……どうして何もかもを明かして、わたしに記事を書かせようとするの？」

「失敗したからだよ。私は被験者を完璧な人間にすることができなかった。文明の未来を担うはずだった人間をつくりだせなかったのだ。私は傲慢の罪を犯し、私欲の罪を犯した。そして、ジュリアンやほかの被験者が何に苦しんで死んだのか、よくわかった。今は私もそれと同じものに苦しんでいる。私は罪を贖《あがな》わねばならないのだ」

「みんな、どうして死んでしまったの？　優秀な研究員と最先端の完璧な技術でも解決できなかったものは何だったの？」

「我々にコントロールできなかったもの、そして死ぬまでつきまとってくるもの――それは悔恨だったのだよ」

## 10

「そう、被験者は皆、悔恨に囚われていた。ジュリアンでさえも……」ティオンヴィルが話を続けた。「我々は人間心理のその側面を考慮していなかった。罪を悔やむそうした意識も、治療で消えると思っていた。だが、彼らは決して忘れなかった。エレオノールにしたことを、私が決して忘れないのと同じだった。ジュリアンとフランクの見た赤毛の女。コーヒーカップについていた口紅の跡。モリーとロジェが聞いていた声。ロイックが夜中に聞いた子どもの声、あるいは台所にいた子どもたち。羊たちの喉を妻子と同じようにかき切ろうとした直前、ジャン＝ルイの前に現れた妻と子ども。サラにしょっちゅう〈大丈夫か〉と尋ねていた声。リュカに官能的な言葉をささやいた女性たち。ロンドナールが探しつづけていた小説家……。これらはすべて、悔恨の気持ちの表れだった。彼らの奥に眠る思考がシナプスを通り、悔恨として現れてきたのだ。そして彼らは皆、もうそこから逃げないと決心し、死んでいった。私もまた死ぬときは、最後の思いはモンモール山の頂へと向かうだろう。この腕で愛しいエレオノールを虚空へ放ったことが、きっと浮かんでくるのだろう」

「このことを記事にすれば、あなたは刑務所で一生を終えるのよ」カミーユは言った。

「いや、見たまえ。私はもう老いぼれだ。金なら十分あるから、優秀な弁護士を雇って裁判を長引かせ、刑務所に入る前に死ぬだろう。私はただ、あの発見を世に知ってもらいたいだけなのだ。我が子が別人のようになった姿に苦しむ親がいなくなるよう、願っているだけなのだ。それこそが、きみをここへ呼んだ理由だった。きみは若くて野心もある。だが、今のところ誰もきみの言葉を聞こうとしない。だから、せめてきみにこの真実を託し、キャリアを切り拓いてもらうことで、私は自身のなかの悔恨を癒やしてみようと思ったのだ。もちろん、悔恨は決して消せないとわかっているが……。そういうわけで、きみはそこにある実験の詳細と私の話をもとに、記事を書くといい。今度はきみがモンモールの物語を紡ぐのだ。ジュリアンの物語や魔女の——周囲と異なるという理由で迫害された人々の——物語を記すのだ」

カミーユは、しばらく口をつぐんで、考えた。ティオンヴィルはどこまで誠実なのだろう。今の話からすると、つまりは人を使ったあの実験も、完治できない疾患の治療法を見つけるためのものだった。治療法を探そうと力を尽くすことで、ティオンヴィルは娘のエレオノールの思い出を守っていたのだ。そのためなら、たとえ他者を犠牲にしても……。確かに、人を使った無認可の臨床試験は、今に始まったことではなかった。これまでにも、その手の有名な事件で、世界的な製薬会社の名があがっていた。特にアフリカでは、新薬を試験するため、許可もないまま人で実験が行われていた。

「ティオンヴィルさん、時間です」エリーズが言った。

見ると、エリーズはソファから立ちあがっていた。ティオンヴィルのいるピアノのそばへ向かっている。ティオンヴィルのほうはエリーズを何秒か見つめ、それから腰をあげていた。手がさっきより震えているようだ。青灰色の目に、うっすらと涙がにじんでいる。その姿を見ながら、カミーユは思った。どんな病気を患っているにせよ、立ちあがるだけで涙が出るなんて、よほど苦しいのだろう。手にする杖がひどく頼りなげだった。身体が不安定なせいで、杖は風に揺れる小枝のようにぐらついている。

「時間って？」カミーユはエリーズに尋ねてみた。「車に乗ってから、ずっと急いでいるようだったけど、それはどうして？」

エリーズが答えようとした。だが、ティオンヴィルが先に言った。

「私の体調のためなのだよ。あまり長い時間、起きていられないものでね。身体がつらくてもたないのだ。そういうわけで、そろそろお別れして休ませてもらうよ。カミーユ、会えて嬉しかった。ハードディスクもファイルも、ほかにも記事を書くのに必要なものは、すべて持っていくといい。訊きたいことはまだあるだろうが、今夜はもう体力の限界だ。よかったら、あとはセレーヌに訊いてくれ。セレーヌが手助けしてくれるだろう」

「セレーヌって、上のお嬢さんでしょう？　エレオノールのお姉さんの」

ティオンヴィルが初めてセレーヌという名を口にするのを聞きながら、カミーユは驚いた。

「でも、セレーヌはモンモール村を離れて、外国へ行ったんじゃ？　あなたのそばにはいないんじゃ？」

「いや、あの子がこの村を離れたことはない……。ところで、お別れをする前に、ひとつ質問させてほしい。後悔したくないのでね」

「ええ、どうぞ」

「仮に私が『二百万ユーロを出すから、今の話は全部忘れてほしい』と言ったら、きみは承知するだろうか？」

「いいえ」カミーユはきっぱり返事をした。「ジュリアンの話をしていたとき、あなたが言っていたように、『真実は何より大切なもの』よ。だから、わたしはこの話を記事にする。細かいところまで全部……。あなたは刑務所で死ぬかもしれない。それか、自室でひとり悔恨に苦しみながら死ぬかもしれない。でも、それはわたしには関係ない」

「わかった。それならカミーユ、きみとはここでお別れだ」ティオンヴィルがつぶやいた。頬に涙が伝っていた。「ピアノの上に赤い封筒があるだろう？　ファイルの横にある大きな封筒だ。それを開けてみてほしい」

カミーユは封筒を手に取った。封を開けていると、一瞬、頭にずきんと痛みが走った。これで終わりだ。カミーユは思った。記事を書くのに必要なものを全部車に積み終えたら、早くこの呪われた土地を離れよう。明日は頭痛で仕事を休むことにして、家であのハードディスクの中身をチェックしよう。そうして、記事を書きはじめよう。記事はできるだけ早く書き終えたかった。ジュリアンやほかの被験者の死を明らかにし、ティオンヴィルという人間の真の姿を伝えたかった。悔恨に苛まれるあまり、現代の魔女となってしまった人間の姿を……。

カミーユは封筒の中身を取りだした。Ａ４の厚い紙だった。紙には、白い羊の絵が描かれていた。丘に広がる緑の草原で、のんびりと草を食《は》んでいる。

「これは……何?」カミーユはつぶやいた。頭がまたずきんと痛んで、顔をしかめた。

「〈じえいて〉だよ」

「じえいて?」

「ああ」

そう言って、ティオンヴィルはゆっくりと近づいてきた。唇が震えていた。

「あのとき、閉じこめられた部屋で、おまえが何を言っていたのか、やっとわかったのだ。ずいぶん時間がかかってしまった。だが、やっとわかったのだよ。おまえのせがんでいたものを、羊の絵を、私はようやく描くことができた。そしてようやく、おまえを救うことができたのだ。私の天使、エレオノール……」

# エピローグ

　翌朝、目を覚ましたとき、カミーユ――いや、エレオノールは自分がどこにいるのか、すぐには思い出せなかった。頭痛はもう消えていた。だが、不思議な感覚は残っていた。予感が響いているような、そんな感覚がまだ頭に残っていたのだ。

　ベッドに横になっていると、部屋のドアがそっと開き、エリーズがトレーを持って現れた。いや、エリーズじゃない。姉のセレーヌだ。

「コーヒーを淹れてきたの」セレーヌはほほ笑みながら、トレーをベッドの上に置いてくれた。

「ほら、クロワッサンもあるのよ。上にアーモンドスライスがついたもの。あなた、これ、大好きでしょ」

「この部屋……わたし、知ってる」エレオノールは身を起こし、ヘッドボードにもたれて言った。

「もちろん、知っているはずよ。だって、ここはあなたの部屋だもの。子どもの頃からずっとそう」窓の厚いカーテンを開けながら、セレーヌは笑って答えた。

カミーユは窓の外の乳白色の空を眺めた。雪はすっかりやんでいるようだ。

「ねえ、セレーヌ？」

「なあに？」

「あの人は……お父さんは、わたしを山の上から落とそうって思わなかったのね？」

「当たり前よ。そんなこと、お父さまにできるはずなかった。あなたを心から愛しているもの。大丈夫、エレオノール、記憶はすぐに戻ってくるから。あなたの病気は治ったの。すべての検査がそれを証明しているの」

「じゃあ、あの話は？　ジュリアンたちの話は……」

「あの記憶もじきに消えるでしょうね。でも、昨日お父さまが話したことは、全部本当よ。ひとつだけ違っていたけれど。いちばん重要だったのはジュリアンじゃなくて、あなただったの。あなたの病気を治すことが、何より重要な目的だったの。あなたの病気を前にしても、お父さまは決して白旗をあげなかった。研究員があなたに最適な電流の量と周波数を見つけられるように、全力で支援していたの。あのシナリオをつくったのもお父さまよ。モンモール村の物語も、あなたに送ったメールも、あなたを記者にしたことも、駐車場での待ち合わせも、全部あなたが完治したかを確かめるためのシナリオだったの」

「でも、わたし、ここへ来るまでのことを思い出せない……」

「それでいいのよ。偽の記憶は消えていくから。そして、あなたはまたわたしたちの可愛いエレオノールになる。前よりちょっと年はとったけどね。でも、あの症状はもう出てこない。お父さまは成功したの。お父さまとあなたはついに病気をやっつけたの。医学は現代の魔術なのよ。あなたが何かに憑かれていると思われたり、人から目を背けられたりすることが二度とないように、お父さまはあらゆる手を尽くしたの」

「そういえば、昨日はどうしてピアノの音が出なかったの？」

「ああ、ピアノね。ちゃんと音は出ているのよ。ほぼ毎晩弾いているもの。あの話のなかで、ロイックやフランクがピアノの音を聞いたでしょう？　あれは、私の弾くピアノが聞こえたからなの。どこで鳴っているのかわからないまま……。その反応を見て、お父さまはピアノの音をきっかけに、被験者の脳内で予想外のことが起きるかもしれないと考えた。だから、ほかの被験者にはピアノの音が聞こえないようにしたのよ」

「それで、わたしにも聞こえなかったのね」

「ええ。でも、脳から治療の跡が消えれば、また聞こえるようになるはずよ。そのときは、あなたが小さい頃に好きだった曲を弾いてあげる」

「みんな、どこに埋葬されているの？」

　エレオノールは尋ねた。セレーヌはすぐそばのベッドの上に座っていた。

「魔女たちの近く。昔の墓地よ」

　二時間後、セレーヌに連れられて、エレオノールは昔の墓地の鉄柵のなかに入った。古びた木の十字架の横を歩き、奥にそびえるモンモール山の岩壁へと向かった。山のそばでは、雑草はまだあまり伸びていなかった。

　みんな、ここに眠っているのね。地面をそっと撫でながら、エレオノールはつぶやいた。ジヤン＝ルイ、リュカ、ロイック、モリーとロジェ、サラ、ロンドナール、フランク、そしてジュリアン……。あなた方のおかげで、父はわたしを救うことができた。お礼に羊の絵を描くような年ではもうないけれど、でも、別の形でなら感謝の気持ちを表せる。そう、この記憶が消えてしまう前に、みんなの本当の物語を書くという形で……。きっと、父もわかってくれる。それも、治療の一部だと思ってくれる。もちろん、書いたものが屋敷の外に出ることはないと伝えておこう。自分のために残しておきたいだけなのだ、と。もし何か見落としたとしても、セレーヌが教えてくれるだろう。

そう、書いて残そう。それがいい。

あなた方のそばで眠る魔女たちは、今では忘れられてしまったけれど。でも、わたしは決して忘れない。あなた方のことを忘れない。そのために、本当のことを書こうと思う。

必ず書くと約束する。

そのほかのことは……雪のかけらでしかないのだから。

（了）

# 解説

千街晶之

極めて大雑把《おおざっぱ》な分け方であることを承知で記せば、勧善懲悪がはっきりした物語を好むアメリカ人に比べ、フランス人は白と黒では割り切れない物語を好むという傾向があるとよく言われている。人間心理のグレーゾーンを描き続けたパトリシア・ハイスミスの小説が、アメリカ本国よりもフランスで高く評価されたことなどがそれを象徴している。ミステリ小説に限っても、フランスの作家はカトリーヌ・アルレーやボアロー&ナルスジャックの昔から、すっきりと割り切れない後味の作品を好んで執筆してきた。

そんなフランス・ミステリの伝統を引き継いでいる作家のひとりが、本書『魔女の檻』(原題 *Les Sœurs de Montmorts*、二〇二一年) の著者、ジェローム・ルブリである。著者は一九七六年生まれで、イギリス、スイス、フランスの外食業界を経て、二〇一七年に *Les chiens de Détroit* でデビュー、第三長篇『魔王の島』(二〇一九年) で二〇一九年のコニャック・ミステリ大賞およびニ〇二一年のリーヴル・ド・ポッシュ読者大賞を受賞した。この作品は日本でも、『このミステリーがすごい! 2023年版』の海外部門第十位にランクインするなど注目を集めた。

『魔王の島』はこのような物語だった——一九八六年、新聞記者のサンドリーヌは、祖母シュザンヌの遺品の整理のため、彼女が住んでいたノルマンディー沖の孤島を訪れる。その島では、かつて十人の子供たちが溺死するという悲劇的な事故が起きていた。やがて、サンドリーヌは島の数少ない住人たちが「魔王」と呼ばれる何者かを恐れていることに気づく。一方、並行して語られる一九四九年のパートでは、島の施設で働くことになった若き日のシュザンヌが、子供たちを怯えさせる「魔王」の謎に直面することになる。

最初のうち、「魔王」は果たして人智を越えた超自然的存在なのか、そうでないのか——というのがメインの謎かと思われるのだが、中盤でとんでもない事実が明かされ、それまで読者に見えていた景色は根こそぎ引っくり返されてしまう。しかも、この逆転劇は一度ではないのだ。ミステリとしては反則ではないかという印象を受ける読者もいる筈だが、それなりに伏線は張られており、少なくともサプライズと知的な計算とによって著者の掌の上でいいように転がされる物語であることは間違いない。

では、著者の第五長篇、日本に紹介された作品としては二作目にあたる本書は、どのような内容なのだろうか。

プロローグにあたる部分では、新人記者のカミーユが、極秘の情報を提供するという誘いに乗って、正体不明の女性エリーズとともに車でモンモール村へと向かう。エリーズは、二年前にモンモール村で大勢の村民が謎めいた死を遂げた事件の真相を知っているというのだが……。

このプロローグに続き、いよいよ本筋が始まる。二〇二一年十一月、主人公のジュリアンは、新任の警察署長としてモンモール村に赴任する。警察署は彼のほか、リュシー、サラ、フランクという三人の署員しかいない小さな署だが、どういうわけか最新のパソコンや大型モニターが設置されていた。村長のティオンヴィルからのプレゼントなのだという。モンモール村では二年前、羊飼いのジャン＝ルイが羊たちの喉を掻き切って殺害し、その直後に心停止を起こして死亡するという事件があったが、他には些細なトラブルしか起きていないらしい。ジュリアンは二年前の件について事情を聞くため、ジャン＝ルイの相棒ヴァンサンの家をサラとともに訪れたが、ヴァンサンは喉を切って死んでいた。やがて、ジュリアンはティオンヴィルから意外な依頼をされる。

物語が進行するにつれて、この小さな村で実はさまざまな事件が起きていたことが明らかになってゆく。村には小規模な刑務所があったが、過去に起こった事故で受刑者は全員死亡したらしい。また、ティオンヴィルがモンモール村に来たのは、重い病を患う次女の治療のためだったが、彼女は岩山の頂上から転落死している。これらの出来事には互いに関連があるのだろうか？

更に遡《さかのぼ》れば、モンモール村には恐ろしい歴史があった——一七世紀、ルイーズという女性と四人の娘が魔女と見なされ、岩山の頂上から突き落とされて惨死したのだが、その後、村の男たちは女たちを見境なく魔女だと疑うようになり、多くの女がルイーズ母娘と同じように殺害されたのだ。こうして岩山は「死者の山《モンターニュ・デ・モール》」と呼ばれるようになったが、それが時とともに「モンモール」に変化し、今の村の名前になったのだ、と。

このような恐ろしい地で、ジュリアンはティオンヴィルからの依頼を果たすべく、過去の出来事を探りはじめる。しかし、村には不穏な空気が立ち込め、小さなトラブルが大事件へと発展する。相次ぐ惨事には、それを起こした人間が謎の声を聞いていたという共通点があった。やがて声は、ジュリアンたち警察署の面々にも迫ってくる……。

何が起きているのか、事態の全体像がなかなか見えてこない不気味な展開は『魔王の島』とも共通するが、本書のほうがホラー・テイストが濃厚である。何しろ、互いに何の関係もないように見える人々が、正体不明の声が聞こえただけで死へと導かれてしまうのだから。果たしてそれは魔女の呪いなのか。だが本書の不気味さはそれだけにとどまらない。ところどころに、「事実」と称する医学的な説明の断片が挟み込まれているのだが、その意図が謎なのだ。また、プロローグでカミーユに情報を提供しようとするエリーズなる女性が、真相を知っているというからには事件の核心に近いところにいた筈なのに、本筋にあたるパートに一向に姿を見せないのも不可解さを掻き立てる。

読者を絶句させるような絶望的な結末のあと、いよいよ種明かしが行われる。そこで、それまで語られてきた出来事に一応説明はつく。しかし、ここで展開される善悪の反転劇を、読者はどのように受け止めればいいのだろうか。正直、自分の気持ちを持て余す読者が大部分なのではという気がするのだ——恐らく『魔王の島』以上に。

ところで一時期、一部のフランス・ミステリに対して、「フランス新本格」という言い回しが使われたことがあった。トリッキーな仕掛けが用意されたミステリを、日本の新本格との共通性によって表した言葉である。奇しくも日本の新本格誕生と同じ一九八七年に『第四の扉』でデビューしたポール・アルテをはじめとして、『マーチ博士の四人の息子』（一九九二年）のブリジット・オベール、『クリムゾン・リバー』（一九九八年）のジャン＝クリストフ・グランジェ、『ネプチューンの影』（二〇〇四年）のフレッド・ヴァルガス、『黒い睡蓮』（二〇一一年）のミシェル・ビュッシらがそこに含まれるだろう。『その女アレックス』（二〇一一年）のピエール・ルメートルは本格というよりサスペンス寄りの作風だが、『悲しみのイレーヌ』（二〇〇六年）あたりは「フランス新本格」に含めて良さそうだ。

では、ジェローム・ルブリは、こうした系列の作家に連なる存在なのだろうか。そうだと言えなくもないし、異なる系列だとも言えそうである。

悪夢のような不可解な事件を提示し、最後には伏線を回収し、トリッキーなやり方で辻褄を合わせる――そういった点は、確かに前記の作家たちと共通している。しかし、著者の作風が本格ミステリ的かというと、首を傾《かし》げる読者も多いだろう。

サスペンス重視で先が読めない展開を得意とする点はピエール・ルメートルに似ているとも言える。だが、著者の作風の大きな特色として、謎に解決をつける際、精神分析や脳科学といった方面からのアプローチを好む。そういう意味では、著者の作風はスタンリイ・エリンのある長篇や皆川博子のある長篇、または島田荘司のある種の作品を想起させる。

ただ、本書を読んで――というか、『魔王の島』と合わせた著者の二作品を読んで、私はどうもそれ以外の誰かの作風に似ている気がして仕方がなかったのだが、本稿を書き進めているうちに誰なのかに思い当たった。同じフランスのホラー映画監督、パスカル・ロジェである。彼の日本初紹介作品『マーターズ』（二〇〇七年）は、全く先が読めない展開や、超弩級の残虐描写もさることながら、善悪の彼方へと突き抜けた異常な着地が観客を茫然とさせた問題作だった。続く作品『トールマン』（二〇一二年）は、前作のような残虐趣味は影を潜めたものの、代わりにどんでん返し重視の本格ミステリ映画として高い完成度を示している。そして、十六年前の惨劇の記憶に苦しむ姉妹が再びおぞましい出来事に見舞われる『ゴーストランドの惨劇』（二〇一八年）は、『マーターズ』のヴァイオレンスと『トールマン』のミステリ的意外性を兼備している。

不条理かつ不快な展開、それでいて知的な計算によって構築されている物語の全体像――そんなパスカル・ロジェの持ち味は、そのままジェローム・ルブリの作風にも通じている。恐らく、著者の小説は、右記の「フランス新本格」系列の作品よりも、ロジェを代表とする現代フランスのホラー映画に近いのではないだろうか。ミステリとホラーといったジャンル上の区分、あるいは小説と映画という表現媒体の相違を超えて、それは今のフランスの創作物の一部に共通して伏在する傾向なのではないか――。そんな仮説を立てておいて、この解説を締めくくることにしたい。

（ミステリ評論家）

文春文庫



# 魔《ま》女《じょ》の檻《おり》

定価はカバーに
表示してあります

2024年10月10日　第1刷

著　者　ジェローム・ルブリ
訳　者　坂田雪子《さかたゆきこ》(監訳)・青木智美《あおきともみ》
発行者　大沼貴之
発行所　株式会社　文藝春秋

東京都千代田区紀尾井町3-23　〒102-8008
TEL　03・3265・1211㈹
文藝春秋ホームページ　https://www.bunshun.co.jp

落丁、乱丁本は、お手数ですが小社製作部宛お送り下さい。送料小社負担でお取替致します。

印刷・TOPPANクロレ　製本・加藤製本
Printed in Japan
ISBN978-4-16-792291-7

（　）内は解説者。品切の節はご容赦下さい。

陳　浩基（天野健太郎　訳）
**13・67**
華文ミステリーの到達点を示す記念碑的傑作が、ついに文庫化！　2013年から1967年にかけて名刑事クワンの警察人生を遡りながら香港社会の変化も辿っていく。（佳多山大地）
チ-12-2

C・J・チューダー（中谷友紀子　訳）
**白墨人形**
三十年前、僕たちを震え上がらせたバラバラ殺人が今、甦る。白墨で描かれた不気味な人形が導く戦慄の真相とは？　S・キング大推薦、詩情と恐怖が交錯するデビュー作。（風間賢二）
チ-13-1

ジェフリー・ディーヴァー（池田真紀子　訳）
**ウォッチメイカー**（上下）
残忍な殺人現場に残されたアンティーク時計。被害者候補はあと八人…尋問の天才ダンスとともに、ライムは犯人阻止に奔走する。二〇〇七年のミステリ各賞に輝いた傑作！（児玉　清）
テ-11-17

ボストン・テラン（田口俊樹　訳）
**その犬の歩むところ**
その犬の名はギヴ。傷だらけで発見されたその犬の過去に何があったのか。この世界の悲しみに立ち向かった人々のそばに寄り添った気高い犬の姿を万感の思いをこめて描く感動の物語。
テ-12-5

セバスチャン・フィツェック（酒寄進一　訳）
**乗客ナンバー23の消失**
乗客の失踪が相次ぐ豪華客船〈海のスルタン〉号。消えた妻子の行方を追うため、乗船した捜査官に次々に不可解な出来事が。ドイツのベストセラー作家による、閉鎖空間サスペンス。
フ-34-1

ウィリアム・ボイル（鈴木美朋　訳）
**わたしたちに手を出すな**
ハンマーを持った冷血の殺し屋が追ってくる。逃避行をともにすることになった老婦人と孫娘と勇猛な元ポルノ女優。米ミステリー界の新鋭が女たちの絆を力強く謳った傑作。（王谷　晶）
ホ-11-1

ピエール・ルメートル（橘　明美　訳）
**その女アレックス**
監禁され、死を目前にした女アレックス――彼女が秘める壮絶な計画とは？　「このミス」1位ほか全ミステリランキングを制覇した究極のサスペンス。あなたの予測はすべて裏切られる。
ル-6-1

**死のドレスを花婿に**
ピエール・ルメートル（吉田恒雄　訳）
狂気に駆られて逃亡するソフィー。かつて幸福だった聡明な女は、なぜ全てを失ったのか。悪夢の果てに明らかになる戦慄の悪意！　『その女アレックス』の原点たる傑作。（千街晶之）
ル-6-2

**悲しみのイレーヌ**
ピエール・ルメートル（橘　明美　訳）
凄惨な連続殺人の捜査を開始したヴェルーヴェン警部は、やがて恐るべき共通点に気づく――『その女アレックス』の刑事たちを巻き込む最悪の犯罪計画とは。鬼才のデビュー作。（杉江松恋）
ル-6-3

**傷だらけのカミーユ**
ピエール・ルメートル（橘　明美　訳）
カミーユ警部の恋人が強盗に襲われ、重傷を負った。執拗に彼女の命を狙う強盗をカミーユは単身追う。『悲しみのイレーヌ』『その女アレックス』に続く三部作完結編。（池上冬樹）
ル-6-4

**わが母なるロージー**
ピエール・ルメートル（橘　明美　訳）
『その女アレックス』のカミーユ警部、ただ一度の復活。パリで爆発事件が発生。名乗り出た犯人はまだ爆弾が仕掛けてあるという。真の動機が明らかになるラスト1ページ！（吉野　仁）
ル-6-5

**監禁面接**
ピエール・ルメートル（橘　明美　訳）
失業中の57歳・アランがついに再就職の最終試験に残る。だがその内容は異様なものだった――。どんづまり人生の一発逆転はなるか？　ノンストップ再就職サスペンス！（諸田玲子）
ル-6-6

**魔王の島**
ジェローム・ルブリ（坂田雪子・青木智美　訳）
その孤島には魔王がいる。その島の忌まわしい秘密とは――彼女の話は信じるな。これは誰かが誰かを騙すために紡がれた物語。恐怖と不安の底に驚愕の真相を隠すサイコ・ミステリ！
ル-8-1

**魔術師の匣**
カミラ・レックバリ　ヘンリック・フェキセウス（富山クラーソン陽子　訳）
（上下）
奇術に見立てた連続殺人がストックホルムを揺るがす。事件に挑む生きづらさを抱えた女性刑事と男性奇術師。北欧ミステリの女王が最強メンタリストとのタッグで贈る新シリーズ開幕！
レ-6-1

（　）内は解説者。品切の節はご容赦下さい。

**ペット・セマタリー**　（上下）
スティーヴン・キング（深町眞理子　訳）
競争社会を逃れてメイン州の田舎に越してきた医師一家を襲う怪異。モダン・ホラーの第一人者が〝死者のよみがえり〟のテーマに真っ向から挑んだ、恐ろしくも哀切な家族愛の物語。
キ-2-4

**IT**　（全四冊）
スティーヴン・キング（小尾芙佐　訳）
少年の日に体験したあの恐怖の正体は何だったのか？　二十七年後、薄れた記憶の彼方に引き寄せられるように故郷の町に戻り、IT（それ）と対決せんとする七人を待ち受けるものは？
キ-2-8

**シャイニング**　（上下）
スティーヴン・キング（深町眞理子　訳）
コロラド山中の美しいリゾート・ホテルに、作家とその家族がひと冬の管理人として住み込んだ――。S・キューブリックによる映画化作品も有名な「幽霊屋敷」ものの金字塔。（桜庭一樹）
キ-2-31

**夜がはじまるとき**
スティーヴン・キング（白石　朗　他訳）
医者のもとを訪れた患者が語る鬼気迫る怪異譚「N」、猫を殺せと依頼された殺し屋を襲う恐怖の物語「魔性の猫」など全六篇収録。巨匠の贈る感涙、恐怖、昂奮をご堪能あれ。（ｃｏｃｏ）
キ-2-35
邱　挺峰（藤原由希　訳）
**拡散**　大消滅２０４３　（上下）
二〇四三年、ブドウを死滅させるウィルスによりワイン産業は壊滅の危機に――。あの地球規模の感染爆発の真相とは。〝台湾のダン・ブラウン〟と評された華文SF登場。（楊　子葆）
キ-18-1
ゲイ・タリーズ（白石　朗　訳）
**覗くモーテル　観察日誌**
ある日突然、コロラドのモーテル経営者からジャーナリストに奇妙な手紙が届いた。送り主は連日、屋根裏の覗き穴から利用客のセックスを観察して日記をつけているというが……。（青山　南）
タ-16-1

**イヴリン嬢は七回殺される**
スチュアート・タートン（三角和代　訳）
舞踏会の夜、令嬢イヴリンは死んだ。おまえが真相を見破るまで彼女は何度も殺される。タイムループ＋人格転移、驚異の特殊設定ミステリ。週刊文春ベストミステリ２位！（阿津川辰海）
タ-18-1

（　）内は解説者。品切の節はご容赦下さい。

**赤毛のアン**
L・M・モンゴメリ（松本侑子　訳）
アンはプリンス・エドワード島の初老の兄妹マシューとマリラに引きとられ幸せに育つ。作中の英文学と聖書、アーサー王伝説、イエスの聖杯探索を解説。日本初の全文訳、大人の文学。
モ-4-1

**アンの青春**
L・M・モンゴメリ（松本侑子　訳）
アン16歳、美しい島で教師に。ギルバートの片恋、ダイアナの婚約。移民の国カナダにおける登場人物の民族（スコットランド系とアイルランド系）を解説。ケルト族の文学、初の全文訳。
モ-4-2

**アンの愛情**
L・M・モンゴメリ（松本侑子　訳）
アン18歳、カナダ本土の英国的な港町の大学へ。貴公子ロイに一目惚れされ、青年たちに6回求婚される。やがて愛に目ざめ……。テニスンの詩に始まる初の全文訳、訳註・写真付。
モ-4-3

**風柳荘《ウィンディ・ウィローズ》のアン**
L・M・モンゴメリ（松本侑子　訳）
日本初の「全文訳」、詳細な訳註収録の決定版「赤毛のアン」シリーズ第4巻。校長となったアンは医師を目指すギルバートと文通。周囲の敵意にも負けず持ち前の明るさで明日を切り拓く。
モ-4-4

**アンの夢の家**
L・M・モンゴメリ（松本侑子　訳）
医師ギルバートと結婚。海辺に暮らし、幸せな妻となるも、母になったアンに永遠の別れが訪れる。運命を乗り越え、愛に生きる人々を描く大人の傑作小説。日本初の全文訳・訳註付。
モ-4-5

**炉辺荘《ろへんそう》のアン**
L・M・モンゴメリ（松本侑子　訳）
6人の子の母、医師ギルバートの妻として田園に暮らすアン。子育ての喜びと淡い悲しみ。大家族の愛の物語。日本初の全文訳「赤毛のアン」シリーズ第6巻。約530項目の訳註付。
モ-4-6

**虹の谷のアン**
L・M・モンゴメリ（松本侑子　訳）
アン41歳、家族で暮らすグレン・セント・メアリ村に新しい牧師一家がやってきた。第一次世界大戦が影を落とす前の最後の平和な時を描く。日本初の全文訳・訳註付シリーズ、第7巻！
モ-4-7

ティム・オブライエン
村上春樹 訳
**本当の戦争の話をしよう**

人を殺すということ、失った戦友、帰還の後の日々——ヴェトナム戦争で若者が見たものとは？　胸の内に「戦争」を抱えたすべての人に贈る真実の物語。鮮烈な短篇作品二十二篇収録。

む-5-31

マイケル・ギルモア
村上春樹 訳
**心臓を貫かれて**（上下）

みずから望んで銃殺刑に処せられた殺人犯の実弟が、兄と父、母の血ぬられた歴史、残酷な秘密を探り、哀しくも濃密な血の絆を語り尽くす。衝撃と鮮烈な感動を呼ぶノンフィクション。

む-5-32

グレイス・ペイリー
村上春樹 訳
**人生のちょっとした煩《わずら》い**

アメリカ文学のカリスマにして、伝説の女性作家と村上春樹のコラボレーション第二弾。タフでシャープで、しかも温かく、滋味豊かな十篇。巻末にエッセイと、村上による詳細な解題付き。

む-5-35

グレイス・ペイリー
村上春樹 訳
**その日の後刻に**

生涯に三冊の作品集を残したグレイス・ペイリーの村上春樹訳による最終作品集。人生の精緻なモザイクのような十七の短篇に、エッセイ、ロングインタビュー、訳者あとがき付き。

む-5-38

トルーマン・カポーティ
村上春樹 訳
**誕生日の子どもたち**

悪意の存在を知らず、傷つけ傷つくことから遠く隔たっていた世界。イノセント・ストーリーズ——カポーティの零した宝石のような逸品六篇を村上春樹が選り、心をこめて訳出しました。

む-5-37

呉　明益（天野健太郎　訳）
**自転車泥棒**

二十年前に失踪した父とともに消えた幸福印の自転車が戻ってきた。自転車の来し方を探るうち物語は戦時下の東南アジアへと時空を超えていく。ブッカー国際賞候補作。（鴻巣友季子）

コ-21-1

アマンダ・ゴーマン（鴻巣友季子　訳）
**わたしたちの登る丘**

2021年、米・バイデン大統領の就任式で朗読された一篇の詩。当時22歳の桂冠詩人による、分断を癒し、団結をうながして世界を感動させた圧倒的なことばが待望の邦訳。（柴崎友香）

コ-22-1